GÜNTHER ASCHENBRENNER

DER WEITE WEG ZUM ABENTEUER

EDITION ROETZER

ISBN 3-85374-149-5

Printed in Austria by Rötzer-Druck Ges. m. b. H., Eisenstadt.
Verlags- und Herstellungsort Eisenstadt.

VORWORT

Diese Geschichte beginnt mit einer Autobiographie des Verfassers und wird ab der Schlacht um Stalingrad in einen Roman übergeleitet, dessen Höhepunkt eine abenteuerliche Flucht aus einem sibirischen Arbeitslager nach Persien bildet. Die Gefangenschaft und das Lagerleben werden so geschildert, wie es einem Idealfall entsprochen hätte. Die ohnehin abwechslungsreiche Handlung wurde ergänzt mit geschichtlichen Betrachtungen, welche sich beim Betreten historischen Bodens ergaben und last not least fehlt es auch nicht an amourösen Episoden. Als Besonderheit gibt es zwei Schlußvarianten.

Die Analysen und teilweise ironischen Bemerkungen über verschiedene Themenkreise im zehnten Kapitel geben nur meine persönliche Meinung wieder. Der Autor erhebt keinen Anspruch auf Vollständigkeit oder Stichhältigkeit seiner Ausführungen im Hinblick auf historische Begebenheiten, es gibt viele Ereignisse, über deren Ablauf sich auch die Historiker nicht einig sind.

Was die chronologische Abwicklung betrifft, wurden Namen und Daten sowie Ereignisse, die dem Verfasser erst nach seiner Heimkehr aus dem Krieg bekannt wurden, nach eigenem Gutdünken als Vorblick in die Handlung eingefügt.

Der Aufbau dieser Schrift weicht daher vom herkömmlichen Schema etwas ab.

Diese Geschichte besteht aus zehn Kapiteln.

Günther Aschenbrenner

INHALTSÜBERSICHT

1. Kapitel
VORGESCHICHTE: KINDER- UND JUGENDZEIT

Ich war ein halbes Jahr alt, als Kaiser Franz Josef starb und mit ihm eine geschichtliche Epoche zu Ende ging. Als geborener „Groß-Österreicher" lebte ich noch in einer Ära, in der unser Land eine Handelsmarine und eine stolze Kriegsflotte besaß, welche in Pola, an der Südspitze von Istrien, ihren Haupthafen und weitere Stützpunkte in Spalato und Cattaro hatte. Kaum mehr vorstellbar für die jüngere Generation, die gerne in Dalmatien ihren Urlaub verbringt. Später dann, als Knabe, ließ ich mir interessiert berichten, daß es unter anderem vier moderne Kampfschiffe gegeben hatte, die „Tegetthoff", die „Prinz Eugen", die „Szent István" und das Flaggschiff „Viribus Unitis", gebaut nach der Jahrhundertwende nach dem Muster der englischen „Dreadnought"-Klasse (zu deutsch: Wagehals). Nach der Beschießung des Hafens von Ancona lernten die Italiener das Fürchten. Allerdings geschah dies auch schon fünf Jahrzehnte vorher durch die k.k. Kriegsmarine unter Admiral Tegetthoff in der Seeschlacht bei der Insel Lissa, dem heutigen Vis, wo die Italiener eine schwere Niederlage bezogen.

Der Erste Weltkrieg, genauso so unnötig und folgenschwer für die Beteiligten wie der spätere Zweite, war in der Stadt Linz, wo unsere Familie wohnte, nur durch die Lebensmittelknappheit fühlbar. Aber man wußte sich zu helfen, das fruchtbare Hinterland mit den großen Bauernhöfen war leicht erreichbar, wir litten keinen Mangel. Mein Vater hatte eine gute berufliche Position und wurde nicht zum Militär einberufen.

Die Herkunft meiner Vorfahren, der Sippe Aschenbrenner, läßt sich bis in das Mittelalter verfolgen. Der Name taucht auf, als im Gebiet des Erz- und Riesengebirges von „königlich-sächsischen Freisassen" die Rede ist, das waren privilegierte Gewerbetreibende oder Freibauern. Sie verbreiteten sich später nach Bayern und Österreich. Es gibt ein Familienwappen mit Schild und Rosen, letztere gelten als Sinnbild des Rechts.

Ebenso wurden eigene Jahrbücher herausgegeben, denen zu entnehmen ist, daß im Familien-Clan auch Adelige, Senatoren und Rechtswahrer, sowie Äbte vertreten waren. Nun aber wieder zu meinen Eltern.

Was unsere liebe Mama betrifft, war sie mit uns drei Buben im Haushalt zur Genüge beschäftigt. Unser Wohnhaus stand an der Peripherie, und so hatten wir nicht weit zu einem befreundeten Ehepaar in Leonding, wo man nebenbei eine kleine Landwirtschaft betrieb. Einen gewissen Adolf Hitler, der sich im Ort aufgehalten hat, kannte man damals noch nicht. Unser Hausarzt hatte den Eltern empfohlen, uns Kindern Ziegenmilch zu geben, das sei gesund und stärke den Wuchs der Zähne. So spazierten wir öfter hinaus zu unseren Leuten, Schmalz und Eier ergänzten unseren Vorrat. Den Krieg kannten wir nur vom Hörensagen. Die Stadt Linz war damals noch eine ruhige beschauliche Zone ohne Schwerindustrie, und Automobile gab es nur wenige. Als ich etwa sechs Jahre alt war, übersiedelte unsere Familie nach Szent-Gotthard, eine Marktgemeinde nahe der Grenze zwischen dem Burgenland und Ungarn, und so wurden wir vorübergehend ein wenig magyarisiert. Die Geschichte berichtet aus dieser Gegend vom siegreichen Kampf der kaiserlichen Truppen unter Montecuccoli gegen die Türken, Anno Domini 1664, genannt die Schlacht bei Mogersdorf.

In der Zeit der Monarchie, im 19. Jahrhundert, wurde vom oberösterreichischen Salzkammergut eine Sensenschmiede nach St. Gotthard verlegt und später zu einem Werk ausgebaut. Die Kontakte blieben auch nach dem Krieg aufrecht, und so wurde meinem Vater eine Stelle als Prokurist angeboten, weil er in dieser Branche als Kaufmann tätig war. Die Bedingungen waren für damalige Verhältnisse sehr günstig. Wir bewohnten zwei Wohnungen in einem Haus des Betriebes, hatten ein Dienstmädchen, und die Oma aus Graz war auch dabei, sicher eine fühlbare Entlastung für Mama. Von der Nachkriegszeit mit Inflation und Wirtschaftskrise spürten wir nichts, im Gegenteil, es war eine herrliche, unbeschwerte Zeit, besonders für uns Kinder. Auch unsere Eltern wußten die Feste zu feiern. Der Werksinhaber, ein Baron von Wieser, er stammte aus St. Lorenz am Mondsee, veranstaltete fröhliche Zusammenkünfte, und im Anschluß daran, meistens am frühen Morgen, kam die ganze Gesellschaft in unsere zweite Wohnung, wo man, unter den Klängen der mitgebrachten Zigeunerkapelle, ungestört weiterfeierte. Die Oma war mit uns Kindern in der anderen Wohnung, und durch das Schlüsselloch schauten wir dem Treiben zu.

Meine Brüder besuchten das Gymnasium, während ich, der Jüngste, in die Volksschule ging. Zu dieser Zeit war ich nicht gerade ein Musterknabe, mit neun Jahren schrieb ich Briefe, die ich dann über meine Schulkameraden zu den Mädchen auf der anderen Seite der Klasse leiten ließ. Was in den Briefchen stand, war wenig schmeichelhaft für die Empfängerin, in diesem Alter kennt man den Begriff „Kavalier" noch nicht, und manche werden auch später keine. Einmal kam so eine Post an die falsche Adresse, nämlich an den Herrn Lehrer, welcher dann am Sprechtag meine Frau Mama darüber aufklärte, welch ungewöhnliche Aktivitäten ihr Sprößling in der Schule entwickelt. Das hatte dann zur Folge, daß mein Herr Papa bei mir, bzw. hinter mir Erziehungsmethoden anwandte, die ein brennend schmerzliches Gefühl hinterließen. Aber auch meine Brüder waren nicht zimperlich, alles, was irgendwie abenteuerlich oder ein wenig gefährlich war, zog uns in seinen Bann. Der Schäferhund Rolf mußte natürlich auch immer dabei sein. Unser Spiel- und Tummelplatz war ein aufgelassenes Fabriksgebäude, eine Ruine, von der nur mehr die Grundmauern standen, dahinter war ein kleiner Fichtenwald und daran grenzte das Au- und Flußgebiet der Raab, idealer konnten wir es nicht haben. Das ganze Areal gehörte zum Sensenwerk, also hatten wir freie Hand, was sich auch alsbald bemerkbar machte. Zuerst mußten die Mauern der Ruine daran glauben. Ein langer schwerer Pfosten wurde oben angelehnt, mit vereinten Kräften drückten wir den Pfosten auf und ab, bis die schmale Mauer zum Schwanken kam und dann mit riesigem Getöse in den Keller stürzte, begleitet von unserem Triumphgeheul. Aber eine Zwischenmauer wurde verschont, sie hatte dies dem Umstand zu verdanken, daß wir in ihr einen engen, runden Schacht entdeckten, der einmal als Rauchabzug diente. Unten, im offenen Keller, war das zugehörige Loch für die Kamintür. Ohne viel Änderungen vorzunehmen, verwandelte unser Erfindergeist, der Not(durft) gehorchend, das etwa fünf Meter hohe Mauerrohr in ein Hochstand-W.C.. Die ,,Einweihung'' wurde, gemäß der ,,Rangordnung'', vom ältesten Bruder vorgenommen. Während er hoch oben saß und sich sichtlich bemühte, unsere Erwartungen zu erfüllen, harrten wir unten beim Kamintürl der Dinge, die da kommen sollten. Ein deutlich hörbares Geplumpse überzeugte uns alsbald, daß unsere Anlage betriebsbereit war. Den Star unserer Premiere versorgten wir nun mit den nötigen ,,Bletschen'', zu deutsch: große Blätter, um ihn wieder gesellschaftsfähig zu machen. In weiterer Folge wurde dann aber auf die Rangordnung verzichtet, denn dies hätte zu einem Gedränge um den ,,Platz an der Sonne'' geführt. Jedenfalls waren wir stolz auf unser ,,Häusl''.

Was die Nachbarn betraf, so hatten diese wenig Freude mit uns. Obwohl auch diesseits Apfelbäume standen, bildeten wir uns ein, daß die Früchte des Anrainers besser schmeckten. Als wir einmal beim ,,Fladern'' (sprich: stehlen) erwischt wurden, mußte uns der brave Rolf befreien, er war unser Beschützer.

Für unsere Gesundheit taten wir auch Wichtiges, wenn auch unbewußt. Nebst allgemein bekannten Obst aßen wir Maulbeeren direkt am Baum, wir knabberten an Bockshörndl und Kürbiskernen, dazu gab es Sauerampfer, und manches Gemüse wurde roh gegessen. Zum Frühstück schätzten wir zum Butterbrot den Honig, und die Großmama bereitete mittags auch Vogerl- und Löwenzahn-Salate. Es mangelte daher nicht an Vitaminen, unser Gebiß konnte sich sehen lassen, und der Hausarzt hatte kaum Arbeit mit uns.

Im Winter, wenn der nahe Fluß teilweise oder ganz zufror, interessierten sich meine Brüder sehr dafür, ob das Eis schon tragfähig sei. Der Fluß war durch ein Wehr aufgestaut und deshalb in diesem Abschnitt langsam fließend und breit. Schon stand Walter, der Älteste auf dem Eis, dann folgte Herbert mit dem Hund, ich blieb am Ufer. Dann gab es einen Krach, und meine Brüder trieben samt Rolf, auf einer großen Eisscholle der Staumauer zu, inzwischen hatten sie sich flach hingelegt, ich ging am Ufer mit, ohne helfen zu können. Die Eisplatte mit ihren Passagieren blieb aber vor dem drei Meter hohen Abgrund der Staumauer an deren Oberteil hängen, der vorgesehene Absprung ins kalte Wasser war nicht mehr nötig. Ich ergriff ein langes Stück Treibholz und fischte in mühsamer Arbeit die Gestrandeten ans Ufer. Schmutzig und naß liefen wir nach Hause, die Frau Mama hatte wieder einmal eine längere Beschäftigung mit uns. Aber nicht nur zu Lande und am Wasser, auch in der luftigen Höhe waren wir vertreten, es gehörte für uns Buben zur Selbstverständlichkeit, die umliegenden Bäume zu erklettern. Auf dem größten Fichtenbaum hatten wir einen Horst errichtet, ein großes Nest mit Brettern und Stangen. Schon während wir daran gearbeitet hatten, heulte Rolf fürchterlich, er wollte unbedingt mit hinauf und sprang immer wieder am Stamm empor. Für uns war es Ehrensache, den Hund in unser Baumnest zu befördern, im Schweiße unseres Angesichts schleppten wir das schwere Tier nach oben. Der Rolf war nun zufrieden, wir aber weniger, und so bastelte Walter einen Aufzug, eine Art Flaschenzug. In zwei Gurten hängend, wurde unser Vierbeiner hochgehievt, jetzt waren alle zufrieden. Unser Tatendrang kannte aber keine Grenzen. Im Sommer hatten wir am Flußufer ein Floß gebaut, dann erfolgte der Stapellauf, und wenn wir mit dem Gefährt an der Wehr angekommen waren, zogen wir die Barke mit einem langen Seil die Raab hinauf, und bei dieser Gelegenheit übten wir uns auch im Fischen. In der Nähe gab es Maisfelder, und so ergab sich ein Lagerfeuer samt Kukuruzbraten von selbst. Es gab kaum etwas, das wir nicht ausprobierten oder haben wollten. Diverse Anregungen holten wir uns im kleinen Kino des Ortes. Der erste bekannte Wildwestheld hieß Tom Mix, jeden Sonntag gab es eine Vorstellung. Begeistert waren wir auch vom Wunderhund ,,Rintintin'', der war das Vorbild für den Rolf. Bei den Lustspielen dominierten damals: Buster Keaton, Harold Lloyd und Charlie Chaplin.

Schließlich sorgte der Herr Papa dafür, daß wir auch das Sensenwerk kennenlernten, er führte uns Knaben durch die Fabrik. Am meisten bewunderten wir die schweren, durch die Wasserkraft der gestauten Raab angetriebenen Schmiedehämmer. Die Sensen im Rohzustand kamen zunächst in die Glut der Esse und wurden dann breitgeklopft. Der Mann, der die glühende Sense zum Hammer brachte, war der „Essmeister", ich verstand das aber falsch und dachte, der heißt deshalb so, weil er so viel ißt und einen dicken Bauch hat. Dann kam das Werkstück in die Schleiferei, bekam als Verzierung einen Wellenschliff und ein Etikett der Fabrik.

Als die Aufträge nachließen, wurde mein Papa in Sondermission auf die Reise geschickt, monatelang war er unterwegs, in Polen, der Ukraine und Rumänien, um Aufträge zu erhalten, und das funktionierte so gut, daß die Geschäftsreise im nächsten Jahr wiederholt wurde. Dementsprechend stieg auch der Lebensstandard unserer Familie. Auf uns Söhne wirkte sich dies so aus, daß wir gegen Ende des Jahres mit den Eltern über Graz und Semmering nach Wien zum Einkaufen fuhren. Die Attraktion dieser Fahrt war der Semmering-Paß mit der herrlichen Landschaft, den Viadukten und Tunnels. Es ist die erste Gebirgsbahn von Europa, erbaut durch Ritter von Ghega 1848 bis 1854, wie uns Papa erklärte. In Wien angelangt, hatten wir einige Tage Gelegenheit, die schöne Stadt zu besichtigen und einen Einkaufsbummel zu machen. Am besten gefiel uns Schönbrunn und natürlich der Prater, aber auch der Stephansdom wurde auf seiner Wendeltreppe im Innern bestiegen. In der Mariahilferstraße erhielten die Söhne wunschgemäß jeder einen für sein Alter passenden Matador-Baukasten. Für uns technisch interessierte Knaben war dies das ideale Spielzeug, auf diese Art wurden wir in die Grundlagen der Technik eingeführt. Ein Jahr später erhielt dann jeder den entsprechenden Ergänzungskasten für die nächste Größe. In dieser Hinsicht waren wir alle drei sehr pedant, da wurde nichts verschmissen, ruiniert oder vertauscht, keiner durfte dem anderen etwas wegnehmen, es wurde streng auf Ordnung geachtet. Bei Bedarf wurden Ersatzteile in Graz beschafft.

Eines Tages erschien Onkel Franz, der Bruder von Mama, und zwar „hoch zu Roß", nämlich in einem Ford Personenauto thronend. Die Form dieser Vehikel erinnerte allerdings noch an die Fiaker. Bald machten wir eine Spazierfahrt, und für die Menschen dieser Gegend war dieses Gefährt noch eine kleine Sensation. So gab es immer Abwechslung. Regelmäßig überschritten wir auch die nahe Grenze, die nur zwei Kilometer vom Wohnhaus entfernt war. Die Grenzposten auf beiden Seiten kannten uns schon. Der Übergang nach Mogersdorf wurde später aufgelassen. Die Ferien verbrachten wir zum Teil im südlichen Burgenland. Dieses Grenzland kam im Jahre 1921 zu Österreich. Benannt nach den vier westmagyarischen Komitaten: Preßburg, Ödenburg, Eisenburg und Wieselburg wäre geschichtlich u.a. zu erwähnen, daß das Gebiet dieser Region zwischen Leitha und Raab im 11. Jahrhundert, durch den römisch-deutschen Kaiser Heinrich III., mit Heidebauern aus dem südwestdeutschen Raum besiedelt wurde. Nach ihrem Förderer nannte man sie: Heinzen, Hinzen oder Heanzen (Heinzenland).

Bei vielen Familien im Nachbarland herrschten Armut und Not. Zahlreiche Landsleute waren schon vor dem ersten Weltkrieg nach Nordamerika ausgewandert, um sich dort eine Existenz aufzubauen. Die Nachkommen besuchen die alte Heimat zum Teil noch heute. Die größte Stadt des Burgenlandes, so sagt man scherzhaft, ist Chicago, weil es dort mehr Burgenländer gibt als in Eisenstadt. Als Kind kam ich zu verschiedenen Familien in dieser Region. Ein Bub, dessen Vater ein Taglöhner war, zeigte mir voll Stolz einen Marillenbaum, ich freute mich auf die schon reifen Früchte, aber daraus wurde nichts, der Vater zählte täglich jedes Stück bis zur Ernte. Dann erfolgte der restlose Verkauf, Eigenbedarf gab es nicht, man brauchte das Geld, um beim Greißler zahlen zu können. Im Sommer konnten diese Leute einigermaßen leben, aber im Winter hatte man zu wenig Nahrungsmittel. Manche lagen den ganzen Tag im Bett, so sparte man Brennholz und brauchte weniger zu essen, nur zu Mittag wurde eine Suppe gekocht, geheizt wurde meist erst ab Weihnachten.

Noch mehr aber wunderte ich mich darüber, daß nicht nur die Menschen schliefen, sondern auch das Brot! Es gab Familien, wo die Kinder am Abend noch ein Stück Brot wollten, worauf die Mutter sagte: „Das Brot schläft schon!" Hätte sie es den Kindern gegeben, wäre für den nächsten Tag zu wenig da gewesen.

Heute, in der Zeit des Überflusses, kann sich die jüngere Generation solche Verhältnisse nicht vorstellen, und die Älteren wollen davon nichts mehr hören. Ich war jedenfalls von manchen Dingen so beeindruckt, daß ich mich bis heute an viele Einzelheiten erinnern kann.

Was ich damals noch nicht ahnen konnte: Etwa vierzig Jahre später kam ich wieder in das Burgenland, um mich hier anzusiedeln, allerdings weiter nördlich, am ,,Meer der Wiener'' in einer Ortschaft mit historischer Vergangenheit, wo seit 1532 ein versteinerter Türke beim Schornstein herausschaut.

Nun komme ich aber wieder zurück von diesen Ausflügen, und auf unseren Spielplätzen in St. Gotthard geht der Betrieb weiter. Zwar kannte die Frau Mama ihre ,,Pappenheimer'', und deshalb machte sie am Nachmittag einen Spaziergang zu uns, aber wir waren durch den Rolf gewarnt und spielten vorübergehend die braven Buben. Beruhigt ging Mama wieder nach Hause, es war besser, wenn sie nicht alles sah, was wir so trieben, sie wäre besorgt gewesen. Das Essen zum Beispiel ist bei Kindern ein eigenes Kapitel. Wenn wir uns, oft auch mit anderen Kindern, auf unserem Tummelplatz befanden und die Mittagsglocken läuteten, gingen wir alle nach Hause. Vorher lieferten wir einen der Buben bei seinen Eltern ab, sein Vater war Arbeiter in Sensenwerk, er hieß Murnik. Natürlich wollten wir wissen, was es bei dieser Familie zu essen gab, von der vielen Bewegung im Freien hatten wir drei großen Appetit. Frau Murnik servierte ihrem Sohn eine Bohnensauce mit Brot, hm...so was Gutes, prompt bekamen wir auch einen Teller mit dieser Köstlichkeit, und bald war unser Magen voll und das Geschirr leer. Zu Hause angelangt, gab es nichts mehr, was uns gereizt hätte, nur eine Leberknödelsuppe, gebratenes Fleisch mit Reis und Salat und eine Mehlspeise. Nur die letztere konnten wir noch vertilgen, für das andere war kein Platz mehr. Die Frau Mama stand vor einem Rätsel, wußte sie doch, daß wir sonst zum Essen nie genötigt werden mußten. Schließlich legten wir ein Geständnis ab, ,,wir haben bei den Murniks so einen guten Bohneneintopf gegessen'', da gab es dann großes Gelächter bei den Erwachsenen. Wir mußten dann als Revanche eine Mehlspeise zu Frau Murnik bringen. Sie hatte neben dem Buben auch ein Mädchen von sechs Jahren, ich war damals sieben. An einem heißen Sommertag gingen die Kinder zu einem Nebenarm der Raab, um dort zu baden. Für das kleine Murnikmädchen waren beim Baden Textilien überflüssig, und so konnte es meiner Aufmerksamkeit nicht entgehen, daß bei ihr genau das fehlte, was bei uns Buben vorhanden war. Zu Hause fragte ich die Mama, was das zu bedeuten hätte. Nach dem Motto „wie sage ich es meinem Kinde", war die Gefragte nicht geneigt, näher auf dieses Thema einzugehen, und so blieb mein Wissensdurst ungestillt.

Die nötige Aufklärung wurde dann später zur passenden Zeit von den Brüdern besorgt.

Als wir drei Knaben älter wurden, weitete sich auch unser Interessensgebiet aus. Jeder hatte seine eigene Briefmarkensammlung, als zehnjähriger Bub hatte ich z.B. Marken der früheren deutschen Kolonien: Deutsch-Ost- und Südwest-Afrika, Kamerun und Togo, Deutsch Neu-Guinea, die Inselgruppen nordöstlich davon und vom gepachteten Stützpunkt in China, Kiau = tschau. Heute wäre ich froh, wenn ich diese Marken noch hätte.

Daneben hatten wir auch eine Käfer- und Schmetterlingssammlung, besonders die großen Nachtfalter hatten es uns angetan. Damit nicht genug, züchteten wir auch noch Seidenraupen, die mit Maulbeerbaum-Blättern gefüttert wurden, so waren wir immer beschäftigt. Was die Schule und das Lernen betraf, hatten wir den Ehrgeiz, gute Noten zu erhalten, und was mich, den Jüngsten, betraf, profitierte ich vom größeren Wissen meiner Brüder.

Dann aber kam für die Fabrik eine Krisenzeit, daher verließen wir St. Gotthard, den wahren Grund konnten wir Kinder noch nicht erfassen, jedenfalls wechselte Papa zu einem steirischen Stahlwerk, wurde zunächst Prokurist und später Direktor, das Zentralbüro befand sich jedoch in Wien, und so bezogen wir in einem Einfamilienhaus in Klosterneuburg Quartier, ein Garten war auch dabei. Noch lief alles gut für uns.

Die Umstellung in den Schulen ging relativ reibungslos vor sich. In den Jahren bis dahin waren wir ungarisch unterrichtet worden, zwischendurch sorgte ein Hauslehrer dafür, daß wir auch im Deutschen auf dem laufenden blieben.

Im schönen Klosterneuburg hatten wir uns rasch eingelebt, wir gewannen viele Freunde und gute Bekannte.

Der Name der Stadt, so wurde berichtet, geht auf eine Sage zurück. Die heilige Agnes aus dem Hause der Babenberger hatte bei einem Ausflug ihren Schleier verloren, der Wind, es muß ein süd-östlicher gewesen sein, trug den weißen Schleier vom Leopoldsberg weit hinunter ins Tal. An der Fundstelle ließ der Markgraf Leopold III. der Heilige, aus Dankbarkeit eine Kapelle errichten, mit einem Kloster dabei, nämlich dem „Kloster bei der neuen Burg". Dieses hat sich später zu einem riesigen sehenswerten Komplex entwickelt, dabei hätte das Stift nach den ursprünglichen Plänen noch größere Dimensionen erhalten sollen. Berühmteste Attraktion ist der Verduner Altar aus dem 12. Jahrhundert und die Kaiserräume, sowie die prachtvolle Kirche.

Für uns Knaben war im Sommer das schöne Strandbad der Hauptanziehungspunkt. Am Abend gab es dort ein Freiluftkino. Von Wien kamen viele Badegäste, es war eine gefällige Anlage.

Was meine Person betraf, so verwandelte ich mich in der Pubertätszeit allmählich in einen Musterknaben, und bei den Mädchen war ich eher noch schüchtern — bei manchen ist es umgekehrt. Meine Lieblingsfächer in der Schule waren Geographie, was mir viele Jahre später noch sehr viel nützen sollte, Geschichte und Deutsch, letzteres Fach deshalb, weil ich gerne Aufsätze schrieb, die in der Klasse von unserem Deutschlehrer, dem Lyriker Dr. Friedrich Sacher, den Mitschülern vorgelesen wurden, worauf ich sehr stolz war.

Auch sonst kaufte ich meinen Schulkameraden leicht die Schneid ab, indem ich sie aufmerksam machte, daß sie nur „niedere" Österreicher seien, ich dagegen stehe über ihnen, denn ich wäre ein „Ober"-Österreicher!

Im Strandbad gab es dann Episoden, die mir in Erinnerung geblieben sind. Ich stand einmal auf dem Plateau der Schwimmschule und sah dem Lehrer zu, wie er an einer Art Angel eine Schülerin im Gurt hängen hatte und sie solcherart durch das Wasser zappeln ließ. Da kam in einem zweisitzigen Paddelboot ein etwa vierzigjähriger Mann herangerudert und lud mich zum Mitfahren ein, für mich war dies eine willkommene Abwechslung, und ich stieg gerne in das Boot ein. Wir fuhren in einen Nebenarm der Donau, vorbei an der sogenannten ,,Liebesinsel'', in abgelegene Gefilde. Dort nahmen wir ein Schlammbad, das sei sehr gesund, sagte der Mann, und er zog sich ungeniert nackt aus, er meinte, ich solle es ihm gleichtun. Er schmierte seinen ganzen Körper mit dem schwarzen Schlamm ein, ich sah ihm mit gemischten Gefühlen zu. Mir gefiel das alles nicht, ich fühlte mich auf einmal unbehaglich und drängte zum Aufbruch, ich müßte noch meine Schulaufgaben machen. Jedenfalls war mir die Luft ,,zu schwül'' geworden. Vielleicht war meine Nervosität unbegründet, der Mann brachte mich anstandslos wieder zurück zum Strandbad. Meine Brüder, denen ich von der Bootsfahrt erzählte, klärten mich dann über Dinge des Lebens auf, die mir äußerst unnatürlich erschienen.

Aber es gab auch heitere Vorfälle. Ich hatte einen Schulkameraden, der war ein richtiger Vielfraß mit einem Kugelbauch, daher nannten wir ihn ,,den Wastl''. Seine Gewohnheiten glichen zum Teil denen eines Pensionisten. Am liebsten lag der Wastl nachmittags auf der Sonnenterrasse und ließ die Verdauung arbeiten. Aber da ergaben sich Probleme, gewisse Speisen erzeugten einen Überdruck, und ringsherum lagen noch andere Sonnenanbeter, die man empfindlich gestört hätte. Da der dicke Wastl zu faul war, bei jeder Regung seinen Platz zu verlassen, legte er sich immer genau auf eine der ziemlich breiten Spalten zwischen den Bodenbrettern, öffnete ganz vorsichtig das zuständige Ventil und ließ gekonnt und leise seinen Dampf hinunter in den Zwischenboden. Soweit, so gut. Einmal ging aber alles daneben, wobei aber der Wastl unschuldig war. An diesem Tag wurde er besonders geplagt, in seinem Bauch rumorte es, und gerade als er sich anschickte, seine perfekte Technik auszuspielen, kam eine Schulkollegin, sah den Wastl mit dem aufreizenden Bauch und dachte sich, dem Kerl werde ich es geben. Sie gab dem faulen Dickwanst einen festen Tritt auf den Bauch. Ahnungslos hatte sie auf den

,,Auslöser'' gedrückt, die aufgestauten Gase des Wastl entluden sich mit bekannt schnarrendem, weithin hörbarem Geräusch, es klang, als ob ein Motorradfahrer stark Gas gibt. Die Sonnenhungrigen fuhren aus ihrer Ruhe hoch, das Mädchen wurde ganz rot im Gesicht und ergriff die Flucht, schallendes Gelächter begleitete sie, der Wastl aber blieb ruhig liegen. Die Leute um ihn rümpften die Nasen, es war windstill und es dauerte eine Weile, bis sich die nach Asche duftende Wolke, ähnlich einem Heißluftballon, verzogen hatte.

Klosterneuburg ist eine schöne Gartenstadt, es gab keinen Winkel, den wir Schuljungen nicht kannten. Die Pionierkaserne etwa oder den dazugehörigen Übungsplatz an der Donau, wo wir gerne zusahen, wie sich die Soldaten abmühten. Noch war das für mich ein Spaß.

In dieser Zeit begann ich, angeregt durch den Physikunterricht, Experimente zu machen, was für die Auswahl meiner späteren Berufstätigkeit ausschlaggebend sein sollte. Ich baute Volta-Elemente zur Stromerzeugung, legte Leitungen mit Schaltanlagen, bastelte mit kleinen Elektromotoren, mein ,,Laboratorium'' war der Dachboden. Meine Mutter verfolgte mit Interesse diese Tätigkeit und versorgte mich mit dem nötigen Taschengeld.

In diesem Jahrzehnt waren die Jazzmusik und der Tonfilm in Europa eingezogen, ebenso begann die Zeit des Radios. Zunächst hatte unsere Familie einen Detektor-Apparat mit zwei Kopfhörern. Ich war von Anfang an von dieser Technik fasziniert, und sie zog sich wie ein roter Faden entscheidend durch mein weiteres Leben im Frieden und im Krieg. Die ersten Rundfunksendungen kamen vom Stubenring-Sender, dann wurde die ,,RAVAG'' gegründet, es entstand der Sender am Rosenhügel und später der am Bisamberg, welcher im letzten Kriegsjahr ziemlich demoliert wurde. Die kleinen Detektorgeräte wurden bald abgelöst durch solche mit einem Lautsprecher. In der ,,Radio-Steinzeit'' waren der Apparat, der Lautsprecher, die Anodenbatterie und der Akkumulator alle separat ein Teil für sich, dazu kam noch die Hochantenne im Freien oder die drehbare Rahmenantenne, sowie die Erdleitung. In wenigen Jahren wurden diese komplizierten Anlagen zu einer Einheit geformt, auch die Bedienung war jetzt einfacher. Von den alten Geräten habe ich noch einige in Erinnerung. Da gab es eine pultförmige Schatulle, auf der eine „Loewe-dreifach-Röhre" thronte, dazu ein Kapsch Trichter-Lautsprecher, oder der Vierröhren-Hartley-Empfänger in flacher Holzkassette und schließlich die großen Super-Hederodyn-Geräte. Die Frontpartie solcher Apparate war gespickt mit Bedienungsknöpfen und zwei großen Skalenscheiben, man mußte schon technisches Talent besitzen, wollte man zum gewünschten Erfolg kommen. Die Frauen ließen, zumindest auf diesem Sektor, gerne den Männern den Vortritt. Zuerst gab es nur die Mittelwelle, nachher kamen die Lang- und Kurzwelle dazu, und nach dem Krieg wurde die Ultra-Kurzwelle eingeführt. Von den Herstellerfirmen habe ich die meisten noch in Erinnerung, umsomehr als diese noch heute bekannte Namen führen, sie hießen: Kapsch u.S., Schrack, Eumig, Hornyphon, Philips, Ingelen, Minerva und Boss (Krischker), sowie Radione u. Telefunken. Die Entwicklung in der Empfangstechnik ging dahin, „Vollnetzgeräte" am Fließband herzustellen. Eumig baute die ersten Apparate mit Metallgehäuse, so nehme ich an. Später waren die Radios Schmuckstücke in der Wohnung. Eine elegante Holzkassette mit großer Flutlicht-Skala, alles war eingebaut, sogar die Antenne. In der folgenden Zeit hatte ich vor, während und nach dem Krieg fast immer mit Radios und Funkgeräten zu tun. Beim Militär war ich sowohl Funker als auch Techniker. Diesem Umstand verdanke ich meine Existenz und wahrscheinlich auch das Überleben im Zweiten Weltkrieg, denn auf Grund meiner Kenntnisse kam ich etwa zehn Jahre später zu einer technischen, motorisierten Spezialeinheit der deutschen Wehrmacht, aber darüber berichte ich später.

Anfang der dreißiger Jahre kam dann eine entscheidende Wende für unsere Familie, es war wie eine Kettenreaktion. Als Folge eines Bankenkrachs, der damals großes Aufsehen erregte, verloren wir alle unsere, von Papa erlegten Spareinlagen. Dann mußte unser Vater wegen eines Augenleidens, an dem er schon längere Zeit laborierte, vorzeitig in Pension gehen. Um das Maß voll zu machen, wurde auch Mama krank und zwar unheilbar, wie sich nach einem Jahr herausstellte. Diese Krankheit und die erforderlichen teuren Medikamente, die Papa bezahlen mußte, verschlangen bald die materielle Familiensubstanz. Es ging wirtschaftlich rapid mit uns bergab. Die Arbeitslosigkeit erreichte Rekordwerte, samt den nicht gerne erwähnten, sogenannten ,,Ausgesteuerten'' waren es fast eine Million Stellungslose. Ausgerechnet in diese Zeit waren wir hineingewachsen. Mit dem vorgesehenen Studium wurde nun nichts, meine Brüder besuchten noch eine kaufmännische Schule und betätigten sich anfangs in diesem Beruf. Ich absolvierte eine elektrotechnische Fachschule in Wien und praktizierte in einem Fachbetrieb. Dort hatte man als Dienstfahrzeuge ein Auto und ein Motorrad Puch 175. Ab meinem 17. Lebensjahr durfte ich mit dieser Maschine fahren, aber auch bei den Reparaturen war ich mittätig, so daß ich auch in diese Branche eingeführt wurde. Wenige Jahre später hatte ich ein eigenes Vehikel, eine alte Puch 220. Inzwischen kamen aus den steirischen Puch-Werken die modernen Typen ,,T 3'' und ,,S 4'' (Sport), dann die 500er, auch mit Beiwagen und schließlich die 350er Maschine. Damals für jeden ein Jugendtraum.

Meine liebste Tätigkeit bestand aber darin, für die Firma beim Großhandel in Wien Einkäufe zu besorgen, außerdem mußte ich meine Ausbildung weiterverfolgen. Als ich eines Tages zur Fachschule nach Wien fahren wollte, wurde ich in Heiligenstadt von der Polizei angehalten und zurückgeschickt. Es gab einen Generalstreik, und beim ,,Karl Marx-Hof'' wurde geschossen, auch mit Kanonen, es handelte sich um den Februarputsch des Jahres 1934.

In diesem Jahr lernte ich durch meine Brüder einen Gymnasiasten kennen, dieser kam gerne zu uns, sie lernten zusammen und ich war immer dabei, was sich auf mein Bildungsniveau sehr günstig auswirkte. Mit diesem Studenten hatte ich mich aber vor allem deshalb angefreundet, weil er ein Radioamateur war und so bekam ich Einblick in dieses Fach. Später besuchte ich einen Kurs und lernte so einen zweiten Beruf, was mir dann später beim Militär sehr zustatten kam.

Und in diesem Jahr verloren wir auch unsere liebe Mama,

nachdem sie noch einige Monate im Spital gelegen war. Sie hatte sich bis zuletzt Sorgen um ihre Kinder gemacht, und am Sterbebett hatte sie dem ältesten Sohn das Versprechen abgenommen, daß er auf seine jüngeren Brüder achten solle, besonders auf mich, den Minderjährigen.

Dann ging das Leben wieder weiter, schlecht und recht. Hermann, der Radioamateur, verdiente sich mit Reparaturen selber sein Taschengeld, er war ein paar Jahre älter als ich und schon sehr selbständig. Als seine Eltern nach Graz zogen, blieb er in Klosterneuburg.

Es dauerte nicht lange, da war es bei uns Brüdern auch so weit. Unser Papa hatte ein Angebot in einem kleinen Ort seiner früheren Heimat angenommen. Er betreute ein bis dahin leerstehendes Haus und hatte dort freie Wohnung. Nebenbei betätigte er sich ehrenamtlich für die Gemeinde. So konnte Vater seinen Lebensabend einigermaßen sorgenfrei verbringen, denn seine Pension war ausreichend, wenn auch bescheiden. Wir, die Söhne, waren uns einig, daß wir ihm nicht mehr zur Last fallen durften. Und so bewahrheitete sich bei uns eine alte Weisheit: Wenn die Mutter nicht mehr da ist, fällt die Familie auseinander!

Um mich, den Jüngsten, nahm sich nun Walter, der Älteste, an. Er hatte bereits selbst eine Familie, und Kinder kamen auch dazu. Später wurde er Polizeibeamter, kam zum Offiziersrang, vorher gab es aber noch eine bittere Zeit der Arbeitslosigkeit, und die Unterstützung war für fünf hungrige Mäuler zu wenig. Walter und ich betätigten uns vorübergehend als Zeitungsverkäufer. Neben dem „Völkischen Beobachter" hatten wir noch die Münchner, die Berliner und die Frankfurter Illustrierte anzubieten. Ein guter Bekannter, der unsere Familie noch von besseren Zeiten her kannte, war sichtlich betroffen über den Niedergang unserer Familie, und er kaufte uns gleich mehrere Zeitungen ab, auch ein sogenanntes Trinkgeld bekamen wir dazu. Inzwischen warf die Hitlerzeit schon ihre Schatten voraus.

Das war aber noch lange nicht der Tiefpunkt, in meinem Leben sollte es noch mehrere tiefere geben. Wer diese Zeiten und später den Krieg erlebt hat, dem kommen die Sorgen, die manche Leute heute haben, geradezu lächerlich vor. Als meinem Bruder schließlich seine Sorgen fast über den Kopf wuchsen, sah ich mich veranlaßt, ihn von der Last meiner Person zu befreien. Ich unternahm den ersten schüchternen Versuch, auf eigenen Füßen zu stehen, was nicht ohne Probleme vonstatten ging. Freund Hermann war aber sofort zur Stelle und teilte mit mir Freud und Leid, meistens konnten wir nur das Letztere teilen.

In Deutschland hatte inzwischen Adolf Hitler die Macht ergriffen und sie immer mehr gefestigt. Man hörte Berichte „von drüben", die in den krisenschweren Zeiten wie Wunder klangen. Die Landwirtschaft wurde mechanisiert und forciert, die Reichsautobahn in Rekordzeit gebaut, die Industrie lief auf vollen Touren, nicht zuletzt wegen der Rüstungsaufträge. Die deutsche Wehrmacht und der Arbeitsdienst schluckten die letzten Arbeitslosen, so einfach ist das also, wenn einer ungehindert schalten kann! Die Erfolge Hitlers brachten ihm auch in Österreich viele Anhänger. Es gab zwar bereits warnende Stimmen da und dort, an sie, oder gar an einen Krieg wollte man aber zu dieser Zeit noch nicht glauben.

Auch mir gefiel zunächst einiges an den sich immer mehr abzeichnenden Entwicklungen, aber die Ernüchterung sollte nicht lange auf sich warten lassen. Für meine Generation der Soldatenanwärter gab es noch eine kurze Schonfrist. Ich war jetzt in dem Alter, wo sich, trotz chronischer Existenzsorgen, das Interesse an der holden Weiblichkeit immer weiter in den Vordergrund drängte. Hermann, mein Freund und Schicksalsgenosse, war schon etwas früher von diesem weltumspannenden Bazillus Amors erfaßt worden. Dementsprechend waren wir bestrebt, gut gekleidet zu sein, beide waren wir eitel und pedant, auch immer gepflegt, was in diesem Alter nicht immer selbstverständlich ist. Wir wanderten oft Kilometer weit in die umliegenden Ortschaften, gingen in die Häuser und fragten nach dem Befinden der Radioapparate. Hermann hatte in dieser Hinsicht den nötigen „Riecher" und stöberte zumindest ein defektes Gerät pro Tag auf, und schon waren wir bei Kasse, aber trotzdem herrschte Sparsamkeit. Am Wochenende gingen wir dann zu Fuß über die Kuchelau nach Nußdorf, die Fahrt per Bus oder Bahn hätte viermal fünfzig Groschen gekostet und dazu noch die Straßenbahn. Aber dafür konnte sich unser Äußeres sehen lassen. Elegantes Sommersakko, Krawatte, eine helle Kashahose und braunweiße Schuhe, dazu Handschuhe und Reindl-Strohhut à la Maurice Chevalier. Die Hose aus gutem Stoff zum Beispiel, so kann ich mich erinnern, hatte beim Mayer in der Novaragasse S 20.— gekostet. Die Sakkos schon mehr.

Unser Ziel war damals Floridsdorf. Über die Eisenbahnbrücke führte ein Fußgängersteg, über diesen gelangten wir in die sogenannte Gartenstadt, wo sich eine Tanzschule befand, die wir näher in Augenschein nehmen wollten. Unterwegs hörten wir im Vorbeigehen die Bemerkung zweier Männer: ,,Schau, da kumman zwa Tschent'', damit waren Gentlemen gemeint, worauf uns der ,,Kamm'' noch mehr anschwoll. In der Tanzschule erregten bald zwei schick gekleidete junge Damen unsere Aufmerksamkeit, sie waren als ,,Eintänzerinnen'' engagiert. Wir erkundigten uns, wann der Betrieb zu Ende sei, und postierten uns, als es soweit war, in geringer Entfernung vom Ausgang, damit die beiden Mäuschen nicht entwischen konnten. Dazu muß bemerkt werden, daß mein Freund und ich längst ein eingespieltes Team waren, es ging immer alles genau nach Plan, den berühmten ,,Wiener Schmäh'', das ist der elegante Trick, beherrschten wir schon perfekt, so dachten wir wenigstens. Als dann die beiden Ahnungslosen daherkamen, wir hatten uns links und rechts des Weges aufgestellt, versperrten wir ihnen den Weg und ließen einen Redeschwall auf unsere ,,Opfer'' niederprasseln. Wir entschuldigten uns, spielten die ortsunkundigen Fremden und erbaten die Hilfsbereitschaft der Damen. Diese Überrumpelungstaktik und auch der Fremdenschmäh ,,zogen'' (wie der Wiener sagt), wir gingen mit den Mädchen in ein Tanzcafé. Und hier entpuppten sich die beiden, sonst recht sparsamen ,,Tschent'', als splendide Herren mit weltmännischen Gesten und Manieren. Immer hatten wir davon geträumt, es denen im Film einmal nachzumachen. Hermann spielte sein Vorbild Hans Albers, dessen große Sprüche wußte er alle auswendig. Ich war mehr für die feinere Klinge, à la Adolf Wohlbrück oder Willi Birgel. Indessen ließen sich unsere hübschen Begleiterinnen den Kaffee, die Torten mit Schlag und andere Leckerbissen gut schmecken. Wir waren Idealisten, und sexuelle Belange waren noch nicht gefragt, uns erfreute die Gesellschaft der beiden Mädchen. Und als es Zeit für den Abschied wurde, ließen wir, ebenfalls programmgemäß, noch ein kleines Täuschungsmanöver ablaufen. Ich rief: Herr Ober, bitte zahlen, der gab Hermann die Rechnung, worauf dieser seine Brieftasche zückte, darin blätterte und dann zu mir herüber rief,...eh...Günther, hast du vielleicht ,,Kleingeld?'', worauf ich in Aktion trat. Mit der Geste eines Grandseigneurs zog ich mit zwei Fingern einen ,,Zehner'' aus der oberen Rocktasche und übergab ihn mit dem Ausdruck von Noblesse dem Ober, der Rest ist für sie, bemerkte ich noch gönnerhaft. Den jungen Damen gingen die Augen über, so etwas dürfte ihnen noch nicht passiert sein, aber sie waren auch nicht von gestern, und am nächsten Tag ,,fühlten sie uns auf den Zahn''. Unter dem Vorwand, Handlesen zu wollen, ließen sich die Schlauen die Innenseiten unserer Hände zeigen, in Wirklichkeit wollten sie nur wissen, ob wir beide vielleicht nur ,,Baraber'', das sind manuelle Arbeiter, wären. Während mir dabei zunächst nichts auffiel, hatte Hermann schnell ,,überzogen'', was da gespielt wurde. Wir brachen alle vier in schallendes Gelächter aus und von da an war Freundschaft geschlossen. Unsere nunmehrigen Freundinnen bestätigten uns, daß der Schmäh von Klasse sei. Die Wahl des jeweiligen Partners überließen wir den Damen, ich war jedenfalls zufrieden, weil ich die Schönere bekam. Diese Freundschaft dauerte bis in den Krieg hinein, ,,meine'' war später Tänzerin bei einem Fronttheater, und ich besuchte sie im Urlaub. Nach dem Krieg heiratete sie einen Amerikaner und zog mit ihm in die Staaten, was ich erst viele Jahre später, nach meiner Heimkehr, erfuhr.

Diese Bekanntschaft war nur eine von vielen zwischen Wien und Graz. In der steirischen Hauptstadt hatten Hermann und ich einen gemeinsamen Freund, der dieselben Sorgen, aber auch Interessen hatte wie wir. Armin, so hieß er, hatte, so wie ich, frühzeitig seine Mutter verloren, und so machte er sich eines Tages auf und davon. Sein Fernweh brachte ihn bis nach

Nordafrika, er erlebte Abenteuer, mehr als ihm lieb war. Nach vielen Entbehrungen und Strapazen kam Armin auf Umwegen wieder in die Heimat und nahm Kontakt mit uns beiden auf. Alle drei Freunde waren in der gleichen Branche tätig und unser Ziel war es, selbständig zu sein. Ein oder zweimal im Jahr fuhr Armin nach Wien, um Radiomaterial zu kaufen. Hermann und ich waren in der Zwischenzeit nach Kärnten übersiedelt und betrieben in einer Kleinstadt eine Reparaturwerkstätte, aber die Geschäfte gingen schlecht. Ich selbst lebte beim Freund unangemeldet als ,,U-Boot'', sonst hätte Hermann mehr Miete bezahlen müssen, so war ich nur Gast. Eines Tages fuhren wir mit dem Motorrad, welches dem Vater meines Freundes gehörte, nach Wien, um Ersatzteile zu besorgen. In Wien hatten wir längst die billigste Unterkunft ausfindig gemacht, es war dies das ,,Grand-Hotel'' Ledigenheim in der Wurlitzergasse im 16. Bez. Dort gab es hunderte von kleinen Schlafkabinen in einem Labyrinth von engen Gängen mit ein bis zwei Pritschen. Als wir den langen Korridor passiert hatten, öffnete Hermann die Tür zu unserem ,,Appartement'', zufällig öffnete sich auch die gegenüberliegende Tür, der Insasse wollte vor dem Schlafen offenbar noch einen Weg erledigen. Im Spiegel an der Wand unserer Kabine erkannte Hermann im Bruchteil einer Sekunde, daß der Mann vis-à-vis niemand anderer war als unser Freund aus Graz. Das war wohl ein unwahrscheinlicher Zufall. Zur gleichen Zeit in Wien, das kann es geben, im selben Gebäude auch, die Kabinen auf gleicher Höhe, schön, aber die Sekunde, während der die Türen gleichzeitig geöffnet werden, der zufällige Blick in den Wandspiegel und der Moment des Erkennens, das war wirklich eine einmalige Konstellation. Jedenfalls war unsere Freude groß, und am nächsten Tag führten wir unseren Grazer Freund zum ,,Galadiner'' beim Passecker in der Kirchengasse. Dort gab es um fünfzig Groschen eine Portion Jungschweinernes mit Knödel und Saft. Unserem Freund gefiel nicht nur das Billigstmenu, sondern er ergötzte sich auch am Dialog zweier Urwiener Typen, vermutlich Fiaker, die am Stehtisch nebenan standen. Da fielen Ausdrücke, die Armin noch nie aus erster Hand gehört hatte und die nur den ,,Eingeborenen'' verständlich sind, wie zum Beispiel: Remassuri, Halawachel, Wetschgruber, Safaladi Bruada, an Buschkawü zamdrahn, Blattfußindianer, Spekuliereisen, Tschinelln und anderes mehr. Wir übersetzten: das letztere ist eine Ohrfeige, das vorletzte ist eine Brille, und das erste Wort bedeutet ein Durcheinander. Armin hielt sich den Bauch vor Lachen, aber die beiden Männer ließen sich nicht stören, so vertieft waren sie in ihr Gespräch.

Dann trennten sich wieder unsere Wege, aber bald sollte man sich in Graz wieder treffen, denn in Kärnten konnten Hermann und ich uns nicht mehr lange halten. Obwohl wir die Puch-Maschine hatten und täglich eine Geschäftstour machten, waren die finanziellen Erträge zu gering, und an einem Februartag waren wir mit unserem Latein am Ende. Hermann hatte schon vorher seine Uhr versetzt, blieben nur mehr die Wintermäntel, meiner war zu schäbig, also mußte seiner herhalten und das im kalten Februar.

Während mein Leidensgenosse mit meinem Mantel, denn ich hatte seinen an, einen letzten Akquisitionsversuch unternahm, fuhr ich per Anhalter nach Klagenfurt. Bei Regenwetter kam ich im Versatzamt an. Dort zog ich den Mantel aus und präsentierte ihn dem Schätzmeister. Dieser sagte vorwurfsvoll zu mir: „Der ist ja ganz naß!", worauf ich prompt antwortete: „Es regnet ja draußen", worauf der Mann nichts mehr sagte. Mit dem Geld und ohne Mantel fuhr ich per Bahn zurück, sehnsüchtig erwartet von Hermann, dem schon der Magen krachte.

Als es im März etwas wärmer wurde, beschlossen wir, unsere Zelte abzubrechen und nach Graz abzureisen. Dort, so hofften wir, könnten wir uns bei Hermanns Mama einmal richtig satt essen. Dann wollten wir beratschlagen, wie es weitergehen sollte. Hermann, der das Motorrad lenkte, zog als Vordermann den Mantel an, ich klammerte mich an ihn, damit ich die Kälte des Fahrtwindes weniger spürte. Über das Murtal und Bruck ging die Reise nach Graz, die Packstraße lag im oberen Teil noch im Schnee. Steif und durchfroren standen wir dann vor der Wohnungstür, aber o weh, Hermanns Vater war zu Hause, und das verhieß nichts Gutes, denn die beiden hatten sich nie gut verstanden. Der Mann war Vertreter, und auch seine Geschäfte gingen schlecht, für uns hätte er keinen Platz und vor allem auch kein Geld, und das entsprach auch den Tatsachen, das wußten wir. Nach kurzem Aufwärmen standen wir wieder vor der Tür, diesmal aber verkehrt. An so manche Schläge schon gewöhnt, verließen wir die ungastliche Stätte. Die Frau Mama hatte uns noch zugeflüstert, wir sollten am nächsten Tag kommen, der Vater sei unterwegs, schnell steckte sie uns noch zwei Brote zu. Ohne Motorrad und ohne Unterkunft irrten wir ziellos herum, unsere wenigen Schillinge mußten wir fürs Essen sparen. Wir wanderten das Murtal aufwärts, vielleicht gab es da einen Heuschober. Schließlich kamen wir zu einem Sägewerk, es war nebelig und kalt. Gegen Mitternacht übermannte uns der Schlaf, und wir legten uns zwischen die aufgestapelten Bretter. Aber an Schlafen war nicht zu denken, nach einer Stunde standen wir wieder auf und wanderten weiter, um uns zu erwärmen. So eine Nacht dauert lang, wenn man kein Bett hat. Wir spazierten durch halb Graz, dann begann es endlich zu dämmern. Auf einer Parkbank ließen wir uns nieder und warteten auf die ersten Sonnenstrahlen. Das war der bisherige Tiefpunkt unseres jungen Lebens.

Dann konnten wir uns endlich bei der Mutter meines Freundes laben und wärmen. Ich blieb aber nur mehr einen Tag, wir konnten der armen Frau in der kleinen Wohnung nicht zur Last fallen. Hermann und ich suchten noch Freund Armin auf, und ich verabschiedete mich bald danach. Per Anhalter reiste ich zu meinem Herrn Papa, welcher den ,,verlorenen Sohn'' viel freundlicher aufnahm als zuvor Hermanns Vater uns.

Ich hatte nun wieder ein ordentliches Quartier samt Kost. Allerdings erzählte ich meinem Vater nicht, wie es mir in der Zwischenzeit ergangen war. Bald hatte ich die Schicksalschläge wieder vergessen. Mit Radioreparaturen verdiente ich weiterhin mein Taschengeld, in dieser Hinsicht sah es hier am Land günstiger aus, die kleine Wohngemeinde war abgelegen. Aber auch zur Weiblichkeit wurden neue Kontakte angeknüpft. Anläßlich einer Fahrt in eine größere Ortschaft bahnte sich eine Romanze an. Die Entfernung zum Wohnort meiner Bekanntschaft war allerdings relativ groß, und so konnte ich das passende Lied singen: Ein Mädel aus Mödling und ein Bursch aus St.Veit, die kommen net z'samm..., denn der Weg ist zu weit, und so gab es zunächst nur einen Briefwechsel. Da aber die Liebe bekanntlich die stärkste Macht auf Erden ist, kaufte ich mir bald ein gebrauchtes Motorrad, um an das Ziel meiner Wünsche zu gelangen.

Bad darauf ergaben sich für unser Heimatland Österreich entscheidende Veränderungen.

Wir Brüder hatten infolge der geschichtlichen Ereignisse gänzlich verschiedene Wege eingeschlagen. Der Älteste hatte es zunächst am besten getroffen, er war bei der Polizei im Offiziersrang, auch später im Krieg. Nach diesem hatte sich Walter eine neue Existenz aufgebaut und lebte mit seiner Familie zufrieden im eigenen Haus.

Bruder Herbert hatte von Beginn an mit Schwierigkeiten zu kämpfen. Als der Krieg begann, war er an der Westfront bei einem Stoßtrupp-Unternehmen und wurde bei einem solchen schwer verletzt. Im Lazarett und später im Spital lag er dann über ein Jahr. Aus dem Militärdienst entlassen, erhielt der Bruder, gewissermaßen als Entschädigung, die Stelle eines Gauhauptstellenleiters für das Verkehrswesen in Linz zugeteilt, was heute der Stellung eines Hofrates entsprechen würde. Mit dem Zusammenbruch des Dritten Reiches war es aber mit dieser Herrlichkeit vorbei, Herbert kam in das amerikanische Anhaltelager Glasenbach bei Salzburg. Dort waren fast die gesamten Intellektuellen der amerikanischen Zone versammelt. Die Spitäler waren ohne Ärzte, die Betriebe ohne Ingenieure. Ohne diese Internierten war an einen Wiederaufbau nicht zu denken, und so entließ man die Leute bald wieder. Gegen meinen Bruder lag nichts Nachteiliges vor. Da er ungarisch und auch etwas englisch sprechen konnte, wurde er als Dolmetscher zu einer amerikanischen Dienststelle in Gmunden beordert. In der Nähe dieser Stadt, westlich des Traunfalls, lagerte im Wald ein ungarischer Flüchtlingstreck, mein Bruder war als Verbindungsmann zu diesem eingeteilt. Diese Ungarn, hauptsächlich Nationale, auch „Pfeilkreuzler" genannt, verloren sich allmählich in alle Welt, damit war auch dieser gute Job zu Ende. Nun mußte eine neue Existenz aufgebaut werden, und dafür war die Zeit denkbar ungünstig und die schwere Kriegsverletzung hinderlich. Schließlich wanderte Herbert in die Schweiz aus, fungierte dort als Hausverwalter und hatte auch eine schöne Wohnung. Jahre nach meiner Heimkehr besuchte ich meinen Bruder in Basel, und es gab ein freudiges Wiedersehen. Da erfuhr ich, wie es ihm während unserer langen Trennung ergangen war. Ich sah, daß man sich gut eingelebt hatte, Herbert hatte neue Freunde gewonnen und blieb in der Schweiz. Soweit diese Vorschau.

Im März 1938 kam Hitler mit seinen Truppen nach Österreich. Von seinem Spezial-Mercedes aus begrüßte er stehend die Bevölkerung. In Wien eingetroffen, verkündete der „Führer", von der Kanzel der Hofburg herab, den Eintritt seiner Heimat in das Großdeutsche Reich. Und dies hatte für viele junge Leute meiner Generation Konsequenzen, die zu diesem Zeitpunkt noch nicht absehbar waren. Im Herbst desselben Jahres erhielt ich nämlich eine „Einladung", sprich: einen Stellungsbefehl zur deutschen Wehrmacht und mangels einer Alternative nahm ich diese Einladung an, wenn auch mit gemischten Gefühlen. Ein völlig neuer Abschnitt begann nun in meinem Leben, ich nahm mir vor, das Beste daraus zu machen.

2. Kapitel
DIENST BEI DER DEUTSCHEN WEHRMACHT

Gemächlichen Schrittes, ich war ja noch Zivilist, betrat ich die Stufen des Gebäudes, wo die Stellungskommission amtierte. Ich begegnete dabei einem Militaristen, und dem schien etwas an meiner Person zu mißfallen, von den Dienstgraden hatte ich keine Ahnung, vielleicht wollte der Gute gegrüßt werden, jedenfalls brüllte er mir etwas nach, was ich nicht verstand. Ich dachte mir, den Kerl kenn ich ja gar nicht, langsam drehte ich mich um und fragte ihn: ,,Sprechen sie zu mir, mein Herr?'', worauf dem Mann anscheinend die Sprache wegblieb. Ich aber hatte schon die Tür hinter mir geschlossen und ging weiter. Das war also mein erster Kontakt mit der ,,Soldateska'', Pardon, mit dem Militär.

Die Einstellung zu militanten Belangen ist bekanntlich von Mensch zu Mensch sehr verschieden. Mein zukünftiger oberster Chef und Landsmann aus Braunau zum Beispiel meldete sich seinerzeit im Jahr 1914 freiwillig, um als Soldat die Kriegsfront zu erleben. Meine Interessen in punkto aufregende Erlebnisse lagen dagegen auf anderen Gebieten, ich bevorzugte das natürliche Metier. Daher hatte ich das Haus des Wehrmacht-Empfangskomitees eher als Unfreiwilliger aufgesucht, umsomehr, als sich zu dieser Zeit rings um Deutschland kein angriffslustiger Feind sehen ließ. Aber es sollte nicht mehr lange dauern, bis der revanchebeseelte Adolf Hitler seine Karten aufdeckte, wobei er sich, wie sich bald herausstellen sollte, die alte preußische Devise: ,,Viel Feind, viel Ehr''', zu eigen machte.

Der Truppenarzt war mit meiner körperlichen Verfassung zufrieden, und nun kam das Entscheidende, die Verteilung zu den Einheiten, hier ging es im wahrsten Sinne des Wortes um Leben oder Tod, wenn es Krieg gab, denn die Überlebenschancen waren für das technische Personal doch weit höher, als etwa für einen Infanteristen. Der Beruf spielte die entscheidende Rolle, denn ich wurde einer ,,Beobachtungs-Abteilung'' zugeteilt, einer rein technischen Einheit, wie sich alsbald herausstellte. Das Radio- bzw. Funkwesen spielte hier eine wichtige Rolle. Der Einrückungstermin 1. Oktober 1938 wurde auf den 1. Dezember verschoben, weil das Barackenlager nördlich von Stockerau noch nicht fertiggestellt war. Am genannten Tag wurden wir, die neuen Rekruten, von mehreren Lastautos und deren Begleitmannschaft vom Bahnhof abgeholt, wie nobel, dachte ich mir. Die Insassen des Militärlagers waren, mit Ausnahme der meisten Offiziere, durchwegs Österreicher, wie man an der Aussprache bald bemerken konnte. Von unserer Zivilkleidung nahmen wir, die Anfänger, nunmehr Abschied für zwei Jahre, ,,typischer Fall von denkste'', hätte ich sagen können, oder: ,,darfs ein bißchen mehr sein'', jedenfalls kam ich erst nach etlichen Jahren wieder zurück, und das nur mit unwahrscheinlich viel Glück.

Dann kam die Ausbildung, sie teilte sich in eine militärische und eine technische Hälfte. Mit der ersten hatte ich keine Freude, die andere aber interessierte mich, weil sie meinen erlernten Berufen entsprach. Von Anfang an tanzte ich in irgendeiner Form aus der Reihe. Beim Funkunterricht merkte der Funkmeister bald, daß ich von der Materie mehr verstand als er, der ja nur einen Schnellsiedekurs in Jüterbog bei Berlin absolviert hatte und in diesem Fach nicht vorgebildet war. Kurzerhand ließ er mich zur Tafel vorkommen, und ich erklärte meinen Kameraden die physikalischen und elektrotechnischen Vorgänge, sowie den Aufbau von Sender und Empfänger, von welchen die Abteilung zahlreiche besaß. Ich machte dies in allgemein verständlicher Form und soweit es für einen Militärfunker nötig war. Auf Grund dieser Sachlage und im Hinblick auf das von Anfang an gute Verhältnis zum Funkmeister erhielt ich bald eine Funktion als Gerätewart und Instandsetzer. Somit gehörte ich zur heißbegehrten Gilde der sogenannten ,,Kommandierten'', das waren die Spezialisten, die eben spezielle Aufgaben zu erfüllen hatten. Beim Frühappell hieß es dann: ,,Kommandierte, rechts raus'', und die ,,Klasse der Auserwählten'' sonderte sich vom ,,Haufen'' ab. Vom unbeliebten Wacheschieben und vom Fußdienst war ich dann meistens befreit. Jedenfalls brachte diese Position Vorteile in vieler Hinsicht, sowohl im Dienst der deutschen Wehrmacht als auch nachher.

Als der erste große Übungsmarsch, noch im Winter, stattfand, war ich aber dabei. Beim Rückmarsch geriet ich vor dem Barackenlager mit einem Fuß in eine gefrorene Radrinne der Straße, stürzte seitlich weg und blieb mit schmerzverzerrtem Gesicht liegen. Die lange Kolonne marschierte vorbei, aber die letzten Soldaten, es waren auch die Kleinsten, packten mich und trugen mich bis in das Lager nach. Erst jetzt wurde man aufmerksam, und dem Ausbildungsoffizier war die Sache sichtlich peinlich. Wie sich dann im Stockerauer Spital herausstellte, hatte ich einen Bänderriß und eine Knochenabsplitterung erlitten, ich bekam einen Gipsverband. So tanzte ich im wahrsten Sinne des Wortes aus der Reihe, die Ausbildungszeit war für mich vorzeitig zu Ende gegangen.

Im Krankenhaus vertrieb ich mir die Zeit damit, die schöneren Schwestern mit meinem ,,Schmäh'' zu erheitern, unter dem Motto: Die Katze läßt das Mausen nicht. Nach drei Wochen kam ich wieder zur Einheit zurück, ich hatte aber noch Schonzeit. Der regierende Hauptwachmeister hatte gleich Probleme mit mir, dem Halbsoldaten, nicht wegen meines Ausfalls vom Dienst, aber er fand ein Haar in der Suppe, bzw. mehrere in meinem Gesicht, es war die erste Zeit noch geziert mit einem Oberlippenbart. Der muß weg, sagte er mehrmals in barschem Ton, ich ließ mir aber mit der Entfernung etwas Zeit, möglicherweise stand darüber nichts in der HDV, das ist die Heeres-Dienstvorschrift. Jedenfalls wurde eines Tages beim Frühappell verlesen, daß meine Wenigkeit den Bart zu liquidieren hätte, das war ein Batterie-Befehl, Begründung gab es keine. Triumphierend sah mich nun der Hauptwachtmeister an, als wollte er sagen, na... jetzt mußt du springen. Aber ich blieb ihm nichts schuldig und sagte laut, damit es alle Versammelten hören konnten: ,,Herr Hauptwachtmeister, der Führer und oberste Befehlshaber der Wehrmacht ist das Vorbild des deutschen Soldaten, und...er trägt einen Bart!''. Einen Augenblick herrschte betretenes Schweigen, dann aber begann man, unter Beachtung der militärischen Rangordnung, zuerst zu schmunzeln, und schließlich brach die ganze versammelte

Menge in schallendes Gelächter aus, vor allem die Offiziere und die Chargen. Dem ,,Spieß'' blieb nichts anderes übrig als mitzumachen. Obwohl ich den Bart abrasierte, hatte man mir diese Geschichte nie ganz verziehen. Bei meinen Kameraden aber war ich der Held des Tages und genoß entsprechendes Ansehen.

Später beim Polenfeldzug aber feierte mein Bärtchen seine Wiederauferstehung, an der Front, als es Ernst wurde, hatte man schon andere Sorgen. So manche Herren, die am Kasernenhof die großmauligen Helden mimten, zitterten sichtlich um ihr Leben, dabei war das erst ein bescheidener Anfang. Aber nach dieser Vorschau wieder zurück in das Barackenlager Stockerau.

Im Frühjahr rückte unsere Einheit zum Scharfschießen aus. Ich hatte noch keine Gewehrausbildung und sollte nur zusehen. Auf meine Bitte hin durfte ich dann doch mitmachen, wobei mir der Unteroffizier den Karabiner laden mußte. Er meinte: ,,Na...das wird was werden'', ob ich eine Waffe überhaupt schon in der Hand gehabt hätte, fragte er. Oh ja, antwortete ich, beim Leopoldimarkt in Klosterneuburg. Ich verschwieg allerdings, daß ich öfter Gelegenheit gehabt hatte, mit einem Flobertgewehr zu üben, so wußte ich, daß es nur auf das richtige Zielen und auf die nötige Ruhe ankam. Diese Voraussetzungen waren bei mir gegeben, ich hatte ja nichts zu verlieren. Die meisten Kameraden schossen nicht gut, weil sie zu aufgeregt und nervös waren. Ich legte mich auf den Tisch, konzentrierte mich, zielte genau und drückte langsam mit Gefühl ab, sobald ich den schwarzen Punkt der Scheibe im Visier hatte. Der Mann an der Zielscheibe meldete einen Zwölfer, mein Unteroffizier sprach von einem Zufallstreffer, als aber noch ein weiterer Voller und ein Elfer folgten, war man verblüfft. Das widersprach jeder militärischen Vorstellung. Ich meldete dann beim Übungsleiter meine 35 Ringe und erhielt prompt als einer der Besten drei Tage Sonderurlaub, ein unerwarteter Erfolg.

Im Sommer 1939 fuhr unsere Abteilung, das ist dasselbe wie ein Regiment, zum Truppenübungsplatz Döllersheim im

Waldviertel. Die Aufgabe unserer Einheit war, die Stellungen der angedeuteten feindlichen Artillerie per Schallmessung genau auszumachen und diese Ziele an die eigenen Geschützverbände weiterzuleiten. Der Vorgang war ziemlich kompliziert. Auf einer Länge von etwa zehn Kilometern waren im Gelände vier bis fünf hochempfindliche Spezialmikrophone in flachen Erdlöchern aufgestellt. Sie nahmen den Abschußknall von Feindgeschützen auf und zwar mit geringen Zeitdifferenzen. Auf der Meßstelle befand sich ein batteriebetriebener UKW-Sender, welcher die Impulse des Mikrophons aufnahm und verstärkt an die Zentrale sandte. Die Empfänger samt Funkgerät hatte ich zu bedienen, es handelte sich hier um eine Schlüsselposition. Die empfangenen Signale wurden nun zu einem speziellen Filmaufnahmegerät geleitet. Auf den breiten weißen Filmstreifen waren schwarze Ruhelinien, die einen Ausschlag anzeigten, sobald das Signal von der Meßstelle eintraf, wobei aber das Filmgerät erst nach Vorwarnung durch einen Funker an der vordersten Linie eingeschaltet wurde. Der entwickelte Film, welcher ähnliche Ausschläge zeigte, wie der Seismograph einer Wetterwarte, gelangte nun in die Auswertung. Dort befand sich an der Wand des Kastenfahrzeuges eine große Geländekarte mit einem speziellen Mechanismus, mit dessen Hilfe es dann möglich wurde, unter Zugrundelegung der Filmdaten den Standort der feindlichen Batterien bzw. Geschütze im Planquadrat zu fixieren. Das ist aber noch nicht alles. Jetzt mußte erst die Rückprobe gemacht werden. Zu diesem Zweck gab die eigene Artillerie einen Probeschuß auf das ausgemachte Ziel ab. Der Einschlag, bzw. die Explosion der eigenen Granate schweren Kalibers wurde nun nach dem gleichen Prinzip, wie vorher der Abschuß des feindlichen Geschützes, behandelt. Erst wenn sich Abschuß und Einschlag auf dem Plan in der Auswertung deckten, erging der Befehl zum Wirkungsfeuer der eigenen, schweren Artillerie. Bei so einem Betrieb mußte jeder seinen Mann stellen, nur ein gut eingespieltes Team konnte die verlangten Erfolge verbuchen, und das war erfreulicherweise bei uns der Fall. Das ganze Verfahren unterlag strengster Geheimhaltung. Nach Abschluß der Manöver war man jedenfalls bei den Stäben zufrieden, und die motorisierten Einheiten durften noch eine schöne Übungsfahrt durch das Voralpenland machen.

Dann kam noch eine Übung auf einem tschechischen Platz, und von dieser Zeit an waren wir mit unseren Spezialfahrzeugen fast ständig unterwegs, denn bald wurde aus den Übungen bitterer Ernst. Das Lager in Stockerau sahen wir nicht mehr, bzw. erst Jahre später, als die Überlebenden.

3. Kapitel

2. WELTKRIEG

Bald darauf fuhren wir in Richtung polnische Grenze. Auf der Kurzwelle meines Funkgerätes hörten wir vom Reichsrundfunk die Meldung: ,,Ab heute wird zurückgeschossen!''

Für uns war der Polenfeldzug fast nur eine Übungsfahrt, es gab keinen Stellungskrieg, nur ein Teil der Abteilung betrieb Aufklärung. Jetzt sahen wir, wie gut wir es im Vergleich zu der am Straßenrand marschierenden und in Staub eingehüllten Infanterie hatten. Aber wir konnten wenigstens einige von ihnen mit Trinkwasser aus unserer Tonne versorgen. Ab dieser Zeit betätigte ich mich häufig als Photograph, später lernte ich auch das Entwickeln der Filme und Ausarbeiten der Bilder.

Auf Grund eines Geheimabkommens zwischen Hitler und Stalin war Polen ,,brüderlich'' als Beute aufgeteilt worden. So ergab es sich, daß unsere Autokolonne durch ein bereits von der Roten Armee besetztes Gebiet fuhr. Die deutschen und russischen Soldaten winkten sich freundlich zu, eine groteske Situation, angesichts der späteren Entwicklungen im Osten. Aber zu diesem Zeitpunkt konnten wir nicht ahnen, was da noch auf uns zukam. Vorerst hatten wir noch einige tausend Kilometer auf anderen Kriegsschauplätzen zurückzulegen.

In Warschau wurden die Fahrzeuge auf die Bahn verladen, ein ganzer Lastzug war dazu nötig, nur für unsere Einheit allein. Die Fahrt ging über Berlin in das Rheinland. Dort wurden wir in Privatquartieren untergebracht, vom Krieg spürten wir einstweilen nichts mehr. Wir lernten die schöne Gegend kennen und stellten fest, daß es in anderen Städtchen auch schöne Mädchen gab.

Nach der Winterpause wurde es aber wieder Ernst. Der Frankreich-Feldzug nahm seinen Anfang. Vorne waren die Panzer, die Infanterie, die Pioniere und oben die Stukas, das waren die Sturzkampf-Bomber Ju 87 mit ihrem Sirenengeheul, dann kam die Artillerie und schließlich unser Herrenclub. Wieder ging der Vormarsch so schnell, daß wir nur sporadisch zum Einsatz kamen, General Rommel war auf Tempo eingestellt. So wurde die Abteilung nur gerufen, wenn die Front zum Stehen kam, was aber nicht lange dauerte. Über Belgien ging die Reise nach Lille und Arras und weiter an die Somme, schließlich erreichten wir in der Normandie bei Fécamp die Kanalküste. Die Engländer hatten bei ihrer überstürzten Flucht einiges zurückgelassen, für uns waren die guten Zigaretten, zum Teil in Tropenpackung, interessant.

In Dünkirchen aber geschah etwas, was sich bis heute die Kriegshistoriker nicht erklären können. Das von allen Seiten eingeschlossene britische Expiditions-Korps konnte sich nahezu ungehindert nach England einschiffen. Diese Armee bildete später den Kern der Invasiontruppen. Am meisten wunderten sich die Briten selbst über dieses militärische Wunder, und ab dieser Zeit sprach man von einem „England-Komplex" Hitlers.

Dann ging der Vormarsch weiter in die Bretagne. Über die Hauptstadt dieses Gebietes, Rennes, gelangten wir zum Kriegshafen Brest. Anschließend ging die Fahrt weiter entlang der Atlantik-Küste über Nantes, La Rochelle und Cognac nach Angoulème und Archiac, wo wir Quartier bezogen.

Inzwischen hatte Adolf Hitler Gelegenheit, seinen größten Triumph auszukosten. Im Wald von Compiegne wurde die Kapitulation Frankreichs unterzeichnet. Das Zeremoniell fand im gleichen Eisenbahnwaggon statt, in welchem nach dem Ersten Weltkrieg die Vertreter Deutschlands ihre Kapitulation unterschrieben hatten, da kann man nur sagen, „Aug um Aug, Zahn um Zahn".

Die Reise unserer Einheit ging aber noch weiter über Bordeaux und endete erst in Biarritz an der spanischen Grenze. Wir nahmen Quartier im Spielcasino, wie es sich für so vornehme Herren gehörte, der Betrieb war natürlich längst eingestellt. Den schönen Badeort nahmen wir näher in Augenschein, wir hatten das Gefühl, daß da etwas in der „Luft lag". Aber es war dann nicht die Luft, sondern ein nettes Gebäude, welches sich „Villa de Beauté" nannte, und die durchwegs weiblichen Bewohner fanden sogleich unser reges Interesse, besonders die Ehemänner frequentierten die Villa der Schönheiten, offenbar hatten sie einen gewissen Nachholbedarf.

Weiters machten wir noch einen Ausflug nach San Sebastian in Spanien, die ,,baskischen Separatisten'' waren zu dieser Zeit noch recht harmlos. An der Grenze bei Irun trafen wir auf Leute, die wienerischen Dialekt sprachen, es stellte sich heraus, daß es Emigranten waren, die hier noch das rettende Ufer erreicht hatten und über Lissabon nach Amerika auswanderten. Wir unterhielten uns kurz mit ihnen und besichtigten dann das Baskenland. Anschließend ging es über die Grenze zurück.

Und an dieser Stelle geschah wieder etwas Unbegreifliches. Hitler verhandelte mit General Franco wegen Gibraltar, deutsche Spezialtruppen mit schweren Waffen, sowie Luftwaffeneinheiten sollten freien Durchzug durch Spanien erhalten. Franco wäre Hitler dies schuldig gewesen, da dieser ihm im spanischen Bürgerkrieg die ,,Legion Kondor'' gesandt hatte und General Franco nur dadurch zum Sieg und zur Macht gekommen war. Der Caudillo brachte aber das unglaubliche Kunststück zuwege, dem großen Hitler, vor dem damals ganz Europa zitterte, eine Abfuhr zu erteilen, und Hitler ließ sich das gefallen, was von niemandem zu verstehen war. Hätte Deutschland damals die Straße von Gibraltar kontrolliert, wäre zumindest Feldmarschall Rommels Vormarsch in Nordafrika anders verlaufen. Die Engländer aber freuten sich über diesen zweiten großen ,,Schnitzer'' des Feldherrn Hitler und hofften auf noch weitere, ein Gefallen, der ihnen in weiterer Folge auch gemacht wurde. Die gelernten Generäle, die es besser gewußt hätten, wie ein Krieg zu führen ist, wurden vom Gefreiten des Ersten Weltkrieges abgekanzelt oder abgesetzt, wie z.B. der Generaloberst von Brauchitsch, was sich noch bitter rächen sollte.

Noch aber sonnte man sich in den bisher erfochtenen Erfolgen, welche sich, so wie die noch folgenden, alle als ,,Pyrrhussiege'' erweisen sollten.

Zu dieser Zeit wäre unter Umständen eine Invasion Englands noch möglich gewesen, wenn man den flüchtenden Briten bei Dünkirchen sofort nachgesetzt hätte, wobei allerdings eine Luftüberlegenheit nötig gewesen wäre. Für die deutsche Luftwaffe hatte aber dieser Krieg um zwei bis drei Jahre zu früh begonnen, man hätte jetzt schon die Düsenflugzeuge und eventuell auch die V-Raketen gebraucht, aber diese befanden sich noch im Entwicklungsstadium. Görings Luftwaffe heizte den Engländern zunächst gehörig ein, so wurde die Industriestadt Coventry fast dem Erdboden gleichgemacht und seither der Ausdruck „coventrieren" verwendet, Hauptziel waren aber die britischen Militärflugplätze samt den abgestellten Maschinen. Als die Lage für die RAF, die Royal Air Force, bedrohlich wurde, griffen die Engländer in bewährter Manier zu einer List, wobei man auch von einer Art Notwehr sprechen könnte. Man startete mit einem Bombergeschwader einen nächtlichen Angriff auf Berlin, also in erster Linie ein ziviles Ziel. Hitler und Göring waren empört über diese Frechheit, sie reagierten im Zorn so, wie es die Briten erwarteten. Nach der Devise: Rache ist süß, befahlen die Herren nun ihrer Luftwaffe, London zu bombardieren. Das brachte zwar unvermeidliche Opfer und große Schäden, aber die RAF, die königliche Luftfahrt, bekam wieder Luft, das Ablenkungsmanöver hatte den gewünschten Erfolg. Die Engländer ließen die Produktion des modernen Jagdflugzeuges „Spitfire" auf vollen Touren laufen, und die Flugplätze wurden wieder einsatzfähig. Damit war der Traum von der Luftherrschaft über „Engelland" zu Ende. Zwar wurden die Luftangriffe vor allem nachts weitergeführt, aber die Verluste auf deutscher Seite wurden immer größer und die Abwehr des Feindes immer stärker. Die schwer angeschlagene Luftwaffe Görings wurde nun für andere Aufgaben vorbereitet. Das Abwehr-Unternehmen „Pluto", das brennende Meer, kam bei den Briten nicht mehr zum Einsatz. Erst zu Ende des Krieges wurde Großbritannien durch den Beschuß mit deutschen V 1- und V 2-Raketen wieder gestört, die moralische Wirkung war dabei sicher größer als die militärische. Angesichts seines ersten Mißerfolges im Westen wandte der „Führer" nun seinen Blick in eine andere Richtung, die große Armee war arbeitslos! Zunächst gab es aber eine kurze Atempause, die von mir in sehr erfreulicher Weise genutzt werden konnte. Einige Soldaten der Einheit, welche technische Berufe hatten, wurden zu einem sogenannten Rüstungsurlaub von unbestimmter Dauer in ihre Heimat geschickt, das war eine große Überraschung.

Ich nahm Quartier in der Belvederegasse in Wien und kam zur ,,EUMIG'' am Südbahnhof, der volle Name des Betriebes lautete: Elektrizitäts- und Metallwaren-Industrie-Gesellschaft. Natürlich trugen wir, die Rü-Urlauber, Zivilkleidung, die ,,Umstellung'' ging nahtlos vor sich.

Am ersten Wochenende fuhr ich gleich nach Graz, um meine Freunde zu besuchen, sie waren beide noch u.k. gestellt, was so viel bedeutete wie: unabkömmlich, aber bald mußten auch sie einrücken. Die Wiedersehensfreude war entsprechend groß, und sogleich nahmen wir unsere alten Gewohnheiten wieder auf. Armin, der Sohn eines Professors, war meistens der geistige Urheber unserer Pläne, und die Stadt Graz mit den bekannt hübschen Mädchen geradezu prädestiniert für unsere Vorhaben. Also unternahmen drei elegante Herren einen Bummel in der Herrengasse, vor uns tat ein sehr schönes Mädchen dasselbe. Unsere Blicke zerlegten die Ahnungslose in ihre Bestandteile, schau Hermann, die langen blonden Haare, und dieser wiegende Gang, hat die ein schönes Becken und die Haxerln (sprich Beine), wie muß die Holde erst von vorne aussehen. Plötzlich aber scherte die Bewunderte aus und begab sich auf die andere Straßenseite, um dort Auslagen zu betrachten. Wie immer in solchen Fällen, wurde ich von Armin, dem Dirigenten unseres Trios, dazu auserkoren, den ,,Aufriß'' zu tätigen. Er stachelte meinen Ehrgeiz auf, indem er sagte: Du bist mit deiner Größe und dem Homburg-Hut der Attraktivste, du mußt die Kastanien aus dem Feuer holen, und damit traf mich der Freund genau an der Achillesferse. Also machte ich mich auf den Weg, Hermann rief mir nach: ,,Renn ihr schnell nach'', ich drehte mich um und antwortete: ,,Aber Hermann, ein Gent rennt doch nicht!'', und entrüstet über diese Zumutung an einen Gentleman, setzte ich würdevoll und gemächlich meinen Weg fort in Richtung des Zieles. Als ich vor der jungen Dame bei einem Schaufenster stand, lüftete ich meinen ,,Homburg'' und ließ den schon bewährten Schmäh laufen, ich spielte den Fremden, der hier etwas suchte und nicht fand, wie gehabt. Alles weitere war nur mehr Routinearbeit. Diese Bekanntschaft dauerte so lange wie mein Rü-Urlaub, etwa zwei Monate, und ich hatte auch das besondere Vergnügen, das willige Mädchen in Wien zu empfangen, wo sie mehrere Tage blieb und für mein Allgemeinbefinden in liebevoller Weise sorgte. Dann aber kam die kalte Dusche in Form meiner Rückberufung zu meiner Einheit in Frankreich. Die junge Steirerin übergab ich zu „treuen Händen" dem Freund Armin, der in dieser Hinsicht auch kein Kostverächter war.

Wenige Tage nach der Ankunft bei meiner Einheit fand wieder einmal eine Bahnverladung statt, und die Reise ging quer durch Frankreich, Süddeutschland, Böhmen, die Slowakei und Ungarn nach Rumänien, wo wir in einem kleinen Dorf der Dobrudscha Quartier bezogen. Das war nach dem Urlaub und Frankreich ein Rückfall, welcher unser Stimmungsbarometer tief sinken ließ. In diesem Gebiet herrschte schon Tauwetter, der Boden wurde grundlos, unsere Wägen versanken, und die Stiefel blieben im tiefen Morast stecken. Die Häuser waren Lehmhütten, die blanke Erde bildete den Fußboden, die Gegend sah ziemlich trostlos aus, besonders in dieser Jahreszeit vor dem Frühling. Um die allgemein triste Stimmung zu heben, durften wir in Gruppen nach Konstanza, dem Schwarzmeerhafen, fahren, wo es schon freundlicher aussah.

Zur großen Freude aller ging aber die Reise bald wieder weiter. Über das Balkangebirge gelangten wir nach Sofia, der bulgarischen Hauptstadt und bei immer schönem Wetter erreichten wir die jugoslawische Grenze, wo wir unsere Anlage aufbauten. Und dann gab es wieder Krieg, ein sehr ungleicher Kampf, der Gegner hatte gegen die Übermacht der deutschen Wehrmacht keine Chance. Und in diesem Zusammenhang fiel mir auch der bekannte Ausspruch ein: Mit Mann, Roß und Wagen, hat sie der „Herr" geschlagen!, solange jedenfalls, bis er selbst geschlagen wurde. In Polen und Jugoslawien sahen wir sie, die toten Männer, und die Rösser, samt kaputten Wagen, in Frankreich auch, nur statt der Pferde waren es da die abgeschossenen Panzer und die zerrissenen Insassen waren kaum mehr als das zu erkennen, was sie vordem gewesen waren. „C'est la guerre"!

Hinter den Kampfverbänden fahrend, gelangten wir über Nisch zum Städtchen Kragujevac, wo wir Quartier bezogen. Bald hatten wir herausgefunden, daß so manche hübsche Damen weder unfreundlich noch prüde waren, vielleicht sagten sich die realistisch eingestellten unter ihnen, man muß das Leben nehmen, wie es ist; und so war für die Freizeitgestaltung in angenehmer Art gesorgt. Dieses Intermezzo hatte aber auch bald ein Ende, und die Fahrt ging weiter nach Belgrad, wo wir mit gemischten Gefühlen die furchtbaren Zerstörungen der Fliegerbomben genau sehen konnten. Mancher von uns fragte sich, ob dies nötig und zielführend gewesen war. Dann ging es weiter über eine Pontonbrücke der Save nach Semlin, wo wir von der deutschen Volksgruppe herzlich begrüßt wurden. Und wieder gab es eine Bahnreise, diesmal in Richtung Norden, und im Raum Przemysl wurde ausgeladen. Niemand von uns, auch nicht die Offiziere, dachten an die Möglichkeit eines Krieges mit dem Koloß Sowjetunion. Schließlich hatte Deutschland mit Rußland einen Nichtangriffspakt geschlossen, den im Beisein von Stalin die beiden Außenminister unterschrieben hatten. Aber man machte sich bei der Truppe doch Gedanken und kam zu der Annahme, daß es auch ein geheimes Abkommen geben könnte, wonach deutsche Armeeeinheiten durch die Sowjetunion zu den Ölquellen im Orient durchgeschleust werden könnten.

Allerdings hatte Hitler schon in seinem Buch ,,Mein Kampf'', welches er auf der Festung Landsberg geschrieben hatte, als Prinzip angezeigt, daß das deutsche Volk zu wenig Boden hätte und seinen Blick diesbezüglich nur nach dem Osten richten könnte. Aber da war doch der soeben unterzeichnete Pakt, und der Führer galt bis dahin als stand- und charakterfest.

Es liegt auf der Hand, daß Stalin die großkapitalistisch-plutokratischen Amerikaner und Engländer als die Erzfeinde seines Systems betrachtete. Die weit weniger reichen Deutschen waren zwar militärisch gefährlich, als Verbündete für die Sowjet-Russen aber eher tragbar. Hitler aber dachte anders, was zum Verhängnis wurde. Schon 1812 war ein Kaiser mit der französischen Armee nach Rußland gezogen, diese Expedition endete mit einer militärischen Katastrophe, aus diesem klassischen Beispiel hätte man erkennen müssen, daß die Russen den Kampf gegen einen Eindringling nicht allein ihren Streitkräften, sondern dem General Winter überlassen und das mit durchschlagendem Erfolg. Man arbeitete schon damals mit der billigsten Wunderwaffe der Welt. Napoleon Bonaparte mißachtete jedenfalls grundlegende Bedingungen des größten Landes der Erde und sollte rund 130 Jahre später einen Nachahmer finden.

Unsere Abteilung lag erst kurz in der Nähe der russischen Grenze, da ertönte vom Reichsrundfunk die Hiobsbotschaft, daß der Pakt mit Stalin für nichtig erklärt und die Wehrmacht zum Angriff gegen die Sowjetunion angetreten sei. Die Begründung: Man wolle nur der Roten Armee zuvorkommen, ähnliches hatten wir seinerzeit vor dem Polenfeldzug auch gehört. Geplant war der bisher so bewährte Blitzkrieg, vor dem Winter mußte das Ziel erreicht sein.

An die 150 deutsche Divisionen mit über 3 Millionen Mann, tausende Panzer und Flugzeuge marschierten bzw. flogen in Rußland ein und bildeten später eine Front von Leningrad bis zum Kaukasus. Das Unternehmen lief unter dem Decknamen ,,Barbarossa'' und sollte nach Hitlers Vorstellung in 10 bis 20 Wochen abgeschlossen sein. Die Sowjets hatten an ihrer Westfront ungefähr die gleiche Anzahl Divisionen stehen wie die Deutschen, aber die Ausrüstung war zu dieser Zeit meist noch veraltet.

All dies und viele andere Einzelheiten über den Verlauf dieses Feldzuges erfuhr der Frontsoldat nach seiner glücklichen Heimkehr aus vielen Berichten in Zeitungen, Zeitschriften, Büchern und Dokumentationen. Für den, der dies alles hautnah miterlebt hat, sicherlich interessant, aber auch für Unbeteiligte.

Schon Fürst Otto von Bismarck hatte die dringende Warnung ausgesprochen, daß sich Deutschland einen Zweifronten-Krieg nicht leisten dürfe, das wäre tödlich.

Im Ersten Weltkrieg gab es zunächst zwei Hauptfronten, wenn man von den Kolonien absah, 1915 kam noch Italien als weiterer Gegner dazu.

Im Zweiten Weltkrieg wurde von Hitler das einmalige Kunststück zuwege gebracht, ganze Serien von Fronten zu errichten, dazu kamen die Partisanen in der Etappe und Sabotagetrupps im Hinterland.

Roosevelt und Churchill entdeckten nun plötzlich ihre Liebe zu Stalin, allerdings nur vorübergehend, wie sich bald nach diesem Krieg zeigen sollte.

Die Historiker sind sich jedenfalls darüber einig, daß Hitler und nicht Stalin diesen Krieg gewollt hatte. Nun aber wieder zurück zum Angriff gegen Rußland.

Während des raschen Vormarsches durch die Ukraine in Richtung Dnepr, konnten wir uns davon überzeugen, daß die Rote Armee zu dieser Zeit für eine Auseinandersetzung mit einer modernen Streitmacht noch nicht gerüstet war, die Panzer des Gegners waren veraltete Modelle, ebenso die Geschütze, der T 34 kam erst viel später zum Vorschein. Am Fluß Dnepr erhielt dann unsere Einheit ihre erste wirkliche Feuertaufe. Der Vormarsch war hier zum Stehen gekommen. Die Russen schossen vom Ostufer mit schweren Geschützen, wir wurden „eingedeckt", man stürzte in jeden Graben oder in ein Loch, auch wenn sie voll Wasser waren, man hatte keine Zeit, sich das auszusuchen. Das Heulen und Pfeifen ging einem durch Mark und Bein, und nach der Explosion flogen die Trümmer, wie gut, daß man einen Stahlhelm hatte. Wir wußten aber auch, daß ein Direkttreffer ohnedies nicht mehr zu hören gewesen wäre, das war ein schwacher Trost. Gewitzigt von dieser Erfahrung, schaufelten wir unmittelbar neben dem Funkaufnahmewagen einen Schutzgraben. Als es zu arg wurde, übersiedelte ich mitsamt dem Funkgerät in die Grube. Dann entdeckten wir, daß sich die Zivilbevölkerung in einem riesigen Keller einquartiert hatte. Sobald ich vom Dienst abgelöst war, machte ich es mir mitten unter den Leuten bequem, und man konnte dort auch in Ruhe schlafen. Zum Dienst wurde ich dann abgeholt, nachdem ich meine „Adresse" hinterlassen hatte.

An einem Abend schoß der Feind mit Phosphorgranaten, bei der Einschlagstelle stieg eine weiße Gaswolke auf, zur Sicherheit wurde Gasalarm gegeben. War das eine Aufregung, wer dachte denn an so etwas, die Kasernenordnung gab es längst nicht mehr. Wo war denn nur die Gasmaske? Viele fanden dieses lebenswichtige Ding nicht gleich, als letzter entdeckte der Koch die Büchse unter den Kartoffeln, der kalte Schweiß stand ihm auf der Stirn. Mich erinnerte das Geschehen an einen Hühnerstall, in welchen ein Fuchs eingedrungen war.

Nach diesem Feuerzauber erwartete man beim Stab, daß wir nun zeigten, was wir gelernt hatten und wozu unsere teuren Geräte gehörten, und die Abteilung blieb nichts schuldig und leistete ganze Arbeit. Bald hatten wir die feindlichen Batterien auf unseren Plänen. Als wir später den Fluß übersetzten, suchten wir die Geschützstellungen drüben auf, und es bot sich ein Bild der Vernichtung. Nach diesem Aufenthalt ging es wieder flüssig weiter zum Asowschen Meer bis Taganrog, wo wir außerhalb der Stadt Stellung und Quartier auf einem kleinen Bahnhof bezogen. Wir richteten uns ein für den Winter. Inzwischen hatte sich General Guderian, knapp vor Moskau, im Morast festgefahren, General Winter kam über Nacht, ohne Übergang, mit dem Blitzkrieg war es vorläufig aus, die Rote Armee gewann kostbare Zeit und nützte sie.

Tatsache ist, daß sich die deutschen Verbände unter dem Druck der Roten Armee und Panzer bis Smolensk zurückziehen mußten. Wenn die deutsche Offensive nur um einen Monat früher begonnen hätte, wäre Moskau gefallen und der Krieg im Osten wäre anders verlaufen, so aber war kostbare Zeit am Balkan vertrödelt worden. Stalin, so hieß es später, wollte bis zum letzten in der Hauptstadt ausharren und hatte im Schreibtisch die Pistole bereitliegen. Er besaß nicht den Ehrgeiz, einen Feldherrn zu spielen wie Hitler, sondern überließ die Bekämpfung des Feindes seinen gelernten Generälen, dem Geheimdienst und dem russischen Winter. Für diesen war die Wehrmacht, zumindest was die Bekleidung betraf, zunächst nicht ausgerüstet worden, weil ein Blitzkrieg programmiert war.

Im Frühjahr 1942 begann die letzte deutsche Offensive in Rußland. Die Kleist-Armee, die südlichste, drang bis zum Kaukasus-Gebirge vor, am Elbrus-Gipfel wurde in 5633 m Höhe die deutsche Kriegsflagge gehißt. Im Raum Pjatigorsk-Ordschonikidse war aber dann Endstation, weil die Paulus-Armee weiter nördlich in Stalingrad unerwartet in Bedrängnis geraten war. Die Rote Armee hatte aus Sibirien, wie man später erfuhr, riesige Verstärkungen herangebracht und setzte zu einem Großangriff und zur Umfassung der Ruinenstadt an.

Für die Kleist-Verbände bedeutete dies Alarm, sie zogen sich bei eisiger Kälte über Armawir und Rostow am Don in die „Mius-Stellung" bei Taganrog zurück.

Die sechste Armee aber wurde inzwischen eingekesselt, das hatten die Russen von den Deutschen gelernt. Im Raum Stalingrad waren auf deutscher Seite vier Heeresverbände eingesetzt, eine italienische, eine ungarische, eine rumänische und die Paulus-Truppen im Stadtgebiet, die anderen bildeten nördlich und südlich die Flanken. Es erwies sich im Laufe der Abwehrschlacht, daß die Ausrüstung bei allen Verbänden für eine derartige Situation nicht annähernd ausreichte, die deutsche Heeresführung war vollkommen überrumpelt worden, Hitler konnte sich einfach nicht vorstellen, daß die bisher ständig zurückweichende Rote Armee in der Lage sein könnte, eine Großoffensive zu starten, noch dazu im Winter. Das durfte nach Ansicht des „Einmann-Hauptquartiers" in der „Wolfsschanze" eben nicht wahr sein, die Generäle dort hatten bei Hitler nur den Status von Statisten, deshalb erhielt auch einer davon den Spitznamen „Lakaitel".

Nach dem Krieg konnte man interessante Details erfahren, wieso es zu einem derartigen „Waterloo" überhaupt kommen konnte.

Die Sowjets hatten in Japan einen gut getarnten Meisterspion stationiert, er hieß Dr. Richard Sorge, offiziell arbeitete er als Journalist. Dieser Agent besaß gute Informationsquellen zu hohen japanischen Militär- und Regierungsstellen. Schon als Moskau in Bedrängnis war, wollte Stalin dringend wissen, was die japanische Armee in der Mandschurei vorhabe, bzw. ob ein Angriff gegen die sowjetischen Fernoststreitkräfte zu erwarten sei. Dr. Sorge funkte die entscheidende Information, daß diese Gefahr nicht bestünde, die Japaner dächten nicht an eine weitere Front, weil sie an den anderen Kriegsschauplätzen reichlich beschäftigt waren. Stalin reagierte schnell. Eine gewaltige Umgruppierung seiner Armeen wurde vorgenommen, in aller Eile wurden zuerst in den Raum Moskau und nachher noch größere Kampfverbände in das Gebiet von Stalingrad beordert. Diese frischen, ausgeruhten Truppen kamen mit der Transsibirischen Eisenbahn auf einer Strecke von tausenden Kilometern, ein Zug hinter dem anderen.

Kaum zu glauben, ein einziger guter Agent war imstande, eine riesige Armee in Bewegung zu setzen und damit Schlachten zu entscheiden. Richard Sorge wurde zwar anschließend vom japanischen Geheimdienst entlarvt und nach offizieller Darstellung 1944 hingerichtet, aber für Deutschland war dies zu spät, das Verhängnis nahm seinen Lauf. Die Sowjetunion aber hatte nicht vergessen, was sie ihrem Meisterspion zu verdanken hatte und brachte gut 20 Jahre später eine Gedenk-Briefmarke mit dem Kopfbild von Dr. Sorge heraus, mit dem Text: ,,Gewidmet dem Helden der UdSSR''. Der Halbdeutsche, seine Mutter war Russin, kam in Baku, dem Ölhafen am Kaspischen Meer, zur Welt und hatte sich auf die Seite des Mutterlandes gestellt. In der maßgeblichen Schrift eines deutschen Botschaftsangehörigen in Tokio wird unter anderem vermerkt, daß so manche Dinge im Leben dieses Superagenten geheimnisumwittert waren und nie restlos aufgeklärt wurden. Danach könnte es möglich gewesen sein, daß dieser Mann ausgetauscht wurde und noch 20 Jahre lebte.

Wenn es damals der deutschen Führung gelungen wäre, die befreundeten Japaner zu veranlassen, an der Ostgrenze Sibiriens im Amurgebiet ,,mit dem Säbel zu rasseln'' oder Scheinaufmärsche zu tätigen, dann wäre die Katastrophe von Stalingrad nach menschlichem Ermessen ausgeblieben.

Ab diesem Zeitpunkt hätte nur eine Wunderwaffe für Deutschland ein militärisches Wunder vollbringen können.

Was die Spionage betrifft, so hatte man bei den Deutschen zumindest einen ähnlich tüchtigen Mann, seine heißen Informationen wurden aber kaum ausgewertet. In der englischen Botschaft in Ankara war während des Krieges ein Diener beschäftigt, er bot den Vertretern Deutschlands seine Dienste an, sicher ein Glücksfall. Der Mann wurde unter dem Decknamen

„Cicero'' geführt und leistete hervorragende Arbeit, so photographierte er Geheimdokumente über die geplante alliierte Landung auf Sizilien, sowie die bevorstehende Bombardierung der rumänischen Erdölfelder. Auf deutscher Seite wurde diskutiert, die Echtheit der Informationen in Frage gestellt und praktisch nichts unternommen. Die Ölförderanlagen in Ploesti wurden auch prompt schwer von der Luft angegriffen, und zum Thema einer Invasion Südeuropas erfuhr man nach dem Krieg auch Interessantes aus englischen Quellen. Für dieses Vorhaben kam nach den Gesetzen der militärischen Strategie nur Italien in Frage, weil geographisch am günstigsten gelegen, von fast allen Seiten per Schiff erreichbar, gute Straßen und kein sehr schwieriges Gelände, zum Unterschied von Griechenland, von wo die Entfernungen nach Mitteleuropa weit größer sind. Trotzdem versuchten die Engländer auf einmalige Weise, die deutschen Militärs zu täuschen. Man hatte sich beim „Secret Service'', dem britischen Geheimdienst, etwas Besonderes einfallen lassen. Das Rezept lautete: Man nehme eine männliche Leiche (was sicher nicht einfach war), bekleide diese mit einer englischen Offiziersuniform und statte diesen toten britischen Kurier mit Dokumenten aus, denen zu entnehmen ist, daß die alliierte Landung in Griechenland geplant ist, bzw. bevorsteht. Dann wurde, wahrscheinlich von Gibraltar aus, dafür gesorgt, daß der offensichtlich Verunglückte an die spanische Küste geschwemmt wurde. Nach der Auffindung des Toten informierten die spanischen Behörden die deutsche Vertretung in Madrid, und nun besaß das Oberkommando der Wehrmacht zwei verschiedene Unterlagen, die richtige vom „Cicero'' und eine falsche aus scheinbar erster Hand. Jedenfalls bemerkenswert, mit welchen Methoden in diesem Krieg gearbeitet wurde: mit allen Mitteln. Nach diesen Intermezzi komme ich wieder zurück zum Kriegschauplatz in Stalingrad.

Meine Schilderungen weichen jetzt von der Realität ab!
(Ende der Autobiographie).

Unsere Abteilung, die dem OKH (Oberkommando Heer) unterstellt war, wurde im Hinblick auf den Stellungskrieg an der Wolga zur Paulus-Armee beordert. Was dies bedeutete, sollte sich bald herausstellen. Am Beginn des Winters trafen wir in der heiß umkämpften Stadt Stalingrad ein. Um es gleich vorweg zu sagen, unsere erste Feuertaufe seinerzeit am Dnepr war nur eine harmlose Kitzelei gewesen, gegen das, was uns hier erwartete. Sofort begannen wir mit dem Aufbau unseres Aufklärungssystems. Die Zentrale befand sich zunächst im Erdgeschoß eines größeren Hauses, aber bald übersiedelten wir in den Keller, denn oben wurde es uns zu unruhig. Die Außenstellen befanden sich südlich der Ruinenstadt.

Anfänglich lief unser ,,Werkl'' wie gewohnt, aber dann kamen nördlich und südlich vom Stadtgebiet die sowjetischen ,,Dampfwalzen'' in Form eines doppelten Großangriffs, die Stellungen der Verbündeten wurden von einem Trommelfeuer aus Geschützen und Stalinorgeln umgepflügt. Es war ein Inferno, welches kaum ein Soldat in diesen Abschnitten der Front überlebte. Und dann kamen die Panzer, sie stießen nach Westen vor und vereinigten sich nach der Einkreisung der Stadt. Die Sechste Armee saß in der Falle, Ausbruchsversuche und Entlastungsangriffe von außen scheiterten, die Übermacht war zu groß. Zu dieser Zeit hatten wir neben unseren Funkgeräten auch einige russische Radioapparate in Betrieb, so daß wir über die Lage genau informiert waren, auch durch Feindsender. Die Frontsender der Roten Armee bemühten sich eifrig, uns Eingeschlossenen klar zu machen, daß wir auf verlorenem Posten stehen, daß uns unsere Führung, also Hitler, im Stich gelassen habe und wir uns ergeben sollten, das wäre die einzige Möglichkeit, unser Leben zu retten, womit sie nach Meinung der meisten Kameraden auch recht hatten. Inzwischen wurde der Würgegriff der Russen immer enger, der Nachschub erfolgte nur mehr aus der Luft, die brave Ju 52, das Transportflugzeug, konnte noch eine Zeit Verwundete in Sicherheit bringen.

Uns begann ,,der Hut zu brennen'', Nervosität und Aufregung erfaßte jeden einzelnen, der Gefechtslärm kam immer näher. In dieser Phase teilte der ,,Führer'' seinen Stalingrad-Kämpfern mit, daß sie ausharren und bis zum letzten Mann kämpfen sollten, womit er sich nur den Groll aller Soldaten zuzog. Jetzt wußten wir endgültig, woran wir waren. Alle waren verbittert, wir büßten für die Fehler der Verantwortlichen. Die Verleihung des sogenannten ,,Gefrierfleisch-Ordens'' wurde jetzt als Frotzelei empfunden. Diese Plakette wurde für die Teilnahme an der Winterschlacht im Osten ausgegeben.

Aber noch saß ich im relativ sicheren Keller und bedauerte die Kameraden, die zwecks Instandsetzung der Telephonleitungen in das Schlachtgetümmel mußten, auch die Verpflegung mußte herangeschafft werden, und so mancher kam nicht mehr zurück. Aber dann erwischte es auch mich, der ich bis jetzt davon überzeugt war, einen Schutzengel zu haben. Seit Stunden war der Sender einer der Meßstellen draußen im Gelände ausgefallen. Da ich am Zentralfunkgerät Dienst hatte, bemerkte vorläufig nur ich dieses Manko. Eine Zeitlang schwieg ich darüber, in der Hoffnung, daß man sich selber helfen könnte, aber schließlich machte ich doch Meldung, wobei mir klar war, daß dies ein Bumerang werden könnte, und das wurde er auch. Ich bekam den Auftrag, mich zu der Anlage durchzuschlagen, das war gleichbedeutend mit einem technisch-soldatischen Selbstmordkommando. Der Weg wurde mir genau auf der Karte beschrieben, und ein Kamerad, der von der Meßstelle gekommen war, beschrieb mir markante Stellen, so auch einen Wasserturm, sofern er noch stünde, fügte er hinzu. Mit recht gemischten Gefühlen verließ ich das ,,warme Nest'' und machte mich mit der nötigen Ausrüstung auf den Weg zur Hölle. Aber bald merkte ich, daß nicht so heiß gegessen wird als gekocht, die Südflanke war relativ ruhig, die sowjetischen Sturmspitzen waren schon viel weiter im Westen, ihr Weg hatte sie bei unserer äußersten Senderbasis vorbeigeführt. Mein Ziel war der erste Stützpunkt.

Bei nur geringer Sicht stapfte ich die Ruinen entlang durch den Schnee, tiefhängende, dunkle Wolken schafften einen dämmerungsartigen Zustand, ich konnte mich nur schwer orientieren. Es war eine gespenstische Szene, Granaten explodierten, einmal in der Nähe, dann wieder weiter weg, der Gefechtslärm erzeugte eine akustische Dauerkulisse. Keine Menschenseele war zu sehen, alle hatten sich verkrochen. Mehrmals mußte ich mich auf den Bauch werfen, man hatte inzwischen schon ein feines Gehör für Naheinschläge der Granaten, so lange man diese hörte, hatte man auch eine Chance. Es war ein Spießrutenlauf, aber ich kam dann doch zur Peripherie, wo kleinere Häuser standen, und dann konnte ich die schwachen Konturen des Wasserturms erkennen, ich wunderte mich, daß der noch dastand. Diese Gegend war allerdings mehr oder weniger Nebenkriegsschauplatz, soweit man von einem solchen hier überhaupt sprechen konnte. Bei meinem Weitermarsch kam ich bei einem stark beschädigten Lastwagen der Marke „Opel-Blitz" vorbei, den mußte eine Granate erwischt haben, von der Besatzung lagen zwei tot neben dem Fahrzeug, teilweise schon mit Schnee bedeckt. Der eine muß noch kurz gelebt haben, seine Hand ragte in die Höhe, als wollte er einen letzten Gruß in die ferne Heimat senden. Unwillkürlich erinnerte mich diese Geste an etwas anderes, aber dann sagte ich mir, der arme Gefallene wird bestimmt nicht „Heil Hitler" gesagt haben. Ich wendete mich mit Schaudern ab und stapfte weiter in das freie Gelände, welches sehr uneben und mit kleineren und größeren Gräben durchzogen war. Schließlich gelangte ich zu einer langen Buschreihe, die man mir auch beschrieben hatte, und neben dieser führte ein Karrenweg, welcher allerdings verschneit war. Diese Sträucher und kleinere Bäume waren künstlich angelegt und dienten, wie auch bei uns in Europa, als Schutzwall gegen Schneeverwehungen, am Ende dieser Zeile befand sich der Bauernhof. Von diesem konnte ich aber nur mehr Ruinen und Trümmer antreffen. Zunächst suchte ich die Antenne, die mußte ja irgendwo aus dem Erdkeller herausragen, so dachte ich. Ich kletterte über verschneite Mauerreste und Balken, konnte aber in diesem Chaos nichts finden. Ich begann zu rufen, und da öffnete sich mitten im Trümmerhaufen eine Falltür, und ich rutschte hinein in den relativ warmen Erdbunker, welcher nur durch eine Kerze schwach erleuchtet war. „Wieso kommst denn du hierher?", fragte mich der einzige Insasse, „du gehörst doch in die Zentrale". Ich bin gekommen, dein Funkgerät instandzusetzen, antwortete ich. Dem Gerät fehlt nichts, sagte der Unteroffizier, und er klärte mich auf. „Ich bin doch kein Selbstmörder, die Sowjets haben unsere Sender angepeilt, und dann gab es ein größeres Feuerwerk, vom Gutshof ist nicht viel übriggeblieben, wie du gesehen hast, aber unsere Erdhöhle hat standgehalten''. Mir gefiel die Situation auf einen Blick, hier konnten wir kaum entdeckt werden, der Schnee und der Wind verwischten alle Spuren. Zunächst einmal ließ ich mich häuslich nieder, vom Funkgerät hatte ich jetzt zu großen Respekt, um mich damit zu befassen. Nur zweimal, mittags und abends schalteten wir auf Empfang, um die russischen Nachrichten zu hören, damit wir auf dem laufenden blieben. Die Antenne wurde für diesen Zweck vorübergehend durch ein Loch ins Freie geschoben, sie bestand aus zusammensteckbaren Duraluminiumhülsen. Während die Feindsender von der bevorstehenden Kapitulation der deutschen Armee sprachen, meldeten die eigenen nur einen heroischen Abwehrkampf, auf uns, die Verlorenen, machte dies keinen Eindruck mehr.

Nun berieten wir, was in dieser Situation zu tun sei, und dabei hatten wir gegenteilige Meinungen. Mein Kamerad schlug vor, wir sollten uns zum ,,Haufen'' durchschlagen, gemeint war die Einheit. Es wäre besser, in größeren Gruppen in die Gefangenschaft zu gehen als einzeln, was mir auch einleuchtete. Aber wir wußten nicht, wie die Lage bei der Abteilung war, der Funker meldete sich seit drei Tagen nicht mehr, und der zweite Mann unserer Meßstelle war ebenso lange überfällig, das machte mich stutzig. Die Lage änderte sich jetzt von Tag zu Tag, mir war es einfach zu riskant, ich fühlte mich hier im Gemüsekeller wohler und sicherer. Es fragte sich nur, wie lange?

Mein Schicksalsgenosse blieb bei seinem Vorhaben, am nächsten Tag machte er sich allein auf den Weg ins Ungewisse, ich sah ihn nie mehr wieder.

Nun saß ich da im finsteren Loch, denn mit den wenigen Kerzen mußte gespart werden. An der Stirnseite des Kellers befand sich zwar ein kleines Fenster, aber dieses war zugeschneit, so daß nur ein schwacher Lichtschimmer zu sehen war, ich hütete mich, diesen Schnee wegzuräumen. Für die erste Zeit war ich versorgt, in einer Nische lagen, im wahrsten Sinne des Wortes, Kraut und Rüben durcheinander, Kartoffel und Karotten waren auch da. Dann war ein Strohlager errichtet worden, und mehrere Decken hatte ich auch zur Verfügung. Weiters fand ich einige Konserven, Brot, Tee und Zucker, eine halb geleerte Flasche mit Schnaps und Trockenspiritus. Ein Eimer war gefüllt mit Schnee als Trinkwasser, ein zweiter diente zum Waschen. Dazu hatte ich noch drei Kerzen und zwei Taschenlampen. Meine Ausrüstung und die Vorräte müßten für etwa drei Wochen reichen, so schätzte ich. In Richtung Osten stand an der Stirnwand neben dem Fenster vor einer Sehscharte ein Scherenfernrohr, der Schlitz war innen abgedeckt und außen vom Schnee verweht. Wollte man hinausschauen, mußte die Schutzblende von den Gläsern abgenommen werden, der Sehschlitz freigelegt und der Schnee mit einem Stab weggestochert werden. Von außen drohte mir, wie ich annahm, keine Gefahr. Den Empfänger des Funkgerätes schaltete ich nunmehr nur einmal am Tage ein, um mit den Batterien möglichst lange auszukommen. Und von den Nachrichten hing es auch ab, wann ich mein Domizil verlassen würde und wohin.

Täglich verließ ich ein bis zweimal den Bau, um Wasser, das heißt Schnee, zu holen und um meine Notdurft zu verrichten, bei Temperaturen zwischen minus 20 bis 30 Grad beeilte ich mich sehr, meine Angelegenheiten zu erledigen. Bevor dies geschah, sah ich durch das Scherenfernrohr, ob die Luft rein sei, vorsichtig hob ich dann den Deckel der Falltüre und lauschte hinaus. Draußen herrschte immer das gleiche Wetter, sehr kalt, düster und wenig Sicht, einerseits war mir dies recht. Der Gefechtslärm wurde mit jedem Tag ferner und schwächer. Die deutschen Widerstandsnester befanden sich im Stadtgebiet, sie standen auf verlorenem Posten und kämpften für Führer, Volk und Vaterland. Nach einigen weiteren Tagen war es dann beängstigend still. Die Schlacht um Stalingrad war zu Ende. Auf der Kurzwelle hörte ich einen russischen Sender in deutscher Sprache, es war Ende Januar 1943. Man meldete über 90.000 Gefangene, das war weniger als ein Drittel der Sechsten Armee, die anderen waren demnach schon im Jenseits, nur eine Anzahl von verwundeten Soldaten hatten die Heimat vorher noch per Flugzeug erreicht. Und in Erinnerung an den römischen Feldherrn Varus hätte jetzt der „Führer" ausrufen müssen: ,,Paulus, Paulus, gib mir meine Divisionen (Legionen) wieder''!

Mir war jetzt gar nicht wohl in meiner Haut. Was sollte ich tun, noch eine Weile hierbleiben und abwarten oder den Anschluß an die Masse der Gefangenen suchen, aber wo waren die? Ich stellte Überlegungen an, was die Sowjets mit diesen vielen Männern im besten Alter machen würden. Man wird sie doch nicht verhungern oder erfrieren lassen, das sind doch billigste und dringend benötigte Arbeitskräfte. Die Rote Armee holte sich jeden wehrfähigen Mann, sofern er entbehrlich war. Hier hatte man mehrere Divisionen aller Berufe, die Russen sind viel zu schlau, um sich so etwas leichtfertig entgehen zu lassen. Und weiter kombinierte ich in meiner Klause, alle diese Leute wird man nicht zum Holzfällen einsetzen, es gibt noch wichtigere Aufgaben im Sowjetstaat. Und meiner Weisheit letzter Schluß bei diesen Grübeleien war, sollen diese Arbeitskräfte auch etwas leisten, muß man sie ernähren und halbwegs menschenwürdig behandeln. Das war natürlich vorderhand alles nur Theorie, wie es in Wirklichkeit aussehen wird, würde ich ja bald merken, sofern ich den Anschluß fand. Nach dem Krieg erfuhr man dann, daß sich die Ereignisse in Stalingrad ganz anders abgespielt haben, als von mir vermutet oder erhofft worden war. Bei meinen Überlegungen über dieses Thema hatte ich einen entscheidenden Faktor übersehen, nämlich, daß die Rachegefühle der Sowjets einen höheren Stellenwert hatten.

Dann überlegte ich weiter: Wo könnte das Sammellager sein, ich vermutete dieses jenseits der Wolga, dort müßte sich der Auslade-Bahnhof der russischen Armee befinden. Während ich meinen Aufbruch von einem Tag auf den anderen verschob, erhielt ich den entscheidenden Hinweis von russischer Seite. Der Sprecher gab bekannt, daß der Abtransport der deutschen Gefangenen in zwei bis drei Tagen abgeschlossen wäre. Nun mußte ich das warme Nest verlassen, wenn ich die ,,Überfuhr'' nicht versäumen wollte, und ich dachte dabei an den Talmud, wo unter anderem steht: ,,Wenn du in den Krieg ziehst, dann geh als letzter hinaus, dann bist du als erster wieder zu Hause'', aber bei mir sollte es länger dauern.

Bei diesem Auszug hatte ich vor der Zivilbevölkerung mehr Angst als vor Soldaten.

Ich wickelte das Nötigste, darunter auch Karotten, in eine Zeltplane ein, dazu kam eine leere Feldflasche, das Eßgeschirr samt Löffel und der kärgliche Rest der Lebensmittel. Dann trennte ich alles von meiner Uniform ab, das Hoheitszeichen, den Kragenspiegel, Achselspangen und Dienstgradzeichen, sonst würden die Sowjets sofort merken, daß ich ein Nachzügler war. Auch die Koppel blieb zurück. Vom letzten Urlaub hatte ich eine dicke Wollmütze mitgebracht, auch ein Wollschal war da. Die Stiefel wurden mit einigen Lagen Papier ausgelegt, warme Unterwäsche und Socken, sowie zwei Westen sollten mich vor der Kälte schützen. Dann steckte ich meine Armbanduhr seitlich unter einen meiner Socken, stopfte die Manteltaschen voll mit Karotten und hängte mir die Zeltplane als zusätzlichen Kälteschutz um. So vorbereitet stieg ich hinaus in die verschneite Steppe.

Mein Ziel war zunächst die Wolga, welche bei den herrschenden Temperaturen sicher zugefroren war. Das Wetter war sehr günstig. Es war düster, und leichter Schneefall hatte eingesetzt, die Sicht betrug nur wenige hundert Meter. Um nicht im Kreis zu gehen, mußte ich regelmäßig nach rückwärts zu meinen Spuren sehen, damit ein halbwegs gerader Kurs beibehalten wurde. Manchmal blieb ich eine Zeit stehen und horchte in die Umgebung, aber nichts rührte sich, kein Laut war zu hören. Nur jetzt keinem Panzerwagen in die Quere kommen, der erfahrene Frontsoldat wußte, daß die keine Gefangenen machten. Aber die T 34 waren ja schon weit im Westen, so tröstete ich mich. Dann dachte ich an die Gefangenen, die ,,Plenni'', wie die Russen sie nannten, die konnte man, noch dazu im Winter, nicht nach Sibirien marschieren lassen, bis dorthin waren es tausende Kilometer, jetzt würde man nicht einmal hundert schaffen.

Nach etwa fünf Stunden erreichte ich das Wolgaufer, weit und breit war kein Mensch zu sehen, was bei der sibirischen Kälte weiter nicht verwunderlich war. Als ich vor dem großen Fluß stand, dessen anderes Ufer noch gar nicht zu sehen war, dachte ich unwillkürlich an Franz Lehar und sein berühmtes Lied: „Es steht ein Soldat am Wolgastrand".

Das Übersetzen des breiten Flusses war dann schwieriger, als ich erwartet hatte, da sah es aus wie auf einer Mondlandschaft, teilweise hatte sich das Eis gestaut, manchmal kroch ich auf allen vieren, weil ich keinen Halt fand und auch aus Vorsicht. Nur keine Verletzung oder gar einen Bruch erleiden, kein Mensch hätte mich hier gefunden. Als ich endlich drüben ankam, wurde es schon dunkel, an ein Weiterkommen war nicht mehr zu denken, aber etwas konnte ich noch erblicken: Zum Unterschied vom Westufer gab es diesseits ein Waldgebiet, und das erfreute mich. Am Hang der Wolga, den ich nun erkletterte, gab es große Schneewächten, das erschwerte zwar das Weiterkommen, aber weiter oben begann ich damit, mir ein Biwak einzurichten. Mit den durch Fäustlinge geschützten Händen grub ich waagrecht einen kleinen Schacht in den meterdicken Schnee, setzte mich hinein und vermauerte den Eingang mit Schneeballen, das dauerte seine Zeit, aber drinnen wurde es schnell warm, ein kleines Loch sorgte für die Atemluft. Dann nahm ich etwas gepreßten Schnee zu mir und ließ diesen langsam im Mund zergehen, dazu einige Karotten, das war das Abendessen. Ich war müde und schlief bald ein, aber die Nächte waren jetzt lang, etwa gegen vier Uhr morgens wurde ich munter, und ich mußte warten, bis es draußen endlich hell wurde. Ich stieß die kleine Schneemauer vor mir um und erreichte bald den nahen Wald. Ab und zu holte ich eine Karotte aus der Manteltasche und kaute daran. Aber nun hatte ich kein festes Ziel mehr, nach wie vor konnte man nicht weit sehen, und im Wald war die Orientierung noch schwerer, dafür hatte ich wenigstens eine Tarnung.

Gegen Mittag erreichte ich einen Hügel, den bestieg ich in der Hoffnung, das Gelände besser erkunden zu können, und hier oben gab es auch weniger Nebel. Sehen konnte ich trotzdem nichts, und so setzte ich mich resigniert auf einen umgefallenen Baum, um zu rasten. Meine Lage war jetzt gar nicht rosig, das Gemüse in der Zeltplane war steinhart gefroren, nur das wenige, das ich in den Taschen meiner Kleidung stecken hatte, war genießbar, und ich sah kein Ziel vor Augen. In welche Richtung sollte ich gehen. Aber da..., klang das nicht wie ein Pfeifen unten im Tal, und nach einer Weile hörte ich ein Geräusch, welches Musik für meine Ohren war, ganz deutlich hörte ich einen Eisenbahnzug in nicht sehr großer Entfernung vorbeifahren, sehen konnte ich ihn allerdings nicht, aber es bestand kein Zweifel. Schnell war ich auf den Beinen und wanderte nun in die Richtung, aus der das Geräusch gekommen war, ich mußte mich jetzt also ganz auf das Gehör verlassen. Ringsherum gab es nur Waldgebiet, was mir sehr sympathisch war. Nach etwa einer Stunde blieb ich stehen und lauschte, ich bildete mir ein, etwas gehört zu haben. Undeutlich vernahm ich dann ab und zu ein Zischen, wie von Lokomotiven und später — wie zur Bestätigung — einen Pfiff. Du bist auf der richtigen Spur, sagte ich zu mir, und behielt die Richtung bei. Nach einer halben Stunde Marsch bestand für mich kein Zweifel mehr, vor mir im Nebeldunst mußte sich der Bahnhof befinden, allerdings war hier auch der Wald zu Ende. Dann tauchten schemenhaft einige Häuser auf, wenn die bewohnt sind, muß ich einen Umweg machen. Das wäre ungünstig, denn der Tag neigte sich seinem Ende zu. Beim Näherkommen bemerkte ich aber, daß es auch hier Spuren des Krieges gab, Ruinen und Trümmer, Menschen waren glücklicherweise keine zu sehen. Ich entschloß mich weiterzugehen. Die Sicht betrug jetzt nur etwa zweihundert Meter. Meine Ohren registrierten, daß zumindest noch eine Lokomotive im Bahnhof sein mußte. Inzwischen hatte ich einen größeren Gebäudekomplex ausmachen können, und langsam pirschte ich mich an diesen heran. Vorher war noch eine Abgrenzungsmauer zu überwinden, ich fand eine Stelle, die eine tiefere Kerbe aufwies und blickte vorsichtig hindurch, aber schnell zog ich meinen Kopf wieder ein, jenseits der Mauer hatte ich Gestalten gesehen, konnte aber in dieser Sekunde nicht ausmachen, ob es deutsche oder russische Soldaten waren. Nun machte ich in dem auf dem Gemäuer liegenden Schnee eine Scharte und sah noch einmal hinüber. Im Vordergrund befanden sich ein paar deutsche Gefangene, man hatte hier eine Art Latrine in Betrieb, es gab ein ständiges Kommen und Gehen. Beim Eingang des großen Gebäudes, vermutlich einer Lagerhalle, standen zwei russische Wachtposten, mit ihren typischen dicken Pelzmützen, großen langen Mänteln und umgehängten Maschinenpistolen. Sie unterhielten sich miteinander und sahen ab und zu herüber. Ich hatte nicht den Eindruck, daß die Posten die vorbeieilenden Germanski-Soldaten abzählten, hier dachte keiner an Flucht, bei den Verhältnissen wäre das Wahnsinn gewesen. Die Gelegenheit, hier den Anschluß zu finden, schien mir äußerst günstig. Zunächst wickelte ich die von ihrem Inhalt schon befreite Zeltplane um meinen Körper unter dem Mantel. Dann wartete ich auf einen günstigen Augenblick, und die Dämmerung kam mir zu Hilfe. Als die beiden Wächter sich umständlich Zigaretten anzündeten, hielt ich den Moment für gekommen, schwang mich über die Mauer und ließ mich in den tiefen Schnee fallen. Nach kurzem Abwarten kroch ich zu dem, mir am nächsten hockenden Kameraden. Der nahm kaum Notiz von mir, er machte einen ziemlich apathischen Eindruck, was mich weiter nicht wunderte. Als er fertig war, ging ich hinter ihm zur Halle, vorbei an den Sowjetsoldaten, die uns nicht beachteten. Ich hatte schon im Erdkeller dafür gesorgt, alle Zeichen abzulösen, und so unterschied ich mich nicht von meinen Leidensgenossen.

4. Kapitel
GEFANGENSCHAFT UND LAGERLEBEN

In der großen Lagerhalle befanden sich einige hundert ,,Plennis'', eng beisammen liegend, um sich gegenseitig zu wärmen. Es war kein erhebendes Bild, welches sich mir darbot. Man hatte schon mehrere Nächte hier verbracht, so erfuhr ich, aber es gab viel mehr Gefangene, die es noch viel schlechter hatten, weil sie draußen im Freien waren. Immerhin, es gab hier eine Feldküche, die einmal pro Tag Suppe ausgab, ich war aber zu spät gekommen, und so nagte ich an meinen Karotten. Dann erfuhr ich, daß in unregelmäßigen Abständen ein Abtransport von Gefangenen per Bahn stattfand, es war nicht schwer zu erraten wohin. Ich schätzte, daß wir bei der Reise nach Sibirien bis zu einem Monat unterwegs sein könnten, ob man da noch lebend ankam? Und wenn, in welcher Verfassung?

Nach etwa zwei Stunden, es war schon dunkel, kam plötzlich Bewegung in die Menge, die Wachtposten riefen herein: ,,Dawai, dawai...'', ein Tor wurde geöffnet, und ungefähr die Hälfte der Leute stürzte hinaus in die Kälte der Nacht, worüber ich mich nicht genug wundern konnte, da war es doch hier noch angenehmer als im kalten Viehwaggon. Mir war nur in den Füßen ein wenig kalt, seit ich nicht mehr marschierte. Diese Nacht in der Lagerhalle verlief dann einigermaßen glimpflich. Frühstück gab es am Morgen keines, mir machte dies weniger aus, aber viele Kameraden waren schon einige Wochen ohne richtige Nahrung, man konnte es an den eingefallenen Augenhöhlen sehen, sie waren auch kaum ansprechbar. Ich erfuhr, daß in anderen Gebäuden ebenfalls Plennis untergebracht waren, aber wir alle gehörten schon zu den letzten Gruppen. So hatte ich dann das vermeintlich zweifelhafte Vergnügen, am nächsten Tag am Abtransport per Eisenbahn teilhaben zu können. Die Sowjetsoldaten geleiteten uns bis zur Garnitur, welche weiter abseits stand. Je näher wir unserem Zug kamen, desto mehr rissen wir Augen und Mund auf, das konnte doch nicht wahr sein, wir sahen nur Personenwaggons und aus dem letzten zischte der heiße Dampf. Das ist sicher nicht unsere Garnitur, sagte ich zum Nachbar. Aber dann geschah das Unfaßbare, wir stiegen in diese, wenn auch veralteten Typen der Jahrhundertwende, mit seitlichen Eingängen für jedes Abteil; in jedes kamen zwölf Mann. Das gab zwar ein Gedränge, aber im Verhältnis zur Halle war es hier fast paradiesisch. Jetzt verstand ich, warum man sich so um den „Platz an der Sonne" gerissen hatte. Nachdem wir uns von unserem Erstaunen erholt hatten und die Wärme die Lebensgeister wieder geweckt hatte, rätselten wir darüber, welchem Umstand wir diese unerwartete, liebevolle Behandlung zu verdanken hatten. Für mich stand fest, diese Garnituren hatten die sowjetischen Reserven aus Sibirien nach dem bedrängten Stalingrad gebracht. Und auf demselben Weg und mit gleichen Transportmitteln wurden jetzt die Gefangenen in die umgekehrte Richtung befördert, so schlug man zwei Fliegen auf einen Schlag. Und was die Heizung betraf, so wurde diese nicht uns zuliebe, sondern für die Begleitmannschaften betrieben. Die Organisation klappte, den Umständen angemessen, gut. Wir waren zufrieden, wenigstens vorläufig, und die sowjetischen Behörden auch, denn man hatte hier die dringend benötigten Arbeitskräfte. Wenn aber die Gefahr bestand, daß diese unterwegs erfrieren würden, dann konnte man sich den Transport ja ersparen.

Als sich schließlich der Zug in Bewegung setzte, zeigten auch wir Organisationstalent. Die zwei kleinsten Kameraden hoben wir in die Gepäcksnetze hinauf, nach dem Sardinenprinzip lagen je zwei Mann mit den Füßen zueinander auf den Bänken, die restlichen sechs in der selben Art auf dem Boden. Natürlich gab es auch Probleme anderer Natur, sie mußten eben bewältigt werden.

Am nächsten Tag hielt die Zugsgarnitur in einer Station. Im Bahnhofsgebäude befand sich eine Feldküche, sicher auch schon von früher her, und es gab eine, wenn auch bescheidene Verpflegung, sprich: Krautsuppe. Die Sowjetsoldaten, die da früher in der Gegenrichtung gefahren waren, dürften wohl etwas Besseres bekommen haben, sonst hätten sie kaum ihre Ge-

genoffensive so erfolgreich durchführen können. Bald ging die Reise weiter. Ich hauchte das Fenster an, um etwas sehen zu können, draußen war aber immer das gleiche Bild, eine verschneite, meist ebene Landschaft und der Himmel grau in grau, aber es bestand ohnehin unter uns kein Zweifel, daß es in Richtung Sibirien ging. Ansonsten spielte sich täglich dasselbe ab, irgendwann am Tag gab es eine Suppe, manchmal auch ein Stück Brot aus Mais dazu, und der Zug rollte, Tag und Nacht. Aufenthalt gab es nur, wenn die Lok Wasser und Kohlen benötigte oder bei Maschinenwechsel. Als einmal gegen Mittag die Sonne durchschimmerte, konnte man sich orientieren, die Fahrt ging im wesentlichen in nordöstlicher Richtung, nach meiner Schätzung befanden wir uns jetzt, nach einer Woche Fahrt, in der Kasachensteppe, südöstlich des Uralgebirges.

Am nächsten Tag hielten wir in einem kleinen Bahnhof, Ortschaft war aber keine zu sehen. Man befahl uns auszusteigen, diesmal blieb jedoch die erhoffte Verpflegung aus. Was sollen wir denn hier, fragten wir uns. Als wir uns entlang der Waggons in mehreren Reihen aufgestellt hatten, erschien ein großgewachsener Mann, seine Kleidung sah zivilmäßig aus, er trug eine Pelzmütze und einen Ledermantel mit Pelzausschlägen. Man sah auf einen Blick, daß man eine Persönlichkeit in wichtiger Position vor sich hatte. Der Mann stellte sich vor uns auf und sprach laut und deutlich deutsch mit leichtem russischem Akzent zu uns: Alle Gefangenen, die folgende Berufe haben, sollen vortreten. Und er zählte auf: Auto- und Traktormechaniker, Maschinenschlosser, Zimmermeister und Tischler, Bergwerksarbeiter, Schneider und endlich sagte er dann doch noch zum Schluß: Installateure und Elektrotechniker. Ich zögerte keinen Augenblick, einen Kameraden, von dem ich wußte, daß er Installateur war, zog ich mit zu der Schar bereits separat stehender Leute, nachdem ich ihm zugerufen hatte: „Komm doch, Mensch, oder willst du noch weiterreisen?". Insgesamt waren etwa dreißig Mann ausgesucht worden. Der große Mann im Ledermantel und seine Begleitung gingen nun mit uns zu einer am Nebengeleise stehenden Lastzuggarnitur, was unsere anfängliche Freude arg dämpfte, sollten wir etwa auf den Pfosten und Brettern sitzen, das konnte ja nett werden. Aber unsere Gruppe ging weiter vor zur Lokomotive, und jetzt erst sahen wir, daß da ein Personenwaggon dabei war, und alle stiegen sogleich in diesen ein. Die Heizung stand unter Dampf, was in diesem Fall nicht verwunderlich war.

Inzwischen hatte sich der Zug, den wir verlassen hatten, in östlicher Richtung in Bewegung gesetzt, durch die leicht verdeckte Mittagssonne konnte man die Richtung ungefähr ausmachen. In unserem Waggon hatten wir wesentlich mehr Platz als vordem, ob wir einen Grund hatten, uns zu freuen, sollte sich bald herausstellen. Dann ging auch bei uns die Reise weiter, zuerst ein kurzes Stück neben dem Hauptgeleise, aber dann bogen wir etwa 90 Grad nach links ab, also nach Norden, soviel konnte ich durch die angehauchten, vereisten Fenster ausnehmen. Während der Fahrt sahen wir rechts und links nur Wälder, die Bahnstrecken führten in diesen Gegenden fast durchwegs durch Waldschneisen. Ab und zu tauchten größere und kleinere Flächen auf, vermutlich Seen. Unterwegs hatte man Zeit zum Nachdenken und zum Gespräch mit den Kameraden. Ich war davon überzeugt, bis jetzt das Richtige getan zu haben. Lange genug hatte ich gezögert, meine Erdhöhle bei Stalingrad zu verlassen, ich hätte mir auch sagen können, „die Letzten beißen die Hunde", aber glücklicherweise war es umgekehrt. Ich erfuhr erst Jahre später, daß die Hauptkolonne der deutschen Gefangenen im Stalingradgebiet lange Märsche bei eisiger Kälte und praktisch ohne Nahrung durchmachen mußte, wobei viele auf der Strecke blieben. Über nähere Details dieses schaurigen Kapitels möchte ich nicht berichten, weil dies in vielen Büchern nach dem Krieg bereits aufgezeichnet worden ist. Ich hatte jedenfalls das Glück, daß für die Nachzügler ein halbwegs funktionierender Abtransport vorhanden war.

Nach etwa sechs Stunden, es war bereits dunkel geworden, hielt unser Zug, und man befahl uns auszusteigen. Die Garnitur fuhr weiter, aber nur ein kurzes Stück, wahrscheinlich zum Abladen. Wir wurden zu einer größeren Baracke geleitet, in dieser war eine Art Kantine eingerichtet, das konnte man trotz der spärlichen Beleuchtung erkennen. Ein riesiger Holzofen in der Mitte des Raumes spendete angenehme Wärme. Durch eine offene Tür konnte man Frauen in weißen Schürzen sehen, ein lange entbehrter Anblick, der unser Herz erfreute, umsomehr, als uns geheißen wurde, an den zahlreichen Tischen Platz zu nehmen. Und bald danach konnten wir unsere hungrigen Mägen mit einer Gemüsesuppe füllen. Zur allgemeinen Überraschung gab es noch einen Eintopf mit Erbsen, Kartoffeln und Speckstückchen darunter, ein geradezu fürstliches Essen für uns. Der Mann im Ledermantel setzte sich zu uns und stellte sich als Lagerkommandant vor, er bekam übrigens dieselbe Kost. Als er mit dem Abendessen fertig war, gab er noch eine kurze Erklärung ab. Man befinde sich hier in einem Bergwerk, dieses sei erst vor kurzem errichtet worden, das meiste sei noch Provisorium, es gäbe noch viel zu tun, bis man von einem geregelten Betrieb sprechen könnte, er hätte uns über die Militärbehörde angefordert und die Erlaubnis erhalten, sich die Spezialisten, ohne die er nicht auskommen konnte, auszusuchen. Er erwarte von uns, daß wir ganze Arbeit leisteten, dafür werde er sich bemühen, uns hier ein menschenwürdiges Dasein zu ermöglichen, alles beruhe jetzt auf Gegenseitigkeit. Dann warnte uns der Lagerchef bezüglich eines Fluchtversuches, das sei in diesem Gebiet, wo es weit und breit keine menschliche Siedlung gäbe, soviel wie Selbstmord und vollkommen sinnlos, in den Wäldern gäbe es außerdem wilde Tiere, man hätte keine Chance. Erst später stellten wir fest, daß es hier keine eigene Wachmannschaft gab, man sollte sie auch gar nicht benötigen. Wir nahmen diese Erklärungen gerne zur Kenntnis, und an eine Flucht dachte sicher niemand von uns, im Gegenteil, man war froh, jetzt in Sicherheit zu sein. Man soll zwar den Tag nicht vor dem Abend loben, aber ein Zivilist als Chef war uns lieber als ein Militarist, außerdem gab uns der Boß zu verstehen, daß er auch Lagerarzt sei, eine gewiß seltene Kombination, wie es zu dieser kam, sollte ich noch von ihm selbst erfahren.

Dieser Mann war ein väterlicher Typ, man mußte zu ihm Vertrauen haben, er lächelte gütig, als er merkte, wie gut uns dieser, im wahrsten Sinne des Wortes „warme Empfang" tat, jedenfalls sorgte man gleich zu Beginn für ein fruchtbringendes Betriebsklima, dieser Mann wendete die richtige Taktik an und sollte dies auch nicht zu bereuen haben, er wußte jedenfalls, daß nur eine freiwillig erbrachte Leistung auf die Dauer eine solche bleibt.

Nachdem wir uns gesättigt hatten, bekamen wir noch Tee mit etwas Wodka, den konnten wir jetzt gut gebrauchen, denn wir wurden in unsere Quartierbaracke geführt, und da war es zunächst sehr ungemütlich. Das ganze Areal war erst im Bau, immerhin stand ein Ofen bereit, wir begannen sofort mit der Aufstellung desselben. Im Vorraum lagerte Holz für den Anfang, später mußten wir in unserer freien Zeit das Brennmaterial vom nahen Wald holen, das heißt, schlägern und zerkleinern. Ein russischer Arbeiter brachte uns Zünder, und schnell wurde Feuer gemacht. Inzwischen war es Zeit zum Schlafen geworden. In einer Ecke lag ein Stapel Strohsäcke und dicke Decken, für den Anfang mußte das reichen. Einrichtung gab es vorläufig keine, der inzwischen herbeigekommene Lagerchef erklärte uns, daß wir unsere Möbel selbst anfertigen müßten, schließlich waren ja Zimmerleute und Tischler da, allerdings konnte das nur in der Freizeit geschehen, das war an den Abenden und sonntags. Das Material konnten wir beim Bergwerk holen, dort lagerten das Grubenholz und die Bretter. Also bauten wir in musterhafter Zusammenarbeit und im eigenen Interesse in den darauffolgenden Wochen diverse Pritschen für die Strohsäcke, außerdem noch Tische und Stühle, sowie Gestelle für die Kleidung. Ich sorgte für die elektrische Beleuchtung. Zu diesem Zweck mußten im Freien entsprechende Masten aufgestellt werden. Innerhalb von wenigen Wochen war diese Arbeit erledigt, und so hatten wir einen wohnlichen Raum. In der Zwischenzeit war jeder Plenni, gemäß seinem Beruf, vom Werkmeister in seine Tätigkeit eingewiesen worden, je nach Erfordernis und Dringlichkeit half einer beim anderen mit. Der Betriebsleiter zeigte sich anfänglich, als er uns die ganze Anlage zeigte, noch reserviert, aber das sollte sich bald ändern. Es handelte sich da um ein Bergwerk, bei dem im Tagbau und teilweise auch in Stollen und Schächten, Bauxit, also der Rohstoff für die Aluminiumerzeugung, gefördert wurde. Das Material wurde per Bahn in das nordwestlich gelegene Industriegebiet befördert. Die ,,Kumpel'', die Bergarbeiter, waren, wie wir bald feststellen konnten, Sowjetbürger aus verschiedenen Gegenden und Schichten, so z.B. Kriegsdienstverpflichtete, aber auch Strafversetzte, dann noch Studenten, welche in den Ferien hier ,,praktische Studien'' betreiben konnten und schließlich auch asoziale Elemente und ,,Politische''. Wir, die ,,Spezialisten'', wie man uns hier nannte, hatten aber mit diesem bunten Haufen von Russen glücklicherweise nichts zu tun, wir unterstanden nur dem Lagerchef bzw. Doktor und dem Betriebsleiter und Werkmeister. Zum Schluß unserer Einweisung wurden wir in die große Baracke geführt, wo der Lagerkommandant und Arzt sein Quartier und den Sanitätsraum hatte, und daneben befand sich das Material- und Ersatzteillager, wahrscheinlich aus Gründen der Kontrolle. Diese Räume waren aber fast leer, man erklärte uns, daß in den nächsten Tagen eine Gruppe von Leuten nach Kurgan, das ist eine Stadt, etwa 110 km nördlich von hier, fahren würde. Der Betriebsleiter sollte dort im Zentrallager die für unsere Arbeiten nötigen Materialien und Werkzeuge beschaffen. Bei der Reisegruppe waren ein Mechaniker, ein Tischler, ein Installateur und ich mit von der Partie. Nach drei Tagen war es dann soweit, die Fahrt mit dem Erzzug im Postwaggon dauerte zweieinhalb Stunden. In einer Art Herberge nahmen wir Quartier, die Verpflegung erhielten wir in der Werkskantine einer Fabrik, woselbst sich auch die Materialdepots befanden. Der Betriebsleiter hatte es aber bezüglich seines Auftrages gar nicht eilig, in anderer Hinsicht jedoch sehr, wahrscheinlich wurde er schon von einer Dame erwartet, sein Verhalten verriet dies. Er trug uns auf, im Quartier zu bleiben, von einer etwaigen Flucht sprach er gar nicht, wohin auch. Am nächsten Vormittag erschien dann Manikow, der Betriebsleiter, sichtlich frohgelaunt, gegen 10 Uhr. An Hand der mitgebrachten Listen begannen wir die nötigen Dinge abzuholen, zu diesem Zweck stellte man uns einen alten Autokarren zur Verfügung. Alle gewünschten Sachen waren natürlich nicht greifbar, es hätte einen gewundert, wenn es jetzt im Krieg anders gewesen wäre, und unsere Wunschliste war sehr umfangreich. Dennoch waren wir alle zufrieden, denn die

Voraussetzung, im eigenen Fach tätig zu sein, war jedenfalls gegeben. Nach zwei Tagen war das alte Lastauto vollgeladen. Manikow beschaffte sich noch einige Flaschen Schnaps, und die Rückfahrt konnte beginnen.

Im Lager wurde dann das Mitgebrachte sortiert und gelagert, die nötigen Stellagen hatten der Zimmermann und der Tischler schon fertiggestellt. So lief es für uns, die kleine Gruppe der Spezialisten, eigentlich recht gut, wir konnten uns die Arbeit einteilen. Die Vorgesetzten hatten bald gemerkt, daß wir gute Facharbeit leisteten und daß man sich auf uns verlassen konnte. Herrn Manikows Kontrollen wurden immer seltener, nur bei Tagesbeginn überzeugte er sich, ob jeder seiner Leute seine Beschäftigung hatte. Die Arbeitszeit richtete sich nach den Gegebenheiten, das heißt, nach Jahreszeit und Wetterlage, sowie Tageslänge. Im Sommer wurde weit mehr gearbeitet als im Winter. Wenn man unsere Unfreiheit unberücksichtigt ließ, dann ging es uns, dem technischen Trupp, besser als so manchen Russen, die in der Mine schufteten. Das Essen war, den Umständen angemessen, gut, manchmal gab es auch Wild, das in den umliegenden Wäldern zahlreich vorhanden war und das der Doktor erlegte.

Jetzt im Winter mußte sich einer von uns laufend um die Öfen im Chefquartier und in unserer Baracke kümmern, je nach dem, wer gerade entbehrlich war. Zwischendurch mußte das Brennmaterial beschafft werden, auch für die Kantine und die Küche, diese Aufgabe erledigten wir hauptsächlich am Sonntag. Wenn es besonders kalt war, durften wir uns zwischendurch in der Kantine bei einem Tee wärmen.

Dann wurde es allmählich wärmer, der Frühling kündigte sich an, und die Stimmung wurde bei allen Lagerinsassen merklich besser. Zum Unterschied von den Russen hatten wir, die Deutschen, kein Radio oder Zeitungen. So konnten wir über den Kriegsverlauf und die Heimat zunächst noch nichts erfahren, das geschah erst später, als ich mich mit dem Doktor anfreunden konnte.

Nach einigen Monaten wurden wir, die Plenni, gewissermaßen als Anerkennung unserer Leistungen, bis zu einem gewissem Grad in die Gemeinschaft des Lagers aufgenommen. Die treibende Kraft war ohne Zweifel der Kommandant. Erleichtert wurde dieser Umstand dadurch, daß die meisten unserer Gruppe schon ganz gut russisch sprachen. Jetzt erhielten wir wenigstens spärliche Informationen darüber, was in der Welt geschah. Die Integration wurde aber auch durch die Verhältnisse begünstigt. Weitab von jeder Zivilisation, mitten in den riesigen Wäldern gelegen, ohne den geringsten Komfort und geplagt von Heimweh, ergab es sich zwangsläufig, daß man zusammenrückte. Haß oder Streit gab es hier nicht, man war aufeinander angewiesen. Diesen Umstand mußten wir nützen. Als wir wieder einmal an einem Sonntag zusammensaßen, wurde beratschlagt, was man tun könnte, um das Leben im Lager angenehmer zu gestalten. Am meisten entbehrten wir eine Bademöglichkeit, vor allem im Winter. Im Sommer konnte man im nahegelegenen See baden, allerdings war das Wasser, weil mitten im Wald gelegen, nur wenige Wochen halbwegs warm. Für die kühlere und kalte Jahreszeit stand zwar in einem Raum neben der Küche ein großer Holzbottich zur Verfügung, aber meistens wurde dieser von den ,,Oberen'' belegt, das waren die Küchendamen, der Chef und ein paar Leute, dann kam der ,,Mittelstand'' und zum Schluß wir. Also mußte man sich etwas einfallen lassen. Ich besprach mich mit den in Frage kommenden Kameraden. Es mußte möglich sein, eine, wenn auch nur improvisierte Duschanlage zu errichten. Als wir uns darüber einig waren, unterbreitete ich diesen Plan dem Doktor. Der war zwar begeistert, aber er zweifelte an der Durchführbarkeit. Aber wir bekamen ,,grünes Licht'' und machten uns an die Arbeit, auch während der normalen Arbeitszeit. Der Raum, wo der große Bottich stand, wurde entsprechend isoliert und ausgelegt. Dann begann die Installation mit Brause, Untertasse und Abfluß. Dann kam der Ofen samt Wassertonne, so manches mußte mit viel Geschick gebastelt werden, da und dort gab es Probleme, aber nach einem Monat war der große Augenblick der Einweihung gekommen, welche von den Küchendamen vorgenommen wurde. Bald hörten wir lautes Kichern, und alle freuten sich über das gelungene Werk.

Nun war das Eis gebrochen. Wir hatten von diesem Zeitpunkt an nicht mehr das Gefühl, Plennis, also Kriegsgefangene zu sein, man war freundlich zu uns, und wir genossen den Status von Kollegen. Als Belohnung für unser Werk bekamen wir prompt eine Extraverpflegung samt Mehlspeise, und der Chef spendete einige Wodkas. Anschließend wurde ich, der „Partieführer" der Germanskis, in die Wohnung des Doktors eingeladen, dort tranken wir weiter und sprachen über allerlei, ich hatte den Eindruck, daß es diesem Mann an einem geeigneten Gesprächspartner mangelte, jedenfalls zeigte er sich sehr aufgeschlossen. Als dann der Radioapparat in Betrieb gesetzt wurde, gab es Störungen, und der Chef beklagte sich über den schlechten Empfang. Er wußte nicht, daß ich auch in dieser Branche versiert war. Ich versprach, am nächsten Tag Abhilfe zu versuchen, ohne Ersatzteile war dies möglicherweise nicht durchführbar. So verbrachte ich auch den zweiten Nachmittag beim Chef, und es wurden dann in nächster Zeit noch viele Stunden, die ich mit ihm zusammen war. Den Apparat konnte ich von den Störungen befreien, da nur Kontaktreinigungen beim Wellenschalter nötig waren, und jetzt hatte ich endlich Gelegenheit, auf der Kurzwelle Nachrichten in deutscher Sprache zu hören. Als Ergänzung sagte mir der Doktor, was die russischen Sender berichteten, denn meine Kenntnisse waren diesbezüglich noch nicht ausreichend. Jedenfalls ergab es sich, daß der Chef und ich uns regelrecht anfreundeten, beide waren wir froh darüber, ein Gespräch über alle möglichen Themen führen zu können. Dann machte mir der Doktor den Vorschlag, ihn bei der Jagd zu begleiten, worüber ich nur teilweise begeistert war. Als Tierfreund war so etwas nicht nach meinem Geschmack, aber die Vorteile überwogen bei weitem. Darüber hinaus könnte ich ihm, so meinte der Lagerkommandant, als Arzthelfer zur Verfügung stehen, damit war ich gerne einverstanden, denn das bedeutete, daß ich praktisch nur mehr dem Chef unterstand. Meine technische Arbeit im Lager und in der Mine war im wesentlichen abgeschlossen, außerdem hatte ich einen der Kameraden inzwischen als Hilfsmonteur angelernt, dies war sein eigener Wunsch gewesen. Dieser Mann konnte mich, zumindest im Bergwerk, vertreten. Eventuelle Verbesserungen oder Erweiterungen der elektrischen

Anlagen im Kantinen- und Küchengebäude wollte ich aber weiterhin selbst durchführen, ich dachte dabei vor allem an die jungen Frauen und Mädchen dort. Daß mir diese Regelung, die mit dem Einverständnis des Chefs nun Gültigkeit hatte, zu späterer Zeit von entscheidendem Nutzen sein würde, konnte ich gegenwärtig noch nicht ahnen.

Nun machte der Doktor mit mir einen ,,Schnellsiedekurs'' im medizinisch-sanitären Bereich, und bald darauf gab es einen Anlaß, dem Arzt zu assistieren. Zu meiner eigentlichen fachlichen Arbeit kam ich jetzt immer weniger.

Und dann ging ich mit meinem Chef und Gönner auf die Jagd, eine Tätigkeit, von der ich keine blasse Ahnung hatte, aber ich hatte ohnedies dabei nichts weiter zu tun, als zusammen mit zwei weiteren Helfern das erlegte Wild zur Küche zu bringen. Im Sommer trugen je zwei Mann die toten Tiere auf einer Stange, die sie zwischen sich auf den Schultern aufgelegt hatten, im Winter diente für den Transport ein Schlitten, den die Zimmerleute gebaut hatten. Ich betrachtete die Jagd als willkommene Abwechslung zum eintönigen Leben in dieser Waldeinsamkeit. Vom Lager entfernten sich der Jagdherr und seine Begleitung nur wenige Kilometer, wichtigstes Instrument war dabei der Kompaß, ohne diesen hätte man sich unweigerlich verirrt, jetzt konnte man auch selber sehen, daß eine Flucht aussichtslos wäre und die Aufstellung von Wachen überflüssig war, die Rote Armee benötigte jeden Mann für dringendere Aufgaben. Jedenfalls gab es in der Nähe des Bergwerkes genug Wild, den Jäger interessierten nur das Rotwild und die Wildschweine. Das sogenannte Niederwild, wie Luchse, Marder, Hamster, Eichhörnchen und diverse Vögel, blieben verschont. Eine Ausnahme hätten im Winter die Wildgänse gemacht, aber die Sicht und der Wald erlaubten keinen Abschuß. Was die Bären und Wölfe betraf, hatten wir bis dahin noch keine zu Gesicht bekommen, sie mieden im allgemeinen den Menschen, woraus man nur schließen kann, daß sie einen guten Instinkt haben.

Der Sommer ging schnell vorüber, für uns alle zu schnell. Die Tage wurden immer kürzer, und der Winter kam fast über Nacht. Eines Tages fiel mir auf, daß der Lagerchef seine Schlafstelle im Wohnraum eingerichtet hatte, er bemerkte meinen fragenden Blick und erklärte mir, daß es im kleinen Schlafraum, der sich hinter dem Sanitätszimmer befand, zu kalt sei. Diese Lösung wäre ihm zwar nicht angenehm, weil in dringenden Fällen die Leute hereinkämen, auch wenn er noch im Bett länger verweilen wollte, was jetzt im Winter öfter der Fall war, er wüßte leider keine andere Lösung. Bald war der Doktor aber sehr dankbar dafür, daß mir eine Lösung seines Problems eingefallen war. Ich installierte im Schlafgemach des Chefs eine elektrische Heizung, das nötige Material holte ich in Sondermission von Kurgan aus der Fabrik. Gleichzeitig wurden die Wände des Raumes entsprechend isoliert. Der Stromverbrauch spielte keine Rolle, das Dieselaggregat im Lager hatte genug Reserven, so konnte der Heizdraht Tag und Nacht unter Strom bleiben, was eine behagliche Wärme schaffte. Auf eine eventuelle Brandgefahr wurde natürlich auch Bedacht genommen. Der Doktor war begeistert, immer mehr häuften sich die Anzeichen, daß er mich als Freund betrachtete, meine Stellung war jetzt nahezu unantastbar. Im Lager bei den Kameraden und den Russen wurde ich scherzhaft „der Chefadjutant" genannt, darauf war ich natürlich sehr stolz, außerdem war dies die Bestätigung dafür, daß man meine Position allgemein und anscheinend ohne Neid anerkannte. Auch die Küchendamen ließen erkennen, daß sie meinen „Rang" respektierten. Was mein leibliches Wohl im Hinblick auf lukullische Genüsse betraf, hatte ich nunmehr keine Sorgen, ich durfte in der Küche oder im Vorratslager von manchen Dingen naschen, zunächst aber nur von den Lebensmitteln.

An einem der langen Winterabende saß ich mit dem Doktor in seinem Wohnraum. Es war längst für uns erkennbar geworden, daß wir viele gemeinsame Interessen hatten, zum Beispiel bei der Musik, beide schätzten wir die Klassiker, von Bach, Mozart und Beethoven bis Liszt, Chopin und Tschaikowskij. Daher war ich an solchen gemütlichen Abenden bemüht, aus dem Radioapparat die passenden Melodien erklingen zu lassen. Mein Gegenüber wurde bei solchen Anlässen melancholisch. Er rauchte meistens seine Pfeife, ich ab und zu eine Machorka-Zigarette, die Österreicher sagten dazu: „Beuschelreißer''. Aus der Küche holte ich Tee mit Gebäck, den Wodka hatte der Chef im Haus. Dann wurde mein väterlicher Freund und Förderer gesprächig. Er erzählte von seiner Familie in Moskau, er habe zwei Töchter im Schulalter. Öfter würde er von Heimweh geplagt, das war verständlich, denn alle im Lager hatten die gleichen Gefühle. Dann erzählte der Doktor weiter. Er war in einem Spital in der Hauptstadt als Oberarzt tätig. Die Kriegsereignisse hatten für ihn zur Folge, daß er nach Swerdlowsk, dem früheren Jekaterinburg, versetzt wurde. Es ist dies die Hauptstadt des Industriegebietes östlich des Uralgebirges. Dort hätte er Differenzen mit Vorgesetzten gehabt, Näheres sagte er nicht dazu. In weiterer Folge wurde er dienstverpflichtet und in dieses abgelegene, neu errichtete Bergwerk als Arzt, aber gleichzeitig auch als Kommandant herbeordert, man wußte von ihm, daß er technische Kenntnisse besaß. Ich verstand, es handelte sich um eine Strafversetzung. Diese ungewöhnliche Verbindung zweier verschiedener Funktionen war dem Mangel an qualifizierten Kräften in dieser Zeit zuzuschreiben. Seine Familie kehrte nach Moskau zurück, schon wegen der Wohnung. Ich nahm es als selbstverständlich an, daß mein Gesprächspartner für eine bestimmte Politik keine großen Sympathien aufbringen konnte, aber ich vermied es, solche heikle Themen anzuschneiden. Ich sagte nur soviel dazu, daß Politik so ziemlich die schlechteste Erfindung der Menschen sei und daß sie dieselben entzweit, ja oft sogar zu Scharmützeln und in weiterer Folge zu kleinen oder größeren Kriegen führen kann. Als der Doktor mir anerkennend auf die Schulter klopfte und mir einen Wodka einschenkte, fuhr ich fort. Es sei sehr bedauerlich, daß Deutschland mit Rußland schon zwei größere Kriege geführt habe, ich selbst betrachte so etwas als Unsinn, die beiden Nationen würden sich bei friedlicher Zusammenarbeit wunderbar ergänzen. Die deutsche Technik und Industrie hätte in der Sowjetunion ein weites Betätigungsfeld. Die deutsche Wirtschaft hätte sich nach dem Osten ausrichten sollen, die Westländer haben selbst genug Industrie und betrachten die Deutschen nur als gefährlichen Konkurrenten. Man sei bei uns nicht richtig orientiert gewesen und habe Chancen vertan.

Wieder klopfte mir der Doktor freundlich auf die Schulter, wobei er sagte, daß er mir in allen Punkten recht gebe und meinte ergänzend, daß diese Kriege das traurigste Kapitel der Geschichte seien. Dann kam der Lagerchef von diesem Thema ab. So nebenbei erwähnte er, daß die gesamte Besatzung, einschließlich seiner Person, damit rechne, ein Jahr nach Kriegsende abgelöst zu werden. Was mit uns, den Deutschen geschehen wird, könnte er natürlich nicht sagen, es käme sicher darauf an, welche Leute entbehrlich wurden. Das war deutlich genug, da durften wir uns nicht viel Hoffnung machen. Meine große Sorge in diesem Zusammenhang war aber unser Wohlergehen für den Fall, daß wir unseren Schutzengel, den Kommandanten, verlieren würden. Zwar war das „Betriebsklima" sehr zufriedenstellend, aber einige der Russen, darunter der Betriebsleiter, musterten besonders mich zuweilen mit sichtlichem Argwohn, als wollten sie sagen: Schaut euch diesen Germanski-Plenni an, wie der sich beim Chef eingenistet hat. Es wäre nicht verwunderlich gewesen, wenn eine gewisse Eifersucht um sich gegriffen hätte. Ich war jedenfalls bemüht, mit allen Anwesenden freundlich zu sein, gegebenenfalls auch hilfsbereit, nur um denen den Wind aus den Segeln zu nehmen. Neben dem Doktor verstand ich mich in letzter Zeit auch immer besser mit den Mädchen in der Küche, dahinter steckten allerdings ganz bestimmte Absichten, vom Essen abgesehen. In diesem einsamen Lager herrschte zwangsläufig Langeweile, außer dem Radio in der Kantine und ein paar Zeitungen und Büchern gab es keine Zerstreuung, so waren die Mädchen und Frauen nicht abgeneigt, ein wenig Spaß zu machen oder zu plaudern, soweit das auf russisch möglich war.

Ansonsten war das Leben erträglich, man mußte zufrieden sein, wer weiß, wie es den anderen Gefangenen ergangen war. Mit diesen Gedanken hatte ich mich zur Ruhe gelegt.

Am nächsten Morgen erwachte ich langsam in den Armen einer schönen Russin, aber leider nur im Traum. Das war derzeit auch mein einziges Problem, zu tun hatte ich nichts Dringendes. Mein erster Weg führte mich in die Kantine, erstens wegen des Frühstücks, welches ich für den Doktor holte, aber ich hatte nach meinem erotischen Traum das dringende Bedürfnis, Frauen wenigstens zu sehen. Die Köchin beklagte sich bei mir. Der Nachschub, vor allem an Lebensmitteln, sei unregelmäßig, es fehle an diversen Dingen, sie müsse dauernd improvisieren, ich solle dies dem Chef sagen. Ich tröstete sie mit dem Hinweis, daß jetzt gegen Ende des Krieges überall mit Schwierigkeiten zu rechnen sei und man ihre Arbeit trotzdem sehr zu schätzen wisse, worauf sie mir einen dankbaren Blick zuwarf, ein Kavalier ist eben für jede Frau eine Wohltat. Aber hier bot sich wieder eine Gelegenheit, sich beliebt zu machen. Ich besprach mich am Abend mit meinen Kameraden bezüglich der Sorgen unserer Köchin. Einer hatte die Idee, kleine Haustiere zu halten, also Hühner, Enten und Gänse. Futter gab es genug, und Mais konnte man beschaffen. Allerdings mußte für die Sicherheit der Tiere gesorgt werden, was für uns das geringste Problem war. Der Chef und die Oberköchin, sie hieß Olga, waren gerne einverstanden, den Speisezettel zu erweitern. Im Frühjahr wurden von einer Kolchose in der Nähe der Stadt Kurgan die nötigen Eier beschafft, und zwar im Tausch gegen Wild und Fische. Meine Kollegen bauten die Ställe und Auslaufgehege. Ich sorgte für eine elektrische Brutanlage. Als dann die ersten Küken aus den Eiern schlüpften, kamen nacheinander die Lagerinsassen, um dieses Wunder der Natur zu betrachten. Von manchen Leuten wurden auch wir, der technische Trupp, bewundert, man konnte bei aller Voreingenommenheit nicht umhin, unsere nützlichen Leistungen zu würdigen, das betraf vor allem die weiblichen Wesen im Lager, welche für die Kumpels kein Interesse zeigten.

Die Kardinalfrage diesbezüglich lautete: Ist Fraternisierung verboten? Über dieses Thema wurde nie mit uns gesprochen, man hatte im Krieg andere Sorgen. Was meine Person betraf, suchte ich öfter einen Anlaß, mich in der Kantine und in der Küche sowie im Magazin zu betätigen. Vor allem sorgte ich für eine arbeitsgerechte Beleuchtung. Ich war im besten Mannesalter, außer Arbeit und Essen gab es im Leben noch andere Interessensgebiete. Im Laufe der Zeit hatte ich bezüglich der Frauen und Mädchen bemerkt, daß nur zwei von ihnen auch in privater Hinsicht engagiert waren. Die eine hielt es mit dem Betriebsleiter, die andere ging mit dem Bahnmeister im Sommer zum See baden. Die Oberköchin ist verheiratet, sagte mir einmal der Chef, und die Mädchen fänden hier keine Partner, die Bergleute seien rauhe Typen mit schlechten Manieren. Aber mir war klar, ich mußte meine Fühler sehr vorsichtig ausstrecken, man wußte ja noch nicht, wie die Russen im Falle des Falles reagieren würden. Solange der Doktor uns unter seine Fittiche nahm, brauchten wir uns keine Sorgen zu machen.

Eines Tages fuhren wir wieder in die Stadt. Der Wunschzettel hatte jetzt ein anderes Aussehen. Für die Winterjagd konnten wir diesmal die dringend erforderlichen Ski beschaffen, immerhin drei Paare. Dazu kam ein Radioapparat — modernere Type — für die Kantine, den alten bekamen die Kumpels für ihr Quartier. Bei der Gelegenheit besorgten wir, nämlich der Doktor und ich, diverses Küchengerät und Besteck, sowie Geschirr. Jetzt im Winter konnten wir größere Mengen Wildfleisch und Fische als Tauschware mitbringen, dadurch wurde manches möglich. Schließlich bekamen wir noch Zucker und eine Partie Schnäpse, auch vergaßen wir nicht auf Salz, Gewürze und andere Zutaten. Zu guter Letzt kamen die Rauchwaren und dann noch Kleidungsstücke.

War das eine Freude, als wir mit unseren Schätzen zurückkamen! Ich hatte das Gefühl, daß mir die Olga am liebsten um den Hals gefallen wäre, aber in Anbetracht der mißtrauischen Blicke, die auf uns ruhten, ließ sie davon ab. Die Chefin der Küche, etwa zwischen 35 und 40 Jahre alt, war jedenfalls noch mehr um mein leibliches Wohl bemüht. Als sie bemerkte, daß ich gern Knochen abnagte, bekam ich regelmäßig eine Portion von diesen, auch bei den Süßigkeiten durfte ich mitnaschen. Ich hätte dies sehr gerne auch bei den ,,verbotenen Früchten'' getan, aber ich hatte noch nicht den Mut, dies zu probieren. Hätte ich zu dieser Zeit gewußt, daß sie schon seit drei Jahren Witwe war, wäre ich nicht so zurückhaltend gewesen. Bezüglich der in mir noch tief liegenden ,,finsteren Pläne'' hätte es ohnedies räumliche Schwierigkeiten gegeben. Die Küchenfrauen schliefen in einem Trakt neben der Kantine in zwei Schlafräumen. Mein Bett bestand aus einem Doppelgestell, für uns 30 Mann also 15 solche Etagenbetten, hier konnte man eine Geliebte nicht betreuen. Gewiß, ein liebendes Paar findet

Raum in der kleinsten Hütte, heißt es, aber im Winter war es dort kalt. Zunächst sah ich keinen Ausweg.

Ausgerechnet Manikow, der Werkmeister, ebnete mir da die Wege, wenn auch ungewollt. Ich saß wieder einmal im Chefquartier, diesmal leistete uns Manikow Gesellschaft. Er besprach mit dem Doktor Angelegenheiten der Mine, ich konnte entnehmen, daß er sich entlasten wollte und zwar von der Verwaltung des Materiallagers, welches sich nebenan befand. Es war ersichtlich, daß er dabei an mich dachte, ich war in seinen Augen ohnedies zu wenig beschäftigt. Bevor der Chef mich fragte, hatte es bei mir schnell „gefunkt", ich sah da eine unerwartete Chance. Natürlich könnte ich den Werkmeister gerne entlasten, umso leichter, als sich meine Werkstätte auch in dieser Baracke befand. So wurde ich also Lagerverwalter. Bei der Übergabe konnte ich feststellen, daß die Bestände schon um die Hälfte weniger geworden waren, die Einrichtungen der Anlagen waren ja im wesentlichen abgeschlossen, der schlaue Werkmeister hatte mir allerdings verschwiegen, daß in absehbarer Zeit eine Erweiterung des Betriebes geplant war. Aber mir wäre ohnedies keine andere Wahl geblieben, in diesem Fall konnte ich mich nicht hinter dem Kommandanten verstecken.

Bald ließ ich dem Chef gegenüber die Katze aus dem Sack. Ich konnte ihn leicht davon überzeugen, daß es von Vorteil wäre, wenn ich mir im Magazin einen kleinen Schlafraum einrichten würde, es sei genug Platz, und er, der Doktor, könnte mich jederzeit schnell erreichen, er brauche nur an die Wand zu klopfen. Immerhin war die Baracke der Germanski etwa hundert Meter entfernt. Gesagt, getan; die Zwischenwände, die Wärmeisolierung und Beheizung waren nur mehr Routinearbeit, jetzt hatte ich mein eigenes warmes Nest, fehlte nur mehr eine Kleinigkeit: nämlich das „Vogerl", welches hier piepsen sollte.

Man schrieb das Frühjahr 1945, der Krieg war zu Ende. Die russische Besatzung des Lagers feierte dementsprechend, es gab Extrakost und Sonderzuteilungen an Schnaps, die Stimmung war ausgelassen. Aber es war weniger der Siegesrausch, sondern die Aussicht auf baldige Heimkehr. Wir, die Deutschen, machten gute Miene zum bösen Spiel, aber wir machten mit, letztlich stiegen auch unsere Chancen wegen einer Heimkehr. Dann hielt der Kommandant eine Ansprache, er gab der Hoffnung auf einen dauerhaften Frieden Ausdruck und wünschte allen Anwesenden eine baldige Heimkehr, dabei sah er auch in die Richtung unserer Kantinentische. Dann sagte er noch, daß man Geduld haben müsse, und da hatte er zweifellos uns, die Germanski, gemeint. Zum Schluß stellte der Doktor noch fest, daß es jetzt im Frieden keine Kriegsgefangenen mehr gäbe, wir wären nun alle Arbeitskameraden. Aber wir wußten, daß dies nur seine private Ansicht war. So lange es keine personellen Veränderungen gab und es beim Status quo blieb, hatten wir, das heißt meine Kameraden und ich, kaum etwas zu befürchten. Von unserer Warte aus gesehen herrschte musterhafte Ordnung und Disziplin. Wenn es einmal vorkam, daß einer aus dem Rahmen fiel, dann sorgten die Kollegen selbst dafür, den Mann zur Raison zu bringen, bevor der Chef etwas merkte, das galt für uns ebenso wie für die Russen. Der Doktor erfreute sich jedenfalls bei allen Lagerinsassen großer Beliebtheit. Von meinen inzwischen erworbenen „Privilegien" will ich dabei gar nicht reden.

Was nun die Frauen und Mädchen hier anbelangt, so waren diese in der Küche, Kantine und in der Waschküche beschäftigt, insgesamt zehn mehr oder weniger hübsche Wesen. Nur zwei davon hatten, wie schon erwähnt, ein Verhältnis. Blieben also noch immer acht Weibchen zur Auswahl, wo blieb denn da mein Ehrgeiz, so fragte ich mich selber. Der Kreis der Kavaliersanwärter war trotz des scheinbaren Überangebotes begrenzt. Die Bergleute waren rauhe Gesellen, ihre derben Witze erregten bei den jungen Damen nur Mißfallen, man hielt sichtlich Abstand. Blieb noch der Doktor und wir, die Deutschen. Ersterer fuhr zweimal im Jahr zu seiner Familie nach Moskau, seit Kriegsende konnte sogar ein Flugzeug ab Kurgan benützt werden. Abgesehen davon zeigte der Chef kein Interesse an pikanten Abenteuern. Mein Instinkt und mein Gefühl sagten mir, daß in amouröser Hinsicht wirkliche Chancen vorhanden waren, auch mein Kamerad, der Installateur vertrat diese Auffassung, es ging nur darum, welche Konsequenzen sich ergeben konnten. Ich benützte jede Gelegenheit, mit den Mädchen zu flirten und machte ihnen den Hof und das sogar im wörtlichen Sinn, denn ich half bei deren Arbeit mit, zum Beispiel, was die Brennholzzubereitung betraf oder wenn es galt, schwere Wassereimer zu tragen. Ohne Zweifel besaß ich Sympathien, und eines der Mädchen ließ dies deutlich erkennen, schließlich war ich auf diesem Gebiet kein Anfänger, allerdings aber in den letzten „mageren Jahren" etwas aus der Übung gekommen. Die Rosina, so hieß sie, war auf Zeit dienstverpflichtet, wie die meisten ihrer Kolleginnen.

In der Folge sann ich darüber nach, wie ich es anstellen könnte, mit der Rosina in engeren Kontakt zu kommen, die „technischen" Voraussetzungen, nämlich das Liebesnest, waren ja nun gegeben. In erster Linie ging es um die Diskretion, der Romeo durfte der Julia keinen Schaden bereiten.

Und wieder einmal stellte ich mich unter den Schutzschirm meines Chefs. Ich erzählte ihm so ganz nebenbei, daß ich an der Rosina großen Gefallen hätte. Gespannt erwartete ich seine Reaktion, jetzt würde ein für allemal Klarheit in diesem Bereich geschaffen werden. Und das Ganze war durchaus keine Affaire, wie sich alsbald herausstellte. Der Doktor übernahm schon am nächsten Tag eine Vermittlerrolle, wenn auch in getarnter Form. Was er sich dabei dachte, sagte er mir erst später. Ich wurde von ihm in die Küche geschickt, die Rosina sollte in etwa einer Stunde zwei Tassen Tee mit Bäckerei zum Chef bringen, das war eine kleine List. Denn als der ahnungslose Engel kam, wurde er eingeladen, Platz zu nehmen, und durfte eine Stunde Pause machen. Der Chef aber zeigte sich nun als wahrer Gentleman, er ließ uns allein, ging in die Kantine und sagte der Oberköchin, daß Rosina sein Quartier in Ordnung bringe und erst später käme.

Das Mädchen war noch sehr jung, etwa 18 Jahre alt. Während sie sonst, im Kreise der Kameradinnen, weniger reserviert war, zeigte sie sich jetzt, wo es ernst wurde, noch recht schüchtern, aber das sollte sich bald ändern, wozu hatte man denn seine Routine. Zunächst umkreiste ich mein Täubchen wie ein aufgeblasener Truthahn seine Henne und überlegte dabei, welche Taktik hier anzuwenden sei. Du mußt noch Geduld haben mit ihr, sagte ich zu mir, wenn du jetzt schon zeigst, was du mit ihr vorhast, könntest du das ,,kleine Ding'' erschrecken, und das Vögelchen fliegt dir davon. Ich setzte mich zu ihr, während sie den Tee des Doktors trank. Dann versuchte ich, so gut es ging, ein Gespräch in Gang zu bringen, ,,Rosina, krasiwa Djewuschka'', sagte ich, das heißt: du bist ein schönes Mädchen. Sie errötete leicht, ich legte meinen Arm um sie. Als ich dann aber auch noch ihre Hand ergriff und küßte, lief sie noch mehr an, so etwas war ihr sicher noch nie passiert. Es paßte zwar nicht ganz in das Milieu, aber meine Methoden gefielen ihr sichtlich. Da kam ein junger Mann aus dem fernen Europa und machte ihr den Hof, ein richtiger Kavalier, so dürfte sie gedacht haben, ich las es aus ihren Mienen. Spätestens zu diesem Zeitpunkt mußte mein Gast die Bestätigung dafür erhalten haben, welche Position ich hier im Lager hatte. Ein Damenbesuch im Chefquartier, ohne daß der Doktor anwesend war, das konnte sich nur der ,,Adjutant'' leisten. Ein wichtiger Schritt in Richtung meines Nahziels war getan. Jedenfalls genoß ich nach langer Zeit wieder einmal die Gesellschaft eines weiblichen Wesens, ich war glücklich, und meiner Freundin tat so eine Abwechslung auch sichtbar gut.

Nach mehr als einer Stunde kam der Chef zurück, und er hatte, wie immer, ein freundliches Lächeln im Gesicht. Rosina hatte sich sofort erhoben, aber der Hausherr bat sie, noch eine Weile zu bleiben, er hätte die Chefköchin schon informiert, das Mädchen konnte nur noch staunen über so viel Verständnis.

Es war schon dunkel, als ich ,,meine'' Rosina nach Hause begleitete. Unterwegs faßte ich mir ein Herz und küßte die Holde ganz zart und gefühlvoll auf die Wange, daraufhin schmiegte sie sich an mich, ich fühlte, daß das Mädchen die ,,Nestwärme'' vermißte. Was nun diese betraf, würde ich mich alsbald als ,,Hauslieferant'' zur Verfügung stellen, im Augenblick fühlte ich mich aber noch wie ein Energiespeicher. Nach diesem gelungenen Start schwebte ich in höheren Sphären. Ermutigt durch den Erfolg ging ich beim Chef noch einen Schritt weiter, ich brachte ihn ohne weiteres dazu, statt des Mädchens, welches bisher das Quartier betreut hatte, die Rosina zu nehmen. Diese Regelung fiel weiter nicht auf, brachte aber für Rosina Vorteile und nachher für uns beide. Sie war jetzt, so wie ich, nicht mehr an einen Platz gebunden. Arbeitsmäßig hatten wir aber auch miteinander zu tun, denn neben dem Material- und Ersatzteillager war ich zuständig für die Ausgabe von Decken, Matrazen und Leintüchern, sowie für die Arbeitskleidung. Diesbezüglich hatte ich bei den gerade erwähnten Textilien eine Umgruppierung in der Form vorgenommen, daß ich dieses Material an der Zwischenwand meines Schlafraumes aufstapelte, so daß ein weiterer Wärmeschutz entstand.

Rosina und ich konnten nun, ohne aufzufallen, öfter zusammenkommen und nach dem Motto ,,Gelegenheit macht Diebe'' war ich in der Folge emsig bemüht, das Herz von Rosina zu stehlen. Eines Abends war es dann soweit, der Apfel wurde reif zum Pflücken. Mein Liebchen hatte sich zwar, wie immer, in ihrem Quartier zur Ruhe begeben, aber nur zum Schein. Gegen Mitternacht wurde das Bett gewechselt, es war für meine Partnerin nicht schwierig, meines zu finden. Rosina kam nun regelmäßig einmal in der Woche am Samstag spät abends, und unser ,,Himmel hing voller Geigen''. Dieses Treiben konnte der Zimmergenossin meines Liebchens auf die Dauer nicht verborgen bleiben, aber sie verriet ihre Kameradin nicht, ganz im Gegenteil, unser Beispiel fand bald Nachahmer, offenbar mußte erst das Eis gebrochen werden. Man war jung und wollte leben.

Nina, so hieß die Kollegin, fand Gefallen an Herbert, dem Installateur. Rosina, auf den Geschmack gekommen, betätigte sich als Vermittlerin. Damit die beiden ihr ,,Techtelmechtel'' nicht nur im Sommer beim See, sondern auch bei kaltem Wetter genießen konnten, stellte ich meine sturmfreie Bude zur Verfügung, alles lief wie geschmiert. Aber dann setzte mir der Chef einen kleinen Dämpfer auf. So halb im Spaß meinte er, ich könnte ja die Rosina heiraten und eine Familie gründen, im Lande bleiben und Sowjetbürger werden, man brauchte Leute meines Schlages, er wußte, daß ich noch ledig war. Der Schlag hatte gesessen, ich machte ein saures Gesicht, wir sahen uns an, und der Doktor lachte über das ganze Gesicht, mir aber wäre das Lachen fast vergangen. Solche Aussichten entlockten mir keine Begeisterung, meine Gedanken kreisten immer mehr um die Heimat. Gewiß, ich hatte das Mädchen gern, aber auch die Liebe hat ihre Grenzen, besonders in der sibirischen Einsamkeit. Nun erinnerte ich mich daran, daß es in Österreich Heimkehrer aus russischer Kriegsgefangenschaft vom ersten Weltkrieg gegeben hat, welche nach zehn und mehr Jahren mit ihren russischen Frauen und Kindern zurückgekehrt waren. Ich kannte auch so eine Familie, weil eine Tochter aus einer solchen mit mir in die Schule gegangen war und einen slawischen Taufnamen hatte. Dieses Beispiel nachzuahmen war nicht meine Absicht.

Wir Deutschen bzw. Österreicher waren jetzt das dritte Jahr im Lager, regelmäßig fragte ich den Doktor, ob es für uns, die Gefangenen, Neuigkeiten gäbe, besonders wenn eine Regierungskommission eintraf, was etwa halbjährlich der Fall war. Aber diese Herren waren nicht in der Lage, günstige Nachrichten zu bringen. Auch im Rundfunk verlautete man noch nichts über die Entlassung von Gefangenen. In einem Jahr würde man mehr wissen!

Als wir wieder einmal zur Jagd gingen, versuchte der Lagerchef, mich zu trösten. Auch ihm und den anderen Leuten hier ginge es nicht besser, alle wären mehr oder weniger von Heimweh geplagt, besonders die Verheirateten, allerdings sei nunmehr eine Heimkehr, zumindest für den russischen Teil, in greifbare Nähe gerückt, die Kommission hätte von einer bevorstehenden Ablöse gesprochen. Ich wechselte das leidige Thema und fragte den Doktor, warum wir im Lager von Beginn an keine Wachmannschaft gehabt hätten, so etwas wäre verwunderlich. Er antwortete, daß man dafür keine Leute abstellen konnte, alle geeigneten Kräfte waren bei der Armee, in der kriegswichtigen Industrie und in der Landwirtschaft engagiert gewesen. Milizen gab es nur in den Städten. Es sei zwar bei der Errichtung des Bergwerkes über die Bewachung gesprochen worden, aber man habe sich darauf geeinigt, daß es genüge, wenn der Kommandant, der Werkmeister und der Bahnmeister, sowie drei Vorarbeiter bewaffnet seien. Als dann wir, die Plennis, dazu gekommen waren, hätte man keine Veranlassung gesehen, den Status zu ändern, und die Waffen wären noch nie gebraucht worden. Geflüchtet sei auch noch niemand, wohin auch? fragte er mich, das sei aussichtslos. Ganz überzeugt war ich zwar nicht, theoretisch käme für eine Flucht nur Persien in Frage, das Gebiet südlich des Lagers war nur dünn oder gar nicht besiedelt. Freilich, ein Mensch ohne genügende Ausrüstung und Verpflegung würde nicht weit kommen, aber diese Gedanken behielt ich für mich. Der Chef hatte inzwischen einen Eber aufgespürt und verfolgte ihn. Das Wildschwein war diesmal entkommen, und so plauderten wir weiter. Ich sagte, daß wir dreißig Mann es sehr zu schätzen wüßten, daß wir seinerzeit vom Transportzug, sozusagen vom Fleck weg, aufgenommen worden waren und daß man allgemein glücklich darüber sei, einen so verständnisvollen Chef zu haben. Der Doktor bestätigte, daß er schon von seiner früheren Spitalstätigkeit her gewohnt sei, mit Menschen aller Schichten umzugehen. Als dann seine Versetzung hierher erfolgte, hätten der Werkmeister und er gleich feststellen können, daß man ohne technisches Personal nicht auskommen könnte. Die zuständigen Behörden konnten zunächst keine Lösung finden, aber als es hieß, daß die Rote Armee in Stalingrad soviele Gefangene gemacht hätte, lag es auf der Hand, sich da zu bedienen. Tatsächlich waren die Militärstellen einsichtig genug und ließen den Doktor wissen, daß über die Transsibirische Bahn Transporte abgewickelt würden, er möge zum nächsten Bahnhof fahren und sich seine Leute aussuchen, na, und das weitere wisse ich ja. Ich erklärte nochmals meine Dankbarkeit und sagte, daß wir es garnicht besser hätten treffen können.

Nachdem es dann doch gelungen war, ein Wildschwein und ein Reh zu erlegen, wurden diese von vier Mann abtransportiert und noch am selben Abend gab es ein Wildbretessen. Die Selbstversorgung funktionierte jedenfalls. Was das Essen betraf, gab es in allgemeinen keine Extratouren, nur dem Doktor schickte die Köchin manchmal einen außerplanmäßigen Tee mit Wodka und Mehlspeise. Ich konnte, wenn ich in der Kantine oder Küche samt Lebensmittelmagazin etwas zu tun hatte, auch manches ergattern, und die Rosina brachte zum Schäferstündchen gleich zweierlei „Süßigkeiten" mit. Immer war aber größte Vorsicht am Platz, der Neid frißt bekanntlich, und die Folgen könnten dann weniger süß werden. Vorläufig ging noch alles wie am Schnürchen.

Dann gab es wieder einmal eine willkommene Abwechslung. Insgesamt vier Mann, darunter der Betriebsleiter, fuhren zwecks Materialbeschaffung in die Stadt. Der Lagerchef hatte vom letzten Urlaub einen Photoapparat und mehrere Filme mitgebracht und anschließend eine Menge Aufnahmen gemacht, auch bei der Jagd, wobei meistens ich als Photograph fungierte, damit der Doktor auf das Bild kam, bei der Gelegenheit wurden auch die Frauen verewigt. Aber die Freude war sehr gedämpft, weil man bis zum nächsten Urlaub auf die Photos warten mußte. Ich hatte mir daher vorgenommen, mich in der Stadt nach dem nötigen Material umzusehen, Manikow begleitete mich dabei. Er war gleich dabei, als ich den Vorschlag machte, noch alles geheimzuhalten, erst wenn es zu einem Erfolg käme, wollten wir die Katze aus dem Sack lassen. Tatsächlich gelang es uns, gegen entsprechende Tauschwaren, das Nötige aufzutreiben, das waren die Packungen mit Entwickler, Fixierer und Kopier- bzw. Vergrößerungspapier, wir bekamen diese Dinge in einer Schule vom Direktor, und als Draufgabe schenkte er uns noch einen alten Vergrößerungsapparat, man hätte ohnedies einen neuen.

Wieder zurückgekehrt, machte ich mich sogleich an die Errichtung einer provisorischen Dunkelkammer im Lagerraum. Der Manikow wollte mir unbedingt bei der Arbeit zusehen, er mußte aber einen Tag warten, bis die entwickelten Filme trocken waren. Und dann staunte er, als im gedämpften Rotlicht in der Entwicklerschale das erste Photokartuschka, das Bild, langsam zum Vorschein kam. Dieses kam nun kurz in ein Wasserbad und dann in die Fixierflüssigkeit, wurde getrocknet und glattgepreßt. Triumphierend überraschten wir zunächst den Doktor und dann die Küchendamen, alle waren begeistert von den Kartuschkas. Wieder hatte ich mich beliebt gemacht, und so hatte ich mit einigen Leuten ein schon beinahe brüderliches Verhältnis. Dazu muß ergänzend gesagt werden, daß mir ein Kamerad unserer Einheit seinerzeit diese Kenntnisse beigebracht hatte, als Berufs-Photograph war er direkt neben mir im Aufnahmefahrzeug mit der Filmausarbeitung beschäftigt, so lernte einer vom anderen, und es heißt nicht umsonst: Wissen ist Macht. Von einer solchen war ich zwar hier in Rußland weiter denn je entfernt, aber die Vielseitigkeit trug ihre Früchte. Andererseits bestand durch zuviel nützliche Tätigkeit die Gefahr, daß man mir auf „sowjetische Art" eine Lebensstellung anbot, mit der Rosina könnte ich dann die bittere Pille leichter hinunterschlucken. Bei solchen Gedanken fiel mir ein, daß die Zeit des Lagerdienstes für die Mädchen bald ablaufen könnte. Das wäre für mich ein harter Rückschlag.

Aber der ließ dann doch noch auf sich warten. Nach dem Besuch des Regierungskommissars gab es bei der russischen Belegschaft lange Gesichter. Man bedauerte, mitteilen zu müssen, daß der Dienst im Lager um ein Jahr prolongiert werden müsse, die Umstellung von der Kriegs- auf die Friedenswirtschaft verzögerte sich infolge der hohen Verluste an Mensch und Material, die eingesetzten Frauen werden noch eine Zeit benötigt und so fort. Diese Aussichten wirkten sich auf die Stimmung im Lager recht dämpfend aus, das Betriebsklima stand wochenlang auf tief. Und was uns, den technischen Trupp, anbelangte, sahen wir unsere Felle auch für längere Zeit davonschwimmen, man konnte nichts tun, als noch näher zusammenzurücken, um die Einsamkeit hier leichter zu überwinden.

Der kurze, mäßig warme Sommer war vorübergegangen, der lange Winter warf seine Schatten voraus. Da das Bergwerkslager mitten im dichten Wald lag, spürten wir das stürmische Übergangswetter weniger. Wenn der erste stärkere Schneefall einsetzte, wurde die Zahl der Bergleute auf die Hälfte reduziert, weil dann der Tagbau nicht mehr möglich war.

Gerade noch rechtzeitig war mit dem Zug aus dem Norden ein Nachschub an diversen Materialien und Lebensmitteln eingetroffen, das bedeutete, daß die kalte Jahreszeit leichter zu überbrücken war, neben Alkoholika erhielten wir auch Obst und Gemüse. Wichtigster Fortschritt war aber die Einrichtung einer eigenen Bäckerei, das nötige Mehl war schon vorhanden. Im Sommer hatte ich einen größeren Kühlschrank im Nebenraum der Küche aufgestellt, so daß unsere Waldkolonie nun entsprechend ausgerüstet war. Bei der Marmelade waren wir auch Selbstversorger, regelmäßig gingen wir zur passenden Zeit auf Beerensuche. Für das leibliche Wohl war demnach gesorgt, zum Teil auch in amouröser Hinsicht.

Aber all das konnte ein Leben, wie man es von früher her gewohnt war, nicht ersetzen; keine Zeitungen, keine kulturellen Einrichtungen, nur spärliche Nachrichten über die russischen Sender, die heimatlichen waren stark gestört. Oft träumte ich davon, einen eleganten Anzug und schöne Wäsche anzuhaben, in entsprechender Gesellschaft zu sein, oder auf einem Ball. Auch dachte ich an Bergwanderungen in den herrlichen Alpen oder an ein erfrischendes Bad in einem Bergsee oder am Meer. Weiter erinnerte ich mich an die schöne Kindheit und Jugendzeit, dachte an Eltern, Brüder, Verwandte und Freunde. Derartige Gedanken bewirkten, besonders jetzt, im langen Winter, daß die Stimmung fast auf den Nullpunkt sank. Auch dem Lagerchef ging es nicht besser, was lag also näher, als sich zusammenzusetzen und sich bei gedämpfter Radiomusik zu unterhalten. Manchmal beteiligte sich auch Genosse Manikow, er war nicht so sensibel, war zufrieden mit seiner Ersatzpartnerin und feierte in bescheidenem Rahmen meistens bei seinem Freund, dem Eisenbahner, zu viert im Wohnraum des Bahnhofgebäudes.

Eines Tages, nach Anhörung der Nachrichten, erklärte mir der „Genosse Doktor", mein väterlicher Freund, daß in Wien eine österreichische Regierung gebildet worden sei, demnach wäre nun mein Land wieder ein eigener Staat. Ich nahm dies zur Kenntnis, erwartete aber davon zunächst für mich keine Aussichten in Bezug auf eine baldige Heimkehr, hatte ich doch keinerlei Nachweis über meine staatliche Herkunft und galt nach wie vor als Deutscher. Auch wollte ich meinen Kameraden gegenüber nicht irgendwie unfair erscheinen, insgeheim befaßte ich mich in letzter Zeit mit einer anderen Variante einer Heimkehr, aber das blieb vorläufig nur reine Theorie. Weiter berichtete der Chef vom Wiederaufbau in allen, vom Krieg mehr oder weniger heimgesuchten Ländern, wobei in den deutschen Städten die größten Zerstörungen entstanden waren, aber auch Österreich hätte seinen Teil abbekommen. Ich gab dann meine Informationen an meine Kameraden weiter, der Radioapparat in der Kantine war immer nur auf den gleichen russischen Sender — Swerdlowsk — eingestellt.

Im Lager war es nun ziemlich ruhig geworden, wer nicht unbedingt im freien Gelände etwas zu tun hatte, suchte sich eine wärmere Umgebung, nur die Abladung des Materialzuges, der einmal im Monat vom Süden kam, die Jagd und die Brennholzbeschaffung erforderten einen Aufenthalt in der reichlich frischen Luft. Wohlweislich hatten wir, die Germanskis, das meiste Holz schon früher eingebracht. Meine Dienste wurden jetzt nur wenig in Anspruch genommen, in der Mine hatte ich gleich zu Anfang eine flexible Beleuchtung installiert, diese arbeitete nur mit einer Spannung von 125 Volt, und die beweglichen Gummikabel hingen lose an den Wänden, man half sich selber. So hielt ich mich im Winter meist beim Genossen Lagerkommandant, in meiner Werkstätte und im Magazin oder in der Kantine auf.

An einem dieser langen Abende schlürften der Doktor und ich unseren Tee, welchen die brave Rosina gebracht hatte. Aus einer Zeitung, die ab und zu hierher kam, las mir der Chef vor, soweit die Rubriken für mich von Interesse sein konnten. Auch ein Bericht über Österreich, und seine Geschichte war darunter, und so kam ein längerer Dialog über mein Heimatland zustande. Der Herr Doktor bewies, daß er in der Schulzeit im Geschichtsunterricht gegenwärtig gewesen war, ich staunte über sein umfassendes Wissen, angefangen von der römischen Provinz Noricum und dem Herzogtum Ostarichi bis zur großen Habsburger-Monarchie. Ich wollte meinem Gegenüber nichts schuldig bleiben und kramte in meinen Schulkenntnissen. Ich machte den Anfang mit den Urbewohnern Rußlands im Gebiet nördlich des schwarzen Meeres, die alten Griechen sprachen von einem Nomadenvolk, den Skythen, welche ihre Wohnungen auf den zugedeckten großen Karren hatten. Sie wurden abgelöst von den Sarmaten, danach kamen die Ostgoten in das Land. Erst nach dem 6. Jahrhundert wurden Slawen erwähnt, als Nachfolger der Sarmaten. Seit jeher wurde aber das Gebiet des heutigen südlichen Rußland von zahlreichen größeren und kleineren wilden Horden heimgesucht, seit dem 5. Jahrhundert fielen die Alanen, Hunnen, Tataren, Awaren und Bulgaren im Land ein, welches als sehr fruchtbar galt. Etwa 900 n.Chr. kamen die Waräger von Skandinavien über die Ostsee. Diese normannischen Ruderer landeten im Baltikum, dem späteren Livland, wie diese Kolonie benannt wurde. Der erste bedeutende Herrscher in der Zone des heutigen Weißrußland war der Warägerfürst Rurik, seine Residenz befand sich im Nowgorod, 860 n. Christus. Der Name ,,Russen'' taucht in dieser Zeit zum erstenmal auf, vermutlich kommt das aus dem Finnischen und bedeutet: Ruderer. Das Livland umfaßte zunächst Gebiete Polens, des Baltikums und Weißrußlands. Die Germanen aus dem Norden vermischten sich dann mit den Slawen, und es entstand Rußland. Die sogenannten ,,Weißrussen'' sind bis heute erkennbar an den typisch germanischen Merkmalen, am hohen schlanken Wuchs und an der Form des Kopfes.

Ich unterbrach nun meinen Vortrag, sah den Doktor vielsagend an und erwartete eine Reaktion auf meine Andeutung, er lachte aber nur und meinte, er wisse genau, was ich meinte. Jedenfalls gehörte der Genosse Chef zum germanischen Typus. Er machte mir ein Kompliment, schenkte mir einen Wodka ein und bat mich, weiter zu berichten, es freue ihn, daß man sein Land so gut kenne. Längst hatte ich herausgefunden, daß der Doktor an solchen Abenden an einer Unterhaltung dieser Art interessiert war, und anscheinend war ich der einzige, mit dem man diese abwickeln konnte. Also fuhr ich fort mit der Geschichte seines Landes.

Nach Nowgorod wurde Kiew zur Hauptstadt gewählt. Das Christentum wurde etwa um die Jahrtausendwende eingeführt. Im Laufe der Geschichte wechselten die Landbesitzer und die Regenten andauernd infolge von Rivalenkämpfen; und daneben gab es auch viele Kriege mit angrenzenden Völkerschaften. Dann kamen die Mongolen unter Dschingis Khan, gründeten nach 1200 das ,,Reich der goldenen Horde'' und blieben rund 200 Jahre im Land der Russen. Deutsch-polnischen Ritterheeren blieb es vorbehalten, im Jahre 1241 die Eindringlinge in Schlesien zum Stehen zu bringen. Nach dem

Abzug der Mongolen gingen die Kämpfe im Inneren und Äußeren weiter, vor allem mit den Osmanen hatte man ständig Probleme im Süden und am Balkan. Die Herrscher nannten sich nunmehr ,,Zaren'', das ist abgeleitet vom lateinischen ,,Caesar''. Einige Zaren wurden ermordet, die Herrscherhäuser unterlagen einem häufigen Wechsel, ebenso der mehr oder weniger regententreue Adel. Im Laufe der Jahrhunderte wurde ganz Sibirien einverleibt und schließlich auch die, vorwiegend von Türken, bewohnten Gebiete im Süden. Aber dann geschah im Jahre 1867 ein Wunder. Das vermeintliche Ödland Alaska wurde den Russen von den Amerikanern um ein ,,Butterbrot'', nämlich um den Betrag von sieben Millionen Dollar abgelaust. Nicht lange danach brach in diesem Gebiet ein Goldrausch aus, abgesehen davon aber hatte dieses riesige Land für die Yankees eine eminent strategische Bedeutung. Noch heute rauft sich ein echter Russe die Haare über dieses ,,Geschäft''. Zum Abschluß meiner Ausführungen kam ich auf den ersten Weltkrieg zu sprechen, es war damals für viele Menschen unbegreiflich, daß sich europäische Herrscher, die sich vordem umarmt und geküßt hatten, auf einmal den Krieg erklärten und zusahen, wie sich ihre Völker gegenseitig zerfleischten. Das Resultat war das Schüren von Haß und die Schaffung der Ursache für den nächsten Krieg mit weiteren Millionen Opfern.

Der Doktor hatte interessiert zugehört, sprach anerkennende Worte und war mit mir über das Gesagte einer Meinung. Nun fragte ich ihn, ob er mir über die Urbewohner seines Landes Näheres berichten könnte, und er tat dies gerne. Also: Herodot und auch Hippokrates berichteten über die Skythen: Diese hatten keine mongoliden, sondern europäische Merkmale. Es gab seßhafte und nomadisierende Gruppen, die letzteren waren die ersten bekannten Wohnwagen-Besitzer. Auf 4- bis 6rädigen Wagen, die von Ochsen gezogen wurden, befanden sich als Aufbauten die Wohnungen, darinnen hausten die Frauen und Kinder, die Männer ritten neben den Wagen her. Beim Zirkus gibt es dieses Prinzip noch heute. Der ,,Vater der Geschichte'', Herodot, berichtet über die Skythenfürsten: Wenn sie starben, wollten sie dies nicht allein tun, sie nahmen sich zumindest eine ihrer Frauen mit, ebenso die Dienerschaft und den Koch, damit dieser im Jenseits weiter für das leibliche Wohl sorgen konnte. Außerdem wurden fünfzig junge Männer und Pferde als Leibgarde in das Grab mitgenommen! In den riesigen Grabhügeln, den Kurganen, fand man als weitere Beigaben noch Goldschmuck und andere Gegenstände, man wollte eben nichts vermissen. Ähnliche Bräuche gab es bekanntlich bei den alten Ägyptern. Als die kriegerischen und räuberischen Skythen immer wieder in das mächtige Reich der Perser einfielen, wurde es dem König Darius zu bunt, und er startete einen Vernichtungsfeldzug gegen die Räuber. Die Berichte von diesem erfolglosen Krieg klingen sehr vertraut, die Perser rannten sich tot in der endlosen Steppe, den Rest besorgte der Winter und die aus der Tiefe des Raumes attackierenden Skythenreiter. Napoleon erinnerte sich bei seinem Rückzug 1812 an diese altbewährte Steppentaktik der Kosaken, seine bittere Erfahrung fand 130 Jahre später eine Wiederholung, weil offenbar alle Menschen ihre Erfahrungen selbst machen müssen.

Es war Abend geworden, wir erhoben uns und begaben uns anschließend in die Kantine zum Abendessen. Der große Raum war bereits voll besetzt, und es gab bei den Russen und Deutschen eine angeregte Unterhaltung, man saß allerdings in getrennten Gruppen. Nach dem Essen blieb der Lagerchef noch bei seinen Leuten, öfter wurde es dabei spät nachts. Ich fühlte mich unter den vielen Menschen weniger behaglich, und meine Gedanken kreisten meist um andere Themen. Ich grüßte noch die Rosina, welche erst für den nächsten Tag, bzw. für die Nacht erwartet wurde, und begab mich in das Chefzimmer, um beim Ofen nach dem Rechten zu sehen. Bei der Gelegenheit betrachtete ich die große Landkarte, die der Doktor vom letzten Urlaub mitgebracht hatte und die einen Teil der Zimmerwand schmückte. Sie zeigte das Gebiet von Westsibirien mit dem Ural und reichte im Süden bis zur Grenze von Persien und Afghanistan. Sinnend stand ich vor dem Kartenwerk, es ließ bezüglich des Landschaftsbildes und der Ortsangaben, sowie der Verkehrswege offenbar keinen Wunsch offen. Zu dieser Zeit hatte ich nicht im entferntesten an die Möglichkeit einer Flucht gedacht, man hatte uns ja schon am ersten Tag erklärt, daß so etwas unmöglich sei und früher oder später scheitern müsse. Aber in Ermanglung einer anderen Tätigkeit versetzte ich mich in die Person eines Flüchtlings. Welchen Weg müßte dieser nehmen? Da kam ohnehin nur eine Route in Frage, nämlich die südliche nach dem Iran. Die Sache begann, mich zu interessieren, ich stellte Überlegungen an. War eine Flucht wirklich unmöglich?, fragte ich mich. Je mehr ich über die vielseitigen Voraussetzungen, die da zu erfüllen wären, nachdachte, desto intensiver befaßte ich mich mit diesem Projekt, der Gedanke fesselte mich. Wie war die Situation, die Ausgangsbasis? Ich begann Pläne zu schmieden, ich wollte nur eine Theorie aufstellen.

Da ging es zunächst einmal um die Entfernung, und mit dieser im engsten Zusammenhang mußte ein Zeitplan erstellt werden. Bis zum Grenzfluß Atrek waren es rund 2000 km, daraus ergibt sich theoretisch eine Marschdauer von etwa 7 Monaten, bei einer Tagesleistung von nur 10 km, in der Praxis müßte man mehr zurücklegen können, aber es mußte auch ein unfreiwilliger Aufenthalt einkalkuliert werden. Demnach müßte man im März abdampfen, um Persien noch vor dem nächsten Winter zu erreichen, da gäbe es also, zumindest auf dem Papier, eine taktische Zeitreserve.

Ich studierte wieder die Karte und legte eine Fluchtroute zurecht. Der Standort unseres Lagers war bereits angekreuzt, das war östlich des Uralgebietes, im südlicheren Teil des Industrie- und Bergbaugebietes. Bekannteste Stadt ist Swerdlowsk, in der Zarenzeit Jekaterinburg benannt, etwa 300 km von hier entfernt. Unser Bauxit-Bergwerk lag etwa 100 km südlich von Kurgan, in einem riesigen Waldgebiet. Von hier führte eine Bahnlinie durch eine Schneise sowohl nach der Stadt im Norden, als auch in südlicher Richtung zu einer Parallelstrecke der transsibirischen Hauptlinie. Diese eingeleisige Trasse war für mich von besonderem Interesse, weil unser Holzmaterialzug bei der Rückfahrt beim Fluß Ischim in die andere Bahnlinie einmündete, und ich hatte mir, vielleicht instinktiv, bei der Herfahrt gemerkt, daß es an dieser Stelle, wo wir dreißig Mann umgestiegen waren, nur einen kleinen Bahnhof gab, aber keine Ortschaft zu sehen war. Der Zug vom Süden kam allerdings nur einmal im Monat, bei Verwehungen im Winter gar nicht. Jedenfalls wäre dies ein idealer Start, denn die Rückfahrt erfolgte immer gegen elf Uhr nachts. Vorher, so hatte ich beobachtet, zechten die beiden Eisenbahner in der Kantine. Die Leergarnitur hatte keine Begleitmannschaft und auch keinen Bremser, wozu auch jetzt im Frieden und bei ebener Strecke. Wie ging es nun weiter, wenn man durch die Zugfahrt bereits eine Vorsprung von etwa 200 km hatte. Da ging der Marsch, zunächst noch mit Skiern, durch das Turgajtal in Richtung Kasachensteppe, welche zum Distrikt Orenburg gehört. Die drei Städte in dieser Gegend, nämlich Turgaj, Irgis und Tschelkar, mußten natürlich gemieden werden, ansonsten ist dieses Gebiet kaum besiedelt, wie ich der Karte des Doktors entnehmen konnte. Und weiter südlich kam der Wanderer dann in die, zwischen Kaspischen Meer und dem Aralsee gelegene Ust-jurt-Steppe, welche so gut wie unbewohnt war. Aber es drängte sich da die Frage auf, ob dort ein Mensch, ganz auf sich allein gestellt, überleben kann. Ich spann den Faden weiter. Vom Usbekischen Territorium ginge es dann weiter nach Turkmenien, und hier würde es, wenn nicht schon früher, recht ungemütlich werden, denn die Landkarte zeigte mehrere Sandwüsten, die zu durchqueren waren. Da ist es also erforderlich, daß man ein Kamel oder Pferd hat und vor allem das nötige Trinkwasser für Mensch und Tier. Daraus ergibt sich, daß der Flüchtling auf die Hilfe der Eingeborenen angewiesen ist, und das ist das große Fragezeichen. Man kann einem Fremdling helfen, ihn aber auch den Behörden ausliefern, dann war alles umsonst. Zum Schluß kam das größte Problem, und das wäre die Überquerung der Grenze, bzw. des Flusses. Ist man dann glücklich auf persischem Boden angelangt, was erwartete einen dort? Der Orient mit guten oder bösen Überraschungen, oder beides. Das waren also die Aussichten, keineswegs ermutigend. Eine Zeitlang steckte ich solche Pläne zurück, so einfach war es tatsächlich nicht mit einer Flucht. Da war man „bis auf weiteres" hier besser aufgehoben. Dieses Weitere kam im Frühjahr, zumindest die erste Rate davon. Vermutlich auf höhere Weisung wurde für die jüngeren Mädchen eine baldige

Ablöse angekündigt. Blieb also nichts anderes übrig, als die Zeit zu nützen. Und dann war es soweit. Den eigentlichen Abschied verlegten wir zweckmäßigerweise in die Nachtstunden, an diesen Regentagen war dies im warmen Bett angenehmer, als am Bahnhof. Aber als die gute Rosi den Zug bestieg, schlich ich mich doch zur Garnitur, um meinem Mädchen ein letztes Mal zu winken. Zwar gab es Tränen, aber die Freude über die Heimreise war doch größer und stärker, jeder war froh, wenn er von hier wegkam. Es war klar, Rosina und ich würden uns nie mehr wiedersehen, aus war der Traum. In der ersten Zeit war ich dann sehr bedrückt, aber vielleicht war es gut so, man hätte sich zu sehr aneinander gewöhnt, und die Gute hätte mir allzusehr zugesetzt. Es dauerte aber nicht lange, bis ich mein seelisches Gleichgewicht wieder gefunden hatte. Bei dieser ,,Suche'' war mir die Köchin Olga in rührender Weise behilflich. Sie tröstete und verwöhnte mich und ließ erkennen, daß sie von meinem Verhältnis zu Rosina erfahren habe, aber auch, daß ich ein Kavalier sei, was hier im Lager ein Ausnahmefall wäre, nur der Doktor wäre ein ähnlicher Typ, und sie verstehe, daß wir uns angefreundet hätten. Nun erwähnte die Küchenchefin auch so nebenbei, daß ihr Mann als Soldat seit drei Jahren vermißt wäre und sie daher praktisch als Witwe anzusehen sei. Das änderte natürlich die Sachlage, und es dauerte nicht lange, da servierte ich der gut gebauten Olga einige Zärtlichkeiten, die sie schon lange vermißt hatte, und sie gab sich keine Mühe, dies vor mir zu verbergen, ganz im Gegenteil, sehr bald konnte ich am eigenen Leib verspüren, daß die Dame einen beträchtlichen Nachholbedarf hatte. Mit einem so schnellen und nahtlosen Übergang konnte ich wirklich nicht rechnen. Für eine Trauerzeit hatten wir beide jetzt keine Zeit, man mußte sich ja gegenseitig trösten.

War es mir in punkto Ernährung schon bisher relativ gut gegangen, so wurde ich nun von der neuen Geliebten noch mehr verwöhnt, sie schien die Auffassung zu haben, daß ich ihr umsomehr Liebe bieten könne, je reichlicher und besser sie mich fütterte, was bis zu einer gewissen Grenze auch stimmte. Beispielsweise bekam ich täglich zum Frühstück drei weiche Eier und andere Leckerbissen, man war eben bemüht, den ,,Leibeigenen'' möglichst auf Trab zu halten. Zum Unterschied zu ihrer bescheidenen Vorgängerin kam die Olga fast jede Nacht, so daß mir kaum eine Verschnaufpause blieb, so war es verständlich, daß mein Körper keinen Speck ansetzte, ich mußte laufend Minnedienst leisten und Tribut zollen. Bei diesem Schachspiel der Liebe war ich immer nur der Verlierer und fühlte mich nachher schach und matt. Kein Wunder, wenn man eine Russin zum Gegner hat!

Inzwischen hatte ich Gelegenheit gehabt, die neu eingetroffenen ,,Damen'' zu beobachten, es waren durchwegs derbe, ungehobelte Frauen mittlerer Jahrgänge, sicher waren auch Kriegerswitwen darunter, als eventuelle Nachfolgerin von Olga oder Rosina kam keine in Frage. Zunächst waren diese Weiber noch ,,unbemannt'', aber die Bergleute, die von der gleichen Sorte waren, sorgten schnell dafür, daß man sich einlebte. Die Damen waren nicht prüde und so kam es bald zu Rivalenkämpfen. Der Doktor und seine Leute hatten Mühe, für Ruhe zu sorgen.

Bis dato war dies der angenehmste Sommer, den ich im Lager verbracht hatte, meine Olga bemühte sich redlich, mich bei Laune zu halten, längst wußte sie, daß mich das Heimweh drückte. Es gab keine Anzeichen einer Änderung für den deutschen Trupp im positiven Sinne. Im Gegenteil, im August kam eine Kommission und stellte eine Ausweitung der Mine in Aussicht. Das bedeutete auch eine Aufstockung des Personals. Um das Maß voll zu machen, wurde für Olga die Heimkehr bis Weihnachten angekündigt. Bezüglich des Doktors und seines Arbeitsstabes konnte man noch keine näheren Angaben machen, bis zum Frühjahr, so hoffte man. Das alles erfuhr ich noch am selben Abend, als ich mit dem Chef im Quartier saß. Dieser zeigte sich skeptisch, was seine Ablöse betraf. Und was uns, den technischen Trupp anbelangt, hatte er noch weniger Hoffnung, man würde gerade uns benötigen, so vermutete der Doktor. Als schwachen Trost schenkte er mir einen Wodka ein.

Glücklicherweise hatte ich an diesem Abend ,,Ruhetag'', die Olga war klug genug anzunehmen, daß ich nicht in der entsprechenden Stimmung war. So lag ich allein auf meiner Pritsche und begann Überlegungen anzustellen.

Ich dachte an die Worte des Doktors und die Konsequenzen, die sich daraus ergaben. Die Trennung von Olga würde ich, trotz aller Vorteile für mich, noch verschmerzen können, aber wenn der väterliche Lagerkommandant uns verließ, dann war für die Germanski und Austriski hier der Schutzherr weg. Das bedeutete nichts anderes, als wieder ganz von vorne anzufangen. Alles, was wir in Jahren hier eingerichtet hatten, würde man als selbstverständlich hinnehmen. Man würde gar nicht erfahren, was man der Tüchtigkeit der Plennis zu verdanken hatte. Eine Kostprobe, was uns bevorstand, erhielten wir schon von den „Neuen", für diese Frauen waren wir die gehaßten Germanski, welche das Land der Arbeiter und Bauern, die Sowjetunion, überfallen und verwüstet hatten.

Angesichts dieser Sachlage, verbunden mit der sich immer mehr steigernden Sehnsucht nach der Heimat, sah ich mich veranlaßt, die Möglichkeit einer Flucht noch einmal in Erwägung zu ziehen.

Welche Voraussetzungen waren nötig, um ein derartiges Unternehmen zu starten, über dessen Risiko man sich keinen Illusionen hingeben durfte. Im Geist ließ ich nun einen Fluchtplan ablaufen. Zunächst ging es um die Ausrüstung. Wichtigstes Instrument war ein Kompaß, aber auch das Jagdglas des Doktors, beide konnte ich im letzten Moment holen. Das wäre kein Problem, der Feldstecher hing an der Wand und daneben der Kompaß. Eine winterfeste Bekleidung war längst vorhanden, die alte Uniform hatten wir schon im ersten Jahr gegen eine Arbeitskleidung vertauscht. Blieb die Frage der Verpflegung für die erste Zeit. Ich hatte Zugang zu allen in Frage kommenden Räumen, ohne aufzufallen, und konnte das Nötige in meiner Werkzeugtasche zum Versteck bringen. Meine Abwesenheit müßte, so nahm ich an, nicht sofort einen Alarm auslösen, man wußte, daß ich mich an verschiedenen Stellen des Lagers aufhielt. Theoretisch hatte ich nun mein Projekt in groben Zügen durchexerziert, noch einmal studierte ich die Landkarte im Chefzimmer während seiner Abwesenheit, die Beschriftung war in cyrillischer Schrift, ich beherrschte diese schon einigermaßen. Vom Doktor erfuhr ich, daß dieses in Rußland, Bulgarien und Serbien übliche Alphabet von Cyrillus, einem griechischen Priester und späteren Apostel der Slawen stammen soll, welcher im 9. Jhdt. n. Chr. lebte.

Wir schrieben das Jahr 1946, der nächste sibirische Winter stand vor der Tür, mein ,,Bedarf'' davon war schon mehr als gedeckt, trotz aller Privilegien empfand ich den Aufenthalt hier im Lager unerträglich, meine Gemütsverfassung war am Tiefpunkt angelangt. Ich entschloß mich, einige Vorbereitungen im Hinblick auf die erforderliche Fluchtausrüstung zu treffen.

Gegebenenfalls konnte ich jederzeit zum Rückzug blasen. Über die einzig mögliche Marschroute gab es auch keinen Zweifel mehr. Diesen Winter mußte ich noch durchstehen, im März sollte dann das Startzeichen gegeben werden, wenn alle Voraussetzungen geschaffen waren. Ab diesem Zeitpunkt widmete ich meine besondere Aufmerksamkeit dem Holzzug. Der war ja als Sprungbrett auserkoren, von ihm hing alles Weitere ab. Dieser Zug hatte hauptsächlich Grubenholz geladen, also Pfosten und Bretter, die Entladung dauerte je nach Menge zwei bis drei Tage, anschließend wurde die Leergarnitur vor der Bahnhofbaracke für die Rückfahrt bereitgestellt. Die Abfahrt erfolgte immer zur gleichen Zeit, etwa gegen 23 Uhr. Das waren Daten, die genau in mein Konzept passen würden. Eine Änderung dieses Schemas hätte meinen Zeitplan umgeworfen, die Entscheidung über das Gelingen einer Flucht fiel also erst in letzter Stunde.

Mein einziger Trost war in diesem Stadium Olga und die relativ gemütlichen Abende beim Doktor. Erstere war aber mit ihren Gedanken, wie ich bemerken konnte, bei ihrer bevorstehenden Heimreise, die Besuche bei mir waren nun nicht mehr so häufig. Das war mir aus zweierlei Gründen recht. Erstens konnte ich daraus den Schluß ziehen, daß sich Olga wegen der Beziehung zu mir keinen falschen Hoffnungen hingab, sie war immerhin acht Jahre älter als ich. Und zweitens würde mir ein wenig Winterspeck gut tun, für meine ,,Reise'' waren Kraftreserven erforderlich.

Gegen Ende Oktober begann ich dann systematisch mit

meinen Vorbereitungen, ich hatte mir aber vorgenommen, nur dann abzuhauen, wenn alle Bedingungen erfüllt waren. Die Freundschaft und das Vertrauen des Chefs kamen mir dabei sehr zustatten. Ich erklärte ihm zum Beispiel, daß an den elektrischen Anlagen in der Kantinenbaracke Reparaturen und Verbesserungen erforderlich wären und daß dafür jetzt die günstigste Zeit sei. Der Doktor schmunzelte und sagte nur: ,,Du Schlaumeier, du willst doch nur bei deiner Olga sein''. Damit hatte ich erreicht, daß ich verschiedene haltbare Lebensmittel, unter anderem Konserven, außerdem Geschirr und Besteck etc., in aller Ruhe in mein Versteck schaffen konnte. Natürlich hatte ich auch anderes zu tun, aber jetzt im Winter wurde es im Bergwerk und im Lager immer ruhiger.

Meine Überlegungen gingen dahin, daß ich mich für etwa zwei Monate eindecken mußte, denn so lange würde es dauern, bis man sich in der Natur notdürftig ernähren konnte, wobei am Anfang nur vegetarische Kost greifbar sein würde und erst nach der Eisschmelze auch Fische. Um die erste Zeit zu überbrücken, mußte ich meinen Körper an nur zwei kleine Mahlzeiten pro Tag gewöhnen, ich konnte ja nur eine begrenzte Menge an Eßbarem mitschleppen. Auch an den Vitaminbedarf mußte gedacht werden, also vergriff ich mich an den reichlich vorhandenen ,,Semitschka'', das waren Sonnenblumenkerne. Die Russen hatten eine eigene Technik, diese Kerne im Mund von der Schale zu trennen, letztere wurde dann, weil nicht genießbar, in hohem Bogen ausgespuckt, so vermied man die Entstehung von Skorbut, die gefürchtete Zahnfleischerkrankung durch Mangel an Vitamin C. Ferner dachte ich auch an Karotten und Zitronen, die ich aber erst später ,,sabralni'', (das heißt: stehlen) wollte.

Jeden Abend vor dem Schlafen grübelte ich vor mich hin: Was benötigst du noch?, fragte ich mich immer wieder. So kam es zur Frage der Wasserversorgung. Das war bei noch vorhandener Schneelage kein Problem, bei Regen auch nicht, Flüsse gab es unterwegs laut Karte auch, aber wenn ich im Sommer in die Hitze der Steppe kam, würde es kritisch werden. Also mußte man Wasserbehälter haben, eine Feldflasche bei der Hand und eine Vorratsdose als Reserve. Nach langem

Suchen fand ich in der Küche einen Kanister von etwa 5 Liter Inhalt mit Schraubverschluß, das war das Richtige. Der leere Behälter hatte „Semitschka-Maßlo", also Kernöl enthalten. Mit heißem Wasser brachte ich den Geruch weg. In der ersten Zeit brauchte ich glücklicherweise kein Wasser mitzunehmen, da würde ja noch genug Schnee vorhanden sein, und außerdem wäre es gefroren. Dafür konnte ich mehr Vorrat mitnehmen. Ich schätzte das Gewicht meiner Ausrüstung und Lebensmittel auf gut 30 kg, trotz der Kälte würde ich damit wahrscheinlich sogar ins Schwitzen kommen, so dachte ich, aber dafür hatte ich den Trost, daß das Gepäck mit jedem Tag leichter werden wird. So verging Tag um Tag, alle Leute im Lager, ob russisch oder deutsch, waren deprimiert. Man war sich einig darüber, daß man hier nicht seine kostbarste Lebenszeit verbringen wollte. Alle sprachen nur mehr von Heimkehr.

An einem trüben, nebeligen Novembertag saß ich wieder mit dem Doktor zusammen in seinem Wohnraum. Wir sprachen über allerlei, aber mir war es darum zu tun, über das Gebiet meiner Marschroute Näheres zu erfahren, vor allem was die menschlichen Siedlungen betraf, sowie die Tierwelt. Ganz unauffällig lenkte ich unseren Themenkreis zuerst auf die Geographie Sibiriens, um dann allmählich auf das Gebiet zu kommen, welches südlich unseres Standortes lag. Dabei nahmen wir auch die große Wandkarte zu Hilfe. So nebenbei lenkte ich das Gespräch auf das jagdbare Wild in dieser Zone und dann allgemein auf die Fauna und Flora. Bei den Großtieren dachte ich vor allem an Wölfe und Bären, die könnten bei meinem Vorhaben unangenehm werden. Ich erfuhr bald alles, was ich wissen wollte. Der Doktor bestätigte, daß die Kasachensteppe nur sehr dünn besiedelt sei, es gäbe nur wenige unbedeutende kleine Städte. Weiter südlich, die Ust-jurt-Steppe wäre menschenleer und unbewohnt. Vom Distrikt-Orenburg angefangen sind die Menschen überwiegend Moslems. Was die Bären und Wölfe betraf, so hätten sich diese in den letzten 50 Jahren mehr in die waldreichen Gebiete östlich und nördlich zurückgezogen, weil sie zuviel gejagt wurden. Die Tiere mieden im allgemeinen die menschlichen Siedlungen, jedenfalls aber die Industriezonen und Städte. Diese Erklärungen nahm ich mit innerer Freude zur Kenntnis, und ich lobte mir insgeheim die klugen Tiere wegen ihres Instinktes. Es ging in diesem Fall auch darum, daß ich ohne Waffe auskommen mußte, die Pistole vom Doktor hätte ich zwar im letzten Moment vor der Abreise an mich nehmen können, er ließ diese zu Hause, sie war nie gebraucht worden, aber der Besitz einer Waffe, das war für einen Flüchtling einfach zu riskant.

Auch an den folgenden Tagen wurde die Unterhaltung fortgesetzt, beide Partner waren froh, dies tun zu können, die Nächte wurden immer länger, die Weihnachtszeit nahte, die Temperaturen draußen sanken auf minus 20 Grad. Um die Zeit zu vertreiben, streiften wir alle nur möglichen Themen, unter anderem Weltpolitik, Kulturelles oder Sternenkunde. Wir lauschten der Musik im Radio und hörten manchmal auch ferne Sender. Während es mir bis dahin nicht gelungen war, irgend eine Nachricht von der Heimat oder von Heimkehrertransporten zu hören, teilte mir der Doktor Anfang Dezember mit, daß er ein Schreiben erhalten habe, in welchem ihm von der vorgesetzten Dienststelle eine Ablöse durch einen Bergwerksdirektor für Ende März des kommenden Jahres in Aussicht gestellt wurde. Grund genug für meinen Chef, mich in die Kantine zu einem Trunk einzuladen. Er hoffe, daß ich für seine Freude Verständnis aufbringen könnte. Aber der Doktor war auch fair genug, mir sein Bedauern auszusprechen, daß er für uns, die deutschen Arbeitskameraden, wie er uns nannte, keine solchen guten Nachrichten hätte. Als wir einige Gläser geleert hatten, machte mich der „Genosse" Doktor darauf aufmerksam, daß nach seinem Fortgang für die Hiergebliebenen schlechtere Zeiten zu erwarten wären, sein Nachfolger werde kaum ein Freund der Germanski sein. Für uns könne er nur hoffen, daß auch wir doch in absehbarer Zeit abgelöst werden würden.

Diese Worte waren für mich das endgültige Signal, mit meinen Plänen Ernst zu machen. Deutlicher konnte mir nicht gesagt werden, was bevorstand, wenn die neue Belegschaft hier eintraf und der „Schutzherr" abreiste. Ich war nunmehr entschlossen, das Wagnis einer Flucht einzugehen. Selbst wenn man mich erwischte und zurückbrachte, konnte es auch nicht viel schlimmer werden.

Da der Tag von Olgas Abreise näher kam, versorgte ich mich, solange sie noch da war, mit Lebensmitteln, darunter auch mehrere Kilo Zucker und einem Dauerbrot, ähnlich dem Knäcke. Ich vergaß auch nicht auf das Salz, sowie eine Packung Tee. Als ich meine Liste für vollständig hielt, ging ich über zur technischen Ausrüstung. Den Kompaß benötigte ich vor allem im Winter, es gab oft wochenlang keine Sonne zur Orientierung zu sehen, die Tage waren nebelig und düster, noch mehr im dichten Wald. Das Fernglas war wichtig, um Ortschaften und Menschen, sowie eventuelle Gefahren schon von weitem erkennen zu können, aber auch, um die günstigste Marschroute zu erkunden. Für die erste Zeit würden die Ski von großem Nutzen sein, mit denen würde man schneller weiterkommen als zu Fuß. Samt der Winterkleidung war das alles vorhanden, weil wir diese Ausrüstung auch bei der Jagd hatten, der Overall war wasserdicht und gut gefüttert. Dann dachte ich daran, daß Flüsse übersetzt werden müßten, man mußte also notfalls ein kleines Floß zusammenstellen, dafür waren eine gute Handsäge, eine Kombizange, sowie Draht und Schnüre erforderlich, dazu noch ein starkes Messer. Auf der Beschaffungsliste standen ferner eine einfache Anglerausrüstung, ohne Rute versteht sich. Ferner Steichhölzer, ein Eßgeschirr mit Bügel und ein Löffel. Weiters benötigte ich ein kleines Nähzeug mit Schere, um beschädigte Kleidung flicken zu können und schließlich werden die Fingernägel auch länger. Eine Hausapotheke war für mich als Arzthelfer das geringste Problem, und über die Medikamente wußte ich schon Bescheid, der Doktor war ein guter Lehrmeister. Was den Bart betraf, so wollte ich diesen vom ersten Tag an voll wachsen lassen, die meisten Männer in den südlichen Regionen hatten Vollbärte, da würde ich weniger auffallen. Die Bekleidung machte mir keine Sorgen, ich saß als Lagerverwalter an der Quelle, alles was ich anhatte, war russischer Herkunft, speziell verarbeitet und kältebeständig. Bis zum Februar wollte ich meine Ausrüstung komplett haben. Mein Versteck hatte ich unter einem Stapel von Sommerarbeitskleidung angelegt, in einem Winkel des Materialdepots, dort herrschten kalte Temperaturen, ideal für meine Zwecke. Eine Frage war noch zu klären: die Nächtigungen im Freien, sowohl im Winter, wie im Sommer, denn ich würde fast ein Jahr unterwegs sein. Ich dachte an die Eskimos und ihre kleinen Schneehäuser, die Iglus. Da mußte man aus dem bis dahin gesetzten, festen Schnee entsprechende Ziegelwürfel von etwa 25 cm Seitenlänge herausstechen. Zu diesem Zweck fertigte ich mir ein passendes Blechstück ohne Griff zurecht. An einem besonders nebeligen Tag schlich ich in den nahen Wald und machte eine Probe. Auf einen kuppelförmigen Bau verzichtete ich, das war zu langwierig. Ich baute nur eine Mauer von etwa dreiviertel Meter Höhe, das genügte für meinen Versuch, ich war zufrieden. Auf diese Art müßte es möglich sein, einen fast 2 m langen und ungefähr 60 cm breiten, U-förmigen Bau zu errichten, mit einer offenen Seite zum Hineinkriechen. Über die Mauern konnte man dann Äste und Reisig legen, von denen im Wald genug herumlagen, und darauf kamen wieder Schneeziegel. Zuletzt mußte der Eingang vermauert werden, nicht zu vergessen mit zwei Luftlöchern. Ja, so mußte es gehen, mit entsprechender Kleidung konnte man so übernachten, schließlich hatte ich dies bei Stalingrad in der Schneehöhle auch getan und das bei etwa minus 20 Grad Celsius. Nach dieser Arbeit verwischte ich die Spuren, die Blechschaufel legte ich zu den anderen Utensilien.

Inzwischen war der Tag der Abreise für Olga gekommen, auch sie äußerte ähnliche Befürchtungen, unseren Trupp betreffend, wie der Doktor. So wie bei Rosina verlegten wir das Abschiednehmen in die Nachtstunden, sie tröstete mich über das Unvermeidliche auf ihre Art. Aber immerhin war es Olga anscheinend gelungen, wenigstens ihre Nachfolgerin soweit zu bringen, uns, die Germanski, nicht mehr als Feinde anzusehen. Eine Woche, nachdem mich die gute Olga verlassen hatte, beging die gesamte Besatzung des Bergwerkes das Weihnachtsfest. Wie schon in den Jahren vorher, besorgte ich den Christbaum und seine Aufstellung in der Kantine, im Laufe der Zeit hatten wir etwas Schmuck zusammengekratzt. Die neue Oberköchin sorgte für entsprechendes Backwerk und half mir bei der Behängung des Baumes, und bald leuchteten die wenigen Kerzen. An diesem Abend schien noch alles in bester Ordnung, man feierte ein Fest des Friedens, der Lagerkommandant ermahnte seine Leute zur kameradschaftlichen Zusammenarbeit. Und anschließend bekamen wir alle zu unserer großen Überraschung einen Fischbraten, der Transport aus der Stadt war kein Problem, solange das Fleisch im Freien war, blieb es gefroren, man stellte die Kiste mit den Fischen einfach auf die offene Plattform eines Waggons. Dann begann man, sich dem Schnaps zu widmen, ,,nasdarowje,...nasdarowje'', rief man sich zu. Wir, die Deutschen, hatten dabei ein lachendes und ein weinendes Auge.

Am Neujahrstag begab ich mich in die Bahnbaracke, ich kannte längst die Gepflogenheiten des Bahnmeisters, der schlief nach dem Essen, so wie der Lokführer und der Heizer, nachmittags und zechte dann bis Mitternacht, bzw. wurde Karten gespielt. Die Lokomotivbesatzung befand sich allerdings nur etwa um die Mitte eines Monats wenige Tage bei uns hier, und im Winter ließ man den Güterzug überhaupt ausfallen, weil die Strecke zugeschneit war. Auf leisen Sohlen schlich ich in das Holzgebäude, sollte der Mann aufwachen, dann würde ich ihm ein gutes neues Jahr wünschen. Aber der Kerl schnarchte nebenan in seinem Bett wie ein russischer Bär. Ich sah mich um und fand bald das, was ich suchte, nämlich das Angelzeug, welches an einer Wand hing und erst im Frühjahr wieder benützt wurde. Schnell schnitt ich mit dem Taschenmesser den Angelhaken ab, bei dem stets schwachen Licht würde der Verlust kaum bemerkt werden. Jetzt fehlte für meinen Bedarf nur mehr ein großer Rucksack, und den besaß der Jagdherr, aber wir benützten das prächtige Stück mit den Seitentaschen im Winter nie, weil wir unseren Schlitten hatten, trotzdem wollte ich mit der Aneignung noch zuwarten.

Meine Vorbereitungen für die Selbsthilfe waren nun im wesentlichen abgeschlossen, als letzte Arbeit blieb noch die Anfertigung eines drachenförmigen Minizeltes für die wärmere Jahreszeit. Dieses sollte später bei Gebrauch vorne mit einem fünfzig Zentimeter hohen Stab abgestützt und dann der Länge nach gespannt werden. Den Stab und die Zeltpflöcke wollte ich erst bei Bedarf schnitzen, Rohmaterial dafür würde in der Waldgegend genug vorhanden sein. Es dauerte einige Zeit, bis ich dieses Kleinstzelt fertig hatte, bei dieser Arbeit durfte ich auf keinen Fall überrascht werden, die mißtrauischen Sowjets hätten meine Absichten sofort durchschaut. Auch die Freundschaft zum Lagerchef hätte wahrscheinlich einer solchen Belastung nicht standgehalten, besonders dann nicht, wenn es Zeugen gegeben hätte.

Dann überlegte ich. Das Zelt allein war noch kein ausreichender Schutz, nach der Schneeschmelze und bei Regen war der Boden zu naß, also mußte man eine Unterlage haben, in so einem Fall mußte die Natur helfen, zum Beispiel mit kleinen Ästen und Reisig, Schilf oder Gras, je nach Gegend. Im Sommer, so schätzte ich, würde es am einfachsten mit einem Biwak sein, die Steppengebiete waren regenarm, ja es gab sogar Sandwüsten, da würde ich einen Regen sogar herbeisehnen, bei Tagestemperaturen von gut 40 Grad.

Einige Sorgen bereitete mir die Bekleidung, da könnte es dann im Sommer ein Dilemma geben, einerseits müßte ich wie ein Ballonfahrer Ballast abwerfen, um leichter vorwärts zu kommen, andererseits waren die Nächte kalt, außerdem war fraglich, ob ich Persien vor dem Winter erreichen würde. Sicher war also nur, daß ich mich von den Skiern trennte, sobald es keinen Schnee mehr gab, später auch von den schweren, gefütterten Stiefeln, für den Sommer hatte ich normale, hohe Schuhe vorgesehen. Meine Flucht würde demnach ein Wettlauf mit dem nächsten Winter sein, die Grenze müßte ich bis zum Oktober erreichen. Das Elburs-Gebirge bildet die Wetterscheide, südlich davon liegt Teheran, dort brauchte man Kälte nicht mehr zu fürchten, aber es war unrealistisch, zur Zeit mit der Erreichung dieses Zieles zu spekulieren, noch stand ja nicht fest, ob es zu einer Flucht aus dem Lager kommen würde. Wenn aber meine Pläne zur Ausführung kämen, dann wäre dies, so nahm ich an, für den Doktor eine große Enttäuschung. Manchmal, bei unseren langen Unterhaltungen hatte ich das Gefühl, daß man mich zumindest verdächtigte, zur Selbsthilfe zu greifen, der Doktor selbst war es gewesen, der mich ziemlich ausführlich über die geographischen Verhältnisse und die Tierwelt in der fraglichen Zone unterrichtet hatte.

Frühestens am Vormittag würde man im Lager meine Abgängigkeit bemerken, mein Vorsprung müßte aber bis dahin genügen. Die Fluchtart und die Richtung könnte man vermuten, aber in diesem riesigen unübersichtlichen Gebiet und bei dem Nebel, der im März fast immer herrschte, einen einzelnen Menschen zu suchen, war aussichtslos und viel zu aufwendig. Man würde sich diese Mühe ersparen und sich sagen, der Mann wird, wenn er nicht erfriert oder verhungert, von selbst zurückkommen. Der Lagerchef könnte leicht feststellen, daß ich neben dem Jagdglas und dem Kompaß auch andere wichtige Dinge, z.B. auch Verpflegung mitgenommen hätte, er kannte mich gut genug, um sich zu sagen: Ohne entsprechende Vorbereitung unternimmt mein ,,Adjutant'' kein solches Wagnis, vielleicht machte sich der Doktor sogar Sorgen um mich, er hatte oft bewiesen, daß ich ihm sympathisch war. Wie dem auch sei, ich hatte mich inzwischen in mein Projekt so hineingesteigert, daß aus meiner Sicht an einen Rückzieher nicht mehr zu denken war, in zwei Monaten sollte es soweit sein.

Der Winter hatte nun seinen Höhepunkt erreicht, jeder suchte sich nach Möglichkeit ein warmes Plätzchen, die Kantine hatte fast immer Besuch, die ,,Kavaliere'' der Küchendamen benützten jede Gelegenheit dazu. Ich selbst war jetzt kaum beschäftigt, man wußte, wo ich zu finden war. Noch hatte ich in meinem ,,Spiel'' die wichtigste Figur. Nicht so beim Schachspiel gegen den Doktor, da hatte ich nur wenig zu bestellen, ich war nur Sparringpartner, aber ich lernte viel dabei, freilich fehlte es öfter an der nötigen Konzentration bei beiden Teilnehmern am ,,königlichen Spiel'', der Lagerchef dachte an seine Heimfahrt und ich an etwas Ähnliches. Der Ablösetermin war inzwischen für den Doktor für Anfang April festgesetzt worden, da würde ich plangemäß noch vor ihm abreisen. Den Verlust einiger Sachen würde der Jagdherr die kurze Zeit leicht verschmerzen können, wahrscheinlich wird er an einer Jagd kaum mehr interessiert sein.

Es war Februar geworden, ich nützte weiter die Zeit für meine Pläne. Alles lag griffbereit, die Ski und der warme Overall warteten nur auf ihre Verwendung. In den folgenden Tagen zeichnete ich systematisch, auf drei Sektoren aufgeteilt, die Landkarte im Chefzimmer ab, soweit das für meine Zwecke von Bedeutung war, auch die Entfernungen trug ich ein. Die nördliche Etappe zeigte das Turgajtal bis zum Aralsee, mit der Kasachensteppe, die mittlere Karte enthielt das Aralseegebiet mit der Ust-jurt-Steppe bis zum Kaspischen Meer, und die südlichste Skizze schloß daran an bis zum nördlichen Persien. Ich hatte vor, die nicht mehr benötigten Kartenskizzen unterwegs zu vernichten, um im Falle einer Perlustrierung nicht gleich meine Herkunft offenzulegen. Vor dem Abzeichnen überzeugte ich mich stets, ob die Fenster gut verhängt waren. Als ich gerade mit dem dritten Sektor beschäftigt war, klopfte es draußen. Schnell ließ ich das Papier in meiner Tasche verschwinden und befaßte mich mit dem Ofen. Da ging auch schon die Tür auf, es war Herbert, mein Kamerad, er wolle mir Gesellschaft leisten, er habe gesehen, daß der Chef in der Kantine sei. Auch recht, dachte ich, aber ich behielt mein Geheimnis für mich, bei diesem Vorhaben konnte es nur einen Alleingang geben. Es war nicht jedermanns Sache, die nötige Selbstbeherrschung im Hinblick auf die magere Kost aufzubringen, abgesehen von den Strapazen. Vor allem aber hätte man die doppelte Menge an Ausrüstung und Verpflegung nicht aufbringen können. Ich wußte von mir selbst nicht, wie es mir ergehen würde, keinesfalls wollte ich bei dieser Flucht einen Kameraden mitziehen, das Ganze war ein großes Wagnis, darüber gab es keinen Zweifel. Was den Herbert betraf, war der von solchen Gedanken weit entfernt, er sprach von allen möglichen Dingen, aber nie von der Möglichkeit einer Flucht und Plänen, die mich schon längere Zeit intensiv beschäftigten. Zu dieser Zeit stand auch nicht fest, wer die Heimat früher erreichen würde.

Am nächsten Tag hatte ich meine Etappenkarten fertig. In der folgenden Zeit hatte ich manchmal Mühe, meine Nervosität zu verbergen, es gab nichts mehr hier im Lager, was mich noch interessiert hätte. Es hing jetzt alles nur davon ab, daß der Materialzug im März eintraf. Die Ungewißheit zerrte an meinen Nerven, ich entschloß mich, den Bahnmeister aufzusuchen, in der Hoffnung, etwas erfahren zu können, fragen wollte ich aber nicht, ich lenkte nur das Gespräch auf die verschneiten Schienen. Der Eisenbahner plauderte ahnungslos darauf los. Im Lagerbereich müsse demnächst geschaufelt werden, vor allem bei der Ausladerampe, bis März müsse der Holzzug eintreffen, man benötige in der Mine dringend das Material für die Stollenerweiterung. Auf der Südstrecke sei der Schneepflug bereits bei der Arbeit. Diese Mitteilung war Musik für meine Ohren, genau das wollte ich hören. Für mich waren nun die Würfel gefallen.

Anfang März war das Wetter noch voll winterlich, die Schneefälle waren aber nur geringfügig gewesen. Nach drei Monaten Pause sollte nun der erste Zug kommen. Jeden Tag inspizierte ich, wenn ich allein in meinen Räumen war, im Vorbeigehen die vorbereiteten Utensilien. Die Ski waren mit den Stöcken zusammengebunden, die Kleidung hing griffbereit an der Wand im Schlafraum, ebenso die alte Wollmütze, der Schal und die Fäustlinge. Der prall gefüllte Rucksack lag unter einem Stapel von Arbeitskleidung, danach fragte jetzt niemand.

An einem Sonntagnachmittag trafen sich die Kameraden des deutschen Trupps in der Kantine, insgeheim hoffte ich, daß es der letzte Feiertag sein sollte, den ich hier verbringen mußte. Die Stimmung war allgemein gedrückt, nur mühsam kam eine Debatte in Gang, ich hörte zuerst nur zu, das Thema, welches mich angesprochen hätte, lag auf ganz anderen Gebieten. Die Gespräche drehten sich um den Krieg und seine Ursachen, um die Millionen Toten auf beiden Seiten und die Gefangenen, sie alle waren die Leidtragenden samt den Opfern im Hinterland. Man empfand es als ungerecht, daß man Männer im besten Alter zur Schlacht schickte, während die Drahtzieher und die Schürer des Völkerhasses seit jeher dem Massenmord aus sicherer Distanz zusahen, und wenn die Sache schiefging, dann war das eben ein „Kunstfehler".

Obwohl mir am Anfang nicht danach zumute war, schaltete ich mich nun auch in diese Diskussion ein und legte meinen Standpunkt dar. Deutschland und Österreich, so sagte ich, sind schicksalhaft verbunden, das Resultat war, daß beide

Staaten in zwei Weltkriegen viele Haare lassen mußten, wobei diese Kriege völlig unnötig waren und der Gegner immer unterschätzt wurde. Der erste Weltkrieg ging eindeutig von Österreich aus, welches wegen des Attentats in Sarajewo Serbien den Krieg erklärte. Auf diesen verhängnisvollen Fehler hatten die Feinde der Monarchie nur gewartet. Die Leidtragenden waren die Deutschen, die Ungarn und die Türken als Verbündete. Die Donaumonarchie wurde zwar aufgelöst, aber Österreich behielt im wesentlichen seine Kernländer deutscher Sprache. Wenn aber wegen eines jeden Attentates ein Krieg ausgebrochen wäre, dann könnte man das Wort ,,Friede'' aus dem Wörterbuch streichen. Ich fuhr fort und kam auf den Zweiten Weltkrieg zu sprechen. Dieser war nur eine Folge des Ersten. Wieder hatte Österreich, wenn auch ungewollt, eine Hand im Spiel, denn der kriegslüsterne Hitler war ein gebürtiger Austrianer. Sein Standpunkt, daß die Friedensverträge von Versailles, St.Germain und Trianon nur Racheakte der Franzosen unter Clemenceau, in Zusammenwirken mit den Engländern und Amerikanern, waren, wurde von den Anhängern Hitlers geteilt. Die beiden letzteren Mächte wollten aber auch einen gefährlichen Konkurrenten auf dem Weltmarkt loswerden, was aber nur vorübergehend gelungen war. Die Amerikaner samt ihrem Präsidenten Wilson aber hatten von den europäischen Verhältnissen nicht viel Ahnung und wurden auch bewußt einseitig informiert. Es gibt Yankees, die Österreich mit Australien verwechseln. Und was die ,,Unterdrückung'' von kleineren Völkerschaften betrifft, messen die Alliierten mit zweierlei Maß. Man denke an den Sklavenhandel mit Negern, an die fast völlige Ausrottung der Indianer in ihrem angestammten Land durch Engländer und Neu-Amerikaner oder an die ,,Kolonialpolitik'' der Briten in Indien und anderen Kolonien. Wer solche Beispiele gibt, soll sich nicht einbilden, anderen Nationen seine Doktrin zu empfehlen. Tatsache ist, daß Österreich seinerzeit seine Gebiete vorbildlich verwaltete, was auch von den deutschen Überseebesitzungen gesagt werden kann. Ob die Nachfolgestaaten der k.k. Monarchie in Zukunft besser gebettet sein werden, muß sich erst erweisen. Was die vielgepriesene westliche Demokratie betrifft, so hat sie zweifellos viele Vorteile, aber nur für Völker und Menschen, die die nötige Reife hiefür besitzen, zum Beispiel die Schweizer. Die allzugroße Freiheit, siehe in den Vereinigten Staaten, fördert geradezu das Verbrechertum und das asoziale Verhalten. Ich schloß damit meine Ausführungen und meine Kameraden waren mit mir einer Meinung. Die Stichworte waren gefallen und wir debattierten weiter.

In den nächsten Tagen wurde die Erweiterung der Bergwerksstollen in Angriff genommen, da gab es wieder mehr zu tun, einerseits war mir das recht, die Wartezeit verging mir schneller, von Tag zu Tag wurde ich unruhiger. Nur Ruhe bewahren, sagte ich zu mir, bald wird es soweit sein.

Und dann, gerade an meinem Geburtstag, kam die Vorentscheidung. An einem Mittwoch Nachmittag kam der ersehnte Materialzug, ich konnte gleich erkennen, daß er länger war als sonst, das bedeutete, daß auch die Entladung zumindest einen Tag länger dauern würde, also könnte, so schätzte ich, die Rückfahrt am Wochenende erfolgen, und ich hoffte, daß diese, wie immer bisher, in der Nacht stattfinden werde. Nun beobachtete ich täglich den Fortschritt bei der Entladung an der Rampe, ich selbst war bei diesen Arbeiten nicht beteiligt. Am Samstag, später als ich dachte, wurde die Leergarnitur in Höhe der Bahnbaracke aufgestellt. Nun hing alles davon ab, ob der Vorgang der Abfahrt derselbe blieb, wie ich ihn schon jahrelang beobachtet hatte. Von den offenen Plateauwaggons hatte der vorletzte ein Bremserhäuschen, das ist meines, sagte ich zu mir. Der Zug wurde von zwei Leuten geführt, dem Lokführer und dem Heizer, deren Gewohnheiten kannte ich schon, und ich hoffte nur, daß sie sich nicht verändert hatten. Die beiden Eisenbahner begaben sich zum Mittagessen in die Kantine, nachher pflegten die Herren einen ausgiebigen Mittagsschlaf zu tun. Dieser dehnte sich meistens bis zum Abendessen aus, anschließend wurde mit dem Bahnmeister bis gegen Mitternacht Karten gespielt. Bis dato lief alles programmgemäß, die Herren geruhten zu ruhen.

Im Quartier lagen meine Sachen griffbereit, der Rucksack noch versteckt. Dem Doktor wich ich aus, das schlechte Gewissen drückte mich, was würde er sagen, wenn meine Flucht zur

Gewißheit wurde. Wie ich ihn kannte, würde er sich vielleicht sogar Sorgen darüber machen, ob mir die Flucht gelingen würde. Jedenfalls hoffte ich, daß er mir verzeihen wird.

Am Nachmittag täuschte ich eine wichtige Arbeit in der Werkstätte vor, ich wollte jetzt allein sein. Gegen Abend warf ich kurz einen Blick in den Kantinenraum, mit Erleichterung registrierte ich die Anwesenheit der beiden Eisenbahner, das Kartenspiel hatte allerdings ein wenig früher als sonst begonnen. Regelmäßig begab sich der Heizer zur Lokomotive, um diese mit Kohlen zu füttern. Beim Rückweg sah ich mir noch einmal den Weg an, der in der Dunkelheit bis zu den letzten Waggons zu gehen war, das war mehr als hundert Meter von meiner Baracke entfernt. Die Lage war denkbar günstig. Die Personalunterkünfte lagen zum Teil weiter seitlich im Wald, nur die Bahnbaracke stand nahe den Geleisen, im Raum dazwischen und von Bäumen umgeben befand sich die Kantine mit den zugehörigen Objekten, und in der Nähe lag die Chefbaracke mit dem Magazin. Das Wetter schien auch mitzuspielen, denn ein leichter Schneefall hatte eingesetzt. Ich nahm aber an, daß meine Fußspuren nicht auffallen konnten, denn im Bahngelände gab es viele Spuren.

Dann kamen zwei Kameraden zu mir, es war Feierabend, und man holte mich ab zum Abendessen, beim Weg zum „Baracken-Restaurant" herrschte schon Finsternis. Der Kantinenraum war bereits voll besetzt, bei diesem Wetter waren alle Lagerinsassen anwesend, und die meisten blieben bis zur Nachtruhe. Für mich war es, wenn mein Plan gelang, der Abschied vom Doktor, der heute seinen Kartenabend hatte, und von den Kameraden. Diese würden morgen zur selben Zeit genug Gesprächsstoff haben, vor allem würden sie sich über das Wie und Wohin den Kopf zerbrechen. Indessen bemühte ich mich krampfhaft, eine gleichgültige Miene zum bösen Spiel zu machen, ein Lachen brachte ich aber jetzt nicht mehr zustande, auch an der allgemeinen Unterhaltung fand ich keinen Gefallen mehr, ich fühlte mich als Außenseiter. Gegen 19 Uhr sibirischer Zeit holten wir als letzte Gruppe von der langen Theke das Abendessen, dazu gab es Tee.

Außer dem Heizer, der regelmäßig zu seiner Lok ging, hielt

sich jetzt niemand im Freien auf, die Temperatur lag etwa bei minus 10 Grad, die Fensterscheiben waren überzogen mit den schönsten Eisblumen. Mir wurde allmählich der Kragen zu eng, meine größte Befürchtung war, daß der Heizer auf der Maschine blieb und der Lokführer im stillen Einvernehmen nachkam, dann konnte ich nur mehr nachsehen, das würde eine Verspätung von einem Monat bedeuten und meinen Zeitplan durcheinander bringen. Aber bald war der Mann wieder da, man spielte eifrig weiter, es deutete nichts darauf hin, daß sie ihren gewohnten Fahrplan verändern wollten. Die Flasche Wodka, die der Bahnmeister gebracht hatte, war noch fast voll, und solange dies der Fall war, bestand nach meiner Erfahrung keine Gefahr einer vorzeitigen Abfahrt. Ich hatte genug Zeit gehabt, Gepflogenheiten zu studieren.

Die große Wanduhr neben dem Radioapparat zeigte 21 Uhr, da hielt ich es nicht mehr aus, ich verabschiedete mich von den Kameraden mit der Ausrede, daß mir nicht ganz gut sei, was in gewissem Sinn auch stimmte, man akzeptierte dies und wünschte mir eine gute Nacht, was aber nach Lage der Dinge dieses Mal bestimmt nicht zu erwarten war. Mit eiligen Schritten strebte ich der Chefbaracke zu, hinter mir hörte ich noch den Lärm der Zecher durch die Holzwände. Noch einmal dachte ich an den Doktor, es tat mir leid, ihm eine derartige Enttäuschung bereiten zu müssen, er würde es kaum für möglich halten, daß ich noch im Winter einen Fluchtversuch unternehme. Aber jetzt gab es für mich kein Zögern mehr, ich hatte keine Zeit für sentimentale Betrachtungen, die Parole hieß: Hilf dir selbst, dann hilft dir Gott, denn der Doktor konnte es ja nicht mehr lange tun, er war ja selbst schon auf dem Sprung.

Als erstes schnappte ich mir den Feldstecher und den Kompaß, holte den Rucksack aus dem Versteck und verstaute diese wichtigen Instrumente darin. Dann packte ich die Ski samt den angebundenen Stöcken. Nachdem ich mich überzeugt hatte, daß niemand draußen war, schlich ich mich im wahrsten Sinne des Wortes bei Nacht und Nebel mit den Skiern zur Zugsgarnitur, es war so finster, daß ich diese erst wahrnahm, als ich fast an die Wand eines Waggons stieß. Ich tastete mich zurück bis zum vorletzten Wagen mit dem Bremserhaus und legte die Ski auf das Plateau. Dann ging ich zurück, um den Rucksack zu holen. Beim Eingang und im Vorraum ließ ich das Licht brennen, damit der Doktor leichter sein Quartier finden konnte, es war der letzte Dienst, den ich ihm erwies. Mit dem schweren Gepäck ging ich allerdings nicht vorne heraus, da hätte ich jemandem direkt in die Arme laufen können. Ich öffnete ein hinteres Fenster und stellte den Sack außen an die Barackenwand. Dann aber hatte ich es sehr eilig, mit dem schweren Stück zu meinem Waggon zu kommen; um ihn zu besteigen, benötigte ich den Tastsinn, es war stockdunkel, hier im Bremserhäuschen sollte mich niemand entdecken. Bis zur Abfahrt würde noch gut eine Stunde vergehen.

5. Kapitel
FLUCHT NACH PERSIEN

Trotz der Kälte kam ich vor lauter Aufregung ins Schwitzen, allerdings hatte ich eine erstklassige russische Bekleidung, die mich warm hielt. Die Kapuze des Overalls mußte ich abnehmen, ich hatte außerdem noch die Wollmütze aufgesetzt, und das war zuviel des Guten. Diese Wartestunde hatte es jedenfalls in sich, sie dürfte die längste meines Lebens gewesen sein. Wenn nur jetzt nichts passiert, außer der Abfahrt, dachte ich mir. Ich wollte nicht an die Konsequenzen denken, die eine vorzeitige Aufdeckung meiner Flucht zur Folge gehabt hätte. So saß ich in der engen Bremserkabine und hatte dabei das Gefühl, beim Teufel in der Hölle zu sein, aber dort hätte ich es wenigstens gemütlich warm gehabt. Nach meiner Schätzung wäre es Zeit für die Abreise gewesen, aber die beiden Eisenbahner zechten nicht nur in der Kantine weiter, sondern tanzten auch auf meinen strapazierten Nerven herum. Dann endlich kam die Erlösung von meinen Tantalusqualen, von vorne ertönte ein Pfiff, und schon machte die Garnitur einen Ruck von Waggon zu Waggon, mein Kopf stieß unsanft gegen die Wand meines Käfigs, aber das nahm ich gerne in Kauf, ich atmete auf, der entscheidende Moment meiner Flucht war gekommen. Ich hob noch symbolisch die Hand in Richtung der Kantine, ,,Adieu Kameraden'', murmelte ich noch, die Fahrt ins Ungewisse begann.

Ich nahm die warme Mütze ab und wischte mir den Angstschweiß von der Stirn. Dann aber lehnte ich mich zurück und döste vor mich hin, nur das eintönige Rattern des Zuges umtönte mich. Für ein Nickerchen hätte ich jetzt Zeit gehabt, aber ich war dazu noch zu aufgeregt. Ich überlegte: Wann würde man im Lager meine Flucht registrieren? In der Nacht bestimmt nicht, da war ich noch nie gestört worden, der Doktor legte sich gleich zum Schlafen nieder, wenn er spät heimkam. Am Sonntagvormittag war es im Werksgelände ruhig, jeder konnte schlafen, solange er wollte, so mancher verzichtete auf das Frühstück und blieb liegen bis Mittag, und das war auch bei mir schon vorgekommen. Es kam darauf an, wie lange der Chef im Bett blieb, ihm könnte mein stiller Abgang zuerst auffallen, wenn er den Feldstecher samt Kompaß vermißte und daraufhin mein Quartier näher in Augenschein nahm, er würde sofort das Fehlen der Skiausrüstung feststellen. Spätestens dann würde ihm ein Licht aufgehen, er würde sich fragen, wozu braucht der Mann ein Jagdglas, der geht doch allein nicht ohne Gewehr auf die Jagd. Alarm würde man aber erst am Abend geben, wenn ich bis dahin nicht zurück war, und auch das wäre nur eine Routinehandlung, wo sollte man mich suchen? Es lag zwar auf der Hand, daß ich mit dem Lastzug mitgefahren war, aber wo ich diesen verlassen hatte, war kaum zu eruieren, man konnte nur die in Frage kommenden Bahnstationen anrufen. Bis dahin mußte ich einen genügenden Vorsprung haben, war nur zu hoffen, daß der leichte Schneefall anhielt.

Meine nächste Sorge galt dem richtigen Absprung in der Kurve vor dem kleinen Bahnhof, den meine Zuggarnitur um etwa 6 Uhr früh erreichen würde, bis dahin hatte ich noch Stunden Zeit, und ich versuchte, mich zu entspannen, schlafen durfte ich aber nicht, ich mußte so wach sein, daß ich das Langsamerwerden des Zuges in der Kurve sofort bemerkte, denn auf ein ,,Empfangskomitee'' sowjetischer Art war ich nicht eingestellt. Dieses Mal war ich weniger ungeduldig als bei der Abfahrt, ich wußte, daß die Reise 6 bis 7 Stunden dauern würde, aber auch das schien kein Ende zu nehmen. Ich schätzte die Zeit, es mochte ungefähr 4 Uhr früh sein, meine Armbanduhr hatte ich zum Abschied meiner geliebten Rosina geschenkt nach dem Motto: Dem Glücklichen schlägt keine Stunde. So hatte sie wenigstens ein Andenken an mich. Die genaue Zeit war bei meiner Flucht unbedeutend, ich konnte mich in der schönen Jahreszeit nach der Sonne richten. Nach mehr als einer Stunde erwartete ich gespannt den Einlauf in die Kurve. Dann war es so weit, die Garnitur wurde merklich abgebremst, die Räder begannen zu kreischen. Ich öffnete die kleine Tür des Bremserhäuschens und stellte die Ski und den Rucksack zum Abwurf bereit. Ich stand in Fahrtrichtung am letzten Trittbrett, welches ich schon bei der ersten Besteigung gereinigt hatte, um nicht zu rutschen. Der Zug wurde immer langsamer, er hatte ja die Station knapp vor sich. Sehen konnte ich fast nichts, nur die Konturen des Waggons, auf dem ich stand. Jetzt hielt ich den Zeitpunkt für günstig und warf zunächst die Skigarnitur neben dem Trittbrett hinunter, gleich dahinter folgte der volle Rucksack, und ich sprang nach. In diesem Gelände gab es keine Böschung, daher landete ich weich im Schnee, aber der Schwung war doch noch stark genug, meinem Gesicht zu einer Morgenwäsche zu verhelfen. Nachdem ich mir die Augen freigewischt hatte, rappelte ich mich hoch und begann, meine Utensilien zu suchen. Den Jägersack fand ich schnell, weil ich darüber stolperte, aber wo waren die Ski? Zuerst tastete ich mich zu den Schienen, nur mit ihrer Hilfe konnte man sich orientieren. Nach systematischer Suche fand ich sie. Zwischen den Geleisen ließ ich mich dann nieder, weil dort weniger Schnee lag. Das Anlegen der Ski bereitete einige Mühe, ebenso auch das Umhängen des schweren Rucksackes, dessen Trageriemen ohnedies am letzten Loch eingehängt waren. Als diese Prozedur geschafft war, ging ich eine kurze Strecke zurück und schwenkte dann in 90-gradigem Winkel nach rechts ab, um zur Trasse der parallel führenden Hauptstrecke zu gelangen. Bei der noch herrschenden Dunkelheit war dies nicht so einfach, ich sah nur den Vorderteil meiner Bretter, langsam bewegte ich mich in die eingeschlagene Richtung, mit den Stöcken tastete ich den Boden vor mir ab. In der Ferne hörte ich rechts von mir ganz schwach die Geräusche der Lokomotive, das bestätigte die Richtigkeit meines Kurses. Nach kurzer Zeit hatte ich die Hauptlinie erreicht, die dunklen Schienen hoben sich vom hellen Schnee doch etwas ab. Nachdem ich die Geleise überquert hatte, hielt ich die Richtung bei, mit größter Vorsicht tastete ich mich weiter, das Gelände war mir unbekannt, ich war besorgt um meine Ski, beim Aufprall auf ein Hindernis könnten diese zu Schaden kommen. Nach meiner Vorstellung über diese Bahntrasse mußte ich bald zum Waldgebiet kommen, denn die Eisenbahnen führten durch breite Schneisen, die man vor langer Zeit durch Rodung angelegt hatte. War es schon der Anfang einer

Morgendämmerung oder hatte sich der Nebel gehoben, auf einmal sah ich vor mir eine große dunkle Wand auftauchen, der rettende Wald war da. Noch immer schneite es, wenn auch nur gering, war zu hoffen, daß es für die Verdeckung meiner Skispuren genügte. Obwohl ich eine schlaflose Nacht hinter mir hatte, kannte ich nur ein Streben, nämlich um jeden Preis weiterzukommen, der Vorsprung war jetzt das Wichtigste. Sobald es genügend hell war, wollte ich einen flotten Langlauf hinlegen, so lange ich es durchhielt. Zunächst aber machte mir die Dunkelheit im Wald einen Strich durch die Rechnung, ich durfte kein Risiko eingehen, kaum daß man die Baumstämme erkennen konnte. Ich ließ mich seitlich hinfallen und wartete, an einen Stamm angelehnt, sehnsüchtig auf das Erscheinen der Sonne. Nach einer halben Stunde etwa kam zwar keine Sonne zum Vorschein, aber wenigstens ihr Licht. Ich kramte den Kompaß hervor und schlug gleich von Anfang an eine südliche Richtung ein, das ferne Ziel war der warme Orient. Na ja..., sagte ich zu mir, da hast du noch viel Zeit bis dahin!

Und dann legte ich los, mit weit ausholenden Schritten ging es flott vorwärts. Auf ein Frühstück hatte ich verzichtet, ich wollte meinen Magen gleich vom ersten Fluchttag an daran gewöhnen, mit Mindestrationen auszukommen, nur etwas Schnee ließ ich ab und zu im Mund zergehen. In diesem dichten Wald herrschte totale Stille, ich hielt es für unmöglich, daß man mich hier verfolgen oder gar finden könnte. Nach mehreren Stunden wurde ich langsam müde, der Langlauf war in diesem Ausmaß für mich ungewohnt. Ich schaltete eine Mittagsrast ein, inzwischen schimmerte auch die Sonne ein wenig durch den dünnen Nebel, die Temperatur lag kaum unter minus 10 Grad. In der Mitte meines Rucksackes hatte ich frostsicher einen Mundvorrat bereitgelegt, bestehend aus Brot und Wurst. Beides stammte aus einem Privatdepot, welches ich schon früher für den Doktor und mich im Chefquartier angelegt hatte, damit wir nicht gänzlich von der Gnade der Küchendamen abhängig wären. Die „Neuen" waren sogar zum Doktor unfreundlich, weil sie wußten, daß ein neuer Direktor in Kürze zu erwarten war. So hatte ich für die erste Zeit einen Laib Brot und eine Stange Dauerwurst zur Verfügung. Die Zubereitung von Tee ließ ich aber dieses Mal noch sein, ich wollte weiterkommen, und von der Skiwanderung war mir genügend warm geworden. Nach einer halben Stunde fühlte ich mich erholt, und der Langlauf nahm seinen Fortgang. Meinen Kurs hatte ich inzwischen auf Südwest korrigiert. Im Wald war es windstill, nichts rührte sich, kein Tier war zu sehen, es war direkt gespenstisch. Allmählich wurde es dunkler, die Sonne war bald wieder verschwunden, ich mußte nach einem geeigneten Übernachtungsplatz Umschau halten. Eine kleine Mulde, von wenigen Sträuchern umgeben, erschien mir günstig für meine Zwecke. Hier entdeckt zu werden, erschien unrealistisch.

Zuerst machte ich mich daran, den Schneebau herzustellen. Mit meiner stiellosen Blechschaufel stach ich Ziegel aus dem schon längst gesetzten Schneeboden, die Festigkeit war ausreichend. Auf die Mauern legte ich Äste und Zweige, die zum Teil herumlagen, die Zweige nahm ich von den Sträuchern. Darauf schichtete ich wieder Schneeziegel und verstrich die Ritzen. Für den noch offenen Eingang legte ich ebenfalls solche Blöcke bereit. Ich überlegte, ob ich ein kleines Feuer anfachen sollte, in der einbrechenden Dämmerung hielt ich das dann doch für ein zu großes Risiko. Tee hätte ich vertragen können, aber vom ungewohnten Skisport war mir ohnedies warm geworden. Ich breitete die Zeltplane am Boden meines Iglus aus, der Rucksack kam zu den Füßen. Das „Nachtmahl" bestand aus einer Karotte und zwei Stück Zucker, dazu etwas Schnee. Ich war gewillt, meinen Körper auf die kommenden mageren Wochen zu trainieren, außerdem mußte der Vorrat so lange wie möglich gestreckt werden. Dann vermauerte ich den Eingang und bohrte von innen zwei Löcher in die Seitenwände, damit die Versorgung mit Sauerstoff gesichert war. Im Bau wurde es bald warm, ich war müde von den ungewohnten Strapazen und schlief bald ein. Die Feuertaufe des Winterquartiers war bestanden. Als ich munter wurde, sah ich durch ein Luftloch, daß es draußen noch dunkel war, so döste ich noch etwa eine Stunde im Schneebunker vor mich hin, dann wurde es langsam hell, die Tage im März nahmen ja fast um zwei Stunden zu. Ich räumte die Eingangsmauer weg und auch die vordere Hälfte des Daches, auf diesem geschützten

Platz machte ich nun ein Feuer aus dürrem Holz für den Tee. Ein stärkerer Ast, der quer über die Seitenmauern gelegt wurde, diente als Träger für das mit Schnee gefüllte Eßgeschirr, welches an einem Draht über dem Feuer hing. Soweit war ich mit dem Anfang meiner Flucht sehr zufrieden, die Kälte brauchte ich nicht zu fürchten. Was mir am meisten zu schaffen machte, war der schwere Rucksack, meine Bandscheiben waren von diesem Ungetüm nicht begeistert, blieb nur der Trost, daß das Gewicht allmählich geringer wurde, damit aber auch meine Lebensmittelvorräte, was wiederum kein Trost war. Als das bescheidene Frühstück beendet war, schnallte ich die Ski an, hing den Rucksack um und setzte die Reise fort. Den Schneebau ließ ich stehen, der wäre ohnedies nur aus nächster Nähe zu sehen gewesen. Mehr Sorgen machten mir die Spuren, die ich hinterließ, sie waren deutlich zu sehen, nur starker Schneefall hätte sie verwischt. Ich war ausgeruht und lief mit großen Schritten durch den Wald, dessen Ende nicht abzusehen war. Etwa jede Stunde hielt ich inne und kontrollierte mit dem Kompaß meinen Kurs, ohne dieses Instrument und meist ohne Sicht zur Sonne wäre meine Flucht schon in Frage gestellt gewesen. Den Feldstecher konnte ich im dichten Wald noch nicht verwenden. Und dann rührte sich in dieser unendlichen Einsamkeit doch etwas: Es war ein Rudel Rehe, die in aller Ruhe meinen Weg kreuzten, ich blieb stehen, um sie nicht zu erschrecken, bald verschwanden die Tiere im Dickicht. Die kleineren Waldbewohner mochten wohl noch ihren Winterschlaf halten. Ab und zu mußte ich eine Verschnaufpause einlegen, die Last auf dem Rücken drückte mich. Wenn gegen Mittag die Sonne durchkam, sah die Welt gleich freundlicher aus, ich hatte eine Ermunterung nötig, manchmal überkam einen hier ein beklemmendes Gefühl, aber bei einem Alleingang war das eben so. Die Gefahr, krank zu werden, bestand in der guten Luft und bei viel Bewegung kaum. Ich war immer kerngesund und gut genährt gewesen, und ich fühlte mich im Freien recht wohl. Die mittlere Temperatur schätzte ich zwischen minus 5 bis 10 Grad, der Schnee unter mir war nicht verharscht. Ich machte eine Mittagsrast und nahm einen Imbiß zu mir, verzichtete aber auf den Tee, weil mir vom Schilauf warm genug war, ja ich kam sogar ins Schwitzen. Die gute Nahrung von Olga kam mir nun sehr zustatten, davon mußte ich jetzt zehren, ich nahm an, daß ich bis zum Sommer bis zu zehn Kilo verlieren würde, was ich nicht als Nachteil empfinden würde, je leichter das gesamte Gewicht, desto leichter war dann der Marsch durch die Steppe. Meine Gedanken unterwegs kreisten um das Lager, die Kameraden. Was würden sie sagen? Und der Doktor, wie würde er meine Flucht, die jetzt zur Tatsache geworden war, aufnehmen? Es war nicht anzunehmen, daß sich der vor seiner Ablöse stehende Chef noch meinetwegen in Gefahr bringen würde, vielleicht wünschte er mir im stillen ein erfolgreiches Heimkommen. Möglicherweise erinnerte sich der Doktor jetzt an unsere Unterhaltungen, bei denen ich mich für das Aralseegebiet und die dortige Flora und Fauna interessiert hatte.

Inzwischen hatte ich, die Bahnfahrt mit eingerechnet, einen Vorsprung von ungefähr 250 km. Nach meinen Überlegungen bei der Fluchtplanung wollte ich am Anfang mit den Skiern eine größere Streckenleistung vollbringen, denn später auf Schusters Rappen würde ich langsamer vorwärtskommen, abgesehen vom Nahrungsmangel. Als ich merkte, daß die Abenddämmerung anbrach, suchte ich wieder einen Biwakplatz, und es spielte sich genau das gleiche ab wie am Abend vorher. Auch am nächsten Tag gab es nichts Außergewöhnliches, nur Rotwild begegnete mir ab und zu. Ich fühlte mich mit jedem Tag sicherer, der dichte Wald bot für einen Flüchtling ideale Verhältnisse. Erst wenn ich weiter südlich in die Steppe kam, mußte ich vorsichtiger werden. Aber noch war es lange nicht soweit. Neben dem Bauen des Iglus, Essen und Schlafen gab es jeden Morgen vor dem Weitermarsch noch eine wichtige Tätigkeit, ich machte für jeden absolvierten Tag einen Strich auf der Rückseite der letzten Sektorenkarte, das war eine Art Kalender für mich, so war ich bezüglich des Datums auf dem laufenden. Ich hatte nun fünf Striche, also war heute der 20. März. Von einem Frühlingsbeginn war allerdings noch kaum etwas zu bemerken. In diesen Regionen mußte man eine Verspätung von wenigstens einer Woche erwarten.

Am nächsten Tag, bald nach meinem Aufbruch, lichtete

sich plötzlich der Wald, und ein offenes Gelände breitete sich vor mir aus, das war mir gar nicht recht, schnell kehrte ich wieder zu den schützenden Bäumen zurück und studierte die erste Sektorenkarte. Nun sah ich, daß ich schon die Straße, die quer zu meinem Weg lag, erreicht hatte, das wäre mir am Abend lieber gewesen. Mein Marschtempo war demnach zufriedenstellend. An dieser Stelle trat zum erstenmal das Jagdglas mit der großen Lichtstärke in Aktion. In sicherer Deckung befindlich, beobachtete ich durch längere Zeit das ganze Gelände vor mir, es war eine weite, flache Talsenke. Während ich unschlüssig überlegte, was ich tun sollte, kam auf der Straße von Norden her, gemächlich ein Lastauto daher, ich verschwand gleich ganz im Wald, sicher ist sicher, dachte ich mir. Bald war das Fahrzeug vorbei, und ich lugte wieder in die Ebene. Diese Stelle wollte ich eigentlich bei Nacht überqueren, aber das bedeutete den Verlust eines ganzen Wandertages. Auf der gegenüberliegenden Seite befand sich auch ein, vermutlich großes, Waldgebiet, aber die Entfernung erschien mir zu weit. Es war zu auffallend, hier allein querfeldein zu gehen, wenn ich Pech hatte, kamen mir Milizen in die Quere. Als sich der Nebel etwas gehoben hatte, konnte ich durch das Glas erkennen, daß sich die beiden, durch die Straße getrennten Wälder etwa einen Kilometer östlich näher kamen, ich schätzte den Abstand auf ein- bis zweihundert Meter, das war für meine Zwecke schon viel günstiger. In sicherem Abstand vom Waldrand machte ich mich sogleich auf den Weg zu dieser Engstelle. Während dieser Zeit rührte sich nichts mehr auf der Fahrbahn, es gab also nur wenig Verkehr. An der ausgesuchten Stelle angelangt, schaute und hörte ich nach beiden Seiten, die Sicht betrug kaum zwei Kilometer. Als sich nichts rührte, nahm ich mir einen Anlauf und strebte dem Wald gegenüber zu. Unterwegs konnte ich registrieren, daß die Straße nur wenige Fahrspuren aufwies. Bald hatte ich das andere ,,Ufer'' erreicht, erleichtert setzte ich meinen Weg in südlicher Richtung fort. Es kam mir jetzt so vor, als stünden die Bäume hier nicht mehr so dicht.

Die beiden nächsten Tage verliefen ohne Ereignisse. Zu meiner großen Freude blieb meine Route im Waldgebiet, nur die Art der Bäume änderte sich zusehends, sie erschienen niedriger,und teilweise standen Birken darunter. Man konnte sehen, daß die Rinde angenagt war, das konnte nur vom Rotwild stammen, dieses fand im hohen Schnee noch kein Futter. Es gab streckenweise auch Zonen mit Sträuchern, das waren die Plätze, die ich für mein Nachtlager bevorzugte.

Am folgenden Tag kam ich zu einem zugefrorenen See, er hatte die Form eines dicken Schlauches, in der Mitte lag kein Schnee, den hatte der Wind weggefegt. Das brachte mich auf die Idee, meine Schispuren zu unterbrechen, sie waren auch die einzigen in dieser völlig unberührten Winterlandschaft, umso mehr wären sie aufgefallen. Ich lief nun zur Eisfläche, und dort, wo der Schneebelag endete, stieg ich aus der Bindung, die Skigarnitur auf dem Rücken ging ich in der Mitte des Sees weiter, ohne eine Spur zu hinterlassen. Nach ungefähr einem Kilometer ging ich zum Ufer zurück und lief mit den Skiern weiter. Auf diese Art wurden eventuelle Verfolger irregeführt, zumindest aber für längere Zeit von meinem Weg abgelenkt. Natürlich hatte ich mir längst die Frage gestellt, was machst du, wenn...? Nämlich, wenn du jemanden begegnest oder gar angehalten wirst. Für diese Situation hatte ich vor, den Stummen zu spielen, denn wenn ich zu sprechen anfing, war ich „geliefert'', ein Ausländer in dieser Gegend, sehr verdächtig, und wer ist das nicht in diesem Land!? Theoretisch hatte ich die geringfügige Chance, für einen harmlosen Wanderer oder Sonderling gehalten zu werden, wenn man aber mein Gepäck in Augenschein nahm, war die Reise wohl zu Ende. Im Geist sah ich schon meinen Steckbrief samt schmeichelhaftem Konterfei angeschlagen. Inzwischen hatte ich einen kräftigen Stoppelbart bekommen, und ich dürfte kaum vertrauenerweckend aussehen. Es war daher klar, ich mußte von vornherein jede Begegnung mit Menschen vermeiden. Im Waldgebiet war das am leichtesten.

Ich war nun eine Woche unterwegs, aus südlicher Richtung kam eine warme Brise als Vorbote des Frühlings, auch die Sonne ließ sich tagsüber zeitweise sehen. Ich gelangte zu einer Lichtung, und dann erblickte ich wieder einen See, er war von respektabler Größe und versperrte mir den Weg. Durch das

Fernglas erkundete ich eine Route am östlichen Ufer, ein größerer Umweg war unvermeidlich. Nach drei bis vier Tagen, so entnahm ich der Sektorenkarte, müßte eine Eisenbahnlinie meinen Weg in Richtung Ost-West kreuzen, sie verband die kleinen Städte Kuschmurun und Jesil, da war dann wieder Vorsicht am Platze. Ich erreichte die kritische Stelle am Abend des dritten Tages. Die Waldschneise, durch welche die Strecke führte, war nicht sehr breit, trotzdem wartete ich zu, bis es fast dunkel wurde, ich wollte auf Nummer sicher gehen. Bis jetzt war kein Zug vorbeigekommen, nichts rührte sich, ich konnte in aller Ruhe den Schienenstrang überschreiten. Ich ging noch ein Stück in den Wald, aber bald machte ich mein Igluquartier, die hereinbrechende Dunkelheit erschwerte diese Arbeit, inzwischen hatte ich aber schon Übung. Diesmal war es weniger gemütlich, ich konnte in der Nähe der Bahn kein Feuer machen, und auch mein Bau war nicht von gewohnter Qualität, ich war froh, als diese Nacht vorüber war. Aus dieser Erfahrung zog ich die Lehre, mein Nachtlager in Zukunft vor Einbruch der Dunkelheit aufzubauen. Nachdem ich etwa eine Stunde unterwegs war, machte ich Rast für das Frühstück, der heiße Tee war eine Wohltat. Der Rauch des Feuers verlor sich in den Bäumen. Eine halbe Konserve verzehrte ich mit dem letzten Stück Brot, das war allerdings schon so hart geworden, daß ich es im Tee aufweichen mußte. Frisch gestärkt ging es dann weiter.

Mit weit ausholenden Langlaufschritten stürmte ich durch den stillen Wald vorwärts. Regelmäßig blieb ich stehen, lauschte und blickte in die Runde, hauptsächlich aber nach vorne. Aber nichts rührte sich da, oder doch? Ich war stehengeblieben, weil sich eine niedrige Wand von Büschen vor meinem Weg auftat, und auf einmal hatte ich das Gefühl, nicht mehr das einzige Lebewesen im Wald zu sein. Angespannt musterte ich meine Umgebung, und plötzlich wurde ich stutzig. Mitten in den Sträuchern hatte sich etwas bewegt, die Entfernung betrug ungefähr hundert Meter. Für alle Fälle schnallte ich meine Ski ab, legte sie beiseite und sah mich nach einem geeigneten Baum um. Ich hatte keine Zeit, das Jagdglas herauszunehmen, an der fraglichen Stelle sah ich jetzt schemenhaft die Umrisse eines braunen Tierkörpers auftauchen, und ich erschrak über dessen Größe. Ich umklammerte in meiner Not den auserwählten Baum mit Händen und Füßen, kam aber nur langsam daran hoch, weil der schwere Rucksack, den ich auf keinen Fall am Boden lassen wollte, sehr hinderlich war. Währenddessen sah ich im Geist schon einen Bären herankommen, denn nur um einen solchen konnte es sich handeln, so dachte ich. Und für diese Auseinandersetzung hatte ich einen der Schistöcke am Arm hängen, damit ich das Ungetüm mit diesem attackieren konnte. Und dann, nach einer bangen Minute, erwischte ich einen der untersten Äste und schwang mich daran höher. Nun richtete ich mich auf Verteidigung ein, aber soweit kam es gar nicht. Der vermeintliche Bär mußte inzwischen von mir Wind bekommen haben, er zeigte sich in seiner ganzen stattlichen Pracht. Es war allerdings ein Hirsch. Mit dem Geweih, welches dieses Tier zierte, hätte ich es allerdings auch nicht gerne auf ein Duell ankommen lassen. Als sich dieser Vielender davongetrottet hatte, kletterte ich erleichtert wieder vom Baum herunter. Der Bärenalarm war glücklicherweise ein blinder gewesen. Ausgerechnet mir, als ehemaligem Jagdgehilfen des Lagerchefs, mußte so etwas passieren, ich hatte mir selber ,,einen Bären aufgebunden''. Wenn das der Doktor gesehen hätte, der hätte sich krank gelacht. Aber ich zog daraus wieder eine Lehre. Meine Ski und der zweite Stock wären im Ernstfall vielleicht zertrampelt worden, und die Flucht auf den Baum nahm zuviel Zeit in Anspruch. Ich mußte also darauf gefaßt sein, den Angreifer im Schutze eines dicken Stammes, mit der Metallspitze des Schistockes, am Kopf und an seiner empfindlichen Nase zu stechen und, sollte das nicht zum Erfolg führen, wenigstens eines der Augen des Aggressors aufs Korn zu nehmen. Ich war überzeugt, daß der Unhold dann die Flucht ergreifen würde. Im übrigen aber hoffte ich sehr, daß es zu einem derartigen Kampf nicht kommen würde. Ich wischte mir den Schweiß von der Stirn, von der Baumkletterei war mir sehr warm geworden, aber Angst und Aufregung dürften wohl auch eine Rolle gespielt haben. Dann stand ich wieder auf den Skiern, und mit etwas geringerem Tempo als bisher setzte ich meinen Lauf fort, den Prachthirsch, der mich so erschreckt hatte, sah ich nicht mehr. Die Stille des Waldes umgab mich wieder.

Dieses kleine Erlebnis erinnerte mich an einen Astrologen, den ich einst als Jugendlicher zwecks Erstellung eines Horoskops aufgesucht hatte. Unter anderem erwähnte dieser Mann, daß Fische-Menschen telepathische Fähigkeiten besäßen, dieses geistige Echolot funktioniert nicht in jedem Fall und ist wissenschaftlich unbewiesen, aber was meine Person betrifft, war ich bis jetzt mit der Funktion nicht unzufrieden. In Stalingrad etwa, da wurde ich, bewußt oder nicht, zur richtigen Zeit von der richtigen Eingebung veranlaßt, das für mich Vorteilhafteste zu tun, es hätte ja auch ganz anders verlaufen können. Und hier im Wald hatte mich mein Gefühl auch nicht betrogen, irgendetwas lag in der Luft, das spürte ich. Jedenfalls bildete ich mir ein, für Gefahren einen „Riecher" zu besitzen. Das könnte ich gerade auf meinem weiteren Weg gut gebrauchen. Um eine Erfahrung reicher, setzte ich meine Reise fort.

Nächstes Ziel war, laut Kartenskizze, das Turgajtal, in südwestlicher Richtung, vorher mußte aber noch eine Straße passiert werden. In weiterer Folge erwartete ich, erste deutlichere Anzeichen des kommenden Frühlings bemerken zu können, der März ging zu Ende. Mich wunderte nur, daß es seit meiner Abfahrt vom Lager keine nennenswerten Niederschläge gegeben hatte. Der Übergang vom Winter zum Frühjahr erfolgt in diesen Regionen fast ohne Zwischenphase, das wußte ich vom Doktor. Ich konnte es kaum erwarten, warme Tage zu erleben, vom Winter hatte ich nun genug. Vor allem aber war eine gründliche Körperreinigung schon dringend nötig, meine Wäsche war schmutzig und verschwitzt.

Die folgenden Tage verliefen ohne Zwischenfälle. Ein milder Wind aus dem Süden zeigte den unmittelbar bevorstehenden Frühling an. Die Sonnenstrahlen wärmten mich fühlbar, von den Bäumen tropfte es tagsüber, die Temperaturen lagen schon auf der Plusseite. Das Tauwetter hatte allerdings auch Nachteile, der tagsüber geschmolzene Schnee an der Oberfläche fror in der Nacht ein, er war jetzt verharscht, und die Ski sanken zeitweise ein, das Fahren wurde schwieriger. Anfang

April schneite es eines Morgens, dann aber gewannen die Strömungen des Südens die Oberhand, und Regen setzte ein. Ich stülpte mir die Zeltplane über, das Marschtempo verlangsamte sich. Von Zeit zu Zeit warf ich einen Blick nach rückwärts, meine Spuren waren nun deutlicher denn je zu sehen, im Sommer würde ich diese Sorge nicht haben. Die Zone, die ich nun durchfuhr, erschien mir freundlicher, ich näherte mich der Waldsteppe. Die Birkenwälder waren nicht so düster wie die bisherigen Urwälder, es gab dazwischen streckenweise auch hohe Gebüsche. Dann stieß ich zum ersten Mal auf Schilf und Gras, das bedeutete Sumpfgebiet, aber der Boden war noch gefroren und hart. In der zweiten Aprilwoche kam ich zu einem noch mit Eis bedeckten Flüßchen, teilweise rann das Schmelzwasser schon über der Eisdecke. Ich dachte an Fischfang, eine Abwechslung in meiner Kost hätte ich vertragen können, aber es ging noch nicht. Nun wanderte ich den Flußlauf entlang, nach meinen Skizzen mußte ich bald zu einer Straße kommen. Unterwegs nahm ich täglich Sonnenblumenkerne zu mir, eine Handvoll Schnee diente zum Nachspülen, nur zweimal in der Woche gab es für Vitaminbedarf eine Karotte, mein Vorrat war knapp, die Natur hatte diesbezüglich noch nichts zu bieten. Bei der deutschen Wehrmacht hatten wir im Winter Vitamin-C-Tabletten bekommen, die Russen aßen ihre Semitschka-Kerne. Nach wie vor ließ ich größte Vorsicht walten, nach jedem Kilometer Weg sah ich mit dem Fernglas in die Runde, noch waren genug Bäume und Sträucher vorhanden, die mir Deckung gaben. Mit dem Ende des Winters muße ich eher damit rechnen, einem Menschen zu begegnen, vielleicht auch einem Jäger. Von Siedlungen gab es bislang noch keine Spur, in diesen Wäldern konnte keine Landwirtschaft betrieben werden, für Felljäger war diese Region anscheinend zu entlegen, abgesehen davon hatte ich bis jetzt nur Eichhörnchen und einmal einen Korsak, die kleine Fuchsart, gesehen. Auch Hasen waren mir noch nicht über den Weg gelaufen, die tummelten sich lieber im freieren Gelände. In den nächsten Wochen würden sicher mehr Tiere auftauchen, für mein leibliches Wohl hatte dies aber keine Bedeutung, ich hatte keine Schußwaffe, und ich war nicht darauf eingestellt, mir auf diese Art Nahrung zu beschaffen, eher durch Fischen, das hatte ich vor.

Nach zwei Tagen kam ich zur Straße, mit dem Glas konnte ich die Trasse rechtzeitig erkennen. Da es schon Nachmittag war, beschloß ich die Überquerung in der Dämmerung durchzuführen. Diese Strecke führte von Kustanaj, einer größeren Stadt, nach dem Süden, und ich vermutete hier stärkeren Verkehr. Ohne Rucksack erkletterte ich einen schrägen Weidenbaum am Flußufer und erkundete die Lage mit dem Feldstecher. In etwa fünfhundert Meter Entfernung entdeckte ich eine Brücke, sie überspannte das kleine Flußbecken, und es schien neben dem Wasserlauf Platz genug zum Durchgang. Einige Stunden später schlich ich mich an die Brücke heran, der Lastautoverkehr war schon vorbei, Personenwagen sah ich keine. Ich konnte diese Stelle unbehelligt passieren und ging, noch immer mit den Skiern, eine Strecke weiter, bis ich zu einer großen dunklen Fläche kam, sie entpuppte sich beim Näherkommen als Waldstück mit Sträuchern. Knapp davor lag eine, gut einen Meter hohe Schneewächte, die auf der Waldseite steil abfiel, dies erschien mir ideal für den Bau einer Höhle. Ich schaufelte einen Schacht in den Schneehaufen, da aber der Oberteil einstürzte, mußte ich doch Äste und Zweige holen, um ein Dach zu bekommen. Es war inzwischen dunkel geworden, und wieder einmal hatte ich Mühe, mein Nachtquartier zu errichten, aber dieses Mal ging es nicht anders, es mußte in der Nähe einer Straße jedes Risiko vermieden werden. Da der Bau nun außerhalb des Waldes lag, nahm ich die Ski mit in die Höhle, sie wären draußen zu verräterisch gewesen. Das Frühstück am nächsten Tag mußte ich in die Mittagszeit verlegen, hier konnte ich kein Feuer machen. Ich war bestrebt, von diesem Platz wegzukommen, erst mitten im Waldgebiet legte ich eine längere Pause ein. In den folgenden Tagen gab es entscheidende Veränderungen, was das Wetter betraf. In erster Linie war ein erheblicher Temperaturanstieg fühlbar und damit verbunden eine starke Schneeschmelze, besonders an Sonnentagen, was jetzt immer öfter der Fall war. An immer mehr Stellen kam das Gras zum Vorschein. Mit dem Iglubau war es nun vorbei. Zwei Tage später ließ ich die Ski und einen der

Stöcke im Gebüsch liegen. Den anderen Stab benützte ich als Wanderstock und als Stütze für das Flachzelt beim Vorderteil.

Die Umstellung vom relativ warmen Schneebau auf das kalte Zelt war, wie erwartet, nicht sehr angenehm. Die Temperatur sank in den Nächten unter plus 10 Grad, bei Tag lag sie aber schon wesentlich darüber, bei Sonnenschein hatte es nach meiner Schätzung sicher über 20 Grad. Wegen des noch sehr feuchten Bodens suchte ich mir für das Nachtlager Plätze aus, wo es Schilf oder dürres hohes Gras gab. Ich hielt mich vorläufig immer an den kleinen Fluß, der in südlicher Richtung verlief, außerdem lieferte das schmelzende Eis das nötige Trinkwasser. Eine Verseuchung war in dieser menschenleeren Gegend kaum zu befürchten. Die erste Zeit fand ich auf der ungewohnten Reisig- und Graspritsche nicht den richtigen Schlaf. Da gerade Vollmond war, änderte ich die Taktik und legte mich tagsüber im Schutze eines Gebüsches in die Sonne, in der wohligen Wärme schlief es sich besser. Soweit das Gelände es erlaubte, marschierte ich dann eine Zeitlang in der Nacht, somit ging es nun langsamer vorwärts. Ich befand mich jetzt in einer unbesiedelten, weiten Talsenke, und mein Flüßchen schien mitten durch diese zu fließen. Inzwischen war der Schnee zum großen Teil verschwunden. Als ich wieder einmal gegen Morgen in meinem Zelt munter wurde, begann es ganz sanft zu regnen, ich streckte meine Hand hinaus, die Tropfen waren warm und der einsetzende Luftstrom auch, der Frühling hatte endgültig seinen Einzug gehalten. Jetzt fühlte ich mich schon behaglicher, umsomehr, als sich die Dichtheit des Zeltes erwiesen hatte. In unbequemer Lage nahm ich ein wenig Essen zu mir, mit dem Gefäß konnte ich das Regenwasser, welches außen am Zelt herunter rieselte, auffangen und dann daraus trinken. Dann ergab sich ein unfreiwilliger Aufenthalt, weil ich wieder einschlief, ich war da in den letzten Tagen aus dem Rhythmus gekommen. Gegen Mittag wurde ich munter, die Regenfront war abgezogen, bald darauf erschien die Sonne, es wurde frühlingshaft warm. Mit jedem Tag stieg nun die Temperatur, dies merkte nicht nur ich, der einsame Wanderer, auch die Tierwelt und die Flora erwachten aus dem Winterschlaf, das Gras begann sich grün zu färben, und die Sträucher entwickelten Knospen und Blätter. Bei der Mittagsrast konnte ich nun schon ein Sonnenbad nehmen, zwischen Busch, Schilf und altem, dürrem Gras richtete ich mir ein Nest ein. Meine Winterkleidung konnte ich vorübergehend ablegen, und dann ließ ich die belebenden Strahlen auf meinen Körper einwirken. Bald waren auch diverse Insekten und Fliegen unterwegs, was noch fehlte, war das Fischen, hinderlich war aber noch immer das Eis auf dem Fluß, dessen Auflösung stand knapp bevor.

Inzwischen betrug meine Entfernung vom Lager etwa 400 km, dieser Abstand war beruhigend, allerdings wurden meine Vorräte dünner. Das Tempo meiner Fußreise hatte sich wegen des weichen Bodens stark vermindert, die letzten Tage des Aprils waren angebrochen. Der Rucksack war kaum leichter geworden, weil ich tagsüber die Winterkleidung daran hängen hatte, solange der Wasserlauf in der Nähe war, brauchte ich wenigstens kein Trinkwasser mitzuschleppen. Jedenfalls hoffte ich, bei trockenem Grasboden wieder schneller weiterzukommen. Bei Sonnenuntergang zog ich die Wintergarnitur gerne wieder an und legte mich damit in mein Flachzelt.

Ende April kam ich zu einem größeren, langgestreckten See mit klarem Wasser, streckenweise war das Ufer mit Schilf bewachsen, dieses stammte noch vom Vorjahr und hatte eine hellbraune Färbung, seinen Zweck als Tarnmauer erfüllte es aber. Da es am späten Vormittag angenehm warm war, benützte ich diese Gelegenheit zu einer gründlichen Waschung meines Körpers, mein Badestrand lag mitten im alten Schilf direkt am Wasser. War das eine Wohltat! Die Sonne sorgte für die Trocknung, ich lag vollkommen unbekleidet da und kam mir fast wie ein Urlauber vor. Die Hände hinter dem Kopf verschränkt, machte ich geistige Zwischenbilanz. Es war gut gegangen bis jetzt. Aber nur nichts verschreien!, sagte ich mir, bis zur persischen Grenze hast du noch gute 1600 km, da kannst du dich noch im wahrsten Sinne des Wortes ,,am Riemen reißen''. Was mich am meisten gewundert hatte, ich berührte noch keine menschliche Siedlung, das war erfreulich, allerdings bewegte ich mich fast durchwegs in Waldgebieten, zuerst in dichteren, und zuletzt wurden die Baumbestände merklich weniger. Mit dem Jagdglas konnte ich deshalb keine fernen Ziele ausmachen, bald aber sollte sich eine Gelegenheit dazu ergeben. Zur Erkundung des Geländes hätte ich einen Hügel benötigt.

Nur ungern verließ ich mein idyllisches Fleckchen am Wasser. Am nächsten Tag ging der Weg überraschend bergan, die Dichte der Bäume wurde immer geringer, ich erreichte eine Anhöhe, und endlich konnte ich einen weiten Ausblick gewinnen. Zur Orientierung hätte zwar die Mittagssonne auch genügt, aber wozu hatte ich den Kompaß, mich interessierte die südliche Zone. Mit dem Fernglas sah ich dann in die Runde, die Gegend, die zu durchwandern ich vorhatte, sah direkt heimatlich aus. Ein sanftes Hügelland, aber noch überwiegend Wald, dazwischen auch Büsche, hier hätte ein Dorf hergepaßt, es war aber nichts zu sehen, oder war irgendwo eines verdeckt? Ich wanderte weiter, der Weg führte leicht bergab, unterwegs leisteten mir einige Tiere Gesellschaft. Die angeblich so scheuen Rehe zum Beispiel zeigten sich neugierig, erst wenn ich ihnen zu nahe kam, wichen sie aus. Ich zog aus diesem Verhalten den Schluß, daß es hier keine Jäger gab, diese Reviere lagen also weitab von Orten oder Städten. Mir konnte dies nur recht sein, zu dieser Zeit legte ich keinen Wert auf Bekanntschaften. Vor dem Krieg war das anders gewesen. Nach weiteren Wandertagen fand ich ein besonders nettes Plätzchen inmitten von bereits grünen Sträuchern, und Gras war auch da. Ich hatte einfach ein besseres Gefühl, wenn ich mich verstecken konnte, an dieser Stelle konnte mich nur ein Vogel entdecken. Auf der weichen Unterlage, die mir die Natur hier bescherte, ließ ich mich häuslich nieder. Ein Stück Dauerbrot, ähnlich dem ,,Knäcke'', und der Rest einer Schmalzfleischkonserve bildeten das Mittagessen. Auf einen Tee verzichtete ich immer mehr, weil ich kein Feuer machen wollte, ich hatte kein gutes Gefühl, wenn der Rauch hochstieg. Trinkwasser hatte ich in der Feldflasche und im Reservebehälter. Seit ich den Fluß verlassen hatte, mußte ich zusätzlich fünf Liter Wasser mitschleppen. Mein Magen hatte sich in bewundernswerter Weise inzwischen an den ,,Schmalhans-Küchenmeister'' gewöhnen können, gegen eine saftige Mahlzeit hätte ich allerdings keinen Einspruch erhoben. Dann machte ich Inventur. Die Zeltplane wurde ausgebreitet, und der ,,Aser'', so heißt der Jägersack, ausgeräumt. Ich war allerdings kein Jäger, eher konnte ich der Gejagte werden, also mußte ich ständig auf der Hut sein. In ein Tuch eingewickelt, lag das Werkzeug, ein paar Schuhe für den Sommer waren da, das Eßgeschirr mit Löffel und Messer, ferner hatte ich die kleine Haus-, besser gesagt Feldapotheke, das Nähzeug, die Zündhölzer, Drähte und Schnüre, das Angelzeug und Zeltpflöcke, die ich unterwegs geschnitzt hatte. Weiters lagen da die Feldflasche und der Reservekanister und schließlich noch eine Garnitur Unterwäsche und Fußlappen. Feldstecher und Kompaß hatte ich beim Marsch umgehängt. Ein Handtuch und Seife befanden sich in den Außentaschen des Asers. Als Hammer benützte ich Steine oder einen starken Ast. Zu erwähnen sind noch die drei Sektorenkarten samt Bleistift, für meine Verhältnisse war das eine reichhaltige Liste, ich war relativ gut ausgerüstet. Was den Proviant betraf, hatte ich noch drei kleine Fettkonserven, mehrere Packungen Dauerbrot, einen Sack mit Nudeln, über 2 kg Zucker, etwas Salz, eine Dose mit Tee, ein paar Karotten und Sonnenblumenkerne. Zur Zeit bestand kein Grund zur Beunruhigung. Das Gewicht meines Gepäcks schätzte ich auf 20 kg. Inzwischen war ich die siebente Woche unterwegs. Den ständigen Hunger hatte ich zu bekämpfen gelernt, am einfachsten mit zwei Schluck Wasser und einem Stück Zucker, dazwischen kaute ich meine Kerne. Und jetzt, im Buschnest, versuchte ich zum erstenmal, das frische junge Gras zu kosten, vom Geschmack war ich nicht begeistert, aber dann sagte ich mir, was viele Tiere verspeisen, wird mir nicht schaden, also ergänzte ich meine ,,Speisekarte'' täglich mit Grassalat. In der Folge hielt ich Ausschau nach dem Löwenzahn, von dem wußte ich mit Sicherheit, daß er genießbar war, der bittere Beigeschmack durfte mich in meiner Situation nicht stören. Es hätte natürlich genug Tiere gegeben, die einen guten Braten geliefert hätten, wenn auch nicht freiwillig, aber das hatte ich von vornherein nicht eingeplant, dazu wäre eine Schußwaffe nötig gewesen und die Schüsse hätte man ja weithin gehört.

In der zweiten Maiwoche stand ich noch etwa 60 km vor der

Stadt Turgaj, welche am gleichnamigen Fluß liegt. Der Kurs mußte nun geändert werden. Das nächste Ziel war ein Fluß in westlicher Richtung, Entfernung etwa 80 km. Das Gebiet, welches ich jetzt durchstreifte, hatte teilweise schon steppenartigen Charakter, aber es gab noch viele Buschreihen und auch etliche Bäume. Manchmal während des Marsches erfaßte mich ein beklemmendes Gefühl, diese Stille und Einsamkeit, direkt gespenstisch, nur die Vögel sangen oder piepsten, und verschiedene kleinere Tiere erschienen auf meinem Weg, aber diese idealen Verhältnisse für die Flucht hatte ich mir gewünscht und erhofft. Als Europäer konnte man sich nicht vorstellen, daß eine riesige und relativ fruchtbare Region, wie diese hier, so menschenleer ist. Aber es sollte auch noch anders kommen. Es war Mitte Mai, ich wanderte einen flachen Hügel hinauf. Auf der anderen Seite der Anhöhe erstreckte sich ein weites, liebliches Tal, es hätte ebensogut in Österreich sein können, umsomehr, als ich in größerer Entfernung einige Häuser mit dem Feldstecher ausnehmen konnte. Daneben gab es Felder und Wiesen und anscheinend auch einen Bach oder einen kleinen Fluß. Dieser interessierte mich am meisten, weil mein Wasservorrat zu Ende ging. Dieser „Mir", das ist in Rußland eine Dorfgemeinschaft, mußte ich allerdings weit ausweichen, aber so, daß ich trotzdem zum Bach kam. Nach rund zwei Stunden stellte ich den Rucksack ab und erkletterte einen niederen Baum, durch das Glas konnte ich auf den Feldern jetzt Menschen erkennen, die Bauern waren bei der Arbeit. Zunächst stellte ich fest, daß der Wind von östlicher Seite kam, also mußte ich das kleine Dorf westlich umgehen, es bestand sonst die Gefahr, daß die Hunde, die es im Ort bestimmt gab, Alarm schlagen würden. Ich näherte mich einem Waldstück, welches auf gleicher Höhe des Dorfes stand, es erschien mir direkt „maßgerecht", um dort unterzutauchen. Straßen oder Karrenwege berührte ich nicht, kaum im Wald angekommen, war mir wieder leichter. Es dauerte aber nicht lange, da hatte das Versteckspiel ein jähes Ende, der schützende Hain war zu Ende. Kaum hatte ich die letzten Bäume hinter mir, erblickte ich seitlich einen alten Mann, nur wenige Schritte von mir. Ein Ausweichen oder Zurückgehen war nicht mehr möglich, das hätte ihn mißtrauisch gemacht. Ich machte mir den Vorwurf, doch nicht vorsichtig genug gewesen zu sein, aber der Mann gab mir zunächst keinen Anlaß, nervös zu werden. Wir grüßten uns, wobei ich nur mit dem Kopf nickte, meinen Schreck ließ ich mir nicht anmerken. Das war also der erste Mensch nach zwei Monaten der Einsamkeit. Der Alte war damit beschäftigt, gesammeltes Holz zu einem Karren zu bringen. Ich zeigte mich sofort hilfsbereit, und bald war das Wagerl beladen. Dann fuhren wir mit dem Gefährt los, ich schob hinten an. Verständigt hatte ich mich nur per Zeichensprache, der Mann sollte mich für stumm halten. Inzwischen hatte ich einen Vollbart, aber eine Zier dürfte er nicht gewesen sein. Äußerlich unterschied ich mich ohne den Overall jetzt kaum von einem Einheimischen, der alte Mann zeigte auch keinerlei Mißtrauen. Ich hatte die Absicht, mich zu verabschieden, sobald wir dem Dorf zu nahe kamen, aber unser Feldweg führte nicht dorthin, das sah ich auf einen Blick. Nach etwa einem Kilometer zeigte der Alte nach vorne, hinter mehreren Bäumen war jetzt ein kleines Haus zu sehen, daneben stand ein Schuppen oder Stall. Beim Näherkommen lief uns der Haushund entgegen und bellte mich an, ich fühlte mich unbehaglich. Auf Geheiß seines Herrn beruhigte sich der Hund, ich wurde nur neugierig beschnuppert. Nur kein Aufsehen erregen, das war das Gebot der Stunde. Dann machte sich eine alte Frau im Gemüsegarten neben dem Haus bemerkbar. Auch sie begrüßte mich freundlich, offensichtlich gab es hier selten einen Besuch, es schien nebensächlich zu sein, wer ich war und von wo ich kam.

Zunächst half ich beim Abladen des Brennholzes. Dann wurde mir mit einer Geste bedeutet, in das Haus einzutreten. Der Mann hatte seiner Frau inzwischen gesagt, daß der Gast stumm sei, ich merkte, daß die alte Dame skeptisch war. Die Sprache meiner Gastgeber verstand ich nur zum Teil, es war ein Gemisch aus russisch und arabisch, das wunderte mich nicht weiter, wir befanden uns an der Grenze zur Kasachensteppe, welche ich in den nächsten Wochen durchqueren wollte. Es war schon später Nachmittag, ich sah, daß sich die Hausfrau in der Küche zu schaffen machte, meine Hoffnung, nach längerer Zeit ein richtiges Essen zu bekommen, erfüllte sich alsbald. Es gab eine Suppe und dann Speck mit Schafkäse und Brot aus Maismehl, dazu tranken wir Tee mit einer Art Obstschnaps. Mir schmeckte es so gut, daß ich beinahe vergaß, daß das Dorf nur etwa drei Kilometer von hier entfernt war und meine Lage unter Umständen prekär werden konnte. Es war ja denkbar, daß vom Ort auch Besuch herkam, in diesem Fall hätte es für mich Alarm gegeben, so lange ich mit den beiden alten Leuten allein war, hatte ich ein besseres Gefühl. Für wen mochte man mich wohl halten, ich hätte ein Jäger sein können, aber da fehlte das Wichtigste dazu. Nach dem Abendmahl, ich war schon lange nicht so satt, ging ich mit dem Mann in den Stall, er fütterte seine Tiere. Immerhin besaß man einige Ziegen und Schafe, 2 Ferkel, Hasen und Hühner, die Alten waren im Ausgedinge und Selbstversorger, so nahm ich an.

Die Hausfrau hatte sich inzwischen auf die Bank neben dem Hauseingang gesetzt. Als die Fütterung beendet war, setzte sich der Hausherr dazu, ich nahm auf einem kleinen Holzstapel gegenüber Platz, von dort konnte ich den Weg zum Dorf einsehen. Man musterte sich gegenseitig, es war nicht schwer zu erraten, was die beiden Hausleute wissen wollten, sie unterhielten sich leise über mich. Sie waren sich nicht ganz einig über den Fremdling, mein Zustand ließ zu wünschen übrig, die Kleidung vom Lager war russischer Herkunft, ich hatte noch keinen richtigen Voll-, sondern nur einen Halbbart, der Alte hatte einen richtigen. Den Mienen der Frau war die Skepsis anzumerken, ich beobachtete sie unauffällig. Ihr Gesicht hatte, zum Unterschied zum Mann, unverkennbar mongolide Züge, die Augen waren ein wenig geschlitzt, eine gedrungene Figur und O-Beine ließen über ihre Abstammung keinen Zweifel. Das wunderte mich allerdings nicht, waren doch seit Jahrtausenden durch diese Gegenden kriegerische Horden aller Schattierungen durchgezogen, und die Mongolen hatten bei der heimgesuchten Bevölkerung im Land deutliche Spuren hinterlassen.

Diese räuberischen Reiterscharen, die bis Mitteleuropa vorgedrungen waren, hatten nicht nur Bedarf an Lebensmitteln.

Die Begierden dieser Horden kannten keine Grenzen, neben Raub, Mord und Brandlegung als Hobby, waren die Herren auch liebesdurstig, wobei auf irgendwelche Formalitäten keinerlei Wert gelegt wurde, das war nicht einmal in Friedenszeiten üblich und hätte für sie nur Zeitverschwendung bedeutet. Man nahm sich einfach, was einem gefiel, tat sich daran gütlich, wechselte dann den „Sattel" und ritt weiter.

Die Betroffenen konnten von Glück reden, wenn sie mit dem Leben davonkamen.

Bessere Chancen hatten Leute, die ein Waldgebiet in der Nähe hatten, sie konnten, bei rechtzeitiger Warnung, sich und ihre Tiere in Sicherheit bringen.

Die Reiterscharen bevorzugten die Steppe, weil sie dort schneller vorwärtskamen. Nur wegen der Nahrung machten sie Abstecher in bewohnte Gebiete.

Eines hat sich seit Menschengedenken für die Landbevölkerung nicht geändert, in unruhigen Zeiten waren sie stets die Leidtragenden. Erst im Zweiten Weltkrieg „sorgten" vor allem die Bombenflugzeuge dafür, daß auch die Städte und deren Bewohner viel mehr in Mitleidenschaft gezogen wurden als in den Kriegszeiten vorher.

Nun unterbrach ich meine Gedankengänge, weil die beiden Leute ihre Diskussion beendet hatten. Ich gewann den Eindruck, daß der Frau doch Bedenken gekommen waren, weniger aus krimineller Sicht, aber man hatte möglicherweise einen gesuchten, unbekannten Fremden aufgenommen und verpflegt. So etwas konnte für diese guten Leute hierzulande unangenehm werden. Ich ließ mir nicht anmerken, daß ich von ihrer Unterhaltung etwas mitbekommen hatte.

Inzwischen war die Sonne hinter den Bäumen des nahen Waldes verschwunden, wir gingen zurück in das Haus, ich rüstete zum Aufbruch und wollte mich verabschieden, um damit allen Beteiligten eine Nervosität zu ersparen, ich dachte, man würde froh sein, mich loszuwerden. Aber die beiden taten sehr entrüstet, deuteten auf die Dämmerung, und schon richtete die Frau für mich im Zimmer ein Nachtlager her, mit gemischten Gefühlen fügte ich mich in das Unvermeidliche. Wir saßen dann noch eine Weile beisammen, bei einem Schnaps. Der

Mann aber wollte nun doch Näheres über mich wissen, ich gab zu verstehen, daß ich nach Westen in eine große Stadt ziehen wolle, um dort zu arbeiten, diese Richtung war natürlich falsch. Ich mußte damit rechnen, daß die beiden Leute später von dem stummen Fremden erzählen würden, falls man den Verdächtigen verfolgte, waren sie auf dem ,,Holzweg''. Dann begaben wir drei uns zur Ruhe. Das Paar schlief in einem Nebenraum, ich ließ mir noch Zeit, erst als angenommen werden konnte, daß der Hausherr nicht mehr fortgehen würde, legte sich meine Unruhe, und ich schlief ein.

Am nächsten Morgen waren wir bald nach Sonnenaufgang munter, in der Küche wurde im Herd Feuer gemacht. Die Hausfrau öffnete eine Falltüre, die zum Vorratskeller führte, bald erschien sie wieder mit einem Gefäß, dessen Inhalt ich nicht erkennen konnte, aber dieses Bild, die kleine, dickliche Frau mit dem Tuch am Kopf, hatte eine frappante Ähnlichkeit mit einer gewissen ,,Witwe Bolte'', welche vom Sauerkohle eine Portion sich holte. Aber in der Pfanne lagen keine Hühner um zu schmurgeln, sondern nur Kartoffel. Während der Alte seine Tiere fütterte und in der Küche das Frühstück zubereitet wurde, dachte ich unwillkürlich an den weiten Weg, den die Kartoffelpflanze von den Anden bis hieher gemacht hatte. Der Name stammt aus dem Italienischen, von Trüffel abgeleitet. In der Schweiz hat dieses zweitwichtigste Nahrungsmittel mit der Erde nichts zu tun und heißt daher ,,Herdapfel''. Weiter westlich sagt man: pomme de terre, bzw. potato, und in Bayern gab es seinerzeit sogar den ,,Kartoffelkrieg''. Ich aber bekam russische Kartoschka mit Speck, Käse und Brot, nachher kam auch noch der obligate Tee mit Schnaps dazu. Ich hätte auch Ziegenmilch haben können, aber der Tee war mir zunächst lieber. Dann aber fiel mir ein, daß ich vor fast 30 Jahren diese Milch mit dem leichten Beigeschmack getrunken hatte und diese vom Arzt empfohlen wurde, daher füllte ich meine Feldflasche damit an. Ebenso wurde der Wasserbehälter gefüllt. Während die brave Frau mir noch Brot, Schmalz, gekochte Eier, Speck und Käse einpackte, wurde mir trotz aller Fürsorge langsam der Boden zu heiß, wenn nur jetzt niemand kommt, dachte ich besorgt. Wie sollte ich mich erkenntlich erweisen, ich hatte nichts, was ich entbehren konnte, die gefütterten Stiefel benötigte ich weiterhin für die kalten Nächte im Zelt. Gern hätte ich noch beim Zerkleinern des Holzes geholfen, aber das Risiko wollte ich nicht mehr eingehen, ich drängte zum Aufbruch und verabschiedete mich, trotz der Aufforderung, noch zu bleiben. Ich deutete mit der Hand nach dem Westen und ging auch eine Strecke in diese Richtung, erst als ich außer Sichtweite war, bog ich nach links ab und tauchte zwischen Bäumen und Sträuchern unter. Den Kompaß benötigte ich jetzt nicht mehr so häufig, die Sonne wies mir den Weg nach dem Süden. Ich dankte Gott für diese unerwartete Bescherung, so eine Überraschung würde es kaum so schnell wieder geben. Das war nicht eingeplant, und ich wollte auch weiterhin den Menschen aus dem Weg gehen. Von einer kurzen Mittagsrast abgesehen, marschierte ich frisch gestärkt durch bis zum Abend. Das kräftige Essen machte mich wieder fit, ich kam gut vorwärts. Siedlungen oder Ortschaften, man nennt sie hier Aule und Wolosten, berührte ich keine mehr. Unterwegs mußte ich immer an die beiden alten Leute denken, sie taten mir leid, wahrscheinlich kümmerte sich niemand um sie, vielleicht hatten sie keine Angehörigen mehr, mein unerwarteter Besuch schien das Paar erfreut zu haben. Natürlich wäre ich gerne noch geblieben, schon wegen der Kost, die hätte ich nötig gehabt. Aber ich durfte mein Ziel nicht aus dem Auge verlieren, der Weg war noch weit, und wer weiß, welche Hindernisse noch zu überwinden waren. Gegen Abend kam ein warmer, feuchter Wind aus Südosten, es sah nach Regen aus, ich beeilte mich, das Zelt im Gras zwischen den Büschen aufzustellen. Am nächsten Tag war aber wieder heller Sonnenschein. Meine Marschrichtung war nun südwestlich, das Gelände wurde immer ebener, und das Gras stand schon kniehoch, der Baumbestand verringerte sich zusehends, Sträucher verschiedener Höhe gab es noch genug, ich befand mich am Anfang der Kasachensteppe. Mein Wasservorrat würde bis zum Fluß, der mein nächstes Ziel war, sicher reichen. Hin und wieder blieb ich stehen und blickte mit dem Fernglas in die Runde, nach dem nächtlichen Regen hatte ich eine gute Sicht. Berge waren keine zu sehen, auch keine Ortschaften oder Häuser, was sehr zu meiner Beruhigung beitrug. Als ich nach etwa einer Stunde wieder einmal durch den Feldstecher sah, um die Gegend zu erkunden, erblickte ich in großer Entfernung etwas, was ich zunächst für Kamele hielt, sie bewegten sich quer zu meinem Weg. Es flimmerte in der warmen Luft, aber dann konnte ich erkennen, daß es zwei Reiter waren, vielleicht gar Milizen. Mein Bedarf an Gesellschaft, besonders dieser Art, war aber gleich Null, ich setzte mich ins hohe Gras und machte eine Mittagspause. Nach einer Stunde wanderte ich weiter, vom Reiterspuk am Horizont war nichts mehr zu sehen. Meine Absicht, stets vorsichtig zu sein, fand ich wieder einmal bestätigt, ganz so menschenleer, wie ich dachte, war diese Steppenregion doch nicht. Zwangsläufig mußte jetzt im Frühjahr auch mit mehr Bewegung bei Mensch und Tier gerechnet werden als im Winter.

Nach mehreren Marschtagen erreichte ich dann, etwa 100 km südwestlich von Turgaj, einen Fluß. Diesen hatte ich schon einige Kilometer vorher mit dem Glas ausmachen können, denn er war von Bäumen und hohen Sträuchern flankiert. Ich hatte die Absicht, dem Flußlauf soweit nach Süden zu folgen, bis eine Schwenkung nach Osten erfolgte, dort wollte ich dann an das andere Ufer gelangen. Allerdings würde dies nur möglich werden, wenn die Tiefe nicht mehr als Brusthöhe erreichte. Um dies feststellen zu können, nahm ich sogleich ein Bad. Das Wasser war noch etwas kühl, dafür umso erfrischender, und das Wichtigste, ich stand nur bis zum Bauch im Fluß, also würde es die relativ kurze Strecke bis zum Übersetzen kaum tiefer sein. Ich war zufrieden, die Verhältnisse paßten in mein Konzept. Dann hatte ich Waschtag, zwischen den Uferweiden spannte ich meine Schnüre, bald hing auch die Wäsche darauf und flatterte sanft im Wind. Was die Trinkbarkeit des Wassers betraf, war ich trotz der scheinbaren Reinheit vorsichtig. Lieber machte ich mir die Arbeit und kochte das kostbare Naß im Eßgeschirr ab, eine Krankheit wie Typhus durfte ich nicht riskieren, es gab hier viele Insekten, vor allem Fliegen. Bis zum Schlafengehen war noch genügend Zeit, um sich häuslich einzurichten. Mit der Handsäge schnitt ich drei geeignete Äste ab und stellte sie, oben mit Draht gebunden, zu einem Dreibein zusammen. Das Eßgeschirr wurde mit Wasser gefüllt und ebenfalls mit Draht an das Gestell gehängt, darunter machte ich ein kleines Feuer. Sobald das Wasser kochte, schüttete ich dieses in den fast leeren Reservekanister. Dieser Vorgang wurde so lange wiederholt, bis Behälter und Feldflasche voll waren. Diese Trinkwasserzubereitung hätte ich auch täglich in Raten durchführen können, aber das Feuer entwickelte eine Rauchfahne, welche sich verräterisch zum Himmel hob. Bevor es dazu kam, bestieg ich immer einen Weidenbaum, und sah in die Runde, ob die Luft, oder besser gesagt die Gegend rein war. Als es dunkel wurde, baute ich das Zelt auf und nahm etwas Eßbares zu mir, dann zog ich den Overall und die Stiefel an und begab mich zur Nachtruhe.

Am nächsten Morgen hatte ich ein besonderes Programm, der Speisezettel sollte aufgefrischt werden, ich versuchte mich erstmals als Fischer. Wenn dieser Fluß keine Fische hatte, dann keiner, man sah sie mit bloßem Auge, das Wasser war ganz klar, ich freute mich insgeheim schon auf einen Fischbraten. Von der Kunst Petri hatte ich freilich keine Ahnung, als Kinder hatten wir so etwas zum Spaß und ohne Erfolg probiert. Ich nahm also die Schnur mit der Angel und dem Kork und legte sie bereit, nachdem ich am Ende einen kurzen Stock befestigt hatte. Es gab nur mehr ein kleines Problem, den Köder. Ich sah mich am Boden um, da gab es zwar Insekten, aber viel zu klein für meine Zwecke. Dann stach ich mit der Schneeschaufel die Erde auf, aber kein Wurm ließ sich blicken, dafür fing mein Magen zu knurren an, ein saftiges Gabelfrühstück hing in der Luft, aber leider noch nicht an meiner Angel. Schließlich nahm ich in meiner Not das Messer und hackte die Rinde von einem älteren Baum herunter, tatsächlich, da war eine dicke Made. Ich spießte das Ding sogleich auf meine Angel und warf diese samt Kork und Schnur in das langsam fließende Wasser, erwartungsvoll sah ich auf den schwimmenden Kork. Alles war nun in bester Ordnung, es fehlte nur mehr der Fisch. Zunächst rührte sich nichts, „die haben keinen Appetit", sagte ich murmelnd zu mir, oder ich habe etwas falsch gemacht. Schon wollte ich den Petrijüngern, die da von sagenhaften Erfolgen berichteten, zürnen: Ihr Aufschneider!, dachte ich noch, da begann plötzlich der Kork lebhaft zu zucken, dann tauchte er sogar ein bißchen unter, und jetzt sah ich weiter tiefer im Wasser etwas Silbriges glänzen, da gab es kein Zögern, heraus mit dem Fisch! Ich wußte nicht, ob ich lachen oder weinen sollte, was ich da an Land gezogen hatte, war bestenfalls ein Sardinchen, das war nicht einmal zur Appetitanregung zu gebrauchen. Aber jetzt kam mir die Idee. Apropos...Appetit, da hatte ich einen saftigen Köder, kurzerhand warf ich das Ganze Angelzeug samt Fischlein wieder in den Fluß. Und diesmal dauerte es nicht lange, da riß mir ein Ungetüm, so dachte ich, fast die Schnur mit dem Stock aus der Hand, aber ich ließ nicht locker, jetzt war die Stunde der Wahrheit gekommen, ich war richtig erschrocken, und dann sah ich ihn, den Hecht nämlich, wie sich dann gleich herausstellte, das weiß sogar ein Laie, wie der aussieht. Er war zwar nicht so groß, wie ich ihn mir in meiner ersten Erwartung vorgestellt hatte, aber immerhin fast einen halben Meter lang, gerade recht für die Fischbraten-Premiere. An Land zappelte der Fisch noch einige Zeit herum, ich hatte nicht den Mut, mich ihm zu nähern, erst als er sich nicht mehr rührte, kam ich vorsichtig heran. Ein Hecht kann noch zubeißen, wenn er schon halbtot ist, das hatte mir der Bahnmeister im Bergwerkslager einmal erzählt. Jetzt nahm ich den Schistock und hielt damit den Kopf nieder, und mit dem Messer besorgte ich den Rest, den Kopf warf ich in den Fluß. Ich schabte die Schuppen weg und zerlegte den Fisch in Stücke, dann machte ich Feuer und ließ an einem langen Spieß das Fleisch braten. Es war aber meiner Aufmerksamkeit entgangen, daß das Holz fast abgebrannt war, und schon plumpste die ganze Pracht in die Glut, nun mußte ich wieder fischen, nämlich jedes Stück aus der Asche, und das Ganze sah jetzt nicht mehr so appetitlich aus. Ich ging zum Flußufer, um die gebratenen Stücke abzuwaschen, und dann konnte ich endlich zu essen beginnen, nur etwas Salz war noch nötig. Die Blechschaufel als Teller benützend, verzehrte ich den ganzen Hecht, und jetzt erst fiel mir ein, daß Nudel dazugepaßt hätten, aber im Eifer und in der Freude über den Erfolg meiner ersten Fischerei hatte ich darauf vergessen. Zufrieden und satt strich ich mit der Hand über meinen Bauch.

Solange ich am Fluß war, brauchte ich also wegen der Verpflegung keine Sorgen zu haben. Dann dachte ich wieder an die Petrijünger, die sprachen immer vom „Angelsport", ich konnte jetzt aus eigener Erfahrung nichts Sportliches daran finden.

Ich war aber dankbar für meinen Erfolg, welcher wohl darauf zurückzuführen war, daß in diesen menschenleeren Gegenden alle Tiere viel zahlreicher vorhanden waren, weil deren größter Feind fehlte. Dann sagte ich zu mir: „Petri Heil"!, packte meine Sachen und wanderte den Fluß entlang gegen Süden.

Ich versuchte nun weiter mein Glück beim Fischen mit mehr oder weniger Erfolg, zu viel Zeit durfte ich dafür nicht aufwenden, der Schwerpunkt meiner Aktivität lag weiterhin beim Marschieren.

Nach mehreren Tagen erreichte ich die Flußbiegung, kaum merklich wandte sich der Wasserlauf dem Osten zu, der Kompaß machte mich darauf aufmerksam. Jetzt mußte ich an das andere Ufer. Ich legte alles ab, was ich anhatte und verstaute die Bekleidung samt Schuhen und Stiefeln im oder am Rucksack, hängte diesen auf den Schistock und das Ganze über die Schulter, so durchwatete ich den Flußlauf ohne Schwierigkeit, die Strömung war nur von geringer Stärke. Am anderen Ufer angelangt, ließ ich mich häuslich nieder, ein Rasttag wurde eingeschaltet. Die weitere Marschrichtung war jetzt genau südlich und bis zum nächsten Fluß, der quer zu meinem Kurs lag, mußte ich laut Karte ungefähr 70 km zurücklegen, daher mußte ich mich mit Fischen und Wasser versorgen. Unterwegs kreuzte ich auch eine Straße, die von Turgaj nach Irgis, einer kleinen Stadt, führte. Mit den gebratenen oder geräucherten Fischen hatte ich allerdings nur Vorrat für ein bis zwei Tage, bei den nun schon sommerlichen Temperaturen waren sie nicht lange haltbar. Dann kam also wieder Schmalkost, notgedrungen würde ich mich an Löwenzahn und Gräser oder Kräuter halten, meine geringen Reserven mußten immer mehr gestreckt werden.

Mit Kompaß, Feldstecher und Karte in der Hand wanderte ich am nächsten Morgen durch die schier endlose Steppe in die

Nähe der vermuteten Straße, immer wieder suchte ich den Horizont ab, aber das hohe Gras nahm mir die Sicht. Als sich die Sonne gegen Abend heruntersenkte, benützte ich das günstige Seitenlicht, um die Gegend vor mir in Augenschein zu nehmen, nach meiner Schätzung mußte ich bald am kritischen Punkt angelangt sein. Nach einer Weile fand ich meine Vermutung bestätigt, in der Ferne spiegelte sich etwas, weil es sich von Osten nach Westen bewegte. Kein Zweifel, das konnte nur ein Lastauto sein, denn die Windschutzscheiben eines Personenwagens wären vom hohen Steppengras verdeckt worden. Nun pirschte ich mich an die Straße heran, einige hundert Meter davor legte ich mich ins Gras und wartete auf das Dunkelwerden. Leider gab es zu dieser Zeit keinen Mondschein, da hätte ich die Trasse erst in der Nacht passiert. Es gab aber dann keine Probleme, die Fahrzeuge, es waren ohnedies nur wenige, hatten bereits ihre Lichter eingeschaltet, somit war man gewarnt. Falls ein Pferdefuhrwerk kommen sollte, würde ich es schon von weitem hören. Ich erreichte den Straßenrand, und als sich nichts rührte, eilte ich hinüber. Dabei übersah ich einen kleinen Graben und fiel der Länge nach hin. Nachdem ich mich überzeugt hatte, daß ich nichts verloren hatte, verschwand ich in die nächtliche Steppe. In respektabler Distanz zur Straße mußte ich dann in der Finsternis mein Zelt aufschlagen, dazu brauchte ich längere Zeit, weil der Boden hart war und ich mit dem Messer erst Löcher in die Erde bohren mußte, außerdem hatte ich für die Pflöcke keinen Hammerersatz, als Notbehelf diente die Kombizange. Das schwache Licht der Sterne reichte dann aus, um die Arbeit abzuschließen. Ich war müde und schlief bald ein. Die folgenden Tage stapfte ich durch die Steppe südwärts, das hohe Gras schützte mich, ich fühlte mich wieder so sicher wie seinerzeit im Wald. Ich nahm an, daß sich in diese Region außer mir kaum jemand verirren würde. Der Kompaß und der Feldstecher leisteten mir unschätzbare Dienste, ohne diese Instrumente wäre die Flucht nicht denkbar gewesen. Nach wie vor kontrollierte ich regelmäßig meine Umgebung, das gab mir eine gewisse Beruhigung. In dieser Gegend war außer Himmel und Steppe nichts zu sehen, ich befand mich jetzt in der Nähe der „Solonschak-

Salzpfanne'' nordöstlich des Aralsees, eine Senke mit einem Salzsee, welcher im Sommer austrocknet. Hier konnte man sich wirklich einsam und verlassen fühlen, im wahrsten Sinne des Wortes, aber für meine Flucht waren dies die idealen Verhältnisse. Schon bei der Planung meiner Flucht hatte ich mir diese Route als die günstigste ausgesucht. Ich tröstete mich damit, daß es ja noch einen lieben Gott gibt, der hatte mir einen Schutzengel, vielleicht war es die heilige Agnes von Klosterneuburg, zugeordnet. In Gedanken sah ich sie mit langem Kleid und wallendem Schleier über mir schweben, und dieser Engel hielt seine Hände schützend über den einsamen Wanderer. Es ist oft gut für die Seele, wenn man der Phantasie und der Einbildung freien Lauf läßt.

Hier, inmitten der Natur, kann man sich darauf konzentrieren, einen Weg zum göttlichen Mythos zu finden.

Unterwegs in dieser stillen Weite, hatte ich Zeit zum Nach- und Zurückdenken. Über das Leben im Lager etwa, es war von Anfang an erträglich, trotz der Unbilden des Wetters. Und für mich wurde es zeitweise sogar erquicklich, was in erster Linie zwei Küchendamen zu verdanken war. Und was den Lagerkommandanten betraf, hatte ich mit ihm ein freundschaftliches Verhältnis, ich genoß einen ähnlichen Status wie ein Adjutant. Seine Ausführungen im Hinblick auf Raubtiere, insbesondere was Bären und Wölfe betraf, hatten für mich sehr beruhigend geklungen, bisher hatte ich keine gesehen oder gehört, nur Ende März hatte es einen blinden Alarm gegeben. Je weiter ich nach Süden kam, desto geringer würden Gefahren dieser Art werden. Trotzdem überlegte ich nochmals, was im Ernstfall zu tun wäre. Da kam ohnehin nur die Flucht auf einen Baum in Frage, vorausgesetzt, daß die gute Natur mir einen solchen bereitstellte, samt Rucksack versteht sich, denn es mußte ja mit einer Belagerung gerechnet werden, und auch sonst wäre von meinem Gepäck nicht viel übriggeblieben. In der Steppe waren aber Bäume Mangelware, nur bei den Flüssen standen welche. Einen Bären müßte man vom Baum herab mit der Metallspitze des Skistockes attackieren, zuerst seine Nase und wenn das nicht genügte, wäre ich gezwungen, seine Augen aufs Korn zu nehmen, um den Unhold zum Rückzug zu veranlassen. Theoretisch hatte ich mich längst auf jede denkbare Situation eingestellt, aber was verstand ich schon von Wölfen und deren Verhalten, diese Tiere können, besonders wenn sie hungrig sind, sehr unangenehm werden, so konnte man nur hoffen, daß es diesbezüglich so weiterging wie bisher.

Aber es gab auf meinem Weg andere, kleine Lebewesen, die mir in den Nächten unbedingt Gesellschaft leisten wollten, was mir einiges Unbehagen bereitete. Zunächst brachten sie mir ihre „Serenaden" zu Gehör, dann erhielt ich einen Stich, was sich auf meinen zarten Teint unvorteilhaft auswirkte. Auch mit anderen Zeitgenossen ähnlicher Größenordnung machte ich Bekanntschaft. Als ich wieder einmal im Dämmerlicht mein Zelt zur Nachtruhe aufsuchte, freute ich mich über eine kleine Bodenerhebung, die mir die Natur freundlicherweise als Kopfpolster beschert hatte. Aber bald wurde ich von den Insassen des niederen Hügels in schmerzlicher Art aufmerksam gemacht, daß man mein Eindringen in das Hoheitsgebiet einer Arbeiternation als feindlichen Akt bewertete. Obwohl die Soldaten dieses Staates nur etwa fünf Millimeter klein waren, schlugen sie mich mit Leichtigkeit in die Flucht, ich wurde gezwungen, mein Nachtlager in respektabler Distanz neu aufzubauen. Aber auch bei Tag mangelte es nicht an Weggefährten. Zum Beispiel gab es alle möglichen Fliegen, Schmetterlinge, wilde Bienen, Wespen und Hummeln, sowie diverse Käfer, aber sie verschonten den einsamen Wanderer.

Nach diesem Intermezzo setzte ich meinen Weg fort und erreichte nach einigen Tagen die Stelle, wo mein Fluß aus dem Norden und ein zweiter, der vom Westen aus dem Mugodschary-Hügelland kam, zusammenflossen, mit vereinten Kräften versuchten sie dann, den Salzsee zu erreichen, was in der Sommerhitze nur zum Teil gelang.

Meine Kleidung hatte ich tagsüber längst auf die Verhältnisse umgestellt, in der kühlen Nacht aber zog ich den Overall und die warmen Stiefel gerne wieder an, auch eine Wollhaube, die ich von Olga bekommen hatte, setzte ich auf, weil ja das Zelt auf der Eingangseite offen war. Die relativ schweren Stiefel aber wollte ich bald loswerden. Für den Marsch im

Sommer benützte ich hohe, feste Schnürschuhe, solide russische Handarbeit.

Am Ufer des Flusses suchte ich mir ein idyllisches Plätzchen zwischen den Weiden und Büschen, das umgelegte hohe Gras ergab eine weiche Unterlage zum Liegen. Ich war mir aber darüber im klaren, daß ich so ein Bild auf dem Marsch zum Aralsee vermissen würde, je weiter ich nach dem Süden kam, desto dürrer wurde die Gegend, das zeigte mir auch die Kartenskizze. Jetzt kam also die Durststrecke. In südöstlicher Richtung befand sich eine Sandwüste, das waren keine guten Aussichten. Meinen Aufzeichnungen war noch zu entnehmen, daß der 60. Längengrad mitten durch den riesigen See führte, die für mich wichtigen Entfernungen waren ebenfalls angeführt.

Ich war durch den winterlichen Langlauf meinem Zeitplan um zwei Wochen voraus, und so beschloß ich, in diesem Naturparadies wenigstens zwei Tage zu verweilen, weil eine harte Strecke vor mir lag. Zunächst kletterte ich auf einen Baum. Aus etwa zwei Meter Höhe blickte ich mit dem Fernglas in die Runde, weit und breit war außer der Steppe nichts zu sehen. Bevor ich den Weitermarsch antrat, mußte ich mich mit Fischen und Trinkwasser versorgen, letzteres mußte wieder abgekocht werden, der Fluß kam aus den südlichen Ausläufern des Ural und berührte die Stadt Irgis. Selbstverständlich wurde hier auch wieder die Wäsche gewaschen und der Körper gebadet, letzteres tat ich mehrmals am Tag, diese Erfrischung war eine Wohltat, die nächste gab es erst am großen See.

Am anderen Tag ergab es sich von selbst, daß ich die begehrten Fische auf ganz ungewöhnliche Art fing. Ich war den Flußlauf auf und ab gegangen, um die günstigste Stelle für den Fischfang zu erkunden, da kam ich zu einem kleinen Nebenarm, der mit dem Fluß nur durch einen engen Kanal verbunden war. Was ich da sah, ließ darauf schließen, daß hier nie ein Räuber in Menschengestalt vorbeikam, ich war vermutlich der erste. Zahlreiche Fische hatten hier ein Nahrungsparadies gefunden, es gab eine Menge Insekten, Libellen und Fliegen am ruhigen Wasser, ich bückte mich, um die Tiere nicht zu erschrecken. Schnell ging ich zurück, holte meine Blechschaufel und vermauerte den Ausgang der kleinen Bucht. Die

Fische ahnten die Gefahr und schwammen jetzt unruhig hin und her. Ich zog meine Schuhe aus und watete ins nasse Element, um mir ein größeres Exemplar zu schnappen, ich hatte die Fische in die Enge getrieben. Aber so einfach wie ich dachte war das nicht, zwar bekam ich mit einem größeren Kerl Berührung, aber er entglitt mir gleich wieder. Ich mußte die Taktik ändern. Ich trieb den Fischschwarm neuerlich in einen Winkel, tauchte langsam meine Hände ins Wasser und fuhr dann blitzschnell von unten nach oben. Tatsächlich konnte ich, weil so ein Gedränge herrschte, zwei schöne Kerle ans Ufer schleudern, einer sprang wieder zurück, aber den anderen hatte ich und gab mich vorläufig damit zufrieden, weil seine Größe ausreichte. Auf diese Art versorgte ich mich weiterhin mit Nahrung aus dem Nebenarm des Flusses. Diesmal vergaß ich auch nicht auf die Nudeln und zwischendurch wurde auch eine Suppe zubereitet. Als Salat stellte mir Mutter Natur Sauerampfer und Löwenzahn zur Verfügung.

Von Südosten wehte ein leichter Wind und trocknete die Wäsche, welche ich zwischen zwei Bäumen auf einer langen Schnur aufgehängt hatte. Ab und zu stieg ich auf meine Aussichtsweide, um in die Runde zu blicken, zu diesem Zweck mußte ich mich in der Baumkrone umständlich um 360 Grad herumdrehen, weil die Zweige hinderlich waren. Ich sah nur die am Ufer bewachsenen Flußläufe, die stromabwärts zusammenflossen, sowie die Steppenlandschaft der nahen Umgebung, die Ferne verlor sich in der flimmernden Sommerluft. Bald hatte ich bemerkt, daß es hier außer mir auch noch andere Lebewesen gab, so zum Beispiel Hasen und deren Feinde, die Steppenfüchse, Korsak genannt, ferner Mäuse und Eidechsen, auch eine Ringelnatter kroch vorbei und in der Luft kreiste ein Raubvogel, wahrscheinlich ein Bussard, ab und zu hörte ich das Geschrei von Möwen und im hohen Gras liefen die Trappen herum; auf den Bäumen nisteten diverse kleinere Vögel, es mangelte mir also nicht an einer Geräuschkulisse, auch nicht am Abend, da gab es noch eine Ergänzung durch Frösche und Grillen, sowie „Unkenrufen". Dieser Reigen bewirkte, daß ich mich nun nicht mehr so einsam fühlte. Zwei putzige Tierchen meinten es dabei besonders gut mit dem rastenden

Wanderburschen, sie untersuchten nämlich eifrig meinen Rucksack. Da mir dieser Besuch aber ungebeten schien, vertrieb ich das Mäusepärchen, den Aser hängte ich, weil Wiederholungsgefahr bestand, auf einen starken Baumast. Dann betätigte ich mich als Schneider. Angesichts der Junitemperaturen von bald 30 Grad tagsüber, machte ich aus meiner langen Unterhose einen Turban, einerseits um gegen die intensiven Sonnenstrahlen geschützt zu sein, andererseits wollte ich wie ein Einheimischer aussehen. Ich befand mich jetzt im Lande der Kosaken und Kirgisen und kam später in das Turanland, den passenden Bart, wenn auch etwas struppig, hatte ich bereits bekommen. Neugierig ging ich zu meinem Fischteich, diesmal wollte ich aber nicht fischen, sondern im ruhigen Wasser mein Konterfei betrachten, fürs erste war ich zufrieden, mein Aussehen war dieser Region angepaßt.

Zu einem echten Moslem-Bruder fehlte mir noch die Sprache, sollte es für mich einmal kritisch werden, müßte ich eben den Stummen spielen. Gott hat viele Namen, sagte ich zu mir, meinetwegen soll er jetzt vorübergehend Allah heißen. Am Abend begann ich zu üben, mit Hilfe des Kompasses verneigte ich mich kniend in die Richtung, wo ich Mekka vermutete, schaden konnte es nicht, vielleicht würde es mir helfen, dachte ich. Ein echter Mohammedaner benötigt allerdings keine Magnetnadel für die heilige Stadt. Nach dem Abendgebet kroch ich in mein Zelt, am Nachthimmel leuchtete wie ein Omen der türkische Halbmond.

Am nächsten Vormittag genoß ich meinen ,,Urlaub'', ich lag im Gras und kaute an Sauerampfer. Dann wurde ich nachdenklich und sinnierte über den Orient, der mein fernes Ziel war, und über die Araber und Türken, die würden sicher bald merken, daß ich keiner der ihren war. Und wenn die Osmanen erfuhren, daß dieser ,,Ungläubige'' nur ein Gaukler war und aus dem Land stammte, wo sie vor fast 300 Jahren vergeblich die große Stadt Wien belagert hatten, könnten sie an mir vielleicht noch späte Rache nehmen. Wie man weiß, war die Belagerung von Wien anno 1683 durch den türkischen Heerführer Kara Mustafa gescheitert, obwohl man, wie in solchen Fällen üblich, den großen Allah um seinen Beistand gebeten hatte.

Ich unterbrach meine Rückblicke und Betrachtungen, ein über mir schwebender Raubvogel erregte meine Aufmerksamkeit, dann mußte er seine Beute erspäht haben, denn der Vogel stürzte sich fast senkrecht herunter und dieser alltägliche Vorgang in der Natur erinnerte mich daran, daß es auch für mich Zeit wurde, ans Essen zu denken. Meine „Speisekarte" war jeden Tag die gleiche, denn es gab nur Fisch mit Beilage, aber in meiner Lage mußte ich wohl zufrieden sein. Nachdem es mir gelungen war, eine Forelle genügender Größe zu erbeuten, machte ich unter dem hölzernen Dreibein ein Feuer und bereitete mein Mittagessen. Nach beendetem Mahl gönnte ich mir ein Schläfchen. Anschließend wurde ich wieder nachdenklich, zeitweise begann ich zu meditieren und zu grübeln, zum Teil über mich selbst und meine Situation, aber auch über andere Themen des menschlichen Lebens, Zeit hatte ich genug dazu.

Dann prüfte ich mich, was ich als Verlegenheitsmoslem über den Islam wußte, denn meine Devise mußte lauten: nur nicht auffallen. Also da gibt es für den Mustergläubigen fünfmal täglich Gottesdienst. Dann gibt es die Almosensteuer, weiters das Ramadan-Fasten, was gegenwärtig bei mir das geringste Problem darstellte, denn ich tat dies, wenn auch unfreiwillig, schon seit dem Beginn meiner Flucht. Und last not least, die Wallfahrt zur Kaaba, dem Nationalheiligtum in Mekka. Im übrigen haben die drei, aus dem Orient stammenden Religionen vieles gemeinsam, wie man der Bibel, dem Talmud und dem Koran entnehmen kann, nämlich: die göttliche Vorherbestimmung, die Hingabe an Gott, viele Heilige, das Jenseits mit Lohn und Strafe, das jüngste Gericht, die Auferstehung, zum Teil auch eine Art Seelenwanderung und schließlich die innere Zersplitterung. Auch von den heiligen Schriften gibt es verschiedene, voneinander abweichende Übersetzungen und Versionen.

Nach diesen Betrachtungen ging ich wieder zur Tagesordnung über und bestieg routinemäßig meinen Weidenbaum, der mir als Aussichtsturm diente. Mit dem Jagdglas streifte ich den Horizont ab und kam zu dem Ergebnis, daß sich in diese gottverlassene Region nicht einmal Götter verirrt hatten. Dann nahm ich ein erfrischendes Bad im Fluß. Wieder an Land gekommen, ließ ich meine Haut von den warmen Sonnenstrahlen trocknen, legte mich auf meinen Ruheplatz und träumte vor mich hin.

Es war schon später Nachmittag. Ich nahm meine Handsäge, das starke Messer und ein Stück Draht zur Hand und wanderte den Fluß entlang, um Brennmaterial zu beschaffen. Die dürren Äste und Rindenstücke wurden zusammengebunden und zu meinem Lagerplatz getragen.

Am nächsten Tag, nach einem bescheidenen Frühstück, unternahm ich einen Erkundungsgang in die nähere Umgebung und nach diesem stand für mich fest, daß ich mir ohnedies den besten Rastplatz ausgesucht hatte. Ich beschloß, meinen Aufenthalt hier um einen Tag zu verlängern, denn die Strecke, die vor mir lag, würde, so nahm ich an, nicht sehr einladend sein. Nach erfolgreichem Fischfang bereitete ich mein Mittagessen. Anschließend befand ich mich wieder in Ruhelage und ich lauschte dem mich umgebenden Naturkonzert. Die Vögel, Frösche, Unken, Grillen und andere Tierchen schläferten mich langsam ein. Bald aber erfaßte mich ein Alptraum, möglich, daß ich über gewisse Gruppen von Menschen zu viel nachgedacht hatte! Ich sah in der Steppe eine große Schlange, die sich meinem Paradies näherte, sie hatte einen Menschenkopf. Der offene Mund zeigte spitze Reißzähne, eine häßliche Fratze, die mir Entsetzen einflößte, und der Schwanz erzeugte ein klapperndes Geräusch. Dieser Moloch verschlang in seiner unersättlichen Gier alle Tiere samt den Fischen im Fluß. In panischem Schrecken wollte ich fliehen, aber die Füße, bisher so bewährt, versagten ihren Dienst, ich war wie gelähmt. Als dieses Ungetüm die Tierwelt ausgerottet hatte, machte es sich über die Flora her und fraß alles kahl, nur Baumstümpfe blieben übrig. Trotz des nun dicken Bauches schien dieses Monster noch immer nicht satt zu sein, wahrscheinlich war der Kopf daran schuld. Der Schlangenmensch, der mich übersehen hatte, schwang sich nun auf einen Baumstamm, und da es nichts mehr zu vertilgen gab, biß er sich vor Zorn in den eigenen Schwanz. Dieses Verhalten mußte jedoch bei dem hier herrschenden Gott Allah großes Mißfallen erregt haben, denn die göttliche Strafe erfolgte nun in Form eines Blitzes aus heiterem Himmel, der Baumrest wurde getroffen und verbrannte samt der Schlange. Durch die Hitze des Feuers im Traum erwachte ich, ich schwitzte am ganzen Körper. Ursache war die Sonne, die meine Haut intensiv bestrahlte. Ich verscheuchte diese schrecklichen Visionen und nahm ein erquickendes Bad im Fluß. Beruhigt konnte ich feststellen, daß mein kleines Naturreservat unversehrt geblieben war. Alle Tierchen waren da, sogar die Mäuse und Kröten, die Fische waren mir allerdings viel wichtiger.

Dann bestieg ich wieder einmal meine Weide, um einen Rundblick zu tun. Sehnsüchtig sah ich gegen den Süden, dort wo die große Ust-jurt-Steppe sein mußte, mit dem riesigen See im Osten und dem Binnenmeer im Westen. Und dahinter sah ich im Geist das gewaltige Gebirge, welches im Winter den warmen Süden vor dem kalten Norden schützt, damit die Perser nicht frieren müssen, deren Land mein fernes Ziel war. Hätte ich Münchhausen geheißen, wäre die Reise dorthin viel einfacher gewesen. Dieser Baron mit seinen berühmten Fähigkeiten und Künsten hatte seinerzeit die Strecke von etwa 380.000 km zum Mond zurückgelegt, indem er auf einer Kanonenkugel ritt. Als ihm dann auf der Sichel zu wenig Unterhaltung geboten wurde, steckte er einfach eine Bohne in das fruchtbare (!) Erdreich des Mondes. Da es dieser Pflanze auf dem Erdtrabanten auch nicht gefiel, rankte sie sich schnell wieder zur Mutter Erde zurück, und der ,,Lügenbaron'', wie man ihn nannte, hantelte sich daran zu seinem Schloß herunter, um dort seiner Gesellschaft weiteren Stoff zum Lachen zu liefern. Da ich aber weder Kanone noch Reitkugel besaß, ergab es sich, daß ich am nächsten Tag auf Schusters Rappen weiterreiste, noch lagen ungefähr 1300 km vor mir. Dazu kam noch der ,,Rest'' bis zur Heimat, die Antriebskraft dabei war das Heimweh.

Während sich die Sonne langsam dem westlichen Horizont näherte, nahm ich zum vorletzten Mal ein Bad, das letzte würde am Morgen vor dem Abmarsch stattfinden. Anschließend kontrollierte ich den Inhalt meines Rucksackes, die Wäsche ließ ich noch an der Schnur hängen. Dann verspeiste ich den

Rest eines Fisches von Mittag. Alles war vorbereitet für den Marsch ins Ungewisse. Als die Sonne untergegangen war, legte ich mich in mein Miniaturzelt und döste noch eine Weile vor mich hin. Ich dachte an die Frauen im Arbeitslager, an die junge schlanke Rosina, die Gefallen an mir gefunden hatte, und an die weniger schlanke Oberköchin Olga, die in mehrfacher Hinsicht keine „Kostverächterin" war und unbewußt dafür gesorgt hatte, daß ich die nötige Kraft erlangte, diese Strapazen durchzustehen. Mit diesem wehmütigen Rückblick schlief ich ein.

Am nächsten Morgen sorgte ich gleich für die nötige Marschverpflegung. Drei Fische konnte ich ergattern, sie wurden halb gebraten und geräuchert. Den anderen, es waren noch zahlreiche kleinere Exemplare da, schenkte ich die Freiheit, indem ich den Zugang zum Fluß freimachte.

Bis zum nächsten Gewässer, wo es bestimmt Fische geben würde, nämlich dem Aralsee, mußte ich eine Strecke von rund 200 km zurücklegen, theoretisch waren dies acht Wandertage, somit ebensoviele Liter Trinkwasser, ich mußte daher neben dem Kanister und der Feldflasche auch das Eßgeschirr anfüllen und in der Hand tragen. Auf einen Regen konnte man sich nicht verlassen, den hätte ich umständlich mit der Zeltplane auffangen müssen. Dann packte ich meine „sieben Sachen" und durchwatete den wenig tiefen Flußlauf, ich warf noch einen Blick zurück zu meinem Rastplatz, dann ging es weiter nach dem Süden.

Ich tauchte im hohen Steppengras unter. Fünf Tage lang immer das gleiche Bild, unten eine endlose braungrüne Fläche, oben der blaßblaue Himmel, kaum eine Wolke und die in der Hitze flimmernde Luft, die Sicht war nur gering. Bis zum großen See waren es noch etwa 60 km, vorher mußte ich noch eine Eisenbahnlinie überqueren, sie führte von Uralsk nach Taschkent, da war wieder besondere Vorsicht geboten, es mußte mit stärkerem Verkehr gerechnet werden. Am Abend des nächsten Tages konnte ich mit dem Fernglas einen Hügel vor mir ausmachen, ich ging nun auf diesen zu, weil ich mir eine Orientierungshilfe versprach. Am folgenden Vormittag erreichte ich die Anhöhe und genoß einen weiten Überblick über die Gegend. Und dann sah ich auch, einige Kilometer entfernt, die Bahnlinie, weil ein Teil der Schienen in der Sonne glitzerte, Zugsgarnitur war aber keine zu erblicken. Auch vom großen Aralsee konnte ich infolge der diesigen Luft nichts wahrnehmen. Zunächst war die Bahntrasse zu passieren, und das geschah dann nahezu ohne Probleme, nahezu deshalb, weil just in dem Augenblick, wo ich mich an die Geleise herangepirscht hatte, ein Lastzug angerollt kam. Ich kroch zurück und suchte Deckung im hohen Gras. Der Zug fuhr vorbei, ob man mich gesehen hatte, wußte ich natürlich nicht. Ich beeilte mich jedenfalls, von hier wegzukommen. Wenn die Karte des Lagerdoktors, die ich genau kopiert hatte, stimmte, dann müßte ich am See zu einer Bucht kommen und anschließend zu einer Halbinsel. Bald würde ich, so nahm ich an, das Ärgste hinter mir haben, zumindest bis zum Herbst, denn die Westküste des großen Gewässers war unbewohnt, ebenso die Ustjurt-Steppe. Da mein Magen jetzt immer mehr zu knurren anfing und auch der Wasservorrat zu Ende ging, erhöhte ich das Marschtempo. Das nächste Etappenziel lag knapp vor mir. Ich schätzte rund 30 km. Unterwegs bemerkte ich dann einen sanften Buckel in der Landschaft, er zog sich vom westlichen Horizont bis weit nach dem Osten hin. Als ich an der höchsten Stelle angelangt war, hielt ich Ausschau mit dem Feldstecher, und genau in meiner Wegrichtung gewahrte ich ein Objekt in etwa 10 km Entfernung. Das paßte allerdings gar nicht in meinen Plan denn es bedeutete, daß ich einen weiten Umweg machen mußte, mir brannte aber schon der Hut oder besser gesagt der Magen, meine ,,Menüs'' bestanden nur mehr aus etwas Zucker mit Wasser. Zunächst hielt ich den Kurs noch bei, vielleicht gab es da Felder mit etwas Eßbarem. Nach einigen Kilometern sah ich wieder durch das Glas und erblickte ein u-förmiges, vermutlich landwirtschaftliches Gebäude. Weit und breit war aber kein Lebewesen zu entdecken, und von den Feldern konnte man nur vermuten, daß solche einmal da waren, dasselbe galt für den Weg, der zum Gehöft führte. Nun faßte ich mir ein Herz und ging näher heran. Jetzt konnte ich erkennen, daß die Fenster zerbrochen waren oder überhaupt fehlten, im Dach gab es viele Löcher, das Ganze sah schon mehr nach einer Ruine aus, vermutlich eine aufgelassene Kolchose. Langsam pirschte ich mich seitlich an dieses Objekt heran.

Die Sonne hatte ich im Rücken, sie stand schon tief über dem Horizont. Als ich dann vorsichtig durch das erste Fenster einen Blick in das Hausinnere warf, war sofort klar, daß hier schon längere Zeit niemand mehr gewohnt hatte. Nun ging ich um das Gebäude herum, um den Hof in Augenschein zu nehmen, auch hier bot sich ein trostloses Bild. Nicht einmal ein Maiskorn war zu finden, anscheinend hatten sogar die Mäuse und Ratten diese Stätte verlassen. Aber dann gab es doch einen Lichtblick. In der Mitte des Hofes stand ein Brunnen mit einem viereckigen Holzrahmen, einem Dach darüber und einer Seilwinde, aber zu meiner Enttäuschung fehlte das Seil, bzw. die Kette, nur ein alter Holzeimer stand daneben. Und jetzt konnte ich auch schwache Spuren am Boden entdecken. Vielleicht von Reittieren? Hatte der Schacht noch Wasser? Warum eigentlich nicht, es fragte sich nur, wie tief der war. Ich nahm einen kleinen Erdbrocken und ließ ihn in die Tiefe fallen, fast sofort hörte ich den leisen Aufschlag im Wasser, also nicht tief, da hatte ich eine Chance mit meinem Draht. Zuerst aber dachte ich an meine Sicherheit. Ich ging auf die Scheune zu,ich sah da eine wacklige Leiter mit fehlenden Sprossen. Immerhin konnte ich damit mit einiger Mühe den Heuboden erreichen, hier war zwar kein Heu, dafür aber ein Haufen Stroh, wenn auch recht staubig. Ich beschloß, hier mein Nachtlager aufzuschlagen. Dann begab ich mich zum Brunnen, holte meinen langen Draht hervor und befestigte daran mein Eßgeschirr. Und, damit ja nichts passieren konnte, machte ich am anderen Ende eine Schlinge und steckte meine Hand durch diese. Einen leichtfertigen Verlust bei meiner Ausrüstung konnte ich mir nicht leisten. Tatsächlich gelang es ohne weiteres, Wasser heraufzuholen, eine Verunreinigung hielt ich für sehr unwahrscheinlich. Nachdem ich den Durst gelöscht hatte, füllte ich den leergewordenen Kanister und die Feldflasche. Der Aralsee lag zwar schon in der Nähe, das spürte man am Wind, der von Südosten her wehte, aber das Wasser von dort mußte wieder abgekocht werden. Zu essen gab es außer zwei Stück Zucker nichts. Aber jetzt, knapp vor dem großen Gewässer, sah ich keine Veranlassung, mich an der „eisernen Ration" zu vergreifen. Inzwischen war die Sonne untergegangen. Ich kletterte wieder auf den Dachboden, legte meine Sachen ab, breitete die Zeltplane über dem Stroh aus und vergaß auch nicht, die Leiter heraufzuziehen, um vor Überraschungen sicher zu sein. Ich war müde von der langen Wanderung und schlief bald ein. Am nächsten Morgen befand ich mich noch im Stadium zwischen Traum und Wachwerden, im Halbschlaf hörte ich Geräusche..., ich träumte wohl noch..., aber dann war ich jäh wach und spitzte die Ohren, das hörte sich ja an wie Pferde... und jetzt... auch Männerstimmen! Das hatte mir gerade noch gefehlt, wie gut, daß ich die Leiter eingezogen hatte, aber ich saß nun in der Falle, wenn diese Reiter hierblieben. Vorsichtig lugte ich durch ein Loch des Daches hinunter in den Hof, da standen einige Männer mit Turbanen und orientalischer Kleidung neben dem Brunnen. Einer dieser Gestalten hatte ein Seil in den Händen und holte Wasser herauf, man bediente sich des Holzeimers. Mann und Roß bekamen zu trinken. Dann ließen sich die Herren gemütlich am Boden nieder und begannen zu frühstücken. Mir war jetzt gar nicht wohl in meiner Haut, und angesichts dieser Szene begann mein ausgehungerter Magen zu brummen. Den Leuten schmeckte es, und auch die Pferde bekamen etwas, wahrscheinlich Hafer. Man konnte in meiner Lage nur hoffen, daß dieser Spuk bald vorbeigehen würde. Und tatsächlich, nach etwa einer halben Stunde brach die Gesellschaft auf, die Nomaden füllten noch die Wassersäcke, und dann verschwanden sie Richtung Osten. Ich atmete auf, jetzt war mir wieder leichter, in meiner derzeitigen Lage war ich nicht darauf erpicht, mit unbekannten Menschen Kontakt aufzunehmen, außerdem wäre ich den Einheimischen auf jeden Fall verdächtig erschienen. Aber selbst wenn man mich ungeschoren ließ, bestand immer noch die Gefahr, daß ich um ein Stück meiner Ausrüstung erleichtert wurde.

Bald darauf verließ auch ich den einsamen Hof. Von kleinen Rasten abgesehen, marschierte ich den ganzen Tag durch, ich hatte es jetzt wegen der Verpflegung eilig, zum See zu kommen. Während des ganzen Tages zeigte ein starker Gegenwind die unmittelbare Nähe des großen Gewässers an. Wegen der Hitze hatte ich die Kleider abgelegt, nur die kurze Unterhose behielt ich an, trotzdem schwitzte ich und freute mich schon auf ein Bad. Ähnlich wie vorher bei der Bahnlinie, erhob sich vor mir dann wieder ein Hügel, sicher das letzte Hindernis vor dem Aralsee, ich freute mich auf die Aussicht.

Und dann kam der große Augenblick, den ich schon bei der Fluchtplanung meinem geistigen Auge vorgeführt hatte. Auf der Anhöhe angelangt, konnte ich noch am Abend einen herrlichen Rundblick mit und ohne Fernglas genießen. Und diese schöne, unberührte Landschaft ließ mich sogar eine Weile meinen Hunger vergessen. Eine riesige Wasserfläche breitete sich da vor mir aus, man hatte den Eindruck, an den Gestaden eines Meeres zu sein, immerhin ist der Aralsee so groß wie Österreich, ohne Tirol und Vorarlberg. Im Altertum hieß dieses Gewässer ,,Lacus Oxianus'', die Einheimischen nennen es Inselsee. Das Wasser leuchtete grünlich, zum Teil aber auch rötlich, weil sich die untergehende Sonne spiegelte, den Hintergrund bildete der Himmel mit einigen Haufenwolken und dem Abendstern, der Venus. Im Vordergrund, entlang des unregelmäßigen Steilufers, erstreckte sich Grünland mit Sträuchern und kleineren Bäumen. In größerer Entfernung sah ich noch die Halbinsel, welche etwa 20 km in den See hineinragte. Jedenfalls ein wunderbares Motiv für einen Landschaftsmaler, aber ich war kein solcher, eher ein Landstreicher, meinem ungepflegten Aussehen nach zu schließen. Zur Kontrolle machte ich noch einmal einen Rundblick, außer einigen Vögeln konnte ich keine Lebewesen entdecken. Vom Wasser her wehte eine frische Brise, es war Zeit, das Nachtlager aufzuschlagen. Zu diesem Zweck ging ich ein Stück zurück in den Windschatten des Hügels, dort baute ich im Dämmerlicht mein Zelt auf. Am nächsten Tag, bald nach Sonnenaufgang, machte ich mich auf den Weg zum Seeufer, um dort zu angeln. Nach einigem Suchen fand ich auch die nötigen Köder, und es konnte losgehen. Diesmal ging es schneller mit der Fischerei, der See ist reich an Fischen aller Art, kein Wunder in dieser menschenleeren Gegend. Ich begnügte mich mit einem etwa 30 cm langen

Hering. Mit trockenem Schilfgras machte ich ein Feuer, das Gabelfrühstück war gesichert. Dann wendete ich mich wieder dem Süden zu und wanderte weiter, weil das zum Teil steile und felsige Ufer für ein Bad nicht geeignet war. Nach etwa 3 Kilometern gefiel mir das Gelände schon besser, ich fand einen halbwegs ebenen Zugang zum Wasser, und Buschreihen waren ebenfalls da. Mitten in den Sträuchern richtete ich mir einen gut getarnten Rastplatz ein; man kann nie wissen, sagte ich mir, vielleicht tauchen wieder unerwünschte Artgenossen auf. Ich mußte mich nun erst einmal um mein leibliches Wohl kümmern, und daher befaßte ich mich an diesem Tag fast nur mit Fischfang, Trinkwasser hatte ich einstweilen genug vom verlassenen Bauernhof. Zwischendurch badete ich im warmen See, und am Abend wurde die Wäsche gewaschen, bis zum Morgen würde sie in dieser windigen Gegend leicht trocken werden.

Als ich am nächsten Tag wieder den obligaten Tagesstrich auf meiner dritten Sektorenkarte anbrachte, fiel mir auf, daß die Sommersonnenwende gekommen war. Ab Juli werden also die Tage wieder kürzer, an den nächsten Winter wollte ich aber noch nicht denken. Wo würde ich bis dahin sein?, fragte ich mich. Dann überlegte ich, ob ich die Stiefel da lassen oder weiter mitnehmen sollte. Ich entschloß mich dazu, sie mitzunehmen. Vielleicht konnte man sie als Tauschobjekt benützen. Ich war jetzt durch die Fischnahrung wieder halbwegs zu Kräften gekommen und konnte dieses Gewicht verschmerzen. Den Weitermarsch verschob ich in die Mittagszeit, Rast und Essen hatten mir recht gut getan. Inzwischen war die hiesige Tierwelt auf den fremden Eindringling aufmerksam geworden, die vorerst bedrückende Stille wurde durch das aufgeregte Schnattern und Kreischen der Kropfgänse unterbrochen, die da zahlreich im Wasser schwammen. Als sie merkten, daß ich keine Gefahr für sie bedeutete, beruhigten sie sich allmählich wieder. Am und über dem See sah ich noch Schwäne und Möwen, in diesem Gewässer gibt es unter anderem Heringe, Welse, Störe und Karpfen. Für einige Zeit hatte ich also diesbezüglich keine Sorgen, denn mein Weg führte nun längere Zeit entlang dem Westufer des Aralsees. Den ganzen Nachmittag und den folgenden Tag wanderte ich, vorbei an der Halbinsel, bis ich wieder zum Seeufer kam. Nach weiteren vier Tagen gelangte ich zur großen Halbinsel Kokaral. Schließlich kam ich zur dritten Halbinsel und streifte eine Sandwüste, die fast bis zum See reichte. Diese Zone imponierte mir weniger, und ich wanderte weiter gegen Süden, ohne längere Rasten einzulegen, nur zum Fischen und zum Wasser Abkochen verweilte ich am Seeufer. Dieses war zerklüftet und wenig einladend, außerdem gab es hier viele Buchten, sodaß ich etwas weiter landeinwärts marschieren mußte. Die Tagesleistung meiner Wanderung betrug dementsprechend im Schnitt kaum 20 km. Meiner Kartenskizze entnahm ich, daß sich in ungefähr 200 km Entfernung ein kleiner Berg von 250 m Höhe am Seerand erhob, das war mein nächstes Ziel. Unterwegs fand ich bestätigt, was mir der Lagerdoktor von diesem wilden Gebiet erzählt hatte, und warum es hier keine menschlichen Siedlungen gab. Die Ufer waren teilweise kaum zugänglich, es gab steile Felsabhänge und tiefe Buchten, und dieser Zustand reichte von der Kara-Tamak-Schlucht bis zum Urgu-Murun-Vorgebirge im Süden, landeinwärts war die Gegend versteppt oder sogar sandig. Im Norden des Aralsees lebten noch kirgisische Nomaden in geringer Zahl. Nur der Ostteil war besiedelt. Das Wetter war sehr launisch, entweder ganz windstill oder sehr stürmisch, bis jetzt war ich aber damit zufrieden.

Nach zwei strapazreichen Wochen erreichte ich den 45. Breitengrad, was etwa der Lage von Belgrad entspricht. Meine erste Fluchtkarte konnte ich jetzt vernichten. Ich befand mich nun in der usbeskischen Provinz. Nach weiteren vier Wandertagen ging es bergauf, der kleine Berg lag vor mir. Am höchsten Punkt angelangt, genoß ich wieder eine herrliche Fernsicht über den See, dessen Ostufer von hier rund 300 km entfernt war. Anschließend begab ich mich zum Seeufer und machte da eine Rast von zwei Tagen. Dann ging es wieder weiter, und beim nächsten Verbleib an der Küste erwartete mich eine große Überraschung. Routinemäßig tastete ich von einem erhöhten Platz aus die nähere Umgebung mit dem Jagdglas ab, und dann stutzte ich..., schräg unten am Ufer sah ich Rauch aufsteigen, zuerst hielt ich das für eine Mystifikation meiner Sinne, vielleicht war ich übermüdet und sah Gespenster. Aber der Rauch wurde jetzt stärker, kein Zweifel, da waren vermutlich Nomaden unterwegs und bereiteten sich einen Fischbraten. Also nichts wie weg von hier! Dann wurde ich aber doch neugierig, so etwas kann ausnahmsweise auch bei Männern vorkommen. Von einer günstigeren Stelle aus sah ich noch einmal in Richtung des vermuteten Lagerfeuers, und jetzt konnte ich Einzelheiten erkennen. Es war eine idyllische kleine Bucht, die eigentlich gar nicht in die Landschaft, so wie ich sie bisher kannte, paßte. Ich sah Sträucher und auch kleine Bäume in saftigem Grün, nur das Gras war etwas schütter. Mitten auf dem Areal stand eine kleine Schilfhütte und davor ein Gestell, an welchem ein Gefäß hing, darunter brannte das Feuer. Das konnten also keine Nomaden sein, da hatte man sich häuslich niedergelassen. Nach einer Weile erschien eine Gestalt und rührte im Kessel um, der Mann sah aus wie ein Mönch. Ich konnte mir nicht vorstellen, daß der allein hier hauste und wartete gut eine Stunde auf das Erscheinen weiterer Leute, aber vergeblich. Inzwischen aß der Einsiedler seine Suppe. Nach einigem Überlegen entschloß ich mich, den Mann aufzusuchen. Langsam näherte ich mich seinem Biwakplatz, offenbar mußte er mein Kommen gehört haben, auf einmal stand der Eremit vor mir, und ehe ich mit einer Verbeugung grüßen konnte, war er mir schon zuvorgekommen. Zunächst musterten wir einander, dann wurde ich aber mit einer Handbewegung eingeladen weiterzukommen. Mit gemischten Gefühlen folgte ich bis vor seine Hütte. Der alte Mann trug eine lange Kutte, den Turban hatte er abgenommen, und als Gegenstück zu seiner Glatze hatte er einen langen, wallenden Bart. Er sprach etwas zu mir, was ich nicht verstand. Es klang arabisch. Russisch hätte ich verstanden, aber hier wohnten ja hauptsächlich Turkmenen. Allerdings blieb ich meinem Vorsatz zur Sicherheit treu und spielte weiterhin den Stummen, das hatte den Vorteil, daß ich keine näheren Auskünfte über meine Person geben mußte. Es war anzunehmen, daß der Gastgeber auch russisch verstand. Wir verständigten uns daher per Zeichensprache, dem Mann schien nur wichtig zu sein, daß er Gesellschaft hatte. Ich war müde und ließ mich nieder, wo ich gerade stand. Tisch oder Bank gab es hier nicht. Im Orient, der hier beginnt, sitzt man auf dem Boden. Ich sah mich um, da war die Feuerstelle, die mich hergelockt hatte, ein eisernes Dreibein, in der Mitte hing ein Wasserkessel, und ein Bratspieß war auch dabei. Nicht schlecht, dachte ich, aber wie kommen diese Sachen da her? Der Einsiedler machte sich inzwischen in der Hütte zu schaffen. Wie er mir später zeigte, hatte er dort einen kleinen Erdkeller, in dem er seine Lebensmittel aufbewahrte. Dann aber gingen mir die Augen über, der Alte brachte eine Gans herauf, zerlegte diese fachgerecht und steckte die Stücke auf den Spieß, das Feuer wurde wieder angefacht, und nach einer halben Stunde war der Gänsebraten fertig. Dazu gab es Kartoffel, die in der Glutasche gelegen hatten. Der Mann staunte über meinen Appetit, und ich vergaß darüber die Welt um mich, das war wirklich ein unerwartetes Festessen, und es sollten noch etliche werden. Bald danach baute ich mein Zelt auf, der Einsiedler sah mir interessiert dabei zu, für ihn war ich wahrscheinlich ein Wanderer oder ein Pilger. Dann begaben wir beide uns zur Ruhe, müde und satt schlief ich bald ein.

Im Laufe der nächsten Tage hatte ich Gelegenheit, die Werkzeuge und die Ausrüstung meines Gastgebers zu bewundern. Draußen im See hatte er Reusen zum Fischfang ausgelegt, und mit Pfeil und Bogen erlegte er Gänse oder Wildenten. Zu diesem Zweck war ein Boot vorhanden, welches in der geschützten kleinen Bucht verankert war. Dann zeigte mir der alte Mann noch seinen Gemüsegarten und den Brunnen daneben, der war nur ein Meter tief, spiegelgleich mit der Seeoberfläche. Da hatte man sich also für einen längeren Aufenthalt eingerichtet, daß dies auch für mich gelten sollte, ahnte ich zu diesem Zeitpunkt noch nicht.

Da mir der Genosse Einsiedler zu verstehen gab, daß er über meinen Besuch große Freude empfand, entschloß ich mich, ein bis zwei Wochen in diesen lieblichen Gefilden zu verweilen. Bald hatte ich mich eingelebt. Mit dem Boot fuhren wir täglich hinaus, um zu fischen und zu jagen.

Dann fragte ich meinen Gastgeber per Gestikulation, woher er denn all die Sachen habe, da bedeutete er mir seelenruhig und auf sein Boot zeigend, daß er die ganze Ausstattung von seinem Dorf mitgebracht habe, der Mann richtete dabei seinen Zeigefinger in südliche Richtung. Ich wurde stutzig. Hatte der Eremit eine Ortschaft gemeint, die in der Nähe lag? Meine anfängliche Begeisterung schwand schnell, der Alte bemerkte dies und beruhigte mich, vielleicht ahnte er schon längst, daß ich ein Flüchtling war, Leuten dieser Art und mit ihrer Erfahrung konnte man nichts vormachen. Er zeigte auf die untergehende Sonne und machte mit der Hand einen Bogen über das Firmament bis Osten und das dreimal, daß hieß drei Tage, und dann deutete mein Kollege auf sein Boot, jetzt verstand ich, man benötigte drei Tage, um damit bis zu seinem Heimatdorf zu kommen, diese Erklärung beruhigte mich. In der Zwischenzeit badete ich mehrmals und ohne Kleider im See, dem Alten war so etwas scheinbar fremd, er wusch nur Gesicht und Hände. Nach dieser täglichen Erfrischung bereiteten wir das kräftige Frühstück, wobei ich mich um das Feuer kümmerte, während der Einsiedler verschiedenes aus dem Keller holte. Aus Maismehl wurde eine Flade geformt, diese kam dann in die eingefettete schwarze Pfanne, das war unser Brot. Dazu gab es Schafkäse und Kräutertee, Zucker hatte der Mann nicht, ich half mit meinen Resten aus. Dann fuhren wir hinaus, um die Fische zu holen, die sich in den Reusen verfangen hatten. Diese konischen Gebilde mit Netzen lassen das Opfer zwar hinein, aber es findet nicht mehr heraus, diese Art des Einfangens ist auch in Europa gebräuchlich. Der Alte holte die größeren Fische aus der Falle, die kleineren warf er in den See zurück. Dann ruderten wir zu unserem Platz und versorgten das Boot, anschließend gab es Fischbraten, dieser schmeckte allerdings besser als meine, die ich bisher zubereitet hatte, denn hier wurden auch Gewürze dazugegeben, und die entsprechenden Beilagen waren auch vorhanden.

Nach einigen Tagen ließ ich, meine Probleme betreffend, die Katze aus dem Sack. Ich erklärte mit Gesten und Zeichen meinem Partner, daß ich bald nach dem Süden weiterziehen wolle, um dort in einer Stadt zu arbeiten, er zeigte sich skeptisch, das schien ihm bedenklich, seine Miene verriet dies deutlich. Dann gab er mir zu verstehen, daß die Überquerung der großen Steppe nur möglich sei, wenn ich mich einer Karawane anschließen würde, diese käme wegen des Trinkwassers jedes Jahr im September hier vorbei. Ein Alleingang wäre schon wegen des Wassers unmöglich. Und ich könnte bis dahin ruhig hierbleiben, er schätze meine Gesellschaft. Ich glaubte ihm das gerne, für ihn war es eine willkommene Abwechslung, aber ich war in einem Dilemma. Es bedeutete einen Zeitverlust von zwei Monaten, das könnte mir hinterher noch sehr abgehen, aber ich hatte keine andere Wahl. Immerhin war ich vorläufig bei ihm gut aufgehoben, und es gab keine Nahrungssorgen. Die Verhältnisse waren fast paradiesisch, aber andererseits hatte ich nicht die Absicht, hier meinen Lebensabend als Eremit zu verbringen. Eines Tages erzählte mir der alte Mann, so gut es ging, seine Geschichte. Teilweise gebrauchte er dabei russische Wörter, er hatte bemerkt, daß ich ihn dann besser verstand. In seiner Familie hätte es Streit gegeben, man hätte ihm, vielleicht aus Platzmangel, nahegelegt, sich abzusondern. Möglicherweise war der Mann auch freiwillig fortgezogen, von seinem Stamm war er geächtet worden, und so habe er, weitab vom Dorf, hier sein Domizil aufgeschlagen, nur im Winter kehrt er in den Ort zurück. Und weiter wurde mir bedeutet, daß ich der erste Fremde sei, der hier vorbeikäme, die Leute von den Karawanen kenne er schon länger.

Während dieser „Doppel-Eremitage", die jetzt zehn Tage andauerte, bekam ich Gelegenheit, die praktische Seite von Mohammeds Lehre kennenzulernen. Bald aber merkte ich, daß der einsame Mann nicht allzu richtig strenggläubig war, wahrscheinlich deklarierte er sich als Ausnahmefall; und dies mit Recht, weil er von seinem Stamm angefeindet worden war. Es wurde nur einmal am Tag, genauer gesagt am Abend, ein Gebet verrichtet. Ebenso oft machte er einen kräftigen Schluck aus einem Tonkrug, der verschließbar war. Diese geheimnisvolle Flüssigkeit durfte ich kosten, und sie war nichts anderes als ein Fusel mit penetrantem Geruch, der mir beinahe den Appetit verdarb. Was seine Gebete anbelangte, mußte ich jetzt Farbe bekennen, schließlich hatte ich mir aus taktischen Gründen vorübergehend diese Religion zugelegt, der Alte schien dies für selbstverständlich zu halten. Wenn er sich anschickte, sein Gebet zu verrichten, kniete ich ebenfalls seitlich hinter ihm nieder und bemühte mich redlich, diese Pflichtübungen mitzumachen. Gegen Mekka gerichtet, mit zum Himmel erhobenen Armen sanken wir dann vornüber, bis unsere Gesichter den Boden berührten. Dabei schielte ich hinüber zu meinem Vorbeter, um den Zeitpunkt nicht zu versäumen, wann es wieder hochging.

Lange Zeit später sollte sich herausstellen, daß diese abendlichen, orientalischen Prozeduren nicht umsonst gewesen waren. Ich bat den Allmächtigen, der vorübergehend einen anderen Namen bekommen hatte, um Schutz und Beistand und um Erleuchtung bei der Findung des richtigen Weges in die Heimat. Der Ruf in der Wüste sollte nicht ungehört bleiben.

Bald aber sollte mein „Moslem-Bruder" Gelegenheit erhalten, auch von mir etwas zu lernen, was zwar weniger seiner Seele, umsomehr aber seinem Körper guttat. Schon am ersten Tag unserer Bekanntschaft war mir aufgefallen, daß mein Kamerad sehr unter der Hitze litt, was bei seiner Kleidung kein Wunder war. Ich selbst lief am Tage meist in der kurzen Unterhose umher. Bei meinem Partner hatte ich nicht den Eindruck, daß ich es mit einem Anachoreten zu tun hatte; und was meine Strenggläubigkeit betraf, so war diese ohnehin nur gespielt. Nach dem Gebet nahmen wir das Abendessen ein, zur Abwechslung gab es Geflügelsuppe mit Einlagen vom Gemüsegarten. Mit zwei Portionen war ich satt. In der Zwischenzeit waren über dem großen See dunkle Wolken aufgezogen, drohend kamen sie von Osten näher. Der Alte warnte mich, nahm mich bei der Hand und geleitete mich in seine Hütte. Aus seinen Mienen und Gebärden entnahm ich, daß ein starkes Wärmegewitter zu erwarten war, und nach einer Viertelstunde krachte und blitzte es ganz gehörig. Der Regen war aber nur von kurzer Dauer, und das Unwetter verzog sich bald wieder. Mein Kollege erklärte mir auf seine Art, daß so etwas in dieser Gegend eine Seltenheit sei, und das stimmte auch mit meinen bisherigen Erfahrungen überein. Im Sog des Wetters blies vom See her ein kühler, kräftiger Wind, und das bewog meinen Kollegen, sich zur Ruhe zu begeben. Ich begab mich zu meinem etwas ramponierten Zelt, in das es hineingeregnet hatte. Gewohnheitsmäßig hatte ich den Eingang auf die Ostseite verlegt, aber hier ging die Wetteruhr offenbar verkehrt, und ich baute meine Behausung neu auf, gedreht um 180 Grad. Bei einbrechender Dunkelheit legte ich mich zur Ruhe. Als die Sonne über dem Aralsee aufging, wurde ich ein wenig munter, aber zum Aufstehen hatte ich noch keine Lust.

An diesem Tag wurde mir bedeutet, daß wir beide einen Ausflug landeinwärts machen sollten, womit ich gerne einverstanden war. Der Einsiedler nahm auch Pfeil und Bogen mit, also mußte es in der Steppe jagdbares Wild geben. Und während wir zur westlichen Hügelkette wanderten, erinnerte ich mich an den Lagerdoktor. Der hatte mir alle Tiere aufgezählt, die es in diesen Regionen und vor allem weiter südlich noch gab. Unter anderem erwähnte er Füchse verschiedener Art, wilde Schafe, ja sogar von Antilopen, Gazellen und wilden Pferden war die Rede, auch an größeren Vögeln sollte es hier nicht mangeln. In Richtung Afghanistan soll es außerdem noch Tiger geben, das lag aber glücklicherweise nicht auf meiner Route. Meinen Begleiter konnte ich darüber nicht befragen, mit der Zeichensprache hätte das wenig Erfolg gehabt.

Nach ungefähr zwei Stunden hatten wir die Anhöhe erreicht. Sehen konnte man in der diesigen, heißen Luft nicht sehr weit. Mein Gefährte zeigte in südwestliche Richtung und erklärte mir mit Worten und Gesten, daß dies die Ust-jurt-Steppe sei, den Namen hatte ich verstanden und dahinter, so fuhr er fort, sehr weit von hier, befände sich das Kaspische Meer, nach meiner Karte Nr. 2 waren es bis dorthin an die 500 km. Und weiter wurde mir bedeutet, gäbe es in dieser Gegend kein Wasser, weiter südlich wären Sandwüsten. Diese wenig erfreulichen Tatsachen wußte ich aus meinen Karten zu entnehmen, und seinerzeit hatte auch der Lagerchef Andeutungen darüber gemacht. Jetzt war ich endgültig überzeugt, daß ein Alleingang ohne Kamel und entsprechenden Wasservorrat unmöglich war, wobei man das Kamel weniger zum Reiten, als vielmehr zum Wassertragen benötigte. Auf der in Frage kommenden Strecke gab es zwar kleine Seen und Salzsümpfe, sie waren aber bis zum Sommer längst ausgetrocknet.

Am Heimweg wiederholte mein alter Kamerad seine Aussage, daß ich nur die Möglichkeit hätte, mich den Nomaden, die im September nach Süden zogen, anzuschließen, er zeigte dabei auf den neunten Finger. Nun begann ich zu rechnen, 500 km plus 300 km bis zur persischen Grenze, das müßte man in zwei Monaten schaffen können, — bei einer Tagesleistung von nur 15 km. Es bestand also Hoffnung, daß mich der Winter auf russischem Gebiet nicht mehr einholen würde. Wie es dann im Iran, falls ich das Land erreichen sollte, weitergehen würde, darüber mochte ich mir jetzt nicht den Kopf zerbrechen. Der Form halber bat ich meinen gastgebenden Einsiedler, bis zum Eintreffen der Karawane bei ihm bleiben zu dürfen, er freute sich nur darüber. Ich hatte mich damit abgefunden, meinen Aufenthalt unfreiwillig zu verlängern. Am Nachmittag kamen wir in unserem Lager an, ich nahm sofort ein erfrischendes Bad im See, während mein Freund, wie ich ihn nunmehr nennen wollte, schwitzend zusah. Er tat mir richtig leid, erst am Abend brachte eine frische Brise vom See eine Linderung für den Mann. Am nächsten Tag war die Hitze noch ärger. Während ich jede Stunde im feuchten Element herumplanschte, blieb er in seiner Hütte. Ich ging zu ihm und versuchte, ihn zu einem Bad zu überreden, er sah, wie gut mir das tat. Zuerst zierte er sich, dann konnte er mir klarmachen, daß er sich schämte, so wie ich nackt zu baden. Das war es also, ich überlegte, was man da tun könnte und fand eine Lösung in Form meines Wollschals, den ich aus dem Rucksack holte. Ich zeigte meinem schwitzenden Kameraden, wie man sich den Schal um die Lenden bindet, und nach kurzem Zureden tat es der Alte endlich. Ab diesem Tag wurde die warme Kutte nur mehr zum Schlafen benützt. Ich nahm meinen Freund bei der Hand, und zögernd folgte er mir zu einer flachen Uferstelle. Meine Hand ließ er aber nicht aus, der Arme hatte großen Respekt vor den kühlenden Fluten. Es bedurfte noch einiger Geduld, nur bis zu den Knien wagte er sich ins Wasser, sicher war er Nichtschwimmer. So vergingen die Tage nun mit Fischfang, Geflügeljagd, kleinen Ausflügen, Essenzubereitung und schließlich mit erfrischenden Bädern im See.

Nach wie vor machte ich auf der Rückseite meiner Karte Nr.

3 täglich einen Strich, so konnte ich sehen, daß die dritte Augustwoche angefangen hatte. Im Hinblick darauf, daß im September wieder magere Zeiten für mich kommen würden, ließ ich meinem Appetit freien Lauf, den Gewichtsverlust der vergangenen Monate hatte ich bald wettgemacht. Aber diesen Speck würde ich sicher noch brauchen, um davon zu zehren. Der Tag, an dem die Nomaden vorbeikommen sollten, rückte näher. Mich erfaßte eine innere Unruhe, alles hing ja davon ab, ob man gewillt war, einen Fremden mitzunehmen. Und was mache ich, wenn dieser Plan scheitert oder die Leute einen anderen Weg nehmen würden. Voll Sorge fragte ich meinen Gastgeber; er konnte meine Bedenken zerstreuen, Mensch und Tier brauchten Trinkwasser, und hier sei der einzige Brunnen an ihrer Strecke, sie würden ganz sicher hierher kommen. Die Frage drängte sich auf, wo die Karawanen früher das Wasser hergenommen hatten, als hier noch kein Brunnen gewesen war, denn diesen hatte mein Genosse vor Jahren selber gegraben. Ich fand bald meine Vermutung bestätigt, man trank einfach das Seewasser, notfalls wurde es mühsam abgekocht, aber es war salzhältig und nicht bekömmlich. Zu meiner Beruhigung wurde mir noch versichert, daß mehrere Gruppen von diesen wandernden Menschen hier unterwegs waren, da stiegen also meine Chancen, mitgenommen zu werden. Mit gemischten Gefühlen sah ich dem entscheidenden Tag entgegen. Was waren das überhaupt für Leute, wie würden sie sich mir gegenüber unterwegs verhalten? Wenn ich aber nicht aufgenommen werde, bliebe mir nichts anderes übrig, als vor dem Einbruch des Winters mit dem alten Mann in sein Heimatdorf mitzufahren, in diesem Fall müßte ich ein zweites Ruder schnitzen. Aber wie würde ich dort aufgenommen werden? Die weitere Flucht könnte in Frage gestellt sein, wie kam ich nämlich von dort nach Persien? Solche Überlegungen plagten mich einige Zeit, bis ich mir sagte, daß das sinnlos sei, ich müsse abwarten. Mit meinem Freund war ich mir einig, daß wir für die Herren der Führungs-Karawane ein Festessen bereiten wollen, um sie in gute Laune zu bringen, und mein Gastgeber würde ein gutes Wort für mich einlegen, denn man kenne mich ja nicht.

Eines Tages machte mich mein Freund aufmerksam, daß die Vorhut der Nomaden in wenigen Tagen eintreffen müßte. Nun begann ich damit, den Reiseproviant vorzubereiten, mein Genosse half mir dabei, er verstand sich besser auf solche Dinge. Die Fische wurden geräuchert, aber auch an der Sonne getrocknet. Dann wurden etliche Fladen aus Maismehl gebacken, und vom Garten holte ich Karotten und anderes Gemüse. Alles war vorbereitet. Mit Spannung erwartete ich die Leute, mit denen ich die nächsten Wochen unterwegs sein wollte. Bald mußte die Entscheidung über mein weiteres Schicksal fallen. Zwei Tage später zeigte der Alte abends auf den Mond und bedeutete mir, morgen oder übermorgen wäre es soweit, er hatte sich also auf diese Weise orientiert.

Und tatsächlich, am Abend des nächsten Tages traf eine Gruppe von Männern, die man für Araber halten konnte, mit drei Kamelen bei uns ein. Zunächst waren sie sehr verwundert, zwei Einsiedler hier anzutreffen, begrüßten uns beide aber mit orientalischer Herzlichkeit, was mir imponierte. Zuerst versorgten die fünf Männer ihre Tiere mit Wasser und Futter. Dann setzten wir uns im Kreis auf dem Boden zusammen, ich brachte das Essen und den Tee. Unauffällig musterte ich die Herren, denen ich mich anvertrauen wollte. Wenn man vom Alter absah, unterschieden sich die sieben anwesenden Männer kaum voneinander, jeder hatte einen Vollbart, der Einsiedler hatte den längsten. Aber bald merkten die Gäste, daß ich keiner von ihnen war, und offenbar kam es ihnen eigenartig vor, daß ich kein Wort sprach, den Grund hiefür mußte erst mein Freund erklären. Die Nomaden redeten nicht russisch, das war mir nur recht. Da ich sie ohnedies nicht verstand, spielte meine Stummheit keine Rolle. Im selben Moment, wo ich den Mund aufmachte, würden die Männer erkennen, daß sie es mit einem Ausländer zu tun haben, dann wäre alles verpatzt. Mein Freund zeigte sich als kluger Taktiker, er ließ die Katze, was mich betraf, noch nicht aus dem Sack. Nachdem sich unsere Gäste gelabt hatten, holte ich auf ein Wink des „Hausherren" den Tonkrug mit Schnaps vom Keller herauf, der Fusel sollte die Herren in Stimmung bringen. Mir schmeckte das Zeug zwar nicht, umsomehr taten sich die Männer daran gütlich, alle sieben Anwesenden tranken abwechselnd aus dem Krug. Nur um den Gastgeber nicht zu beleidigen, beteiligte ich mich andeutungsweise an diesem kleinen Gelage. War nur zu hoffen, daß Gott Allah nicht zusah, aber in diese Gegend kamen die Götter ohnedies nicht, denn sie war eine gottverlassene.

Als die Stimmung einen gewissen Höhepunkt erreicht hatte, nahm mich der gute Freund bei der Hand und sagte seinen Gästen, was wir auf dem Herzen hatten. Die Männer hörten interessiert zu, dann besprachen sie sich untereinander, und ich glaubte aus ihren Mienen Zustimmung erkennen zu können. Ich zeigte den Herren mein Zelt, den Rucksack mit der Verpflegung und dem Wasserkanister, den Feldstecher und das Werkzeug zeigte ich nicht. Die Herren nickten beifällig und gaben nach nochmaliger kurzer Beratung bekannt, daß ich mitkommen könnte. Mir fiel ein Stein vom Herzen, das bedeutete einen entscheidenden und großen Schritt weiter, die schwierigste Etappe lag allerdings noch vor mir. Nun war auch die Gelegenheit da, mich bei meinem Gastgeber und Freund zu revanchieren, ich überreichte ihm meine warmen Stiefel, die würde er im Winter sicher gut gebrauchen können. Sie waren das einzige, was ich jetzt entbehren konnte, auch konnte ich dadurch das Gewicht meines Reisegepäcks verringern. Auch die Männer hatten etwas mitgebracht, ich sah einen kleinen Teppich und einen Sack mit Salz. Noch vor Einbruch der Nacht begab man sich zur Ruhe, die Gäste hatten ihr eigenes Zelt aufgestellt. Bei Sonnenaufgang wollten sie zum langen Marsch nach dem Süden aufbrechen. Aus begreiflichen Gründen war meine letzte Nacht hier bei der Eremitenklause unruhig, schon in der Morgendämmerung war ich auf den Beinen, baute mein Zelt ab und machte mich reisefertig. Bald waren auch die Männer der Karawane soweit. Zuletzt wurden die Wasserbehälter angefüllt, und dann verabschiedeten wir uns vom Einsiedler. Mir tat der brave Mann leid, beide waren wir sichtlich gerührt, er hatte sich schon daran gewöhnt, einen Schicksalsgefährten zu haben. Mir blieb aber keine Zeit für sentimentale Betrachtungen, der Alte winkte uns noch nach, und bald waren wir für ihn hinter den Hügeln verschwunden, die Episode am Aralsee war nun zu Ende, ein neuer Abschnitt meiner Flucht begann.

Ich war gut genährt und ausgeruht, der ganztägige Marsch durch die Steppe fiel mir jetzt leichter als bisher, eines der Kamele hatte mir den Rucksack abgenommen. Zeitweise wäre das Ganze fast ein gemütlicher Spaziergang gewesen, aber die Hitze des Tages war groß. Das Tempo unseres Zuges war eher langsam, man wollte sich offenbar nicht strapazieren, dies hätte den Wasserverbrauch erhöht, nur die Männer wußten, wo die nächste Wasserstelle war. Unsere Kolonne folgte nur kurze Zeit dem Seeufer, dann schwenkte man landeinwärts ab. Meine Reisegefährten zeigten sich durchaus freundlich, bei der ersten Rast ließen sie mich an ihrem kärglichen Mahl teilnehmen, ich gab ihnen dafür einen Räucherfisch. Im wesentlichen hatten meine Begleiter dieselbe Kost wie ich, allerdings viel mehr Wasser. Während des Marsches konnte jeder aus den Wassersäcken trinken, ich merkte aber bald, daß man sich dabei Zurückhaltung auferlegte, und ich richtete mich danach; ich war schon lange während meines Alleinganges daran gewöhnt, mit den Vorräten sparsam umzugehen. Die Marschordnung blieb immer gleich, vorne gingen die drei Kamele, begleitet von je einem Mann, zwei Leute und ich folgten hinten nach. Die Tiere trugen auf ihren Rücken neben den Wasserbehältern und der Verpflegung noch das Zelt und diverse Ausrüstungsgegenstände. Waffen sah ich keine. Pro Tag legten wir eine Strecke von etwa 20 bis 25 km zurück, in der Mittagshitze wurde einen längere Rast eingelegt, man legte sich neben die Kamele in deren Schatten und schlief eine Weile. Was mich beruhigte, war der optische Eindruck unserer Reisegruppe, alle sahen ziemlich gleich aus, nur mein selbstgefertigter Turban erhob keinen Anspruch auf einen Schönheitspreis. Die Schuhe waren noch in Ordnung, ich hatte sie in der Zeit beim Einsiedler kaum benützt. Je weiter wir in die Ustjurt-Steppe kamen, desto ärger wurde die Hitze, auf einen Regen oder ein Gewitter konnte man zu dieser Jahreszeit nicht hoffen. Öfter dachte ich an den großen See und die erfrischenden Bäder darin. Es fiel mir auf, daß während des Marsches nicht gesprochen wurde, dann begriff ich das. Reden macht nur Durst. Nach einer Woche kamen wir zu einem ausgetrockneten Salzsumpf, der war auch auf meiner Karte eingezeichnet, jetzt konnte ich erkennen, welche Richtung unsere Kolonne nahm. Wenn es dabei blieb, müßten wir bei gleichbleibendem Tempo in weniger als einem Monat am Kara-Bogas-Gol, einer großen Bucht des Kaspischen Meeres, ankommen. Dieses Binnenmeer ist eigentlich ein See, nämlich der größte der Erde und fast tausend Meter tief, ungefähr so groß wie Schweden. Im Altertum nannte man dieses Gewässer das ,,Mare Hyrcanium''. Mir drängte sich in diesem Zusammenhang die Frage auf, wann ein See ein See sei und ab welcher Größe man von einem Meer spricht. Gibt es da eine Regel oder ein Richtmaß? Zur Zeit war allerdings eine andere Frage wichtiger, ich war skeptisch, ob wir mit dem Wasservorrat bis zum ,,See-Meer'' auskommen würden, aber diese Männer mußten dies ja besser wissen, sie waren jedes Jahr auf diesem Weg.

Eines Abends war ich dabei, meine Karte zu studieren, mein Zelt hatte ich immer in Respektabstand von den Reisegefährten aufgebaut, da sie sich durch mich nicht gestört fühlen sollten. In der Hand hatte ich den Kompaß. Einer der Männer war neugierig geworden und kam näher, die anderen folgten, und man bestaunte meine Kartenskizze, noch mehr aber den Kompaß. Ich zeigte auf unseren ungefähren Standort in der Steppe, den Feldstecher ließ ich zur Vorsicht aus dem Spiel, hier konnte ich damit ohnehin nichts anfangen, man sah im Dunst der Hitze bestenfalls 5 km weit. Eine endlose wellige Fläche, bedeckt mit dürrem Gras und ebensolchen Sträuchern, die da und dort in kleinen Gruppen verstreut standen. Außer Steppenhühnern und Kleingetier war kein Lebewesen in dieser trostlosen Weite zu sehen.

Und jetzt kam mir zum Bewußtsein: Wenn diese Leute mich loswerden wollten, wäre nichts für sie in dieser Gegend leichter gewesen. Die Aasgeier und die Sonne hätten von mir nur ausgebleichte Knochen übriggelassen. Aber solche Befürchtungen schienen nicht angebracht, meine Weggefährten waren immer freundlich, nichts deutete darauf hin, daß ich sie störte. Freilich, ganz wohl war mir auch nicht in meiner Haut, in dieser öden Region sagten sich nicht einmal die Füchse, sondern nur die Skorpione gute Nacht. Ich ließ mir aber vor den Männern nichts anmerken und tat so, als würde mir diese Wanderung Spaß bereiten, lange genug war ich daran gewöhnt. Vielleicht hatten mich meine Begleiter längst durchschaut, Flüchtlinge gab es immer und überall, und wie ein Landstreicher oder Bandit sah ich nicht aus, eventuell könnte man mich auch für einen Pilger halten. Was der Einsiedler über mich gesprochen hatte, hatte ich nicht verstehen können, sie redeten einen arabischen oder türkischen Kauderwelsch miteinander. Die Vorfahren dieser Nomaden, die Massageten, waren allerdings ein sehr räuberisches Volk, ähnlich wie die Tataren, so konnte ich nur hoffen, daß diese Leute inzwischen eine andere Lieblingsbeschäftigung ausübten. Nach einer weiteren Woche und nachdem unser Trupp einige sanfte, langgestreckte Hügel, ein Art Plateau, überquert hatte, erreichten wir die weite, sarykamische Senke. Auch die hatte ich auf meiner Skizze eingezeichnet, meine Kollegen hatten allerdings solche Hilfen nicht nötig, sie fanden auch so ihren Weg, zum Beispiel, wie ich staunend bemerkte, den Pfad zu einem kleinen Brunnen, den wahrscheinlich schon ihre wilden Vorgänger gegraben hatten. Diese Wasserstelle war aber zwischen dürrem Gestrüpp so versteckt, daß ich sie auch dann nicht gefunden hätte, wenn ich in der Nähe vorbeigekommen wäre. Da hatte mein Eremit vom Aralsee doch recht gehabt, nur die Nomaden wußten, wo sich der Brunnen befand. Es war Nachmittag geworden, und wir machten gleich Rast bis zum nächsten Morgen. Dann ging die Wanderung weiter, und mein Kompaß zeigte an, daß eine kleine Kursschwenkung nach Süden vorgenommen wurde, die bisherige Richtung wurde also durch die Quelle bestimmt. Laut meinem Plan lag auf dieser Strecke eine kleine, einsame Ortschaft. Zehn Tage später erreichte unsere Karawane dieses trostlose Steppennest Tschagyl, und es war gleich zu erkennen, daß hier keine Gefahr drohte. Hier gab es keine Miliz oder ähnliche Gestalten, die mich beunruhigt hätten. Die Einwohner beachteten uns kaum, sie verkrochen sich in ihre einfachen Häuser und Hütten vor der Hitze. Nur die Kinder liefen uns nach. Der Aufenthalt war nur kurz und diente zur Wasseraufnahme, dann ging es wieder weiter, man war nicht interessiert, hier schon am Tag Quartier zu machen. In dieser Region hätte sogar Fürst Potemkin auf seine Attrappen verzichtet. Der südliche Kurs wurde beibehalten, und das paßte genau in mein Konzept, weniger begeistert war ich davon, daß meine improvisierte Landkarte in etwa 80 km Entfernung eine größere Sandwüste zeigte. Diese wurde zwar von einem Fluß unterbrochen, aber dieser war im Sommer trocken, ich hatte da eine strichlierte Linie auf meiner Karte Nr. 2. Nach mehreren Tagen hatten wir diesen Abschnitt erreicht und folgten dem wasserlosen Flußbett. Jetzt befanden wir uns in der turkmenischen Provinz in der Nähe des Berges Balchan. Dieser Distrikt kam erst 1881 zu Rußland, allerdings nicht freiwillig, sondern durch Eroberung. Diese unterworfenen Völkerschaften im südlichsten Teil der Sowjetunion waren hauptsächlich türkischer Abstammung und Moslems, jedenfalls aber keine Freunde der Russen.

Nach einigen weiteren Tagen kam unsere Gruppe zur Transkaspischen Bahnlinie, welche von Krasnowodsk nach Aschabad und weiter nach Buchara und Samarkand führt. Dort werden die berühmten Karakulschafe gezüchtet, in dieser Tierfamilie gibt es, zum Unterschied von den Menschen, kein „schwarzes Schaf", weil alle schwarz sind, aus ihren Fellen werden nämlich die schönen Persianermäntel angefertigt. Zur Zeit hatte ich allerdings noch andere Sorgen. Unsere Reisegruppe übersetzte die Bahntrasse ohne Schwierigkeiten, nach drei Tagen war aber Endstation, die Männer hatten ihr Heimatdorf bei Bugdajly erreicht. Ich blieb noch einen Tag, wurde bewirtet und bekam auch Reiseproviant. Mit herzlichem Dank nahm ich Abschied, zwar hätte ich noch bleiben können, gestikulierend wollte man mir dies beibringen, aber mir erschien ein Verbleiben zu gefährlich. Absichtlich ging ich zunächst in westliche Richtung, erst außer Sichtweite schwenkte ich nach Süden ab. Bis zur persischen Grenze waren es noch ungefähr 150 km. Jetzt, relativ nahe vor diesem Ziel, wollte ich doppelt vorsichtig sein. Wenn es die Sicht erlaubte, marschierte ich eine Zeit in der Nacht, die noch schmale Mondsichel erinnerte mich an die in dieser Region ansässigen, türkisch sprechenden Usbeken und Turkmenen, die ich kennengelernt hatte: zuerst den Klausner am Aralsee und dann die Nomaden. Sie waren durchwegs freundlich und hilfsbereit zu mir gewesen, ihnen hatte ich zu verdanken, daß meine Flucht bis hieher gelungen war. Nun aber war ich wieder auf mich allein gestellt.

Während meiner Wanderung durch dieses anscheinend kaum besiedelte Gebiet, befaßte ich mich in Gedanken mit der Geschichte und der Bewohnerschaft dieses Distrikts. Die ,,Bucharei'' reichte im Mittelalter vom Kaspischen Meer bis zur Mongolei und nach Tibet. Berühmtester Herrscher war der Eroberer Tamerlan, auch Timor genannt, seine Residenzstadt war das sagenhafte Samarkand, wo er prächtige Bauten errichten ließ. Der fast hundert Meter hohe ,,Turm des Todes'', das Wahrzeichen der Stadt, war allerdings schon früher erbaut worden. Die Einwohner sind überwiegend Sunniten, also strenggläubige Mohammedaner, womit man in Moskau weniger Freude hat. Die Frauen tragen lange, bunt gemusterte Kleider und meist Zöpfe, die Männer ein Chalat als Gewand in lebhaften Mustern mit einer Schärpe, wobei die Älteren den Turban als Kopfbedeckung tragen, die Jüngeren dagegen die ,,Tjubiteika'', eine mit Ornamenten kunstvoll bestickte, dunkle Kappe. Die Haupterwerbsquellen im Land sind Baumwolle und Schafzucht, sowie Obst und Gemüseanbau. Die Zugehörigkeit zur Sowjetunion befreite die Frauen vom obligaten Schleier. Gemäß dem Koran sollte jeder Moslembruder wenigstens einmal in seinem Leben in der heiligen Stadt Mekka gewesen sein. Seit die Kommunisten das Land regierten, wurde diesbezüglich eine ,,kleine Korrektur'' vorgenommen mit dem Zusatz: Wenn die Möglichkeit besteht! Das hieß in der Praxis, für den ,,Sowjet-Gläubigen'' besteht keine, weil man befürchtet, daß der fromme Pilger auf die Heimreise verzichten könnte. Im übrigen hatte man bei den Zentralstellen keine rechte Freude mit den Leuten dieser Gegend, sie eigneten sich kaum für eine geregelte Arbeit, etwa in Fabriken, weil es einen ganzen, langen Monat gab, in dem gefastet wurde. Und dazu kamen noch die vielen religiösen Feiertage mit ihren endlosen Gebeten, das war in den Augen der Machthaber eine unnütze Vergeudung kostbarer Arbeitszeit.

Der Oktober ging seinem Ende zu, für mich begann jetzt der Wettlauf mit dem Winter. Immer näher kam ich zur kritischen Zone am Grenzfluß Atrek, eine innere Unruhe erfaßte mich. Wie würde es weitergehen, fragte ich mich.

Nach acht Tagen hatte ich das Grenzgebiet erreicht, der immer größer werdende Mond leuchtete in den Nächten, für mich im wahrsten Sinne des Wortes ein Geschenk des Himmels. Welcher der Götter mir so gnädig gesinnt war, darüber zerbrach ich mir nicht den Kopf. Ich studierte meine Kartenskizze, die eingezeichnete Straße, wenige Kilometer vor dem Fluß, müßte nun bald auftauchen. Diese heikle Stelle wollte ich vor dem Übersetzen genau erkunden. Ein in der Nähe liegender kleiner Hügel diente mir als Aussichtsort. Oben angelangt streifte ich die ganze Umgebung mit dem Jagdglas ab, kein Mensch war zu sehen, dafür aber konnte ich ein breites Tal ausmachen, genau in südlicher Richtung. Das mußte der Grenzfluß sein! Und davor befand sich ein großer Auwald, das war erfreulich. Und dann konnte ich einen Teil der Straße erkennen, ich behielt sie im Auge,um die Verkehrsdichte festzustellen. Nach etwa einer Stunde kam ich zu dem Resultat, daß da sehr wenig los war. Diese Strecke berührte nur kleinere Orte, die weit auseinander lagen, und sich auch weit weg von meinem Standort befanden. Auch sonst konnte ich nichts Verdächtiges entdecken, nur ich selbst war da eine Ausnahme. Da die Abenddämmerung einsetzte, beschloß ich, gleich hier oben am Hügel zwischen den Büschen zu übernachten. Gegen Morgen, es war noch halb dunkel, setzte leichter Regen ein, ich blieb deshalb noch im Zelt. Nach zwei Stunden war der Segen zu Ende. Ich verließ nun meine Behausung und nahm wieder mein Fernglas zur Hand, die Sicht war jetzt wesentlich klarer als am Vorabend. Am südlichen Horizont konnte ich einen Gebirgszug erkennen, kein Zweifel, das waren die östlichen Ausläufer des Elburs-Gebirges auf persischem Boden. Wenn ich nur schon dort wäre, dachte ich mir, aber bis dahin floß noch viel Wasser den Atrek hinunter. Vorsichtig näherte ich mich der querliegenden Straße bis auf wenige 100 m. Da hörte ich Motorenlärm, schnell legte ich mich in das hohe Gras. Ich hob etwas meinen Kopf und sah zu meinem Entsetzen eine ganze Kolonne von Militärlastwagen, voll mit Soldaten. Aber bald war dieser Spuk vorbei, und nach einer Weile pirschte ich mich kriechend an die Straße heran, die Strecke war frei, mit ein paar Sätzen war ich auf der anderen Seite. Ich verschwand in dem vor mir liegenden Waldgebiet, hier fühlte ich mich schon sicherer. Bis zum ersehnten Ziel waren es etwa noch zehn km. Langsam, Schritt für Schritt, tastete ich mich vorwärts, ich durfte auf keine dürren Äste steigen, das ergab verräterischen Lärm. Zuerst einmal mußte ich ausfindig machen, wo die Grenzpatrouillen ihre Runden gingen. Nach mehreren Stunden kam ich zu einer Lichtung, die nur mit Sträuchern bewachsen war, offensichtlich war der Wald hier gerodet worden. Ich bestieg einen günstig stehenden Baum, er hatte noch genügend Laub, um mir Deckung zu geben. Den Fluß konnte ich zwar nicht sehen, aber sein Bett erkannte ich, stromaufwärts machte er eine große Schleife in Hufeisenform in Richtung Süden. Innerhalb dieses Bogens war Auwald und davor eine schmale Schneise, die künstlich angelegt aussah, da könnte der Weg der Grenzwachen sein, und entlang des Flusses führte er dann vielleicht weiter. Diese Waldschneise war also eine Abkürzung, der Flußbogen könnte demnach schon im sogenannten „Niemandsland" liegen, dafür brauchte ich aber noch die Bestätigung. Ich saß auf einem Ast hinter dem Stamm und wartete ab. Nach einer guten Stunde bewegte sich etwas da unten, mit dem Glas erkannte ich zwei russische Soldaten mit umgehängten Maschinenpistolen. Ganz gemächlich spazierten die beiden vorbei, und ich sah jetzt, daß der Pfad dort führte, wo ich ihn vermutet hatte. Weiter war anzunehmen, daß die nächsten Posten nicht vor einer Stunde kamen. Mein Plan stand fest, ich mußte hinein in den Flußbogen, bzw. in dessen Wald. Dort war dann ein Floß zu bauen, um damit den Atrek zu überqueren. Das war die einfache Theorie, wie würde die Praxis aussehen? Ich kletterte vom Baum herunter und schlich mich vor zum Weg der Soldaten, vorsichtig spähte ich nach allen Seiten. Als sich nichts rührte, lief ich schnell hinüber in den rettenden Auwald. Noch aber hatte ich keinen Grund zum Jubeln. Ich strebte auf dem kürzesten Weg dem Flußufer zu und stand bald an der Stelle, wo die Biegung begann. Meine Befürchtung, auf einen Stacheldraht oder ein anderes Hindernis zu stoßen, erwies sich als unbegründet, und jetzt sah ich auch, warum. Der reißende Gebirgsfluß, vergleichbar mit dem Inn, war eine natürliche Barriere in diesem Abschnitt der etwa 1000 km langen Grenze zwischen Rußland und dem Iran. An diesem Tag war an eine Übersetzung des Flusses ohnehin nicht zu denken, und so machte ich eine Rast, um mich zu laben, ich verspeiste ein Stück Maisbrot und trank aus der Feldflasche.

Plötzlich hörte ich fernes Hundegebell aus jener Richtung, aus der ich gekommen war, und dieses Gekläff kam näher. Ich hatte keine Zeit abzuwarten, ob diese Meute hinter mir her war oder nicht. In Sekunden mußte ich entscheiden, was da zu tun war. Ich mußte dafür sorgen, daß meine Spur hier am Ufer endete, dafür bot sich das Flußwasser in idealer Weise an. Hinüberschwimmen wäre aber nicht ratsam gewesen, das hätte viel zu lange gedauert, und ich wäre nur eine leichte Zielscheibe für meine Verfolger geworden und den Rucksack hätte ich dalassen müssen. Womöglich wäre man sofort auf der persischen Seite aufmerksam geworden. Schnell hatte ich es mir anders überlegt. Während das aufgeregte Bellen der Hunde immer näher kam, die Verfolger mußten jetzt die Lichtung erreicht haben, zog ich meine Schuhe aus, stülpte die Hose hoch und stapfte im Uferwasser, so schnell es ging, stromaufwärts, dabei mußte ich mich abstützen, um nicht in den Fluß zu rutschen. Nach ungefähr 100 Metern ging ich wieder an Land und setzte mich in die Büsche, das nasse und faule Gras verbreitete den typischen Gestank, da würden die Hunde kaum Witterung von mir bekommen, beruhigte ich mich selber. Inzwischen hatte die Meute das Ufer erreicht, das merkte man an der Reaktion der jaulenden Hunde und dazwischen hörte ich Pferde wiehern. Dann erschollen auch Männerstimmen, anscheinend war man unschlüssig. Jetzt war für mich die kritischeste Situation meiner bisherigen Flucht gekommen. Bange Sekunden vergingen. „Was werden sie tun?“, fragte ich mich. Meine Spur endete am Ufer, bzw. führte sie direkt in den Fluß, man mußte also annehmen, daß ich, der Flüchtling, Spion oder Staatsfeind, schwimmend das rettende persische Ufer erreichen wolle und daß die starke Strömung mich weit abtreiben würde. Wollten meine Verfolger noch eine Chance haben, mußten sie unverzüglich stromabwärts weiterreiten, um ihr Opfer noch zu erwischen. Und dann mußte die Entscheidung gefallen sein, laute Kommandorufe ertönten,...dawai, dawai...und begleitet vom Geheul der Hundemeute setzte sich der Trupp in Bewegung. Schon nach Sekunden erscholl das Rufen, zu meiner großen Erleichterung, stromabwärts in der erhofften Richtung, es wurde immer schwächer und verlor sich schließlich in der Ferne.

Ich benötigte einige Zeit, um mich von diesem Schrecken und von der Aufregung zu erholen. Diese Runde hatte ich gewonnen, aber noch befand ich mich auf russischem Territorium. Als ich an der Biegung der bewaldeten Landzunge ankam, ließ ich mich erschöpft im Gras nieder, anschließend baute ich das Zelt auf, ich hoffte, nun die letzte Nacht auf sowjetischem Boden zu verbringen. Am nächsten Morgen machte ich mich sofort daran, ein Floß zu bauen. Mit der Handsäge mußte ich in mühsamer Arbeit geeignete Baumstämme abschneiden, die Säge war ja nicht groß. Auch die Äste wurden entfernt, nur kurze Stumpen ließ ich stehen, damit die Stämme einen gegenseitigen Halt hatten. Der dichte Auwald schluckte das geringe Geräusch, der Pfad der Grenzwachen befand sich etwa einen Kilometer weiter. Trotzdem unterbrach ich nach jedem abgesägten Baum meine Tätigkeit und ging den Wald in der Flußschleife ab, um vor Überraschungen gefeit zu sein, dadurch zog sich die Arbeit bis zum Nachmittag hin. Am Ufer legte ich die Baumstämme aneinander, zwei stärkere Äste dienten als Querbalken, mit dem mitgebrachten Draht wurde das Ganze zusammengebunden, gegen Abend war die Barke fertig. Bei meiner Tätigkeit war ich auch darauf bedacht, daß diese nicht von der persischen Seite her beobachtet werden konnte, noch wußte ich nicht, wo sich die dortigen Grenzposten befanden. Und wenn ich drüben ankam, war sicher dieselbe Vorsicht am Platz wie diesseits, ich kannte nicht das Auslieferungsabkommen zwischen den beiden Staaten.

Als es fast finster geworden war, zog ich das schwere Floß zum Uferwasser, der Stapellauf konnte beginnen. Vorher befestigte ich noch den Rucksack an der Vorderseite. Inzwischen war der Mond aufgegangen und stand schräg über den Bäumen des anderen Ufers. Zeitweise wurde sein Licht durch vorüberziehende Wolken verdeckt, für mein Vorhaben schienen die Verhältnisse günstig zu sein. Dann stieß ich vom Ufer ab, ein langer Ast mit Zweigen an seinem Ende diente mir als Ruder. Sogleich wurde mein Gefährt von der Strömung erfaßt. Um einen besseren Halt zu haben, kniete ich tief gebückt auf dem Floß. Zeitweise verlor ich die Kontrolle über mein Wasserfahrzeug, es drehte sich mehrmals um seine Achse, und ich wurde beim Kampf gegen die Elemente ziemlich naß, das Wasser war kalt. Nach einiger Mühe wurde ich wieder Herr der Lage, und nachdem ich mich mit Hilfe des Mondes orientiert hatte, ruderte ich zum südlichen Ufer des Atrek. Beide Seiten des Flusses waren in Dunkel gehüllt, man konnte mich samt meiner Barke wohl kaum sehen, ich selbst sah allerdings auch noch nichts, nur nach oben zum Himmel schauend konnte ich mich einigermaßen zurechtfinden. Aber so war es ja geplant, ich wollte keine Zielscheibe sein. Es kam mir schon recht lange vor, als ich endlich die Konturen der Bäume auf der persischen Seite im schwachen Mondlicht ausmachen konnte. Jetzt war Vorsicht geboten, denn die Geschwindigkeit meines Gefährts war für eine glatte Landung viel zu hoch. Bald darauf vernahm ich, daß mein Rucksack vorne die Uferbüsche streifte, im selben Moment wurde das Floß herumgerissen, und jetzt stieß der Hinterteil an die Sträucher. Um nicht über Bord geschleudert zu werden, ließ ich das Ruder aus und klammerte mich an die Stämme der Barke. Allmählich wurde das Tempo aber durch die Äste, die in den Fluß ragten, gebremst, ich konnte sie zeitweise erwischen, und das wiederholte sich so lange, bis ich nach vieler Mühe endlich landen konnte. Jetzt nahm ich Abschied vom russischen Gebiet und setzte meinen Fuß auf iranisches.

Zunächst brachte ich mein Gepäck in Sicherheit, dann stieß ich das Floß wieder zurück in den reißenden Fluß, es wäre nicht ratsam gewesen, eine derart verräterische Spur hier zu hinterlassen. Langsam, jedes Geräusch vermeidend, strebte ich über die Böschung dem schützenden Wald zu, weit kam ich in der Finsternis aber nicht mehr, außerdem war ich durchnäßt und fror. Ich errichtete ein provisorisches Biwak, so gut es ging. Die Kleider mußte ich ausziehen, dann spannte ich meine Wäscheschnur vom Baum zu Baum, wobei ich auf den Tastsinn angewiesen war und hängte die feuchten Klamotten auf. Dann schlüpfte ich in meinen Overall, setzte die Wollmütze auf und rollte mich in die Zeltplane ein, diese Sachen waren im Schutze des Rucksacks trocken geblieben. Eine Zeitlang war mir noch kalt, aber dann konnte ich doch einschlafen, die Anstrengungen des letzten Tages waren hart gewesen. Es war noch dunkel im Wald, als ich munter wurde. Hatte mir vor kurzer Zeit noch die Hitze der Steppe zu schaffen gemacht, so war es jetzt die Kälte der feuchten Au, die mir zusetzte. Die Nächte waren in dieser Jahreszeit merklich länger, es dauerte noch zwei Stunden, bis endlich die Morgendämmerung kam. Ich sammelte die aufgehängten Kleider ein, die noch nicht ganz trocken waren und vergaß auch nicht auf die Schnur. Dann wanderte ich langsam in das Landesinnere weiter, die Temperaturen waren bei Tage angenehmer. Jetzt war die Frage zu klären, wo die iranischen Grenzwachen waren. Nach einigen hundert Metern spielte sich dann fast dasselbe ab, wie zwei Tage zuvor. Der Auwald war zu Ende, und ich bestieg wieder einen der äußeren Bäume, um das freie Gelände vor mir mit dem Feldstecher zu erkunden. Im Süden erstreckte sich eine Berg- und Hügelkette. Etwa einen Kilometer vor meinem Standort fiel diese sanft ins Tal herab. Zwischen vielen Sträuchern und einigen Bäumen konnte ich einen Karrenweg entdecken, und ihn behielt ich im Auge. Diesmal dauerte es länger, aber sie kamen tatsächlich. Zwei Gestalten mit Gewehren tauchten auf, halb verdeckt von den Büschen. Wie ihre russischen Kollegen, hatten es die persischen Soldaten auch nicht eilig. An dieser Grenze gab es vermutlich keine Probleme. Für Schmuggler war es hier zu riskant, falls es überhaupt etwas zu schmuggeln gab. Nachdem die iranische Patrouille außer Sicht war, stieg ich vom Baum herunter, passierte eiligst den Karrenweg und nahm Kurs auf ein Waldstück, welches in Richtung der Berge zu sehen war. Unterwegs ging ich gebückt durch das Buschland, nach wie vor war ich ein

Landstreicher ohne Papiere, der zur „lichtscheuen Klasse" gehörte. Nach menschlichem Ermessen hatte ich jetzt das Ärgste hinter mir, aber die Odyssee war noch lange nicht zu Ende, es sollten noch viele Abenteuer auf mich warten.

Meine größte Sorge war vorerst die Verpflegung, außer Gras hatte die Natur hier nichts zu bieten, zwar hingen diverse Beeren an den Sträuchern, aber sie waren mir unbekannt und konnten giftig sein, nur Hagebutten waren die Ausnahme. Meine Vorräte waren bis auf die eiserne Ration erschöpft, Wasser hatte ich einstweilen genug vom Grenzfluß, im Wald wollte ich es dann abkochen. Nach wie vor war ich bestrebt, hier in Grenznähe möglichst niemandem zu begegnen. Wenn ich den Bewohnern verdächtig erschien, könnten sie die Landpolizei alarmieren, dann war alles aus, womöglich würde ich zurück über die Grenze gebracht. Weiter im Landesinnern konnte ich glaubhaft machen, daß ich von Afghanistan oder aus Indien käme.

Die folgenden Tage waren die härtesten seit der Abfahrt vom sibirischen Lager, abgesehen davon, daß ich zunächst keine Dörfer oder Siedlungen antraf, wollte ich solche auch garnicht aufsuchen, aber der Hunger war stärker. Der Winter hatte mich bis jetzt nicht eingeholt, immerhin befand ich mich schon weit im Süden, etwa am 37. Breitengrad, was der Lage von Tunis entspricht. Noch aber war ich am Nordrand eines großen Gebirges, auf der Südseite wäre es über den Winter sicher angenehmer gewesen. In weiterer Folge nahm ich Kurs auf die östlichen Ausläufer des Elbursgebirges, aber bald war ich „mit meinem Latein" am Ende, mein Magen forderte sein Recht. Bei dem ersten Dorf, welches auf meinem Weg lag, hatte ich noch die Kraft aufgebracht, über das Waldgebiet auszuweichen, nun stand ich wieder vor einer kleinen Siedlung, der Hunger zwang mich, das erste Haus aufzusuchen. Wie würden die Leute nun reagieren? Es war mir recht, daß ich zunächst nur zwei ältere Leute antraf, ich war mir dessen bewußt, daß ich nicht sehr vertrauensvoll aussah. Ich verbeugte mich und deutete einen Gruß an, aber ich brauchte nicht zu erklären, daß ich Hunger hätte, man sah es mir an. Die Frau brachte Brot und Schafkäse, in kurzer Zeit hatte ich beides vertilgt. Nach einer Weile bekam ich noch eine Gemüsesuppe. Gesprochen wurde kein Wort, anscheinend versuchte man dies gar nicht, ich zog daraus den Schluß, daß ich nicht für einen Einheimischen gehalten wurde, trotz des orientalischen Bartes. Bis jetzt hatte ich mich der Illusion hingegeben, wenigstens einigermaßen einem Moslembruder ähnlich zu sein. Dann aber wurde mir bewußt, daß meine Kleidung mich sofort als Fremden auswies. Meine satte Zufriedenheit erhielt bald einen Dämpfer. Die Kinder im kleinen Dorf hatten schnell bemerkt, daß da jemand aus dem Wald gekommen war. Schon kamen die ersten Neugierigen. Man starrte mich an; wer ist denn der, von wo kommt er, ist das ein Landstreicher oder ein Vagabund? Diese Fragen konnte ich den Mienen der Leute entnehmen. Ich wurde nervös, das war genau die Situation, die ich bis jetzt erfolgreich vermeiden konnte und ständig befürchtet hatte. Es deutete aber nichts darauf hin, daß man mir feindlich gesinnt wäre, und eine Landpolizei würde es in diesem entlegenen Nest bestimmt nicht geben, im ganzen hatte das Dorf ein Dutzend Häuser. Da ich mich aber doch nicht ganz sicher fühlte, wollte ich weiterziehen. In Anbetracht des hereinbrechenden Abends, der Hausherr deutete auf die untergehende Sonne, wurde ich eingeladen, im Haus zu übernachten. Nach einigem Zögern willigte ich ein, umsomehr, als ein Regen zu erwarten war, der Himmel hatte sich inzwischen verfinstert, von den Bergen zogen dunkle Wolken auf. Jedenfalls freute ich mich schon jetzt auf ein Frühstück, und vielleicht gab es auch eine Wegzehrung.

Meine Hoffnungen wurden anderntags tatsächlich erfüllt, zum Dank schenkte ich den Leuten meine Handsäge, das erweckte große Freude, und ich erhielt noch eine Ergänzung zur Marschverpflegung. Die Säge benötigte ich nicht mehr, es bestand kein Grund mehr, ein Floß zu bauen, das eine gefährliche Abenteuer am Atrek genügte mir. Nach dem Abschied und Dank erkundigte ich mich, wo die Straße nach Teheran wäre, dies rief bei den Quartiergebern einiges Erstaunen hervor, denn immerhin sind es bis dorthin, wie ich der dritten Karte entnahm, ungefähr 600 km, für diese alten Leute eine Weltreise, für mich nur eine Etappe. Der Mann zeigte in die südliche Richtung und gab mir mit Zeichen zu verstehen, daß dort, auf der anderen Seite der Berge, eine Eisenbahn wäre, und weiter, so verstand ich, könnte mich ein Lastauto dorthin bringen. Als ich auf meine Füße zeigte, schüttelte man den Kopf, das wäre zu weit, sagten die Miene und Gesten des Mannes, er konnte nicht wissen, daß ich schon eine weit größere Strecke marschierend zurückgelegt hatte.

Frisch gestärkt wanderte ich an diesem Tag unbehelligt weiter in Richtung der Straße, die man mir beschrieben hatte. Diese führte zum Gebirgspaß, so nahm ich an. Meine Scheu legte ich nun etwas ab, ein einsamer Wanderer war hierzulande nichts Außergewöhnliches, man wurde deshalb nicht gleich als Spion eingestuft, jedenfalls erhoffte ich das. Inzwischen gelangte ich zur Überzeugung, daß ich auf eigene Faust nicht weit kommen würde, ich mußte mich von Dorf zu Dorf durchbetteln, war nur die Frage, ob es auf meinem Weg so viele gab, als ich brauchte. Von den Bewohnern des Landes hatte ich bis jetzt den Eindruck, daß sie freundlich waren. Aber was wußte ich schon vom Land der Perser? Aus der jüngeren Zeit nur, daß es ein Königreich war, daß große Teile des Landes unfruchtbare Steinwüsten waren und daß am Persischen Golf Erdöl gefördert wurde. Der ertragreichste Landstrich befand sich nördlich des Elbursgebirges am Kaspischen Meer, in diesem Küstengebiet gediehen Reis, Weizen, Mais und auch Südfrüchte. Aus dem Geschichtsunterricht wußte ich, daß Persien, etwa 500 Jahre vor Christus ein riesiges Reich war, welches von Ägypten bis Indien reichte. Damals regierte König Darius, sein Nachfolger Xerxes drang zwar bis Athen vor, verlor dann aber die Landschlacht bei Marathon und die Seeschlacht bei Salamis gegen die Griechen. Später eroberte Alexander der Große ganz Persien. Die alten Perser hatten sich im Laufe der Geschichte mit den Medern und später mit anderen Völkern vermischt, die Stämme im Norden nennen sich die Tadschiks, die im Süden heißen Ilyats, im äußersten Nordwesten leben die Kurden als Minderheit. Was die Religionen anbelangt, überwiegen die Schiiten. Mit solchen Gedanken beschäftigt, durchwanderte ich das traditionsreiche Land. Mit meiner Verpflegung kam ich zwei Tage aus, dann suchte ich wieder eine kleine Siedlung auf, ich war nun schon etwas mutiger geworden. Auch hier konnte ich zu essen bekommen, allerdings war es nicht mehr als eine Jause. Aber das Gebiet war fruchtbar, und ich konnte auf den Feldern noch Rüben finden, für diesen Tag mußte es reichen. Mit dem Trinkwasser hatte ich jetzt keine Sorgen, die Gegend war von Flüssen und Bächen durchzogen, und in den Ortschaften gab es ohnedies Brunnen. Meist herrschte Schönwetter, und die Temperaturen waren tagsüber noch angenehm, ideal zum Wandern.

Nach vier Tagen erreichte ich die Hauptstraße, welche über das Gebirge auf dessen Südseite und dann weiter Richtung Hauptstadt führte. Ich wollte nun eine Stelle suchen, die für die Anhaltung eines Autos günstig erschien. Zu diesem Zweck marschierte ich weiter bis zur nächsten Ortschaft, aber an diesem Tag hatte ich kein Glück mehr, jetzt gegen Abend war hier fast kein Verkehr. Ich suchte mir ein Quartier und fand es in Form eines Heuschobers. Vorher gelang es mir noch, ein Stück Maisbrot zu erhalten. Am nächsten Vormittag lief es dann besser, nachdem ich etwa zwei Stunden gewartet hatte, wurde ich von einem Lastwagenfahrer mitgenommen. Während dieser wenig vergnüglichen Fahrt über die holprige und staubige Straße saß ich hinten am Plateau und hatte das Gefühl, daß dieser uralte Karren auseinanderfallen könnte. Ich konnte mich nicht genug wundern, daß dieses Vehikel imstande war, die Paßhöhe zu bewältigen. Nach ungefähr 70 km hielt der Fahrer an und gab zu verstehen, daß ich absteigen müsse, er fahre seitlich weiter. Ich war dankbar und freute mich über diesen ,,Fortschritt'', die Freude wurde aber sogleich getrübt. Ich stand da und sah mich um, der Eindruck war wenig ermutigend, man erblickte nur Felsen, Steine und eine Geröllhalde, ein paar dürre Sträucher ergänzten dieses trostlose Bild. Ich setzte mich auf einen größeren Stein und wartete auf ein anderes Fahrzeug, aber hier hielt keiner an, um einen müden Tramper mitzunehmen. Der Hunger plagte mich, es war Mittag, aber da gab es nicht einmal Baumrinde, an der man nagen hätte können, ich mußte mich mit etwas Wasser begnügen. Der Nachmittag ging vorüber, und die Sonne senkte sich dem Horizont zu, ich mußte darauf gefaßt sein, in dieser Steinwüste übernachten zu müssen, was dann auch geschah. Als dann über dem Gebirge finstere Wolken aufzogen, beeilte ich mich, das Zelt aufzustellen, aber der Boden ließ dies nicht zu. In einer Felsnische fand ich Zuflucht. Während ich den Overall anzog, fielen die ersten Tropfen herunter, ich rollte mich in die Zeltplane ein und drückte mich an den Felsen. Es war wieder einmal eine ungemütliche Nacht, nur frieren mußte ich nicht, der Boden und das Gestein waren relativ warm, von der Tagessonne aufgeheizt. Das Regenwasser störte mich nicht, es versickerte rasch im porösen Boden.

Am nächsten Morgen war ich unschlüssig, ob ich weiterwandern oder zurückgehen sollte, hier konnte ich nicht existieren. Unterwegs hatte ich bemerkt, daß das Gebiet immer öder wurde, je näher ich zur Paßhöhe kam. Vorher, auf der Nordseite, hatte es wesentlich freundlicher ausgesehen. So entschloß ich mich schließlich, ein Stück zurückzugehen, es war mir klar geworden, daß ich die Eisenbahnlinie ohne Wasser und Proviant nicht erreichen konnte, weit und breit befand sich in dieser Bergregion keine Ortschaft, was ja auch verständlich erschien. Während ich zurückwanderte, überdachte ich meine Lage. Es war wirklich paradox, ich hatte nach vielen Monaten der Entbehrungen und Strapazen das erste ersehnte Ziel erreicht, und hier in Persien fühlte ich mich vor Verfolgern sicher, aber während meiner ganzen bisherigen Flucht war es mir nicht so schlecht ergangen wie jetzt. Keine Unterkunft, keine Verpflegung und bald auch kein Wasser. Dabei stand der Winter vor der Tür. Ich sah auch kein Ziel vor mir, das ich ansteuern könnte. Nach etwa zwei Stunden setzte ich mich resigniert, müde und hungrig auf einen flachen Felsbrocken. Jetzt verzehrte ich den letzten Rest meiner „eisernen Ration", nur ein paar Stück Zucker blieben übrig. Ich befand mich am tiefsten Punkt meiner Odyssee, die Situation war trostlos, und zum ersten Mal fühlte ich mich von Gott und der Welt verlassen, wie sollte ich hier weiterleben können, wo nicht einmal Disteln wuchsen.

6. Kapitel
GAST AM BERGBAUERNHOF
Variante 1

Ich weiß nicht, wie lange ich da gesessen war, zwischen Steinen und Felsen, neben einem Steig. Ich döste vor mich hin, war deprimiert und unfähig, etwas zu unternehmen. Plötzlich hörte ich ein klapperndes, näherkommendes Geräusch. Ich blickte auf und sah zu meinem Erstaunen einen beladenen Esel dahertraben. Wie kam denn der in diese verlassene Gegend, fragte ich mich, aber dann bemerkte ich hinter dem Tier eine Frauengestalt und gleich danach folgte ein Mädchen. Das war ein unerwarteter Lichtblick. Schnell war ich wieder auf den Beinen und folgte in einem Respektabstand der Gruppe. Das Mädchen hatte bald bemerkt, daß ich ihnen nachkam und verständigte die Frau, vermutlich ihre Mutter, aber sie gingen ruhig weiter. Nach ungefähr zwei Stunden kamen wir zu einem Seitental und anschließend zu einem Bächlein. Ich war verblüfft, fast ohne Übergang befanden wir uns jetzt in einer lieblichen Gegend mit grüner Flora: Bäumen, Büschen und Gras. Am Bach angelangt wurde von Mensch und Tier das saubere Wasser getrunken. Nun trat ich näher an die Frau heran, mir wohl bewußt, daß sie meine einzige Chance war. Mit einer Verbeugung grüßte ich und versuchte verständlich zu machen, daß ich mit ihnen gehen wolle und großen Hunger habe. Nun hatte man gemerkt, daß ich kein Einheimischer war. Das Fräulein kramte in seiner Tasche und reichte mir ein Stück Maisbrot, ich warf ihr einen dankbaren Blick zu. Währenddessen musterte man meine, nicht gerade imposante Erscheinung, aber dann wurde ich mit einer Geste eingeladen mitzugehen, was ich mir nicht zweimal sagen ließ. Die Gruppe mit dem Esel ging voran, wohlgefällig betrachtete ich trotz meiner Verfassung den wiegenden Gang des Mädchens, welches etwa 16 Jahre alt sein mochte, während ich die vermeintliche Mutter über vierzig schätzte. Ich war müde und ausgehungert. Wir wanderten bachaufwärts zu einem malerisch gelegenen Hochtal, vorbei an einem Gehöft, und nach einer Weile an einem zweiten. Beim dritten und letzten Bergbauernhaus, welches schon am Ende des Tales lag, waren wir endlich am Ziel, und ich fast am Ende meiner Kräfte. Aber ich war zu sehr Mann, um mir vor den beiden Damen etwas anmerken zu lassen. Ich beeilte mich, beim Abladen des Esels behilflich zu sein, und trug zwei Säcke mit Mehl in die Vorratskammer, wobei mir die Knie weich wurden. Dann versorgte das Fräulein das Tragtier, und die Mutter machte sich in der Küche zu schaffen. Ich durfte inzwischen in der Stube auf einer Bank Platz nehmen. Mein Magen knurrte, aber diesem Zustand wurde bald ein Ende bereitet. Ich sah mich um, im Prinzip sah es hier auch nicht anders aus, als bei den alpenländischen Bergbauern zu Hause, nur die Kühe und Schweine fehlten, wie ich später feststellen konnte. Die Suppe wurde bald fertig, samt einem Stück Brot hatte ich sie schnell verspeist, ich bekam noch eine zweite Portion und war satt, mein Magen mußte sich ohnehin erst an ein regelmäßiges Essen gewöhnen.

Dann erscholl von draußen Hundegebell, diesesmal standen mir aber nicht die Haare zu Berge, wie vor dem Grenzübergang am Atrek, es war der Hirtenhund, er beschnupperte mich und war schnell beruhigt, ließ sich sogar streicheln. Nachdem der Hirtenknabe die Schafe in den Stall geführt hatte, trat er in das Zimmer und bestaunte den Fremden, auch er bekam jetzt seine Suppe. Nun setzte sich die Frau des Hauses zu mir, und ich entnahm ihrer Miene, daß sie Näheres von mir wissen wollte. Daß ich kein Perser war, hatte sie längst gemerkt. Ich versuchte nicht, meine ganze Fluchtgeschichte per Zeichensprache zu erzählen, ich gab zu verstehen, daß ich auf der Heimreise nach Europa sei, dieses Wort wurde verstanden. Weiter deutete ich an, nach Teheran zu wollen, aber ohne Proviant könne ich nicht mehr weiter. Ich machte mich erbötig, hier einige Zeit zu arbeiten, ich machte die Bewegungen von Holz schneiden und hacken, daraufhin erhellte sich die Miene der Frau, das imponierte ihr offensichtlich. Die Frage, die sozusagen im Raume stand, hieß: Wo ist denn der Bauer? Die Hausfrau mußte meine Gedanken erraten haben, denn sie gab mir zu verstehen, daß sie Witwe sei; na..., dachte ich mir, da hast du es ja gut getroffen! Wahrlich, eine Ironie des Schicksals, in Sibirien war ich kein Holzfäller, aber hier sollte ich es werden. Inzwischen hatte sich der junge Hirte verabschiedet, er gehörte zum Nachbarhof. Später erfuhr ich, daß alle hier im Tal Verwandte waren, also eine Sippe. Dann ging man mit mir zu den Wirtschaftsräumen, zeigte mir die Tiere samt Stall und Schuppen. Dann gab es noch einen Erdkeller mit Kartoffeln und allerlei Gemüse, und hinter dem Anwesen waren ein Garten und etliche Felder. Im Hof lagerte eine Menge Holz, aber zum größten Teil noch ungeschnitten: Da hast du einen Appetit anregenden Job, sagte ich spaßhalber zu mir! Das Wohnhaus hatte eine „gute Stube", eine Küche und ein Schlafgemach, sowie Waschküche und Vorratskammer. Alles war sauber, es herrschte Ordnung, das sah man auf einen Blick, und dies galt auch für die Bekleidung der Insassen. Angesichts dieser Sachlage genierte ich mich mit meinem ungepflegten Vollbart, den viel zu langen Haaren und den verschmutzten Klamotten. Vom einstigen Gentleman war zu diesem Zeitpunkt nicht die leiseste Spur zu entdecken, aber bald sollte sich dies ändern. Inzwischen war es draußen dunkel geworden, die Petroleumlampe wurde angezündet. Es gab noch einen Imbiß mit Tee und etwas Zucker darin, dann wurde für mich ein Nachtlager in der Stube hergerichtet, ich war müde und schlief bald mit dem Gefühl der Geborgenheit ein.

Am nächsten Morgen wollte ich mich gleich nützlich machen und sah mich im Hof nach Arbeit um. Nach dem kräftigen Frühstück mit zwei Eiern waren meine Lebensgeister bald wieder erwacht. Aber die Frau des Hauses hatte vorerst anderes mit mir vor, sie nahm ein Rasiermesser und Seife zur Hand; mit viel Geschick entfernte sie meinen struppigen Bart bis auf einen kleinen Rest ober den Lippen, womit sie meinem Wunsch nachkam. Wahrscheinlich hatte die Frau früher ihren Mann rasiert, sie verstand sich darauf. Dann kamen meine langen Haare dran, auch hierbei war sie sehr geschickt. Aber das war erst der Anfang, nun kam ich in das Bad, besser gesagt in die Waschküche, dort war schon der Kessel angeheizt, und ein großer Bottich stand bereit, es war angenehm warm im Raum. Ich mußte mich in Anwesenheit der Hausfrau ausziehen, sie nahm meine Kleider in Empfang und legte sie in einen Waschtrog. Dann begann das Baden, wobei man mir assistierte, zumindest was den Rücken betraf. Nachdem ich meine anfängliche Scheu abgelegt hatte, empfand ich diese Behandlung sehr angenehm, Gefühle, die ich schon lange entbehrt hatte, mußte ich schnell wieder unterdrücken. Man konnte auch nicht wissen, ob derartige Aktivitäten bei meiner Assistentin angebracht waren. Jedenfalls schien sie an solche Tätigkeiten gewöhnt zu sein, sie schrubbte meinen Buckel, daß es eine Freude war und benahm sich völlig unbefangen. Ich fühlte mich wie neugeboren und bedankte mich für dieses Service. Dann wurde ich mit frischer Wäsche und Kleidern versorgt, alles vom Bauern, wie anzunehmen war. Schließlich erhielt ich noch einen Turban, ganz original, zum Unterschied von meinem schäbigen. Im übrigen dürfte ich, was die Frau des Hauses betraf, von einer falschen Voraussetzung ausgegangen sein, wie ich in der nächsten Zeit merkte. Sie war weniger an meiner Männlichkeit interessiert, als vielmehr an der Reinlichkeit und Gesundheit meines Körpers, und sie hatte sich eben gleich am Anfang davon überzeugen wollen. Das war sicher sehr klug, denn hier gab es weit und breit keinen Arzt und die Möglichkeit, daß so ein Wanderbursche Krankheiten einschleppte, war durchaus gegeben. Was meine Gefühle betraf, schaltete ich wieder ab, und ich begann jetzt nützliche Aktivitäten zu entwickeln. Bald hatte ich mich eingelebt, meine Hauptbeschäftigung war die Beschaffung und Zerkleinerung von Brennholz, im nahen Wald fällte ich dürre Bäume, und beim Transport zum Haus mit einem größeren Handkarren half mir das Mädchen Sheila. Sie war 17 Jahre jung, voll entwickelt, und wenn sie mich mit ihren wunderschönen Augen anblickte, was jetzt öfter geschah, löste das bei mir einen erhöhten Pulsschlag aus. Auch die anderen weiblichen Attribute konnten von einem Mann meines Schlages keinesfalls übersehen werden.

Meistens kümmerte sich Sheila um die Schafe, die bei den noch milden Temperaturen auf die Weide kamen, der Hund spielte den Bewacher dabei. Im Laufe der nächsten Zeit konnte ich feststellen, daß es in diesen Regionen und Breiten keine strengen Winter gab, nur ab und zu verirrten sich vom nahen

Gebirge einige Schneewolken, hier war ja die Wetterscheide zwischen dem kalten Norden und dem warmen Süden. Der lange Arm des russischen Winters hatte mich also doch nicht mehr erreicht. Öfter kamen milde Strömungen aus dem Landesinneren Persiens, und dann herrschte Tauwetter. Nach etwa 20 Tagen auf dem Berghof dachte ich, genug getan zu haben, um einen ausreichenden Reiseproviant verdient zu haben. In der Zwischenzeit hatte ich auch Reparaturen am Haus und am Dach vorgenommen, den Frauen imponierte dies und ich wurde, den Verhältnissen entsprechend, verwöhnt. Es war klar, hier fehlte ein Mann, der möglichst alles konnte. Aber zunächst war ich von dem Gedanken, daß ich dieser Mann sein sollte, weit entfernt. Vielmehr trug ich mich mit dem Plan, weiterzureisen bzw. zu marschieren; wie ich aber bald merkte, hatte man hier anderes mit mir vor.

Zunächst konnte ich bei bestem Willen nicht unterscheiden, ob die Mutter oder die Tochter sich mehr um mein Wohl kümmerten, am Anfang war es noch die Mutter, aber nun wurden allmählich diese Rollen vertauscht. Ich war jetzt die dritte Woche hier, und eines Tages gab ich den beiden Hausleuten zu verstehen, daß ich ihre Gastfreundschaft zur Genüge in Anspruch genommen hätte und weiterreisen wolle. Aber da hatte ich die Rechnung ohne die Wirtin und ihre Tochter gemacht, es gab heftigen Protest. Ich müßte bis zum Frühjahr hierbleiben, es werde bald kälter werden, ich würde unterwegs frieren und hungern, und heftig gestikulierend bewegten mich die zwei Damen, noch zu bleiben, wobei ich mir eingestand, daß ich mich sehr geschmeichelt fühlte, unwillkürlich dachte ich an den Begriff „Pascha". Und drei Tage später, wie zur Bestätigung der Ankündigung, begann es stärker zu schneien, Mutter und Tochter triumphierten, sie freuten sich und lachten. Um die Hochstimmung, die jetzt im Hause herrschte, zu unterstreichen, holte die Frau eine Art von Mandoline hervor, spielte und sang dazu. Was aber die „Alte" und die „Junge" betraf, war ich eine kurze Zeit im Dilemma, ihre Versuche, mich zum Bleiben zu bewegen, erweckten automatisch meine männlichen Instinkte.

Um besser in Kontakt zu kommen, veranlaßte ich das Unschuldslamm Sheila, mir ein wenig persisch beizubringen. Sie tat dies gerne, und so ergab es sich, daß wir öfter die Köpfe zusammensteckten, vorerst einmal. Jetzt zeigte sich, daß auch Bücher vorhanden waren, die arabische Schrift war allerdings für mich ein spanisches Dorf, interessiert sah ich zu, wie Sheila von rechts nach links las. Ich machte mir Notizen über etliche der wichtigsten Wörter in Lateinschrift und nun zeigte sich, daß Mutter und Tochter mein Alphabet beherrschten, was mich sehr wunderte. Auf meinen fragenden Blick hin, erklärte man mir, so gut es mit Zeichen und Gebärden möglich war, daß die Mutter in der Provinzhauptstadt als Lehrerin tätig gewesen war und die lateinische Schrift lesen konnte, ihre Kenntnisse hatte sie ihrer Tochter weitergegeben, und dies sollte sich alsbald von großem Nutzen erweisen. Weiter konnte ich erfahren, daß die Frau nach dem Tod ihres Mannes ihren Beruf aufgegeben und sich hier auf den Berghof zurückgezogen hatte, vielleicht aus Gram über den erlittenen Verlust, so genau konnte ich nicht alles verstehen, was man mir mitteilen wollte. Das kleine Anwesen hatte die Frau schon früher geerbt, möglicherweise wollte man den Hof vor dem Verfall retten. Das nötige Bargeld wurde, wie ich in der Zwischenzeit gesehen hatte, mit Heimarbeit, vor allem der Teppichweberei, verdient. Sicher besaß man auch Ersparnisse, alles in der Einrichtung deutete auf einen gewissen Wohlstand. Lebensmittel gab es reichlich, man hielt sich Ziegen und Schafe, Hasen und Hühner sowie Enten und Gänse, für die letzteren hatte man im nahen Bächlein ein Wasserbecken ausgehoben. Im Garten gab es allerlei Gemüse, und am Feld, neben Kartoffeln, auch Mais. Das Getreidemehl, Zucker, sowie anderes mußte man mit Hilfe des Esels heranbringen, und ich hatte ja gleich bei meiner Ankunft das „Vergnügen“, diese Säcke zu schleppen. Kleinere Mengen am nötigen Nachschub besorgten mitunter auch die Nachbarn.

Jetzt im Winter blieben die Schafe im Stall. Sheila nahm sich öfter ein Buch vor, half aber auch der Mutter bei der Arbeit im Haus. Am Abend saßen das Mädchen und ich beisammen und lernten voneinander, zunächst nur, was die geistigen Belange betraf, dabei legte ich meinen Arm um sie, und wir vergaßen oft auf den eigentlichen Zweck unseres Zusammenseins. Besonders ich wurde angesichts der unmittelbaren Nähe des schönen Mädchens von anderen Gedanken geplagt, ich fühlte die Wärme und die Ausstrahlung ihres Körpers. Von einem Schleier, der in diesen Landen bei Frauen üblich sein soll, hatte ich bis dato nichts bemerkt, auch von einer Strenggläubigkeit konnte kaum die Rede sein, nur einmal am Abend wurden Gebete im Schlafgemach verrichtet, wie ich zufällig einmal hören konnte. Meine anfängliche Befürchtung, daß die Mutter auf die Tochter eifersüchtig sein könnte, erwies sich in der Folge als völlig unbegründet, eher war das Gegenteil der Fall. Ich war über die Sitten und Gebräuche der Iraner nur mangelhaft informiert. Zum Beispiel, daß eine Mutter es als die höchste Zeit betrachtet, wenn ihre Tochter mit 17 Jahren „unter die Haube, bzw. Turban" kommt. In diesem entlegenen Tal gab es anscheinend keinen geeigneten Brautwerber, und ich war offenbar der erste, der sich hieher verirrt hatte. Welche Rolle man mir zugedacht hatte, darüber war ich völlig ahnungslos. Aber anderseits waren da ja die sprachlichen Hürden, vielleicht dachte sich die besorgte Mutter, Hauptsache sie lieben sich, bei dieser Tätigkeit wird ohnehin kaum etwas gesprochen. So ließ ich mir die immer mehr zutage tretenden Sympathiebeweise von Sheila nur zu gerne gefallen, ohne zu merken, daß Amor mit einem größeren Pfeil auf mich wartete.

Ende Jänner kam eine milde Luftströmung aus südlicher Richtung und zusammen mit der Sonneneinstrahlung auf unserem günstig gelegenen Hang entstand eine vorfrühlingartige Witterung. Sheila und ich machten eine kleine Bergwanderung, dazu nahm ich den Feldstecher und den Kompaß mit. Ich ließ meine Gefährtin vorausgehen, ihr Gang und ihre wohlgeformte Figur waren für mich eine Augenweide, zweifellos fühlte sie meine Blicke auf sich ruhen, denn sie drehte sich öfter um, um sich davon lächelnd zu überzeugen. Mich beseelte immer mehr der Gedanke, dieses Mädchen zur Frau zu machen, aber ich mußte mich noch beherrschen. Als wir dann auf einer Anhöhe standen, blickten wir uns die Gegend mit dem Jagdglas an, dabei stellte ich mich ganz nah hinter Sheila, um ihr das Binokel zu halten und zu bedienen. Dann mußte sie dies selber tun, ich benötigte meine Hände für wichtigere Zwecke, nämlich um ihre Hüften gefühlvoll zu umschlingen. Als ich bei dieser Tätigkeit höher kam, wurde es ihr offenbar zu kitzlig, sie drehte sich um, so daß ich loslassen mußte. Aber gleich hatte ich mein Täubchen wieder in den Armen, sie gab sich noch recht schüchtern, daher betrachtete ich es als vordringliche Aufgabe, diesen Zustand baldigst abzubauen. Meine ersten vorsichtigen Liebkosungen aber gefielen ihr jedenfalls.

Möglich, daß Allah darüber erzürnt war, daß sich da ein „ungläubiger" Europäer an eine junge Perserin heranmachen wollte, er schickte drohende, dunkle Wolken vom rauchenden Demawend herab, eiligst traten wir den Heimweg an, wobei wir uns an den Händen hielten und lachten. Das Spiel mit dem Feuer nahm seinen Lauf und fand zu Hause seine Fortsetzung. Bis zum Abendessen war noch Zeit, ich nahm meine selbst angefertigte Wanderkarte zur Hand und breitete diese auf dem Tisch aus. Die wißbegierige Sheila gesellte sich sofort zu mir und ließ sich erklären, was die Zeichnungen bedeuten sollten. Dabei konnte ich feststellen, daß das Mädchen nicht nur äußerlich attraktiv war, sie besaß auch Intelligenz in großem Maße. Ich begann: Die ganze Kartenskizze zeigt das nördliche Persien und Teile des südlichen Rußland bzw. Sibiriens. Das hier ist das Kaspische Meer, etwa so groß wie Schweden. Ob sie wisse, wo sich dieses Land befindet, fragte ich. Ja, antwortete Sheila, im nördlichen Europa. Und dann fügte sie hinzu, daß sie noch nicht lange auf dem Berghof sei, sie hatten vorher in der Kreisstadt gewohnt und dort hätte sie Schulen besucht. Damit ich ihre Erklärungen besser verstehen konnte, zeichnete sie mir auf einem Blatt Papier das Nötige auf, sie war ein kluges Kind. Dann fuhr ich fort. Hier, diese krumme Linie, die teilweise am Grenzfluß Atrek entlang führt, das ist die Grenze zwischen der Sowjetunion und dem Iran. Im Nordwesten liegt der Kaukasus mit dem Elbrus-Gipfel, rund 5600 m hoch, genannt der glänzende Berg, weil die Gipfelregion vergletschert ist. Sein Gegenstück ist der rauchende Berg, der Demawend im persischen Elburs-Gebirge, er hat etwa dieselbe Höhe wie der Elbrus und ist vulkanisch, mit heißen Quellen.

Dann zeigte ich auf Teheran und die südlich des Gebirges führende Bahnlinie und Straße, welche ich je nach Möglichkeit im Frühjahr benützen wollte. Hier erübrigten sich Fragen, weil Sheila über ihr Land ja besser Bescheid wußte als ich. Den eigenen Standort konnte ich nur ungefähr anzeigen, mittels Kompaß hatte ich die Karte lagerichtig aufgelegt. Während ich meine Instruktionen gab, rückten wir beide immer näher zusammen, unsere Körper und Wangen berührten sich, meinen Arm legte ich um Sheilas Taille; und so genoß ich zunächst auf diese Weise die Ausstrahlung dieses schönen Geschöpfes, so lange es nur ging. Zu meiner Freude und Genugtuung traf die Partnerin keinerlei Anstalten, diesen prickelnden Zustand zwischen uns zu ändern, sie war im Begriff, auf den Geschmack zu kommen. Mein Konzept in dieser Richtung war, ,,das Spiel mit dem Feuer'' so weit voranzutreiben, bis es nicht mehr gelöscht werden konnte, daher goß ich fleißig Öl in die auflodernden Flammen der Liebe. Mein Ziel war abgesteckt, allerdings war dieses ganz anderer Natur als auf der Flucht, und ich benötigte in diesem Fall auch kein Fernglas. Diese ,,finsteren Pläne'' meinerseits wurden noch dadurch gefördert, daß die Mutter die sich abzeichnenden Entwicklungen mit sichtlichem Wohlwollen zur Kenntnis nahm. In dieser Phase zeigte der Pegel meines Gefühlsbarometers eine Rekordhöhe an, und ich benahm mich jetzt so wie alle Männer, wenn sie ein bestimmtes Ziel vor Augen haben. Nach zwei Wochen leistete mir einer der Nachbarn unbewußt Schützenhilfe. In der Zwischenzeit waren nacheinander alle Bewohner der unteren Höfe samt den Kindern in unser Haus gekommen, um den Fremden in Augenschein zu nehmen. Dabei hatte ich das unbestimmte Gefühl, daß man mich gewissermaßen als Verehrer oder gar Bräutigam-Anwärter den Nachbarn vorstellte. Ich mußte mir eingestehen, daß mir diese Rolle gefiel, mit dieser schönen jungen Braut konnte ich mich überall sehen lassen, und ihre charakterlichen und geistigen Eigenschaften ließen nichts zu wünschen übrig. Was uns trennte, war die Sprache, die mußte eben gelernt werden.

Und dann kam wie gesagt ein Nachbar auf Besuch, zunächst verstand ich nicht, was da anscheinend Wichtiges besprochen wurde, aber bald gab es eine sehr angenehme Überraschung. Die Mutter wurde eingeladen, mit in die nächste Stadt zu kommen, um Besorgungen zu machen, Sheila und ich sollten uns inzwischen um den Hof und die Tiere kümmern. Was mich betraf, bedeutete dies, daß ich mich in erster Linie um die Tochter des Hauses kümmern würde, darüber gab es bei mir keinen Zweifel mehr. Ich hatte den Eindruck, daß die Mutter etwas Mühe hatte, eine gewisse Verlegenheit zu verbergen, sie konnte sich leicht ausmalen, was während ihrer Abwesenheit im Haus geschehen würde. Die Augen der ,,Braut-Anwärterin'' strahlten jedenfalls. Die Frau des Hauses würde zwei bis drei Tage ausbleiben, erklärte mir aufgeregt Sheila. Meine einzige Sorge war nur, daß wir ungestört sein sollten. Am nächsten Tag wollte die Mutter aufbrechen. Die Nacht vorher fand ich nur schwer Schlaf, zu sehr malte ich mir die Brautnacht in allen Farben aus.

Zu einer derartigen Nacht kam es vorerst aber gar nicht, die innerhalb meiner Haut bestehende Spannung ließ es gar nicht zu, so lange zu warten und so wurde eben ein ,,Brauttag'' daraus gemacht. Am Morgen, gleich nachdem die Mutter auf dem Esel fortgeritten war, nahm ich mir Sheila aufs Korn. Ihr unschuldiges Gehabe und die mich erwartungsvoll anblickenden schönen, verführerischen Augen drohten, mich um den Verstand zu bringen. Jetzt, wo es ernst wurde, zierte sie sich und reizte mich damit noch mehr. Ich machte nicht viel Federlesens mit meinem ,,Opfer'', nahm sie auf meine Arme und trug sie in das Schlafgemach, damit das Mäuschen nicht etwa noch Zweifel an meinen Absichten hatte. Während ich meine Braut behutsam auf das Bett legte und sie zärtlich liebkoste, begann ich gleichzeitig damit, alle Hüllen, die für mein Vorhaben hinderlich gewesen wären, langsam aus dem Weg zu räumen. Sheila hatte die Augen geschlossen, umsomehr verschlang ich mit meinen weit offenen ihren entblößten Körper. Noch einmal legte ich mir eine kurze Beherrschung auf, mit entsprechendem Einfühlungsvermögen und mit dem nötigen Fingerspitzengefühl machte ich mich ans Werk. Sheila war voller Hingabe, ihre nun offenen Augen waren verklärt, während sie entflort wurde. Dann erst dachte ich an mich, wobei ich bestrebt war, daß das Ziel gemeinsam erreicht werden sollte. Unsere „Premiere" konnte jedenfalls als voller Erfolg bezeichnet werden. Als Mann mit Erfahrung wußte ich aber auch, daß die Gefühlsempfindungen einer Frau anders gelagert sind als die des Mannes, daher sorgte ich noch für ein Nachspiel in Form von Küssen, welche nicht nur den Mund der Geliebten einbezogen. Die Richtigkeit meiner Behandlungsmethode fand ich bald bestätigt, denn es dauerte eine Weile, bis Puls und Atem der Geliebten wieder ihre Normalwerte erlangten. Ermattet schlief meine Partnerin in meinen Armen ein, ich wollte ihrem Beispiel folgen, aber unsere süße Ruhe wurde bald von den vernachlässigten Haustieren gestört, es wurde kundgetan, daß man Hunger hatte. Also befreite ich mich vorsichtig von meiner Braut und rappelte mich hoch, um meinen Pflichten nachzukommen. Ich fütterte die Tiere und betrachtete sinnend den Hahn, dieser war, zumindest was seine Potenz anbetraf, einsame Klasse. Insgeheim beneidete ich diesen Harembesitzer, nicht nur, weil er fünfzehn Frauen besaß, sondern auch um seine Ausdauer, den Homo sapiens ließ er jedenfalls in dieser Hinsicht weit zurück.

Nach getaner Arbeit weckte ich Sheila. Ihre Augen waren durch das Erlebnis noch reizvoller geworden. Wir gingen in die Stube und turtelten weiter, die Liebste saß auf meinem Schoß und übte sich in Zärtlichkeiten, sie war jetzt auf den Geschmack gekommen. Jedenfalls konnte ich in der Folge mit Befriedigung feststellen, daß meine Gespielin ein „Naturtalent" war. Vom Volumen der männlichen Potenz hatte sie freilich keine Ahnung und so wurde ich zu Leistungen angespornt, die ich selber kaum für möglich gehalten hätte.

So ergab es sich, daß wir beide hauptberuflich Flitterwöchner waren, nur nebenberuflich kümmerten wir uns um den Haushalt und die Tiere. Als dann die Mutter wieder von der Stadt zurückkam, mußten wir unsere Aktivitäten einbremsen. Und wieder half ich beim Abladen des Esels, wieder hatte ich, wie am ersten Tag, weiche Knie, diesmal war die Ursache anderer Natur. Als wir dann alle drei in der Stube waren, wurden wir von der Frau des Hauses gemustert, sie verzog ein wenig die Mundwinkel und schmunzelte. Sheila stellte sich „mit der

Butter am Kopf'' hinter mich, aber es war überflüssig, ein Geständnis abzulegen, in unseren Gesichtern und Mienen stand deutlich zu lesen, was wir inzwischen getrieben hatten. Mit einer symbolischen Handbewegung und zustimmendem Kopfnicken wurde unser Verhältnis von der Mutter gutgeheißen. Zu diesem Zeitpunkt hatte ich den Plan gefaßt, Sheila in meine Heimat mitzunehmen, mein Gewissen war daher unbelastet. Dann ging wieder alles seinen gewohnten Lauf im Haus, nur mit dem Unterschied, daß ich nun die Betreuung der Tiere und des Hofes übernahm, weil schon genug Holz da war. Jetzt konnten sich die Frauen, es waren zwei geworden, ihrer Winterarbeit, der Teppichknüpferei widmen.

Die Frage, die im wahrsten Sinne des Wortes im Raume stand, war die: Wann würden Sheila und ich wieder Gelegenheit finden, unserer Lieblingsbeschäftigung nachzugehen. Die Tochter des Hauses löste dieses Problem auf ihre Art. Am Abend gingen alle, wie immer, gleichzeitig schlafen, die Mutter war müde von der Wanderung. Nach etwa einer Stunde wurde ich auf sehr angenehme und zärtliche Weise geweckt. Beim fahlen Mondlicht, welches durch die Fenster fiel, konnte ich den entblößten Körper meiner Geliebten sehen. Nach kurzem ,,Vorgeplänkel'' gingen wir zur Tagesordnung, besser gesagt, zur ,,Nachtordnung'' über, dabei mußte aber darauf Bedacht genommen werden, den Geräuschpegel in Grenzen zu halten, um die Mutter nebenan nicht zu wecken. Der bei unserem Vergnügen zeitweise auftretende Mangel an Sauerstoff wirkte sich aber auf das beiderseitige Lustgefühl sehr förderlich aus. Nachdem diese Entspannungskur befriedigend abgeschlossen war, schliefen wir infolge süßer Ermattung an Ort und Stelle ein. Es war noch dunkel, als wir munter wurden und so nützten wir die Zeit auf unsere Weise. Anschließend begab sich Sheila auf leisen Sohlen in das Schlafgemach.

An diesem Morgen hatte ich einige Mühe, von meinem Ruhelager hochzukommen. Sheila servierte mir das Frühstück mit Verspätung, in ihrem Gesicht spiegelten sich die nächtlichen Aktivitäten. Bei dieser Gelegenheit sahen wir uns in die beiderseits ,,blauen'' Augen, sie zeigte auf meine, ich auf die ihren, und dann brachen wir in Gelächter aus, die Mutter hatte zugesehen und lachte mit. Vielleicht wäre der guten Frau das Lachen vergangen, wenn sie gewußt hätte, welche Pläne ich bezüglich ihrer Tochter hatte. Aber dann sagte ich mir, daß es gerade im Orient zur Selbstverständlichkeit gehört, daß die Braut oder Frau dem Manne folgt, egal wohin und wie weit.

Das Frühjahr stand vor der Tür, die beiden Frauen hatten die Zeit genützt und schöne Waren produziert. Unter anderem Teppiche von kleineren Maßen und in verschiedenen Mustern, auch solche für die Wand und Bettvorleger, diese Dinge wurden am nächsten Markt verkauft. Währenddessen hatte ich als freiwilliger Pseudolandwirt meine Beschäftigung mit der Versorgung der Tiere, und einen großen Stapel Brennholz legte ich bereits für den nächsten Winter an. Zwischendurch an den langen Abenden steckten Sheila und ich die Köpfe zusammen,aber man konnte schließlich nicht den ganzen Tag nur turteln. Es mußte gelernt werden, meine Braut sollte für ihre künftigen Aufgaben vorbereitet werden, und es erwies sich dabei von großem Vorteil, daß sie das lateinische Alphabet beherrschte. Ich begann mit etwa 30 wichtigen Hauptwörtern. Diese Worte wurden links auf einem Blatt Papier untereinander geschrieben, neben jede Vokabel schrieb Sheila die Bedeutung in ihrer Sprache, so zum Beispiel: Haus, Mutter, Nachbarn, Tiere, essen, schlafen, arbeiten. Stube, Tür, Stadt, Dorf, Straße, Wiese, u.s.w. Meine Herzallerliebste lernte auch in dieser Hinsicht zu meiner Freude staunenswert schnell, bald mußte ich die Liste erweitern und dies jede Woche. Der Mutter waren diese Ambitionen nicht entgangen, und sie ahnte sofort, was da gespielt wurde. Es wäre gar nicht mehr nötig gewesen, nähere Aufklärung zu geben, die Braut und der Bräutigam handelten bereits im stillen Einvernehmen. Schließlich, nach einer kurzen Schonzeit, hielt ich es für angebracht, eine offizielle Brautwerbung einzuleiten, an meinem Geburtstag im März sollte diese stattfinden. Inzwischen hatte mich Sheila wissen lassen, daß ihre Mutter zu den Verwandten in die Stadt zurückkehren möchte, falls ihre Tochter mir nach Europa folgen würde. Die Frau des Hauses vergoß aber angesichts dieser Sachlage keine Tränen, wie es etwa in meiner Heimat üblich wäre, da ging es jetzt um Allahs Wille, und Allah ist groß, so lautet hierzulande das Gesetz.

Am entscheidenden Tag herrschte strahlendes Frühlingswetter. Am Vormittag saß der ,,designierte'' Bräutigam auf der Wiese vor dem Haus und gab seiner Braut Unterricht in Deutsch. Diese hatte inzwischen alle aufgeschriebenen Worte gelernt und ratschte sie mit persischem Akzent herunter, unermüdlich mit großer Ausdauer, so daß es mir manchmal fast zuviel des Guten wurde. Wenn ich dann bestätigte, daß meine Schülerin nichts verwechselt hatte, machte sie einen Luftsprung und fiel mir um den Hals vor lauter Freude. Wie herrlich erschien mir jetzt das Leben und wie schön hatte meine Flucht hier den vorläufigen Höhepunkt gefunden! Wir, das Paar, hatten uns nun ganz aufeinander eingestellt und ließen uns kaum mehr aus den Augen. Nach dem Mittagessen besprach ich mich mit Sheila, die Verständigung war naturgemäß noch erschwert. Anschließend nahm ich meine Braut bei der Hand, und wir traten vor ihre Mutter, um ihr etwas mitzuteilen. Aber die Sache hatte einen Haken, der Bräutigam konnte seinen Wunsch nicht vorbringen, weil er nicht persisch sprechen konnte. Und so kam es in der Geschichte der Brautwerbung zu einem sehr außergewöhlichen Ablauf. Ich stand hinter der Braut, und diese mußte in meiner Vertretung gewissermaßen selbst um ihre Hand anhalten. Die Verlobung sollte hier ablaufen, und die Heirat müßte dann in Österreich stattfinden. Die Mutter nickte zustimmend mit dem Kopf und zeigte sich nun doch gerührt, sie erteilte uns ihren Segen und sagte zu ihrer Tochter, daß sie von ,,Austria'' schon einiges gehört habe, man kenne dieses Land in der ganzen Welt, vor allem die Musik. Sheila gelang es mit viel Geschick, mir den Sinn dieser Worte zu erklären. So waren wir nun ein offizielles Brautpaar.

Am folgenden Tag kam der Bauer vom Nachbarhof mit einem Pferd samt Pflug, um den Kartoffel- und Krautacker umzupflügen. Nachbarschaftshilfe war hier etwas Selbstverständliches, alle drei Berghöfe wurden mit der einzigen Garnitur versorgt. Die Bewohner des Tales kannten mich längst, dafür hatte schon Sheila gesorgt, und gewisse Anzeichen ließen erkennen, welche Rolle der Mann aus Europa außerdem zu spielen hatte. Die schöne junge Perserin hatte mir jedenfalls ganz schön ihre Sporen eingesetzt, und ich galoppierte wie erwünscht, als wäre ich ein Araberhengst. Die große Neuigkeit hatte sich also schon herumgesprochen, ich konnte mir denken, daß die impulsive Sheila so etwas nicht für sich behalten konnte, sie ließ mich jetzt auch wissen, daß alle Bewohner des Hochtales zur Verlobungsfeier eingeladen würden. So konnte ich mich schon vom ersten Tag an das gewöhnen, was manche Ehemänner auszeichnet, nämlich, daß sie das Reden ihren Frauen überlassen, weil diese in diesem Metier viel talentierter sind.

In Anbetracht der kommenden Ereignisse wurde die Winterarbeit zurückgestellt, die Schwiegermutter in spe war nun mit Vorbereitungen für das kommende Fest beschäftigt. Wie man mir zu verstehen gab, sollte dieses im mittleren Bauernhof stattfinden, weil man dort einen größeren Raum zur Verfügung hatte, die Leute dort gehörten zur Verwandtschaft. Also begab sich Sheilas Mutter täglich zum nächstgelegenen Haus, um den Festraum zu schmücken und um für die Speisen und Getränke zu sorgen. Die Braut hätte eigentlich mithelfen sollen, aber sie verstand es glänzend, ihre Mutter einzusetzen und sich selbst von der Arbeit zu drücken. Ihre Interessen lagen auf ganz anderen Gebieten, wie ich allerdings am eigenen Leib in angenehmster Art verspüren konnte. Sheila schien jedenfalls sehr realistisch eingestellt zu sein, sie ließ sich die Chance, die vorehelichen nächtlichen Übungen auch bei Tage fortzusetzen, nicht entgehen. Das hatte aber zur Folge, daß mich die Ahnungslose bis hart an die Grenzen meiner Leistungsfähigkeit brachte. Im Hinblick auf die zukünftige berufliche Tätigkeit in meiner Heimat stand ohne Zweifel fest, daß Sheila ganz hervorragende, „unternehmerische Fähigkeiten" besaß, sie hatte in kürzester Zeit herausgefunden, wie man aus einem Mann, oder soll man sagen „Leibeigenen", das Letzte herausholt.

Als dann die geplagte Mutter zurückkam, spielten wir wieder die braven Kinder. Da mich aber doch manchmal das Gewissen ein wenig drückte, hatte ich das Bedürfnis, meiner künftigen Schwiegermama einige Gesten des Trostes zu erweisen. Mit Hilfe der Braut machte ich verständlich, daß ich dieselbe immer gut behandeln und beschützen wolle, dabei hielt ich die Liebebedürftige im Arm, streichelte und küßte sie. Man sagt zwar leichtfertig: ,,Der Weg zur Hölle ist mit guten Vorsätzen gepflastert'', aber mir war es eine Herzensangelegenheit, ich übernahm ja eine Verantwortung, wenn ich dieses Mädchen tausende Kilometer weit von ihrer Heimat wegbrachte, es war mein ernster Vorsatz, Sheila niemals im Stich zu lassen. Der Miene der Mutter konnte ich entnehmen, daß sie an meinen guten Vorsätzen nicht zweifelte, sie war nun, ebenso wie ihre Tochter, den Tränen nahe, alle drei lagen wir uns in den Armen, bis wir uns beruhigt hatten.

Plötzlich aber griff sich die Mutter an den Kopf, sie sagte etwas aufgeregt zu Sheila, von dieser erfuhr ich dann, worum es ging, und es war sehr wichtig: Die Braut benötigte einen Paß. Im Trubel der vorverlegten Flitterwochen hatten wir darauf vergessen. Dann wurde beratschlagt und beschlossen, daß die Mutter einen Brief an die zuständige Behörde absenden sollte und zwar gleich per Boten von den anderen Höfen. Die nötigen Unterlagen würde man mitsenden, man sei ohnehin in der Bezirksstadt gut bekannt, weil die Familie von dort stammte und auch mit dem Präfekten befreundet war. Mit dem umfangreichen Kuvert ging die Mutter zu einem der Nachbarn, der Zeitpunkt war günstig, dort hatte man die Absicht, in den nächsten Tagen in die Stadt zu reisen, zu Fuß versteht sich. Zufrieden mit ihrer Mission kehrte die gute Mutter wieder zurück, in etwa zwei Wochen werde der Paß abgeholt werden. Damit war eine Vorentscheidung gefallen, der genaue Termin unserer Abreise wurde aber noch nicht festgelegt, ich schätzte, daß es in drei Wochen soweit sein könnte, damit waren die Beteiligten einverstanden. Vorher mußte noch die Verlobungsfeier abgehalten werden, insgeheim freute ich mich auf dieses Fest nach orientalischen Gebräuchen und die Atmosphäre à la ,,Tausend und eine Nacht'', wobei die eine außer Frage stand und die anderen tausend erst einmal in Angriff genommen werden mußten. Auch die lukullischen Genüsse ließen einiges erwarten, man war auch hierzulande in dieser Hinsicht nicht zimperlich, und ich hatte während meiner Flucht ohnehin öfters empfindlich darben müssen.

Während die Braut überglücklich und voll Ausgelassenheit laufend Freudentänze aufführte, machte ich mir Gedanken über das Gelingen unserer Heimreise. Immerhin war ich zur Zeit noch ein „U-Boot" ohne Papiere. Zunächst also mußten Sheila und ich bis Teheran durchkommen, um bei meiner diplomatischen Vertretung einen provisorischen Paß zu erlangen. Solange diese Fragen noch offen waren, erschien meine Freude gedämpft.

Dann war es soweit, die Braut war der glanzvolle Mittelpunkt einer aus zwanzig Personen bestehenden Gesellschaft. Sie trug ein buntes, schickes Kleid, welches ich das erstemal zu Gesicht bekam, möglicherweise hatte es schon ihre Mutter getragen. Mit dem Kopfschmuck erinnerte mich das Aussehen von Sheila an die Csárdás-Fürstin, nur der Rock war länger. Die Brautmutter hatte alles vorbildlich organisiert und auch finanziert, das ganze Treiben hatte eher den Charakter einer Hochzeit. Ich, der ebenfalls neu eingekleidete Bräutigam, war bemüht, mich würdevoll zu geben, wie es dem künftigen Herrn und Gebieter von Allahs Gnaden vorgeschrieben war. Aber es zeigt sich in der Praxis, daß so manche Frauen später ihrem Gatten diese Rolle systematisch und mit Ausdauer abmontiert haben. Für diese Arbeit benützen unsere Amazonen das Mundwerkzeug, ganz böse Zungen sprechen in solchen Fällen von „Keppelzähnen", oder von Haaren, die sich daselbst befinden sollen. Aber wenn ich meine strahlende Perserin ansah, konnte ich solche Bedenken, zumindest vorerst, zerstreuen. Für die Leute hier im Tal war dieses kleine Fest eine willkommene Abwechslung, man feiert auch in Persien die Feste, wie sie fallen. Es gab Geflügel- und Lammbraten und Getränke, die mir unbekannt aber schmackhaft waren, Alkohol war im Islam verboten. Die Gäste hatten großen Appetit, tranken, schmatzten, lachten und unterhielten sich angeregt, die Männer etwas zurückhaltend, während die Frauen mit den Gänsen am Hof um die Wette schnatterten. Dann erhob sich einer der Männer, vermutlich der Clan-Älteste, und hielt eine kurze Ansprache, wobei er sich öfter an das Brautpaar wandte, ich verstand nur immer so was Ähnliches wie: abara, kadabara, aber ich konnte mir denken, was er sagte. Gegen Mitternacht wurde bei Mondschein der Heimweg angetreten, die Frauen hatten warme Umhänge, ich aber fror ein wenig, allerdings nur bis zum Bett der Braut, dort wurde mir schnell wieder warm, man fand es nun für selbstverständlich, daß das Paar zusammen schlief.

Anfang April wurde es dann ernst mit den Reisevorbereitungen. Ich holte meinen Rucksack hervor. Die meisten Gegenstände meiner Fluchtausrüstung, vor allem den Wasserbehälter, das Eßgeschirr und den Feldstecher samt Kompaß, wollte ich auch weiterhin mitnehmen. Nur das Werkzeug und das kleine Zelt schenkte ich dem Hirtenbuben. Es bestand für mich kein Zweifel, daß uns die gute Mutter auch Reisegeld mitgeben würde, und sie hatte uns auch den Weg zum nächstgelegenen Bahnhof beschrieben. Die Reiseroute war schon festgelegt, über die Hauptstadt Theheran sollte es, ebenfalls per Bahn, weitergehen zum Ölhafen Abadan am Persischen Golf und von dort auf einem Frachtschiff oder Tanker nach Europa. Auf dem Schiff müßten wir uns als Arbeitskräfte anheuern lassen. Der Landweg über die Türkei und den Balkan wäre zwar viel kürzer gewesen, kam aber aus Kostengründen nicht in Frage, außerdem wären wir in Gebiete gekommen, die von den Sowjets kontrolliert wurden. Sheila war beeindruckt von meiner vorsorglichen und überlegten Reiseplanung, in dieser Hinsicht besaß ich gewiß schon einige Erfahrung. Aber wer kann in die Zukunft sehen? Bis dato gab es nur einen Nostradamus auf dieser Welt, da war man eben auf seinen Hausverstand angewiesen. Meine größte Sorge war Sheila, würde man eine Frau auf einem Schiff mitnehmen, noch dazu eine vom Format meiner Braut, die Kapitäne taten dies nicht gerne, weil die Matrosen in solchen Fällen Stielaugen bekommen und auf ihre Arbeit vergessen. Ohne meine Begleiterin aber würde der ganze schöne Plan im wahrsten Sinne des Wortes ins Wasser fallen. Diesem Risiko konnte ich nicht ausweichen. Zunächst aber wollte ich mir mein Konzept nicht durch zu viele Überlegungen verderben lassen, zuerst einmal mußten wir zum großen Hafen kommen.

Nach zwei Wochen machten sich Mutter und Tochter auf den beschwerlichen Weg, um den Paß für Sheila abzuholen. Sie nahmen auch den Esel mit, welcher mit allerlei gewebten Waren beladen war, so wurde die Gelegenheit benützt, um Geld ins Haus zu bringen, die Barmitgift für die Braut war gleichzeitig das Fahrgeld. Ich blieb allein zurück und betreute den Bergbauernhof in meiner Eigenschaft als Bauer, Viehhirt, Knecht und Senn. Vorübergehend übernahm ich auch den Status einer Art von Strohwitwer. Sheila, die sich mit mir nun schon notdürftig verständigen konnte, erklärte mir, daß sie niemandem auf die Nase binden werde, wozu sie den Paß benötigte. Das sei ihre Sache, sagte sie selbstbewußt.

Inzwischen machte ich meine Arbeit als vielseitiger Berg-Landwirt. Am dritten Tag stand ich nachmittags am Abhang in der Nähe des Hauses, von dort konnte ich fast das ganze Hochtal überblicken. Mein russisches Jagdglas war aber laufend talabwärts gerichtet, sehnsüchtig wartete ich auf das Erscheinen der kleinen Karawane. Nach etwa zwei Stunden erschien der Esel mit Sack und Pack, flankiert von Mutter und Tochter. Als mich dann Sheila erblickte, schwenkte sie den Paß in der ausgestreckten Hand, wir liefen uns entgegen und lagen uns in den Armen. Glückstrahlend erklärte mir das geliebte Wesen atemlos, daß alles bestens erledigt sei, und überreichte mir das Dokument, welches ihr die Tür zu einem neuen Leben und zu einer anderen Welt öffnete. Inzwischen war auch die Mutter herangekommen, und wieder einmal mußte der Esel abgeladen werden, diesmal fiel mir diese Arbeit wesentlich leichter als früher. Die brave Frau aber hatte daran gedacht, daß ihre Tochter nach den Gesetzen des Landes noch nicht großjährig war. Sie ließ von einem Notar eine Bestätigung ausfertigen, aus der hervorging, daß sie, die Mutter, ihre Zustimmung zur Heirat ihrer Tochter mit mir, dem Österreicher, gegeben hätte. Dazwischen war ein Platz frei, wo ich nachträglich meinen Namen einfügen konnte. Dieses beglaubigte Schreiben war in englisch und persisch abgefaßt. Das war wirklich eine intelligente Schwiegermutter, ohne dieses Dokument hätten wir bei der Ausreise aus dem Iran sicher Schwierigkeiten gehabt.

Hatte ich bis jetzt nur theoretisch erwogen, die Mutter in absehbarer Zeit zu uns zu nehmen, wenn wir in meiner Heimat Fuß gefaßt haben würden, so erklärte ich jetzt spontan meine feste Absicht, diese brave Frau abzuholen, sobald die Voraussetzungen dafür vorhanden waren. Und diesmal mußte Sheila nicht erklären, was ich da vorhatte, die Frau Mama verstand mich sofort, und sie war jetzt nicht mehr in der Lage, ihre Rührung zu verbergen, schluchzend sank sie mir in die Arme und weinte wie ein Kind. Sheila erging es nicht viel besser, es dauerte eine Weile, bis sie sich wieder gefaßt hatten. Nun waren alle Bedingungen erfüllt, der Abreisetermin war fixiert, in fünf Tagen sollte es losgehen. Die Jahreszeit und die Temperaturen waren für unsere Zwecke ideal, im Sommer gab es im persischen Hochland Hitzegrade, die uns die Freude verdorben hätten. Bald aber sollte sich herausstellen, daß der Zeitpunkt unserer Reise auch aus anderer Sicht gut gewählt war, eine diesbezügliche Ahnung hatte ich schon. Die Braut hüllte sich aber noch in Schweigen, vielleicht wollte sie ein Geheimnis so lange für sich bewahren, bis wir unser Ziel erreicht hatten. Am Vortag des Abschiedes überreichte uns die Mutter das nötige Reisegeld, für ihre Verhältnisse war es sehr viel, ich versprach, den Betrag zurückzugeben, sobald ich dazu in der Lage sei, sie winkte ab, sie tat es gerne für uns, so verstand ich ihre Gesten. Dann erhielt die Tochter eine goldene Halskette mit einem Medaillon, in welchem ein kleines Bild der Mutter versteckt war. Ich bekam einen der schönsten Wandteppiche, wir bedankten uns mit Küssen, das war alles, was wir der braven Frau geben konnten. Dann schrieb ich noch meine Heimatadresse auf ein Papier, beim nächsten Gang in die Stadt sollte die Mutter für eine Übersetzung sorgen. Wir kündigten an, sofort zu schreiben, sobald wir das ferne Austria erreicht haben werden.

7. Kapitel
HEIMKEHR
Variante 1

Am nächsten Tag gestalteten wir den Abschied im stillen Einvernehmen kurz, wir wollten uns gegenseitig das Herz nicht noch schwerer machen, außerdem war Eile geboten, es lag bis zur Bahnstation eine große Strecke vor uns. Schon bei Sonnenaufgang wurde die Verpflegung verpackt, und dann wanderten wir zunächst bergauf zum Bergsattel, die Eisenbahnlinie befand sich im jenseitigen Tal, diesseits gab es nur eine Straße. Nach ungefähr 500 m sahen wir durch das Fernglas zurück zum Haus, dort stand noch immer die Mutter und winkte uns nach, erst nach über zwei Jahren sollte sie uns wiedersehen.

Abgesehen von einer kurzen Mittagsrast marschierten wir an diesem Tag durch bis zum Abend und erreichten auch die Ortschaft mit dem Bahnhof, aber der nächste Personenzug käme erst morgen Vormittag, so lautete die Auskunft. Wir übernachteten bei einem Kleinbauern, der war mit etwas Bakschisch zufrieden. Es fiel anscheinend gar nicht auf, daß ich, „der Herr und Gebieter", kein Wort sprach, vielleicht dachten sich die Quartiergeber, dieser stattliche Effendi stünde jetzt schon unter dem Pantoffel, kein Wunder bei dieser jungen schönen Frau, die er sich zugelegt hatte. Rein äußerlich war ich von einem Einheimischen kaum zu unterscheiden, ich trug landesübliche Kleidung samt Turban, höchstens mein Gesicht konnte einen fremdländischen Eindruck hinterlassen. Jedenfalls spielte ich den würdevollen Herrn und überließ in vornehmer Art alle nötigen Verhandlungen und Geschäfte meiner jungen Frau. In Wirklichkeit aber hatte ich Angst aufzufallen, wir durften, zumindest bis zur Hauptstadt, keinem Kontrollorgan in die Hände laufen. Sollte es aber der Fall sein, dann müßte ich ein Märchen auftischen, das ich mir schon zurechtgelegt hatte. Ob man mir dies abkaufen würde, war eine andere Frage, und eine Voraussetzung wäre in so einem Fall ein Dolmetsch. Ich würde also angeben, aus Afghanistan zu kommen, ich hätte zum technischen Personal einer europäischen Firma gehört, welche in Kabul industrielle Anlagen errichtet hat. Entgegen dem ursprünglichen Plan sei unser Bautrupp in den Westen des Landes nach Herat versetzt worden. Da ich aber nicht so lange in dieser unwirtlichen Gegend arbeiten wollte, hätte ich mich abgesetzt, um nach Teheran zu kommen. Unterwegs in einer Herberge wäre ich bestohlen worden, mein Paß und das Geld wären weg. Letzteres könnte ich verschmerzen, da meine Gehälter bereits in die Heimat überwiesen worden wären. Nun müßte ich zum nächsten Konsulat in Persien. Und was das russische Jagdglas und den Kompaß betreffe, hätte ich diese Sachen von einem sowjetischen Ingenieur erworben, im Tausch gegen meine wertvolle Armbanduhr, das wäre noch in Kabul gewesen. Während ich diese Überlegungen anstellte, es war noch früher Morgen, schlief Sheila noch ruhig neben mir, sie konnte es beruhigt tun, weil für sie die Welt in Ordnung war, oder mit anderen Worten, für meine Braut „war der Hase gelaufen", und das war in diesem Falle meine Person. Voller Glücksgefühl belastete sich meine Partnerin gar nicht mehr mit den Problemen, die noch auftauchen konnten. Sie sagte sich wahrscheinlich kurzerhand: „Wozu habe ich denn meinen Effendi aus Österreich? Der wird es schon richten!"

Als die Sonne aufging, traf meine einzige Haremsdame und gleichzeitig Lieblingsfrau keine Anstalten aufzustehen, sie hatte einen kleinen Muskelkater vom ungewohnten Marsch. Das hinderte sie aber nicht im leisesten, zärtlich zu werden. Da ich befürchtete, daß wir bei dieser, nicht im Reiseprogramm vorgesehenen Tätigkeit Gefahr liefen, den Zug zu versäumen, mußte sich meine Begleiterin mit einer bescheidenen Darbietung ihres Galans begnügen. Dann machten wir unsere Morgentoilette und begaben uns zum Bahnhof. Dort überlegten wir weiter, was ich bei einer etwaigen Kontrolle wegen meiner persischen Braut sagen sollte, und ich kam zu dem Entschluß, einfach die Wahrheit zu sagen, aber ohne die Flucht bis zum Berghof. Eine Exekutive oder Miliz war aber glücklicherweise nirgends zu sehen, was einerseits darauf schließen ließ, daß man es in Persien mit einem sehr friedfertigen und braven Volk zu tun hatte, andererseits war es verständlich, daß die Uniformträger mit der Hitze zur Genüge strapaziert waren und daher an Fleißaufgaben nicht interessiert sein konnten.

Nach einer Stunde kam der Zug angebraust. Sheila hatte zwei Fahrkarten bis zur Stadt Schahrud gelöst, dort mußten wir in den Schnellzug umsteigen. Unser Personenwaggon war etwa zur Hälfte besetzt, so konnten wir einen Fensterplatz belegen. Da es aber draußen außer einer kahlen Landschaft nicht viel zu sehen gab, sahen wir uns lieber in die Augen und spielten Turteltauben. Für die ungefähr 100 km bis Schahrud benötigte unsere Garnitur fast drei Stunden. Etwas abseits vom Bahnhofstrubel suchten wir uns einen versteckten Platz, nicht etwa um zärtlich zu werden, dafür hatten wir beide jetzt keine Ambitionen. Ich hielt es für angebracht, hier nicht gesehen zu werden. Sheila war inzwischen zum Kassengebäude gegangen, um die Karten für den Schnellzug nach Teheran zu besorgen. Aufgeregt kam sie bald wieder zurück, um mich abzuholen. Sie deutete auf eine abfahrbereite Zugsgarnitur in der Station, und wir liefen eiligst dorthin. Atemlos bestiegen wir unseren Train. Aber es dauerte noch zwanzig Minuten, dann nahm die Dampflokomotive die rund 400 km bis zur Hauptstadt in Angriff. Wahrscheinlich mußten die braven Eisenbahner vor der Abfahrt noch ihren ,,Türkischen'' trinken. Bis dato ging es jedenfalls wie geplant, ohne Papiere hätte ich mich nicht gerne in einer Stadt länger aufgehalten. Diesmal hatten wir als später eintreffende Passagiere zwar keinen Platz an der Sonne, bzw. am Fenster, aber das störte jetzt weniger. Mit jeder Stunde stieg die Chance, ungeschoren ans Ziel zu kommen. Nach nächtlicher Fahrt erreichte unser Zug die Haupt- und Residenzstadt am frühen Morgen. Als wir zum Ausgang des Bahnhofes kamen, stand dort ein Polizist, es gab kein Ausweichen, das wäre sofort aufgefallen, also drückte ich Sheila an mich und wir mimten das verliebte Paar, das wir ohnehin waren. Es sollte der Eindruck entstehen, daß da einer abgeholt wurde, so gingen wir ganz unbefangen an dem Gesetzeshüter vorbei, und dieser sah nur gelangweilt in die Runde, und damit war auch diese Runde gewonnen.

Nun galt es herauszufinden, wo die Vertretung meines Heimatlandes zu finden war, handelte es sich da um ein Konsulat, eine Gesandtschaft oder eine Botschaft, im Prinzip war das für mich egal. Zu diesem Zeitpunkt war ich theoretisch vielleicht noch ein deutscher Staatsbürger und Exsoldat, praktisch aber wieder Österreicher. Für eine Vorsprache war es noch zu früh. In einem Gasthaus fanden wir Gelegenheit, uns zu waschen, und einen Kaffee vergönnten wir uns auch. Das Frühstücksbrot aßen wir dann später in einem Park, um zu sparen. Als einige Passanten auftauchten, fragte Sheila einige von ihnen, ein älterer Mann wußte wenigstens, wo das Diplomatenviertel war, und wir gingen in die angegebene Richtung. Nach gut einer Stunde fanden wir die deutsche Vertretung, nach langer Zeit, es war über ein Jahr her, hörte ich wieder meine Muttersprache. Der Portier war sehr freundlich, anscheinend ein Bayer, von ihm erfuhr ich, wo das österreichische Konsulat zu finden war. Wir kamen gerade zurecht, als da ein Mann durch das Gartentor gehen wollte.

Ich fragte nach dem Konsul. ,,Ja, der Herr Konsul sei in seinem Büro, was wir wünschen'', wurde gefragt, ,,er sei der Sekretär''. Ich sagte, es handle sich um einen ganz außergewöhnlichen Fall, ob ich meine Geschichte dem Herrn Konsul vortragen könnte, ich käme aus der Sowjetunion, aus der Gefangenschaft.

Der Herr Sekretär stutzte nicht wenig, als er dies hörte und musterte meine Begleiterin und mich von oben bis unten. Einen russischen Kriegsgefangenen in persischer Kleidung mit Turban? Wo gibt es denn so etwas? So las ich seine Gedanken. Dann machte er kehrt und ging mit uns in das Haus, im Vorraum ließ er uns warten. Es dauerte eine Weile, dann geruhte der Herr des Hauses, uns zu empfangen, wahrscheinlich hatte man sich schon an das orientalische Arbeitstempo gewöhnt, die Österreicher sind sehr anpassungsfähig und deshalb auch so beliebt. Der Herr Konsul war ebenfalls sehr freundlich und ergriff gleich das Wort. ,,So, so...'', sagte er, ,,Sie kommen aus der Sowjetunion, wir kennen diese kleinen Tricks, ich weiß schon, euch ist das Geld ausgegangen, und der gute Onkel Konsul muß wieder einmal aushelfen, fehlt nur noch, daß Sie sagen, Sie kommen direkt aus Sibirien, und das hübsche Mädchen haben Sie sich unterwegs gleich zugelegt, und nun ist das schöne Abenteuer zu Ende." Die beiden Herrn setzten ein überlegenes Lächeln auf. ,,Also schön, wir geben ihnen eine Fahrkarte nach Abadan, von dort müssen sie als Matrose weiterkommen, das Mädchen müssen sie ohnedies hier lassen." Schon wandte sich der Konsul um, der Sekretär würde mit mir zum Bahnhof fahren. Ich ersuchte nun schnell, mich wenigstens kurz anzuhören, und ich sagte zu den Herren: ,,Sie haben alles ganz genau erraten, es stimmt schon, ich komme tatsächlich aus Sibirien und bin seit einem Jahr unterwegs, es war eine abenteuerliche Flucht. Ich bin schließlich in Persien gelandet, habe hier dieses Mädchen gefunden, sie bekommt ein Kind von mir, und als Ehrenmann möchte ich sie heiraten und das alles kann ich sofort beweisen." Was das mit dem Kind betraf, glaubte ich eine Notlüge gebrauchen zu müssen, um meiner Sache mehr Nachdruck zu verleihen, aber es sollte sich später zeigen, daß es gar keine Notlüge war. Nun wurden die Herren neugierig, und der Konsul sagte zu mir: ,,Sie wollen mich doch nicht auf den Arm nehmen, zeigen sie die Beweise her." Ich machte meinen Rucksack auf und leerte den ganzen Inhalt, bis auf die Verpflegung, am Boden aus. ,,Alles was Sie hier sehen", erklärte ich, ,,stammt aus der Sowjetunion, sehen Sie sich die Aufschriften an. Da, der Feldstecher, der Kompaß, der Rucksack selbst, das Eßgeschirr, der Wasserkanister, die Feldflasche und die Hausapotheke mit den Medikamenten, alles aus Militärbeständen." Und zur ,,Ergänzung" mußte Sheila den Paß und das Notariatsschreiben vorzeigen. Jetzt lachten die beiden Herren nicht mehr, sie bückten sich, um meine Utensilien zu studieren, auch die Kartenskizze wurde bewundert. Sheila drückte sich währenddessen fest an mich, sie hatte schnell begriffen, worum es da ging, und zum erstenmal dämmerte es bei ihr, von wo ich wirklich gekommen war, denn am Berghof sprach ich in diesem Zusammenhang nur von Afghanistan.

Der Herr Konsul starrte mich an, das ist ja eine tolle Sache, sagte er, jetzt muß ich ihnen glauben. Er nahm mich beim Arm und lud uns ein, im Empfangsraum Platz zu nehmen. Ihre Geschichte möchte ich schon genauer wissen. Dann mußten wir noch kurz warten, der Sekretär holte die Gattin des Konsuls, sie sollte sich auch mein Abenteuer anhören. Angesichts des schönen Wetters übersiedelten wir auf die Hausterrasse, und dort bekamen wir einen Imbiß und gute Getränke. Sheila hatte ihre anfängliche Scheu abgelegt, sie sah, daß man uns hier gut gesinnt war. Nach einem kräftigen Schluck Wein ließ ich meine Geschichte im Telegrammstil von Stapel, dazu nahm ich meine Fluchtkarte Nr. 3 zur Hand und erwähnte, daß ich noch zwei weitere Skizzen gehabt hätte, diese aber vorsichtshalber vernichtet habe, sobald sie nicht mehr gebraucht wurden. Dann fiel mir noch die Erkennungsmarke der deutschen Wehrmacht ein, und ich zeigte diese vor. Meine Zuhörer waren verblüfft und auch Sheila hatte einiges verstanden, wie ich merkte. Der Herr Sekretär meinte, ich hätte tatsächlich nicht übertrieben, als ich draußen von einem außergewöhnlichen Fall gesprochen hatte. Nun erklärte man sich bereit, uns nach Möglichkeit weiterzuhelfen, und das war für mich das Stichwort, um meine Wünsche in Bezug auf Papiere zu äußern. Und ich fügte hinzu, daß ich es meiner Braut und ihrer Mutter zu verdanken hätte, daß ich den Winter angenehm überstehen konnte und daß wir Teheran erreichen konnten, denn ich wäre nicht in der Lage gewesen, mich auszuweisen. Der Herr Konsul gab seinem Sekretär den Auftrag, mir einen provisorischen, befristeten Paß auszustellen, alles andere müßte ich mir dann in der Heimat beschaffen. Außerdem erhielte ich noch ein entsprechendes Empfehlungsschreiben. Dann gab man mir den Rat, hier im Iran niemanden zu erzählen, von wo ich käme, man könne nie wissen, sagte gut gemeint der Diplomat. Ich hatte aber nicht die Absicht, jetzt noch einen solchen Fehler zu begehen. Ohne die notwendige, eiserne Vorsicht hätte ich Persien nie erreicht. Dann erklärte ich dem verwunderten Konsul, daß er auch erraten hätte, daß wir tatsächlich die Absicht hätten, den Ölhafen Abadan anzusteuern, um dort per Schiff nach Europa zu kommen. Der Landweg käme wegen der Kosten nicht in Frage. Daß es wegen Sheila Schwierigkeiten geben könnte, sei mir bewußt, sagte ich. Der Konsul bedauerte, mir diese Sorge nicht abnehmen zu können, notfalls müßten wir die österreichische Mission im Hafen aufsuchen, von dort hätte man Verbindung zum Konsulat. Zu unserer großen Freude bekamen wir auch das Fahrgeld bis zur Endstation am Golf, so konnten wir unser Reisebudget entlasten. Sheila bewies sofort ihr Talent als künftige Ehefrau und kassierte die Moneten.

Wir durften diesen Tag im Hause des Konsuls bleiben, bekamen ein Quartier im Personaltrakt und eine gute Bewirtung dazu, Sheila und ich waren jetzt frohen Mutes, unsere Lebensgeister erwachten wieder zur vollen Blüte, besonders in der Nacht. Am nächsten Tag wurden wir mit dem Auto zum Bahnhof geführt, mit dem Paß in der Tasche hatte ich nun das Gefühl, wieder ein vollwertiger Mensch zu sein. Natürlich hatten wir uns herzlich bedankt, man wünschte uns eine glückliche Heimkehr und alles Gute für die Zukunft. Dabei hatte der Konsul durchblicken lassen, daß meine Braut exquisit schön sei, und er gratulierte mir zu meiner Wahl. Sheila, die den Sinn verstanden hatte, errötete, was sie noch reizvoller erscheinen ließ, ich war jedenfalls sehr stolz auf sie. Dann saßen wir beide am Bahnhof.

Bis zur Abfahrt des Schnellzuges vergingen etwa zwei Stunden, aber wir belegten unsere Plätze rechtzeitig, und so konnten wir uns wieder schönere Positionen sichern. Vorbei am internationalen Flugplatz ging es in die Berg- und Steinwüste Persiens, unsere Strecke war doppelt so lang, als die, die hinter uns lag. Der Zug hatte mehrere Pässe zu bewältigen und hielt nur in den größeren Städten; Qom, Arak, Desful und Ahvas. Unsere Garnitur war nicht voll besetzt, dadurch wurde es möglich, daß wir im Abteil beide Nächte auf den Sitzbänken schlafen konnten. Es war auch von Vorteil, daß wir die Wasserbehälter bei uns hatten, so waren wir Selbstversorger. Das Geräusch des rollenden Waggons hatte auf fast alle Reisenden eine einschläfernde Wirkung, auch Sheila und ich waren davon nicht verschont, aber wir achteten auf unser Gepäck. Zeitweise sahen wir zum Fenster hinaus, die Landschaft war aber streckenweise so öde, daß sie ebenfalls zum Schlafen anregte. Während dieser langen Bahnreise wurde mir bewußt, daß diese Gegenden sehr geschichtsträchtig waren. Von Alexander dem Großen über Marco Polo bis zum Asienforscher Sven Hedin, um nur wenige zu nennen, kreuzten wir deren Wege. Inzwischen rollte der Zug dem Persischen Golf entgegen.

Dann war Endstation, und wir wandelten im Hafengelände von Abadan wie verlorene Schafe umher. Angesichts dieser riesigen technischen Anlagen und der Betriebsamkeit hier kam man sich klein und unbedeutend vor. Auch Sheila hatte so etwas noch nie gesehen, höchstens davon gehört. Wir bestaunten die vielen, großen Schiffe und dabei „fiel uns das Herz in die Hose", wie eine Redewendung heißt. Wie sollten wir denn auf so einen Koloß kommen, das war jetzt die Frage. Nachdem wir diese bis dato unbekannte Welt genügend bewundert hatten, nahm ich Sheila bei der Hand, und wir gingen zum Kneipenviertel. Endlich zeigte sich ein Matrose, der es nicht so eilig hatte, er war Grieche, und ich konnte mich zur Not mit ihm verständigen, wobei der Kernpunkt meiner Aussage sich um den Begriff ‚Europa', drehte. Der Mann winkte zwar ab, zeigte auf den nächstliegenden Großtanker und dann auf Sheila, ich verstand, für die „Lady" hätte man keine Verwendung, zumindest nicht auf dem Schiff. Aber immerhin gab uns der Matrose den Tip, uns an einen Frachtschiffkapitän zu wenden, dort hätten wir eher eine Chance. Nun wanderten wir zum Pier und stießen dort auf einen Italiener. Der sagte im Prinzip dasselbe wie sein griechischer Kollege, und er meinte mit einem bewundernden Blick auf Sheila: „Junge Frau schön im Hafen, aber nicht auf Schiff." Diese ersten Kontakte hier waren nicht gerade ermunternd. Da inzwischen der Abend angebrochen war und wir hier offensichtlich nur im Wege standen, entschloß ich mich, ein Quartier zu suchen. Bald stellten wir fest, daß es in diesem Hafenviertel nur Kneipen und Beiseln gab, man war nur auf Matrosen eingestellt, und dementsprechend gab es nur Stundenzimmer, so eine kurze Zeitspanne war uns beiden zu wenig. Sheila sah vor den Bordellen Frauen, deren Gehabe ihr recht merkwürdig erschienen, ich vermied es aber, sie aufzuklären. Gegenwärtig war ich um unsere Sicherheit besorgt, wenn man uns überfiel und beraubte, war der Traum von der Heimreise zu Ende. Wir verließen das Hafengelände und kamen zu einem Wohnhaus, bei der ersten Tür klopften wir an, es erschien eine Frau, Sheila brachte unseren Wunsch vor. Man habe keinen Platz, so verstand ich, aber wir wurden zu einem Nachbar geleitet, es handelte sich um ein alleinstehendes Ehepaar, die hatten ein Kabinett mit einem Bett. Wir waren froh über diese Unterkunft, und der Preis war angemessen. So ergab es sich, daß die Braut mit dem Bräutigam nach kurzer, unfreiwilliger Unterbrechung wieder einmal „unter einer Decke steckte''. Am nächsten Tag erfuhren wir, daß der Wohnungsinhaber am Hafen beschäftigt war, und er gab uns den entscheidenden Hinweis. Am Handelskai liege ein holländischer Frachter, er habe auf dem Schiff zwei Frauen gesehen, wir sollten dort nachfragen. Als dann der Quartiergeber zu seiner Arbeitsstätte ging, nahm er uns gleich mit und zeigte uns den Standort des Frachters. Wir bedankten uns und gingen den Steg hinauf an Bord, und da trafen wir tatsächlich eine Frau, die mit der Wäsche beschäftigt war. Wir fragten nach dem Kapitän, der sei an Land gegangen, wurde uns bedeutet, aber seine Frau sei da. Auf meine Bitte hin wurde die Dame geholt. Sie kam und erkundigte sich nach unseren Wünschen, dabei sprach sie bestes Deutsch mit rheinländischem Unterton. Ich wußte, wie man Frauen im reiferen Alter anspricht, ich verbeugte mich und küßte die dargereichte Hand, dann stellte ich meine Begleiterin vor. Ich hatte keine Bedenken einer Deutschen gegenüber und erzählte kurz meine Geschichte. Die Frau des Kapitäns war sehr beeindruckt, als ich geendet hatte, übrigens stammte sie aus Aachen, wie sie auf meine Frage angab. Ich zeigte der Dame, auf welcher nun alle unsere Hoffnungen lagen, einige Beweisstücke und bat sie, bei ihrem Gatten ein gutes Wort für uns einzulegen. Sie versprach es und verglich uns beide mit Romeo und Julia. Dann erfuhren wir noch, daß der Kapitän seine Frau auf jede Reise mitnehme, er könne dies, weil er auch gleichzeitig der Reeder sei. Auch eine Köchin habe man an Bord.

Nach einer Stunde kam der sehnlichst erwartete Eigentümer des Frachters vom Hafenbüro zurück und zeigte sich verwundert über das persische Paar, welches ihm da präsentiert wurde. Seine Gattin besorgte die nötige Einleitung, dann aber mußte ich die ganze, sehr abenteuerlich klingende Geschichte noch einmal erzählen, diesmal etwas ausführlicher. So wie im Konsulat, breitete ich das Beweismaterial vor dem verdutzten Kapitän aus, ebenso die Dokumente. Dann klopfte er mir anerkennend auf die Schulter, „das war eine grandiose Leistung von ihnen", sagte der Reeder, „und jetzt wollen wir uns zusammensetzen und beratschlagen, wie es mit euch beiden weitergehen soll," er könne verstehen, daß ich, samt Braut die Heimat erreichen wolle. Wegen Sheila habe man allerdings Bedenken im Falle einer Kontrolle durch die Hafenpolizei. Daraufhin holten wir den Paß und die Vollmacht für Sheila hervor, der Kapitän las die englische Fassung laut vor und zeigte sich zufrieden. Und dann fielen die erlösenden Worte. Ja, er könne einen tüchtigen Techniker für die Betreuung der Anlagen brauchen und meine Braut auch, für Reinigungsarbeiten und für die Wäsche. Hocherfreut stimmte ich zu und informierte Sheila, worauf sie mir an den Hals flog und mich abküßte, das Kapitänsehepaar sah gerührt zu, dabei drückte sich die Frau an ihren Mann.

Nun machte ich den Vorschlag, sofort mit der Arbeit zu beginnen, aber mein nunmehriger Chef meinte, so schnell schießen auch die Holländer nicht, wir müßten uns zuerst einmal an Bord umsehen, die Besatzung kennenlernen und vor allem die Kleider wechseln, vor der Abfahrt kämen die Zollbeamten auf das Schiff, wenn wir die bordsüblichen Arbeitsmonturen anhaben, würden wir kaum auffallen, die Herren interessierten sich in erster Linie für die Fracht. Dann gab es in der Kantine ein gutes Essen, und nachher bezogen wir unsere Quartiere, bzw. Schlafkojen. Natürlich wäre uns eine Kabine lieber gewesen, aber man mußte ja froh sein über das soeben Erreichte. Sheila schlief in einem Raum bei der Köchin, ich bei der Mannschaft.

Am Tage der Abfahrt erschien die Zollkontrolle, ich war nervös wegen meiner Braut und hielt mich ständig in ihrer Nähe auf. Der Kapitän gab ihr den Tip, sich mit der Wäsche zu befassen und die Beamten nicht zu beachten. Als diese erschienen, beruhte dies auf Gegenseitigkeit, man fand nichts Auffälliges, die Köchin war nicht zu sehen, und Sheila war klug genug, ihr Gesicht abzuwenden. Als dann die Herren von

Bord gingen, lagen wir uns wieder in den Armen, und als unser Frachter vom Pier ablegte, bedankten wir uns beim Kapitän und seiner Frau herzlich, und der Chef des Schiffes bekam von Sheila einen Kuß, was ihn beinahe verlegen machte. Obwohl wir sogenannte „Landratten" waren, lebten wir uns an Bord schnell ein, wir machten uns überall nützlich. Die Arbeit war nicht schwer, und es gab im normalen Betrieb auch keine strengen Termine, jeder konnte in Ruhe seine Tätigkeit ausüben, Sheila half zwischendurch auch der Köchin, die Atmosphäre am Schiff war in jeder Beziehung freundlich, und die strahlende Sonne über dem blauen Meer gab den nötigen Rahmen für diese Reise. Auch die Kost war sehr bekömmlich. Zielhafen ist Rotterdam, sagte der Reeder. Die Fahrt ging zunächst durch den Persischen Golf, durch die Straße von Hormus in Richtung Arabisches Meer. Unterwegs lernte man sich besser kennen, es herrschte richtige Kameradschaft, Sheila und ich genossen aber eher den Status von Touristen, man wußte an Bord von unserer Geschichte, und unsere Reise war eine Art Intermezzo aus der Sicht des angestammten Personals. Einziger Wermutstropfen im Freudenbecher des Brautpaares war die zwangsläufig getrennt stattfindende Nachtruhe, die aber zur Unruhe geworden wäre, wenn wir eine eigene Kabine gehabt hätten. Aber ich möchte das Liebespaar kennen, welches nicht eine Gelegenheit findet, in engeren Kontakt zu kommen, dieses müßte erst geboren werden. In der Folge ging die Reise am Meer weiter durch den Golf von Aden zum Roten Meer und dann durch den Suezkanal in das Mittelmeer. An den Abenden hatten wir öfter Gelegenheit, mit dem Kapitänsehepaar zusammen zu sein, ich mußte Einzelheiten von meiner Flucht erzählen, zum Beispiel das Leben im russischen Gefangenenlager, die genau geplanten Fluchtvorbereitungen und dann die Nächtigungen im Winter im Iglubau, was bei meinem Zuhörern großes Erstaunen hervorrief, auch Sheila hatte einiges verstanden. Ein anderesmal setzte ich dann fort mit dem langen Marsch zum Aralsee durch die Kasachensteppe und dem Aufenthalt beim Einsiedler, der mir entscheidend weiterhalf. Dann schilderte ich das Wandern mit der Karawane bis in die Grenzregion und schließlich die kritischste Phase der Flucht über den Fluß Atrek und die Ankunft in Persien, wo ich dann halbverhungert auf Sheila und ihre Mutter traf, die meine Rettung und noch mehr wurden. An dieser Stelle lachten wir alle, und man freute sich über den glücklichen Ausgang dieser abenteuerlichen Geschichte. Der Kapitän und seine liebe Gattin zeigten sich jedenfalls sehr beeindruckt, und man erklärte sich bereit, dafür zu sorgen, daß wir unser Endziel in Österreich bestimmt erreichen würden, was nichts anderes bedeutete, als daß wir mit dem nötigen Handgeld ausgestattet werden sollten. Zum Abschluß meiner Berichte sprach ich noch von Sheila selbst und ihrer Mutter, sowie vom Berghof im östlichen Elbursgebirge. Dort hätte ich mich etliche Monate als Bauer und Holzfäller betätigt, und schließlich kam es dazu, daß ich die reizende Sheila in meine Netze lockte, oder war es vielleicht umgekehrt?

Bei diesem Satz lachten wir dann alle aus vollem Hals, Sheila hatte besonders aufmerksam zugehört und verstand, was ich meinte. Sie schmiegte sich jetzt katzenhaft an mich, und ihre Augen bekamen einen seidigen Glanz. Von dieser Sphäre angesteckt, drückte sich die Kapitänsfrau ebenfalls an ihren Mann, und er umarmte sie zärtlich, sie warf uns einen dankbaren Blick zu, schließlich war man über die ersten Stürme der Ehe schon hinweg, aber dieses Beispiel gab einen Impuls. Die Gattin des Kapitäns spürte offenbar die enthemmende Wirkung des guten, genossenen Weines, sie begann, angeregt durch unsere „Vorlage“, ihren Mann zu liebkosen. Dieser zierte sich anfänglich etwas, ergab sich dann aber in sein Schicksal, als ich ihm sagte, daß so etwas seiner Würde nicht abträglich wäre. An diesem Abend, unser Schiff befand sich auf der Höhe von Kreta, war die Stimmung am Höhepunkt, ich hielt den Zeitpunkt für günstig, eine Frage an den Kapitän zu richten. Ich wollte wissen, ob es noch üblich sei, auf einem Schiff eine Trauung vorzunehmen. Die Auskunft lautete: Ja, aber relativ selten, er, der Kapitän, hätte so etwas noch nie gemacht. Nun sahen wir uns alle fragend an, einen Augenblick war es ganz still, Sheila hatte keine Ahnung, worum es ging, aber ein Stichwort war gefallen, und ich hatte, ohne es zu wollen, der Gattin des Reeders, wie man sagt, „einen Floh ins

Ohr gesetzt''. Und prompt kam sie ihrem Mann zuvor und ergriff das Wort. Sie begann die Rolle zu spielen, die jeder reiferen Frau auf den Leib geschrieben ist, sie betätigte sich gewissermaßen als ,,Kuppeltante''. Der Kapitän wurde praktisch vor vollendete Tatsachen gestellt, in dem seine Frau ihn anwies: ,,Wenn du ein richtiger Schiffskapitän sein willst, dann hast du jetzt die beste Gelegenheit, das Versäumte nachzuholen, zeig uns, daß du so etwas auch fertig bringst!''. Das hatte gesessen, spätestens jetzt zeigte sich deutlich, wer bei diesem Ehepaar ,,die Hosen anhatte'', wie man in Österreich sagt. Der Mann, dessen Ehrgeiz auf so unerwartete Weise erweckt wurde, gab sich sichtlich erst einen Ruck, bevor er aufstand und feierlich verkündete: ,,Also morgen Nachmittag findet die Schiffstrauung statt'', womit seine Kapitänsehre wieder hergestellt erschien. Als ich sah, daß die Braut noch immer nicht gemerkt hatte, was wir da vorhatten, machte ich den Vorschlag, diesen Vorgang bis zuletzt geheimzuhalten, Sheila sollte überrascht werden. Dann sagte der Kapitän zu mir, er benötige den Vormittag dazu, sich auf diese Aufgabe vorzubereiten, er müsse erst das Reglement studieren. Als Trauzeugen wurden die Köchin und der Steuermann nominiert.

Sheila hatte inzwischen vom ungewohnten Getränk einen ,,Schlafzimmerblick'' bekommen, ihre Religion verbot zwar den Genuß von Alkohol, aber ich dachte mir, je früher sie sich an unsere Gepflogenheiten gewöhnte, umso besser. Und bei ihrem Sündenregister spielte dies jetzt, wo wir aus dem Hoheitsgebiet Allahs herauskamen, auch keine Rolle mehr. Immerhin war diese junge Perserin im Begriffe, mit einem ,,Ungläubigen'' in ein Land von Christen auszuwandern, und vielleicht wurde sie dort ihrer Religion untreu, diese Entscheidung wollte ich aber ihr selbst überlassen.

Am nächsten Vormittag wurde ein Protokoll, bzw. eine Art Trauschein ausgefertigt, daraus wurde insofern ein Unikat, weil der Bräutigam selbst das Schriftstück aufsetzte. Der Gattin des Kapitäns bereitete es sichtlich Freude, die Zeremonie vorbereiten zu können, in ihrem eher eintönigen Bordleben war ihr das eine willkommene Abwechslung. Es mußte naturgemäß viel improvisiert werden, zum Beispiel beim Brautkleid, welches ein Sommerkleid unserer Gönnerin war, mußten die Maße etwas verkleinert werden, dafür fand sich ein passender Kopfschmuck. Nun ließ es sich nicht mehr vermeiden, Sheila einzuweihen, und sie war wieder einmal außer sich vor Freude. Die Speisen und Getränke waren kein Problem, die Köchin zeigte ihr Können. Bei mir tat man sich leichter, ein Anzug des Schiffsherrn paßte, fehlten nur noch die Ringe. Auch hier fand die tüchtige Frau des ,,Käptn'' eine Lösung in Form von Messingringen aus ihrer Nähschatulle, die für Vorhänge bestimmt waren. Sheila paßte so ein Ding auf den Ringfinger, meiner mußte sich mit dem kleinen Finger begnügen. Der Trauakt ging dann glatt vom Stapel wie ein Schiff, das von der Werft kommt. Die Urkunden wurden unterzeichnet, dann gab es Glückwünsche und Küsse, die Braut strahlte, wie es seit Jahrtausenden üblich ist, und ich erfaßte langsam den ,,Ernst der Lage''. Natürlich wußte jeder, außer der Braut, daß das Ganze nur ein symbolischer Akt war, aber wir waren glücklich darüber und hatten ein Dokument mehr in der Hand. Die weitere Fahrt war für uns nun eine Hochzeitsreise, der Kapitän wollte uns ganz beurlauben, aber Sheila und ich bestanden darauf, unsere Arbeit weiterzumachen, das sind wir unserem Glücksschiff schuldig, erklärten wir ihm.

Nachdem wir die Straße von Sizilien passiert hatten, ging es weiter nach Gibraltar, die Iberische Halbinsel wurde umfahren und durch den Golf von Biscaya und den Kanal gelangten wir nach Holland. Am Zielhafen Rotterdam nahmen wir Abschied, eine kleine Feier hatte es vorher noch an Bord gegeben. Bei der Gelegenheit wurden Adressen ausgetauscht. Wir versprachen zu schreiben, sobald wir meine Heimat erreicht haben. Eine Heuer hatten wir auch bekommen und zusammen mit dem persischen Geld reichte es fürs erste.

Dann bestiegen wir den nächsten Schnellzug und fuhren über das Rheinland in Richtung Bayern und von dort weiter nach Österreich. An den Grenzen gab es keine Probleme, ich wurde als Spät-Kriegs-Heimkehrer bevorzugt behandelt, das Begleitschreiben vom Teheraner Konsulat erfüllte voll seinen Zweck, und Sheila reiste als Touristin, notfalls hätten wir noch den Trauschein vom Schiff gehabt.

In Oberösterreich angekommen, suchten wir den Ort auf, wo mein Vater nach seiner Pensionierung sein Domizil aufgeschlagen hatte. Ich sah ihn schon von weitem im Hausgarten. Er bemerkte uns erst, als ich ihm auf die Schulter klopfte. Einen Moment war der Vater sprachlos. „Ja", sagte ich, „ich bin es, der Günther!" Da ließ der Papa sein Werkzeug fallen und umarmte mich, dann stellte ich ihm seine Schwiegertochter vor, die rechtlich gesehen noch eine Braut war. Sie gefiel ihm sofort und bekam gleich zur Bestätigung einen väterlichen Kuß. Und dann erfuhr ich, daß ich längst für tot gehalten wurde, seit dem Herbst 1942 gab es von der Ostfront von mir keine Nachricht mehr, ich war nicht überrascht über diese Annahme. Wir gingen nun in das Haus und bis in die Nacht hinein mußte ich erzählen, wie es mir in den vielen Jahren ergangen war, seit ich verschollen war. Am nächsten Tag wollte ich mich gleich auf den Weg machen, um die nötigen Papiere zu beschaffen, aber der Vater bestand darauf, daß wir uns erst einmal einen Tag ausruhen müßten. Dagegen hatten Sheila und ich nichts einzuwenden. So konnte ich wenigstens erfahren, wie die allgemeinen Verhältnisse nach dem Krieg in Österreich aussahen.

Mein Papa hatte im Gemeindeamt eine ehrenamtliche Funktion. Mit Hilfe der vorhandenen Dokumente wurde es nach und nach möglich, für mich alles Nötige zu beschaffen, bald war ich wieder ein voll integrierter Staatsbürger. Mit den nötigen Unterlagen ausgestattet, trat ich mit meiner Braut den Weg zum Standesamt an, aus einem ganz bestimmten Grund hatten wir es eilig! Man darf raten! Schon während der Reise war mir einiges aufgefallen. Normalerweise fällt immer das auf, was sich ereignet, hier war es aber umgekehrt, seit gut zwei Monaten ereignete sich nichts, nämlich bei Sheila. Die standesamtliche Trauung fand nur im engsten Rahmen statt, zu diesem Zeitpunkt fand ich keine Veranlassung, auf die Pauke zu hauen, wie man sagt. Zu allererst mußte die Erwerbs- und Wohnungsfrage gelöst werden. Bei meinem Vater wäre zwar genug Platz gewesen, aber in der kleinen Ortschaft konnte ich in meinem erlernten Beruf nicht tätig sein. Schon nach kurzer Zeit bekam ich einen Posten als Techniker bei der Bundesbahn, dabei kam mir zugute, daß in den nächsten Jahren die Elektrifizierung der Westbahnstrecke in Angriff genommen wurde, mein Rayon lag zwischen Linz und Salzburg. Etwa in der Mitte dieser Linie erhielten wir über Vermittlung meiner Gesellschaft eine preiswerte Wohnung in einer kleineren Stadt in der Nähe des Salzkammergutes, was ganz meinen Vorstellungen entsprach. Bald gewannen wir nette Freunde und Bekannte, wir nahmen an gesellschaftlichen Veranstaltungen teil und lebten uns richtig ein.

In der Zwischenzeit fand auch ein regelmäßiger Briefwechsel mit Sheilas Mutter statt. Es blieb dabei, sie sollte in absehbarer Zeit zu uns geholt werden. Sheila war sehr anpassungsfähig, nicht nur was mich betraf, ihr gefiel es in Österreich, man war freundlich zu ihr, und bald beherrschte sie auch die Sprache, im übrigen wurde ihr Zustand mit jedem Monat „hoffnungsvoller". Nebenbei lernte meine Frau lesen und schreiben, sie war sehr agil und an allem interessiert, dadurch machte sie rasche Fortschritte bei ihrer Integrierung zur Staatsbürgerin. Auch das Baby folgte diesem Beispiel und erschien pünktlich als quiekendes, schwarzgelocktes Mädchen. Das Glück der kleinen Familie war vollkommen, Sheila hatte die Geburt fast mit Leichtigkeit hinter sich gebracht. Inzwischen hatte man durch die Medien erfahren, daß die Sowjetunion die Kriegsgefangenen längst nach Österreich entlassen hatte, ich hätte also früher und ohne Risiko nach Hause kommen können, aber dann ohne meine Sheila. Jetzt wußte ich, warum ich diesen schweren Weg gehen mußte und glaubte nun auch daran, daß dies eine gottgewollte Fügung war. In der Folge sollte ich meinen damaligen Entschluß auch nie zu bereuen haben.

Nach etwa zweijähriger Anwesenheit in meiner Heimat war die materielle Voraussetzung geschaffen, um die Schwiegermutter aus Persien nach Österreich zu holen. Es bestand eine regelmäßige Flugverbindung zwischen München, dem nächstgelegenen Flugplatz und Teheran, allerdings via Rom und Beirut. Jeden dritten Tag ging eine Kursmaschine von Persien nach Europa. Die Mutter schrieb, daß sie die Haustiere bereits an die Nachbarn verteilt habe, das Haus übernahm später ein Ehepaar, der Erlös war nur gering, aber das war nicht so wichtig. Dann wurde ein Termin festgelegt, an welchem die Mutter nach Teheran fahren sollte, um in einer Pension auf die Ankunft ihrer Tochter zu warten, diesen Tag konnten wir mit einiger Sicherheit angeben. Als es soweit war, fuhr ich mit Sheila zum Flughafen München-Riem. Unser Mädchen blieb beim Großpapa, dessen Haushälterin die Betreuung übernahm. Ich selbst blieb in einem Hotel in der Nähe der Flugpiste. Bereits nach drei Tagen kamen die beiden Frauen an, die Frau Schwiegermama sah gut und frisch aus und war sehr glücklich, wieder bei ihrer Tochter sein zu können. Sie sagte zu Sheila, daß sie keinen Augenblick daran gezweifelt habe, daß wir unser Wort halten würden. Obwohl die Frauen des Orients nicht als sentimental bezeichnet werden können, brach es jetzt bei der Mutter durch, sie schluchzte tief erschüttert, Sheila und ich hatten alle Mühe, sie zu beruhigen. Dann ging die Fahrt per Bahn zu unserem Heimatort. Die Mutter konnte sich in dieser für sie neuen Welt nicht genug satt sehen, zwar war ihr ein Gebirge nichts Unbekanntes, aber sie zeigte immer wieder auf die schönen, gepflegten Ortschaften im Voralpenland und die Kirchen mit den spitzen Bleistifttürmen, sogar der Wendelstein und der Untersberg, sowie später der Schafberg und der Traunstein entgingen nicht ihrer Aufmerksamkeit. Zu Hause angekommen, zeigten sich aber Ermüdungserscheinungen, nach einem Imbiß mußte sich Mutter auf dem Diwan ausruhen. Aber schon am nächsten Tag war sie wieder richtig fit, und Sheila war gar nicht böse, in der Küche und im Kinderzimmer eine Assistentin zu haben.

Bald zeigten sich bei Sheila und ihrer Mutter Ambitionen, die ich den beiden Frauen kaum zugetraut hätte. Im Wohnzimmer prangten zwei herrliche, original persische Wandteppiche, den einen hatten wir selbst mitgebracht, den anderen die Mutter. So oft Besuch zu uns kam, wurden diese Exponate bewundert und gefragt, wo man diese kaufen könnte. Dies brachte „meine Frauen" auf die Idee, sich das nötige Material und die Geräte für eine Heimerzeugung zu beschaffen, zunächst in bescheidenem Rahmen. Das noch nicht benötigte Kinderzimmer wurde nach „Delogierung" unseres Töchterchens in eine Werkstätte verwandelt. Anfangs erfreuten sich nur die Freunde und Bekannten an den kleinen Teppichen, aber bald zeigte sich, daß man da eine Lawine ins Rollen gebracht hatte. Nebenbei wurden auch noch andere Waren in Mustern hergestellt, die eine orientalisch-exotische Note aufwiesen und in der Nachkriegszeit noch als Mangelware angesehen wurden. Diese Artikel sahen dann zwangsläufig immer mehr Interessenten, und die Nachfrage konnte nicht mehr gedeckt werden. Nach dem Motto: Wer nicht wagt, kann auch nicht gewinnen, meldete ich bei der Gewerbebehörde eine Heimerzeugung von Kleinteppichen, Souvenir-Artikeln und Strickwaren an. Mit den bisher eingenommenen Beträgen wurden eine Web- und eine Strickmaschine angeschafft, was zur Folge hatte, daß ich, der ehemalige Effendi, nicht mehr den Herrn und Gebieter spielen konnte, sondern ich fungierte nunmehr in meiner Freizeit als Geselle meiner Frauen. In diesen Zeiten war der Nachholbedarf groß, und das Geschäft florierte so gut, daß an eine Ausweitung gedacht werden mußte. Auf diese Weise kam unsere Martina wieder zu ihrem Kinderzimmer. Im selben Haus wurde eine zweite Wohnung gemietet, und wir begannen nun in größerem Umfang mit der Herstellung diverser Waren. Dabei waren wir flexibel, und nur die Nachfrage war maßgebend, wir konnten jederzeit auf andere Artikel umsteigen. Eines Tages wurde uns das Ganze fast zuviel, sogar der Urlaub mußte daran glauben, und das gefiel mir nicht. Nach dem Motto: So groß ist die Liebe (zur Arbeit) nun wieder nicht, nahmen wir eine weibliche Hilfskraft auf, später noch eine zweite, und schließlich avancierte unsere Werkstätte zu einem Mittelbetrieb, und ich sattelte berufsmäßig um. Nun war ich, zumindest nach außen hin, der Chef, aber vor mir stand noch eine junge, hübsche Chefin, die es nicht nur als Unternehmerin „in sich" hatte, sondern auch in anderer Beziehung, was sich dann erst nach neun Monaten zeigte, als der kleine Robert das Licht der Welt erblickte.

Unser Lebensstandard erreichte somit ein erfreuliches Niveau, wir führten ein schönes und sorgenfreies Leben und waren eine glückliche Familie.

Ende der Variante 1

8. Kapitel
GAST AM BAUERNHOF
Variante 2

Fortsetzung von Seite (181)

Ich weiß nicht, wie lange ich da saß, zwischen Felsen und Steinen, neben einem Steig. Ich döste vor mich hin, war deprimiert und unfähig, etwas zu unternehmen. Plötzlich hörte ich ein klapperndes, näherkommendes Geräusch. Ich blickte auf und sah zu meinem Erstaunen einen beladenen Esel dahertraben. Wie kommt denn der in diese verlassene Gegend, fragte ich mich, aber dann bemerkte ich hinter dem Tier eine Frauengestalt, und gleich dahinter kam noch ein Knabe zum Vorschein. Das war ein unerwarteter Lichtblick, ich sagte mir, daß sich diese kleine Karawane wahrscheinlich auf dem Nachhauseweg befände. Schnell war ich wieder auf den Beinen und folgte in einem Respektabstand der Gruppe. Der Bub hatte bald bemerkt, daß ich ihnen folgte, er verständigte die Frau, vermutlich seine Mutter, aber sie gingen ruhig weiter. Nach ungefähr zwei Stunden kamen wir zu einem Seitental und anschließend zu einem Bächlein. Ich war erstaunt, denn fast ohne Übergang befanden wir uns in einer lieblichen Gegend mit grüner Flora, Bäumen, Büschen und grünem Gras. Am Bach angelangt, wurde von Mensch und Tier das saubere Wasser getrunken. Nun nahm ich mir ein Herz und trat näher an die Frau heran, sie war meine einzige Chance. Mit einer höflichen Verbeugung grüßte ich und versuchte verständlich zu machen, daß ich mitgehen wolle und Hunger hätte. Jetzt hatte sie auch gemerkt, daß ich kein Einheimischer war. Sie kramte in einer Tasche und reichte mir ein Stück Maisbrot, ich warf ihr einen dankbaren Blick zu. Dann wurde mir bedeutet mitzukommen, was ich mir nicht zweimal sagen ließ. Mein Stimmungsbarometer zeigte nun wieder steigende Tendenz. Die schönen dunklen Augen dieser jungen Frau hatten mich ganz unbekümmert angesehen, und während wir bergauf weitergingen, ruhte mein Blick wohlgefällig auf ihrer Gestalt. Aber es wäre verfrüht gewesen, hätte ich der männlichen Phantasie freien

Lauf gelassen, noch hatte ich andere Sorgen bezüglich meines leiblichen Wohlbefindens. Nach einer weiteren Stunde erreichten wir ein Hochtal, und da befanden sich drei kleine Bauernhöfe. Beim ersten angekommen, hoffte ich am Ziel zu sein, denn ich war mit meinen Kräften ziemlich am Ende, aber der Esel ging weiter, und drei Menschen folgten ihm. Beim zweiten Hof wurde zu meiner Enttäuschung auch nicht eingekehrt, so schleppte ich mich mit letzter Kraft bis zum letzten Haus.

Am Eingang wurden die Frau, der Bub und der Esel von einer älteren Frau erwartet, vermutlich war das die Mutter bzw. Großmutter. Ich verneigte mich zum Gruß und dachte mir, hoffentlich gefällst du der alten Dame, der Haushund begrüßte mich jedenfalls freundlich, vielleicht war dies ein gutes Omen. Zunächst beeilte ich mich, beim Abladen des Esels behilflich zu sein. Indem ich das „letzte Aufgebot" meiner Kräfte mobilisierte, schleppte ich zwei Säcke mit Mehl in die Vorratskammer, meine Knie wurden mir dabei weich. Es fiel mir schwer, in dieser Verfassung den Kavalier zu spielen, aber ich merkte, daß mich die Frau des Hauses aufmerksam musterte. Zu dieser Zeit sah ich sicher nicht sehr vertrauenerweckend aus, vom einstigen Gentleman war nicht die leiseste Spur übriggeblieben. Trotzdem versuchte ich, mich gleich von Anfang an von der besten Seite zu zeigen. Dann sprachen Mutter und Tochter miteinander, den Gebärden der Mutter konnte ich entnehmen, daß sie fragte, wo die Tochter diesen verlotterten Kumpel aufgelesen hätte. Man schien zunächst von meiner Anwesenheit nicht sonderlich begeistert zu sein, aber bald sollte sich das ändern. Schließlich gab es eine einladende Handbewegung, und ich durfte in den Wohnraum kommen und Platz nehmen. Der Knabe hatte inzwischen das Tragtier versorgt und setzte sich jetzt zu mir, die beiden Frauen machten sich in der Küche zu schaffen, mit knurrendem Magen harrte ich der Dinge, die da kommen sollten. Sie kamen bald in Form einer guten Gemüsesuppe und einem Stück Brot dazu, beides hatte ich schnell verspeist, und es wurde mir noch eine zweite Portion serviert, jetzt hatte ich wieder Aufwind. Nachdem alle gegessen hatten, wurde die Mutter neugierig und wollte von mir Näheres wissen. Daß ich ein Fremder war, hatte sie schon erkannt. Ich verzichtete darauf, per Zeichensprache zu erläutern, so deutete ich nur an, daß ich auf der Heimreise nach Europa sei. Dieses Wort, ich hatte es ausgesprochen, wurde verstanden. Dann erklärte ich noch, daß ich nach Teheran wolle, aber ohne Proviant wäre ich nicht mehr weitergekommen. Auch das wurde verstanden, und wir blieben noch eine Weile sitzen. Und jetzt fiel mir auf, daß hier ja noch die Männer fehlten, aber ich wollte nicht neugierig sein und dachte mir, das wirst du schon noch erfahren, vielleicht arbeiten sie irgendwo und kommen später. Ich sah mich in der Stube um, die Verhältnisse erinnerten mich an die Bergbauern in der Heimat. Der Wohnraum hatte drei Türen, eine führte in eine kleine Mansarde, wo sich der Eingang befand, die zweite Tür war die zur Küche, und die dritte führte ins Schlafgemach. Die Einrichtung war einfach, aber alles wurde sauber gehalten, die Ordnung sah man auf den ersten Blick. In der Zwischenzeit war es dunkel geworden, für mich wurde ein Nachtlager im Wohnraum hergerichtet. Ich war froh, bald schlafen zu können, und ich tat dies sehr ausgiebig und tief.

Am nächsten Tag änderte sich nichts an der Anzahl der Personen im Haus, ich war aber deshalb nicht böse. Bald erfuhr ich, daß die junge Frau seit drei Jahren Witwe war, ihr Mann sei verunglückt, so verstand ich. Ihre Mutter sei ebenfalls alleinstehend, für meine „Mühlen" bedeutete das Wasser, jetzt konnte ich meine Lieblingsrolle spielen und zwar, als Hahn im Korb, den Kavalier und Helden. Nach dem Frühstück, (unter anderem bekam ich die lange entbehrte Ziegenmilch „frisch vom Zapfen"), suchte ich mir eine Arbeit in der kleinen Landwirtschaft. Aber vorher wandelten die Frauen des Hauses den Landstreicher in einen Landarbeiter um. Ich nahm ein „Bad auf der Tenne", besser gesagt in der Waschküche, das tat mir wirklich gut. Dann bekam ich frische Wäsche und Kleidung, alles vom Mann der jungen Frau, wie ich annahm. Dann ergriff die Schöne, sie hieß Sheila, ein Rasiermesser und ging mir damit an die Kehle, ihre Mutter hatte mich inzwischen eingeseift, diese Bedienung von zwei Seiten empfand ich als besonders wohltuend. Auf meinen ausdrücklichen Wunsch hin ließ man ein kleines Bärtchen ober den Lippen stehen, ich legte Wert auf Tradition. Von meinen mehr oder minder schäbigen Klamotten blieben nur die Schuhe übrig. Wohlgefällig betrachteten die Frauen ihr Werk, es war ihnen gelungen, aus der Jammergestalt einen stattlichen Mann zu machen, das anfängliche Mißtrauen der Hausfrau war wie weggeblasen. Und das umsomehr, als ich meinen Rucksack ausräumte und meinen Gastgebern die Ausrüstung zeigte, sie war nicht die eines Vagabunden oder Walzbruders. Die Damen bestaunten natürlich in erster Linie den Feldstecher, und sie ließen es sich nicht nehmen, damit die Gegend anzuschauen, auch der Bub durfte das Glas benützen, ebenso bewundert wurden der Kompaß und die übrigen Utensilien. Um dem Jungen eine Freude zu machen, schenkte ich ihm die Kombizange. Im übrigen war der Knabe gut erzogen und half schon bei der Arbeit mit, hauptsächlich kümmerte er sich um die Schafherde und die anderen Tiere. An diesem ersten Tag auf dem kleinen Anwesen konnte ich mich noch nicht nützlich machen, umsomehr tat ich dies in der folgenden Zeit. Zuerst mußte man sich kennenlernen, dann wurde aus mir wieder ein gepflegter Mensch gemacht, und am Nachmittag zeigten mir die Frauen den Hof und die dazugehörigen Grundstücke. Hinter dem Wohnhaus befanden sich, genau wie bei den Bauern in der Heimat, die Wirtschaftsgebäude und Stallungen, alles aus Holz errichtet. Da gab es Schafe, Ziegen und Geflügel. Daneben befand sich der Gemüsegarten, und anschließend erstreckten sich die Felder, hauptsächlich für den Anbau von Kartoffeln und Mais. Am Abend vor dem Nachtmahl wurden die üblichen Gebete verrichtet; um nicht als ,,Ungläubiger'' zu erscheinen, machte ich der Form halber dabei mit, ich nahm an, daß ich es mit Schiiten zu tun hatte, jedenfalls bemerkte ich keinen Unterschied zu den moslemischen Gepflogenheiten. Als Sheila sich umwandte und mir zusah, konnte sie ein Schmunzeln nicht unterdrücken, aber meine Einstellung wurde zustimmend aufgenommen.

Am folgenden Tag begann aber der Ernst des Lebens. Zunächst führte ich diverse Reparaturarbeiten an den Dächern aus, aber auch sonst fehlte hier ein Mann in bezug auf technische und sonstige Tätigkeiten. Als dies geschehen war, wurden die Brennholzbestände ergänzt. Lieferant war der nahe Wald, das nötige Werkzeug war vorhanden, zum Transport diente ein Karren. Diese Arbeit machte ich allein, beim Schieben des Gefährts halfen dann Sheila und der Bub mit. Von Anfang an war ich bestrebt, mich nützlich zu machen, wo ich nur konnte. Die ersten Tage fielen mir noch schwer, ich hatte seit dem Aufenthalt am Aralsee, infolge der Strapazen und der mangelnden Nahrung, an Kraft und Gewicht verloren. ,,Meine'' beiden Frauen waren indessen bemüht, dieses Manko auszugleichen, was ihnen alsbald gelang. Die Kost war relativ einfach, aber nahrhaft, und bald fühlte ich, als Mann im besten Alter, auch andere Ambitionen in mir aufkommen.

Im Laufe der Zeit merkte ich, daß der Winter in diesen Regionen und Breiten, im Vergleich zu den Alpen, ziemlich mild war. Noch immer ging der Sohn Sheilas mit den Schafen auf die Weide, die Schneegrenze lag oberhalb 3000 m,es gab nur wenig Schneefälle, die milden Strömungen aus dem Süden hielten die Temperaturen durchschnittlich bei plus 10 bis 15 Grad. Der lange Arm des Winters hatte mich also doch nicht mehr erreicht, und ich trug mich mit dem Gedanken weiterzuwandern, die Voraussetzungen schienen jetzt günstiger. Ich wollte mir hier ja nur Reiseproviant verdienen, und das hatte ich reichlich getan. Aber es kam anders, als ich annahm.

Mitte Dezember gab es einen Wetterumschwung, ein rauhes und kaltes ,,Lüfterl'' kam als unerwünschter Gruß aus der Sowjetunion in unser liebliches Tal und verwandelte es in eine schneebedeckte Winterlandschaft, meine Reisepläne wurden aufgeschoben, Hauptsache, ich befand mich in Sicherheit! Die Tiere blieben im Stall und erhielten jetzt Heu. Ich hatte aber nicht die Absicht, ein Schmarotzerleben zu führen und befaßte mich weiterhin mit der Beschaffung und der Zerkleinerung von Holz, und das gehörte schon für den nächsten Winter. Den beiden Frauen imponierte mein Verhalten sichtlich, und sie bemühten sich, mir den Aufenthalt so angenehm wie möglich zu machen, nach meiner persönlichen Auffassung fehlte dazu aber noch ein wichtiger Faktor.

Als ich gelegentlich verständlich machen wollte, daß ich die Gastfreundschaft über Gebühr in Anspruch genommen hätte, gab es großen Protest von Mutter und Tochter, sie meinten, daß ich im Winter auf keinen Fall bis Teheran kommen würde, es sei dies zu gefährlich, erst im Frühjahr sollte ich die Heimreise antreten. So blieb ich also und dies fiel mir umso leichter, als die junge Frau mir immer mehr merken ließ, daß sie auf meine Anwesenheit großen Wert lege, mein Gefühl und mein männlicher Instinkt hatten mich in solchen Fällen noch nie im Stich gelassen. In der Zwischenzeit war mir wieder ein Stoppelbart gewachsen, und der störte nicht nur mich, sondern hatte zur Folge, daß ich neuerlich von den orientalischen Damen liebevoll in die Mitte genommen wurde. Diesmal waren die Rollen vertauscht, während die Mutter mit dem Schleifen des Messers beschäftigt war, wurde ich von der glutäugigen Sheila nach allen Regeln der Kunst eingeseift. Im Hinblick auf mögliche, sich anbahnende Beziehungen, empfand ich dies als symbolischen Akt. Auch mein Oberlippenbart à la Adolphe Menjou wurde gestutzt, meine ,,Flügel'' aber noch nicht. Anschließend wurden noch die Haare geschnitten. So ergab es sich von selbst, daß ich mich schnell eingelebt hatte und mich sehr wohl fühlte. Sheila und mich verband alsbald eine tiefe Sympathie, sie war 25 Jahre alt, sehr hübsch, ihr wiegender und verführerischer Gang löste bei mir einen erhöhten Pulsschlag aus. Als wir einmal kurze Zeit allein waren, wollte ich es genau wissen. Langsam ging ich auf sie zu, sie sah mir tief in die Augen, als wollte sie sagen: ,,Du hast mir gerade noch gefehlt!''. Ich küßte Sheila ein paarmal auf die Wangen, diese liefen prompt hochrot an, sie wollte sich an mich schmiegen, leider wurden wir gestört, aber mein Stimmungsbarometer stand ab jetzt auf ,,hoch''. Die Zügel meiner männlichen Gefühle konnte ich nun loslassen, wieder hatte ich ein Ziel vor Augen, freilich ganz anderer Natur als auf der Flucht. Für dieses Ziel benötigte ich keine Landkarte, sondern nur ein Plätzchen, wo man ungestört war.

Ich wohnte nun über einen Monat am Berghof, mein Befinden ließ, von einem Punkt abgesehen, nichts zu wünschen übrig. Mit meiner Tagesarbeit war ich fertig, ich nahm meine

Kartenskizze Nr. 3 zur Hand und breitete sie am Tisch des Wohnzimmers aus. Im Schein der Petroleumlampe studierte ich das nördliche Persien. Neugierig kam Sheila, das Täubchen, herbei, sie wollte wissen, was diese Zeichnungen zu bedeuten hätten. Da ihr Sohn keine Schule besuchen konnte, und sie ihn unterrichtete, setzte ich bei der jungen Frau voraus, daß sie meine Erläuterungen verstehen würde. Also begann ich zu erklären: Das hier ist das Kaspische Meer, das ist die Grenze zu Rußland, links liegt das Kaukasus-Gebirge mit dem Elbrus-Gipfel, über 5600 m hoch, genannt der „glänzende Berg". Sein Gegenstück ist der „Rauchende Berg", der Demawend im Elburs-Gebirge, er hat etwa dieselbe Höhe wie der Elbrus. Dann zeigte ich auf die Hauptstadt Teheran, die südlich des Bergzuges liegt, und entlang des Gebirges führte auch die Straße und eine Bahnlinie, die ich nach Möglichkeit benützen wollte. Auch den eigenen Standort konnte ich ungefähr angeben. Sheila zeigte sich sehr wißbegierig, wir standen eng beieinander, unsere Körper berührten sich, und zeitweise auch die Köpfe. Ich fühlte die Ausstrahlung, die von ihrem reifen Körper ausging und genoß dies, so lange es ging. Erst allmählich lösten wir uns voneinander, und ich goß nun eifrig „Öl in das glimmende Feuer". Ich war fast ständig in der Nähe meiner Angebeteten, machte ihr den Hof, tanzte um sie herum wie ein Truthahn mit aufgestellten Federn und „balzte" wie ein Auerhahn. Sheila gefiel dieses sehr natürliche Verhalten, ich konnte ja schließlich nicht über meinen eigenen Schatten springen, und was meine „Referenzen" betraf, so hatte ich im Laufe des bisherigen Lebens schon einige Talentproben zum besten gegeben. Es gab für die Liebenden nur mehr ein Problem, nämlich, unsere Gefühle für einander auf die praktische Ebene zu bringen.

Unbewußt verschaffte uns einer der Nachbarn die ersehnte Möglichkeit, im Sommer wäre ja alles leichter gegangen. Es kam Besuch vom ersten Bauernhof, wahrscheinlich ein Verwandter, und man besprach verschiedenes. Von meiner Anwesenheit wußten die Leute der anderen Höfe bereits. Beim Abschied wurde eine Gegeneinladung ausgesprochen, das merkte ich aber erst am nächsten Tag, als die Großmutter mit dem

Buben fortging und Sheila mir einen viel- oder soll ich sagen: allessagenden Blick zuwarf, die Gesten, die dabei noch gemacht wurden, waren für mich bereits überflüssig, ich „rasselte schon mit dem Säbel". Das war der Augenblick, auf den ich gewartet hatte, jetzt mußte die Bergfee Farbe bekennen, und sie tat es wie ein Regenbogen. Während die Holde am Fenster stand und den beiden Weggehenden nachsah, schickte ich mich an, mein Vögelchen einzufangen, aber dann war es eher umgekehrt. Ich stand hautnah hinter Sheila, umschlang gefühlvoll ihre Hüften und tastete mich nach vorne und dann höher, bis ich das fühlte, was eine Frau besonders auszeichnet. Ich küßte ihre Wange, und als sie sich umwandte, ihren Mund, ihre Augen waren verklärt und sprachen Bände. Jedenfalls hätte ich die Bezeichnung „Mann" nicht verdient, wenn ich in diesem Augenblick noch eine lange Leitung gehabt hätte. Sheila fühlte meine Erregung, und ihr Körper reagierte ebenfalls, dann aber wurde ich meiner vorgesehenen Führerrolle beraubt, ich mußte zur Kenntnis nehmen, daß hierzulande in dieser Beziehung offenbar andere Gebräuche üblich waren, oder hatte sich meine Partnerin etwas Besonderes einfallen lassen. Sheila nahm mich bei der Hand und zog mich in das Schlafgemach. Schnell hatten wir uns aller Hüllen entledigt, die bei einem derartigen Vorhaben als hinderlich empfunden werden, dann nahm mich die Geliebte bei den Schultern und drückte mich auf ihr Bett. Während wir uns küßten, setzte sich Sheila gefühlvoll auf mich, bis der Kontakt vollkommen war. Mit leicht zurückgebeugtem Oberkörper vollführte sie jetzt eine Art von Bauchtanz auf mir. Dann ging alles sehr schnell, ich hatte nur wenig Zeit gehabt, ihren schönen, zuckenden Körper samt wogenden Rundungen zu bewundern, diese orientalische Behandlungsmethode zeitigte umgehend die erwünschte Wirkung. Sheila sank vornüber, umschlang mich und küßte mich ab, bis mir die Luft wegblieb. Ich war um eine Erfahrung reicher, Liebeskünste dieser Art hätte ich in dieser Gegend am allerwenigsten erwartet, aber ich wußte es dankbar zu schätzen, und es schmeckte nach mehr. Dieses Neujahrsgeschenk empfand ich jedenfalls sehr befriedigend, und ich machte mir schon während des Ankleidens große Sorge, wann sich wieder so eine Gelegenheit ergeben würde. Diese Sorge nahm mir die Liebespartnerin bald ab, denn auch sie stand unter denselben Empfindungen wie ich.

Es heißt, daß die Liebe des Mannes durch den Magen geht, auch Sheila schien diese Auffassung zu teilen, denn am folgenden Tag war sie sehr bemüht, meine, von ihr verursachten Substanzverluste dadurch auszugleichen, daß sie mich regelrecht mit den besten Speisen, die sie aufbieten konnte, wieder aufpäppelte, wobei sie nicht mit Eiern sparte. Blieb für mich nur der ernste Vorsatz, ihren Erwartungen maximal zu entsprechen, in diesem Zusammenhang empfand ich es als bedauerlich, daß der Potenz des Homo Sapiens gewisse Grenzen gesetzt sind.

Am nächsten Abend gingen wir alle gleichzeitig schlafen. Es dürfte schon die Geisterstunde gewesen sein, jedenfalls wurde ich äußerst zärtlich von meiner Bergfee geweckt, beim fahlen Mondlicht, das durch das Fenster einfiel, konnte ich den entblößten Körper der Geliebten erkennen. Diesmal wollte ich die Initiative ergreifen, Sheilas Tempo erschien mir zu hoch, ich legte Wert auf ein Vorspiel. Meine ,,Ouverture'' mußte aber bald abgebrochen werden, weil die Partnerin schon mit ihrer ,,Arie'' begonnen hatte, das Resultat war eine rege Entspannungskur. Infolge süßer Ermattung schliefen wir an Ort und Stelle ein. Als wir gegen den Morgen munter wurden, war es noch dunkel, und wir nützten die Zeit, um die ,,Entspannungs-Politik'' fortzusetzen, anschließend begab sich Sheila auf leisen Sohlen in ihren Schlafraum.

An diesem Morgen hatte ich einige Mühe, von meinem Lager zeitgemäß hochzukommen, das Frühstück mußte für mich etwas später serviert werden. Bei dieser Gelegenheit sahen wir uns in die Augen, die Spuren des nächtlichen Treibens waren deutlich zu sehen, sie zeigte auf meine ,,blaue Augen'' und ich auf die ihren, da konnten wir uns das Lachen nicht mehr verhalten. Der Mutter konnten diese Aktivitäten nicht verborgen bleiben, aber sie fand dies anscheinend ganz natürlich, und ich teilte so eine Auffassung gerne, schließlich hatte ich nicht die Absicht, hier bis zu meinem Lebensende zu bleiben. Für mein Konzept bezüglich einer absehbaren Heimkehr hätte es nicht gepaßt, wenn man sich da falsche Hoffnungen gemacht hätte, in dieser Hinsicht war man im Orient nicht so zimperlich. Deshalb vergaß ich nicht darauf, gelegentlich von meiner bevorstehenden Heimreise zu sprechen. So vergingen die kurzen Tage. Während ich eine Menge Brennholz für den nächsten Winter beschaffte, befaßten sich die Frauen mit Teppichweberei, auch Decken wurden erzeugt, man verkaufte diese Waren am nächsten Markt, welcher zu Fuß fast eine Tagesreise entfernt war. Ich hatte seinerzeit das Glück, Sheila mit dem Knaben und dem Esel bei einem solchen Gang zu treffen. Man war hier, was die meisten Lebensmittel betraf, Selbstversorger, aber so manches, wie zum Beispiel Zucker, Gewürze und Salz, mußte gekauft werden, und es gab noch viele andere Dinge, die nötig waren. Der Bub wurde zwischendurch von Sheila im Schreiben, Lesen und Rechnen unterrichtet, ich setzte mich manchesmal zu den beiden und sah, daß von rechts nach links gelesen und daher auch geschrieben wurde, die Schriftzeichen hatten für mich nur den Charakter von Hieroglyphen. Wenn dem Buben langweilig wurde, was jetzt im Winter öfter der Fall war, befaßte ich mich mit ihm, und wir bastelten Spielzeug aus Holz und meinen Drähten, Nägel hatte er selber. An sonnigen Tagen wurde zuweilen auch ein Ausflug auf die nahen kleineren Berge unternommen, dabei sahen wir uns die Umgebung mit dem Fernglas an, und auch der Kompaß trat in Aktion, so hatte der Junge einige Monate einen Ersatzvater. Einmal nahmen wir auch Sheila mit, es war für sie zwar ungewohnt, aber eine willkommene Abwechslung in der Eintönigkeit der Arbeit. Im Februar gewann die warme Strömung aus dem Süden wieder die Oberhand, der Pappschnee schmolz rasch dahin, der Boden war ohnehin kaum gefroren gewesen. Schon zwei Wochen nach dem Monatsanfang kam ein älterer Mann vom Nachbargehöft mit einem Pferd und einem Pflug, um die Äcker zu bearbeiten. Die Nachbarschaftshilfe funktionierte.

Die Zeit verging, der Winter war fast nur eine Andeutung gewesen, bald würde für den Frühling der Anfang und für meine „Flitterwochen" am Berghof das Ende kommen. In Anbetracht meiner bevorstehenden Abreise sahen sich die

Frauen des Hauses veranlaßt, mich für meine Dienste zu belohnen. Sheila hatte dies auf ihre Weise, die mir die liebste und angenehmste war, ohnedies schon getan und tat es noch. Ich bekam einen handgewebten, kleinen Perserteppich, der als Wandschmuck gedacht war, ein schönes Andenken, und insgeheim hoffte ich, daß von mir nicht auch ein solches, etwa lebendes, zurückblieb. Jedenfalls dankte ich gerührt, und beim Gedanken an den Abschied überkam mich ein beklemmendes Gefühl, oder sollte man besser von einem schlechten Gewissen sprechen. Die Frauen aber waren unbekümmert und realistischer eingestellt, man hatte sich offenbar mit den Gegebenheiten abgefunden.

Was meine Person betraf, betrachtete ich mich selbst als eher sensible Natur, schon als kleiner „Ödipus" hing ich sehr an meiner Mutter, was ganz natürlich ist. Als ich meine Mama frühzeitig verlor, ich war noch nicht erwachsen, litt ich noch lange Zeit unter diesem Verlust, und meine diesbezüglichen Komplexe äußerten sich beispielsweise in der Form, daß ich mir manchmal den lieben Gott als liebe Göttin vorgestellt hatte. Und die heilige Agnes erwählte ich seinerzeit zu meinem Schutzengel, und sie war mir bis jetzt treu geblieben. Und was die Frauen betraf, die bisher in meinem Leben eine Rolle gespielt haben, so war meinen Gefühlen für sie zuweilen eine kleine Dosis Muttergefühle beigemengt, das galt vor allem für die Russin Olga und die Perserin Sheila. Meine Gedanken kehrten nun wieder zurück zu den drei Berghöfen hier. Ich hatte ja inzwischen die beiden anderen Familien besucht und festgestellt, daß dort nur ältere Leute wohnten, von Sheilas Buben abgesehen, gab es hier im Hochtal keinen Nachwuchs, vielleicht war etwa ich dazu auserkoren, die Höfe vor dem Aussterben zu bewahren, wenigstens einen davon, eine Blutauffrischung ist vom biologischen Standpunkt aus gesehen, immer zu empfehlen. Es war also möglicherweise gar nicht nötig, sich Sorgen zu machen, Sheila besaß Erfahrung genug, um zu wissen, was bei solchen jahrtausendealten Spielen herauskam. Im übrigen ist bekannt, daß man bei vielen Völkern altbewährte Hausmittel anwendet, um gewissen Entwicklungen gegenzusteuern. Bei meiner iranischen Partnerin hatte ich den Eindruck, daß sie so etwas nicht tat, sie ließ mich nach Herzenslust gewähren, sorgte darüber hinaus noch für spezielle Einlagen, die mir das letzte abverlangten, sodaß mein Wohlbefinden den Zenith des männlichen Lebensgefühls erreichte. Sie war aber auch darum besorgt, mich für die nächste Runde wieder topfit zu machen.

Leider mußte ich mich jetzt immer mehr mit den Vorbereitungen für den Weitermarsch befassen, vor allem in seelischer Hinsicht, Sheila hingegen schien die Zweisamkeit bis zum letzten Augenblick auskosten zu wollen. Meine Gedanken eilten zuweilen schon der Zeit voraus, ich war nicht mehr so richtig bei der Sache, Sheila merkte bald, daß ich einen inneren Kampf ausfocht und im Dilemma war, sie war aber keineswegs beleidigt, ganz im Gegenteil, sie versuchte mir zu helfen und tat es auf sehr liebevolle Weise.

Während der Arbeit im Wald stellte ich Überlegungen an. Da befand sich zwar in erreichbarer Nähe eine Eisenbahn, aber ohne Fahrgeld hatte ich keine Chance, blieb als Alternative nur die Reise per Anhalter gemischt mit Fußmarsch. Wegen der Verpflegung machte ich mir weniger Sorgen, die würde für etwa zwei Wochen reichen, wenn ich wieder so sparsam war wie in der Steppe. Theoretisch könnte ich bis Teheran kommen. Je näher der Abreisetermin rückte, desto mehr umsorgte mich Sheila, jeden Tag holte sie vom Hühnerstall frische Eier, und auch sonst ließ sie mir nichts abgehen, ich war bei vollen Manneskräften, einen Teil lieferte ich bei meiner schönen Bergfee als Liebestribut ab, den anderen Teil mußte ich für die kommenden Strapazen bereithalten. Während die Holde keine Nervosität zu kennen schien, wurde ich schon vom Reisefieber gepackt. Orientalische Frauen kennen anscheinend keine Sentimentalität, in ihrer strengen Gläubigkeit ist jeder Vorgang im Leben eine unabänderliche Fügung Allahs.

Mitte März war es dann soweit. Ich war fast neu eingekleidet, erhielt auch einen originalen Turban und brauchte nun nicht zu fürchten, durch mein Äußeres aufzufallen. Zum Unterschied von vorher, machte ich einen seriösen und gepflegten Eindruck. Jetzt allerdings wurde Sheila doch vorübergehend schwach und ließ erkennen, daß sie mich gerne behalten hätte.

Einen Augenblick wurde ich schwankend; du könntest ja deinen Aufenthalt prolongieren, ein oder zwei Monate, das spielt doch jetzt auch keine Rolle mehr, so sagte meine innere Stimme, aber dann sagte ich mir, wenn du jetzt da bleibst, dann gewöhnen wir beide uns so sehr aneinander, daß ein Abschied in immer weitere Ferne rückt und du dein weiteres Leben als persischer Bergbauer hier verbringen kannst, besonders dann, wenn du für Nachkommenschaft gesorgt hast. Eine derartige Vorstellung von meiner Zukunft hatte ich aber nicht, und so mußte ich schweren Herzens etwas tun, was meinem Naturell gar nicht entsprach, ich mußte hart bleiben. Und so nahm ich wieder den Rucksack zur Hand.

Ich verstaute die Wäsche und den Overall, alles frisch gewaschen bzw. gereinigt. Dazu kam die Feldflasche und auch der Wasserbehälter, denn ich würde bald in eine sehr trockene Gegend kommen. Ferner kam dazu der Feldstecher und der Kompaß, das Eßgeschirr mit Messer und Löffel, das Nähzeug und die Hausapotheke und zu guter Letzt die Landkarte. Den Reiseproviant wollte ich erst unmittelbar vor meinem Weggang einpacken. Sheila sah mir bei dieser Tätigkeit interessiert zu, ich strich ihr über das dunkle Haar und gab ihr zu verstehen, wie leid mir das alles tue. Sie sank in meine Arme, aber sie brach nicht in Tränen aus, wie ich befürchtet hatte, dafür hatte ich Mühe, meine Haltung zu bewahren. Am meisten litt ich darunter, daß ich nichts besaß, was als Andenken für meine Geliebte geeignet gewesen wäre, es sei denn, sie hatte bereits eines, welches sich meinen Blicken und meinem Wissen entzog, die Voraussetzungen waren in den letzten Wochen reichlich geboten worden. So bekam nur der Junge die Zange und das Zelt, welches auf der Wiese vor dem Haus probeweise aufgestellt wurde. Ich hoffte, in Zukunft nicht mehr im Freien nächtigen zu müssen. Es war geplant, die Hauptstadt Teheran so schnell wie möglich zu erreichen, ich hatte keine Ausweispapiere, nur die Erkennungsmarke, die mich als ehemaligen deutschen Soldaten auswies, aber auch diese war kein schlüssiger Beweis, die konnte ich mir angeeignet haben. Bei einer Kontrolle durch persische Exekutivorgane würde ich in jedem Fall in Schwierigkeiten kommen. Ich hatte noch im sibirischen

Lager erfahren, daß Österreich wieder ein eigener Staat geworden war, also mußte ich schleunigst die diplomatische Vertretung meines Landes in der Hauptstadt aufsuchen, theoretisch mußte ich mich aber noch als deutscher Staatsbürger betrachten. Um wieder den Status eines vollwertigen Menschen zu erlangen, benötigte ich zunächst einmal einen provisorischen Paß oder einen Ausweis, sowie das nötige Reisegeld.

In zwei Tagen wollte ich abmarschieren, alles war vorbereitet. Während ich von einem Gefühl der Bangigkeit beherrscht war, besaß Sheila in dieser Phase bessere Nerven, sie war Realistin und genoß meine Anwesenheit, so lange es ging. Inzwischen wurde das Wetter bereits ganz vom warmen Frühling geprägt. Der Tag des Abschieds war angebrochen. Ich packte die Lebensmittel ein, das Trinkwasser wollte ich unterwegs beim Bach holen. Sheila hatte noch eine gute Idee, sie steckte mir das Rasiermesser samt Seife zu, so konnte ich unterwegs dafür sorgen, daß ich gepflegt aussah. Dann kam der Bub auf mich zu, er wollte mir auch ein Abschiedsgeschenk überreichen, es war eine geschnitzte Holzfigur, offenbar ein Heiliger, den sein Großvater einst geschaffen hatte, damit hatte ich viel Freude. Dann erschien die Mutter, ich bedankte mich für alles und war bestrebt, es kurz zu machen, weil mir in meiner Haut nicht ganz wohl war. Mit Tränen in den Augen wollte mir die gute Frau im letzten Augenblick ein Reisegeld zustecken, welches ich zwar dringend gebraucht hätte, aber unter keinen Umständen annehmen konnte. Es wäre das letzte gewesen, was ich getan hätte. Diese Leute am Berghof mußten sich ihren Lebensunterhalt mühsam schaffen. Ich gab zu verstehen, daß ich auch so durchkommen müßte.

Dann brach ich auf, Sheila begleitete mich, der weinende Junge wollte mitgehen, aber er wurde zurückgerufen. Das Intermezzo war beendet, die bisher schönste Episode meines Lebens kam nun in das Stadium des Finalspiels.

9. Kapitel
HEIMKEHR
Variante 2

Hand in Hand gingen Sheila und ich den Weg bergab, vorbei an den Nachbarhöfen bis zu der einsamen, paradiesischen Stelle, wo wir uns kennengelernt und am Bächlein getrunken hatten, und hier wollte ich auch meinen Wasserbedarf für die nächsten Tage decken. Aber vorher wollten wir beide den Abschied auf unsere Weise gestalten. In diesem kleinen, windgeschützten Tal staute sich die Sonnenwärme. Etwas abseits vom Bergpfad suchten wir uns ein verstecktes Plätzchen. Ich nahm den Overall aus dem Rucksack und breitete ihn am Boden aus, ausnahmsweise wurde dieses Kleidungsstück zweckwidrig verwendet. Es war angenehm warm, zum letztenmal loderten die Flammen unserer Liebe. Die Künste meiner Fee hatten es mir angetan und sie zeigte, was in ihr steckte. Die weiße Haut ihres Körpers erstrahlte im gleißenden Sonnenlicht. Ihre perfekte Abschiedsvorstellung sollte noch lange Zeit auf mich einen nachhaltigen Eindruck hinterlassen. Dann sank die Partnerin in meine Arme, und wir beruhigten uns allmählich wieder. Eine Weile blieben wir noch eng umschlungen liegen, dann raffte sich meine orientalische Bergfee auf und kleidete sich an, ich folgte ihrem Beispiel.

Im stillen Einvernehmen gestalteten wir die endgültige Trennung kurz, aber sicherlich nicht ohne Seelenschmerz. Ich bekam feuchte Augen, sie war gefaßter. Ich sagte noch einige Worte des Dankes, die Sheila sinngemäß verstand, es folgte ein letzter Kuß, und damit war das erregendste Erlebnis meiner langen Odyssee zu Ende. Langsam ging Sheila den Weg zurück, ich sah ihr nach, sie drehte sich einmal um und hob die Hand, dann entschwand der Engel der Berge meinen Blicken. Ob sie jetzt weinte, fragte ich mich, und dann tröstete ich mich damit, daß die orientalischen Frauen in dieser Hinsicht nicht so sensibel sind wie etwa die europäischen. Hier herrschten andere Regeln. Es wird als göttliches Gesetz angesehen, daß der Mann, der Herr und Gebieter, kommt und geht, wann und wie er will, er sagt zu seinem Weib nur: „Ich verstoße dich!", und schon ist die Trennung ohne weitere Formalitäten vollzogen. In meinem Fall hätte ich allerdings mit Sheila lieber das Gegenteil getan. So aber konnte ich nur die gerne gebrauchte Redewendung seiner Majestät, des Kaisers von Österreich, wiederholen: „Es war sehr schön, es hat mich sehr gefreut!"

So ging ich meinen Weg. Hatte ich mich nun körperlich von meiner Partnerin getrennt, so war mir dies in geistiger Hinsicht noch lange nicht möglich. Während des ganzen steinigen Pfades in Richtung der Gebirgsstraße dachte ich über die gute Sheila nach, und dabei hatte ich ein schlechtes Gewissen. Bis zuletzt war aber kein Anzeichen erkennbar gewesen, die meine Schuldgefühle berechtigt erscheinen ließen. Wie gerne hätte ich die junge Frau mitgenommen, lange genug hatte ich alle Möglichkeiten in Erwägung gezogen und einen inneren Kampf mit mir geführt, aber ohne Resultat in positiver Hinsicht. Ständig mit solchen Grübeleien beschäftigt, kam ich schließlich zur Überzeugung, in meinem Dilemma doch richtig gehandelt zu haben, ich durfte Sheila nicht in ein ungewisses Abenteuer hineinziehen. Schweren Herzens behielt ich das Prinzip des Alleinganges auch weiterhin bei. Ich hatte Zeit genug gehabt, über alles nachzudenken und kam immer zum gleichen Ergebnis. Schon bei der ersten Kontrolle hätte man mich inhaftiert, vielleicht auch abgeschoben und wohin? Was wäre dann mit Sheila geschehen, und der Bub, wäre er mitgegangen oder bei der Großmutter geblieben? Es gab da zu viele Fragen ohne Antwort, eine solche Verantwortung war nicht tragbar. Und wenn wir zwei oder drei Leute den Meerhafen erreicht hätten, welches Schiff hätte diese kleine, fast mittellose Familie mitgenommen? Das war der unsicherste Faktor, und so blieb eben nur die Trennung als die einzig mögliche Lösung. Allein auf mich gestellt hatte ich die Chance, mich als Matrose auf einem Tanker oder Frachtschiff anheuern zu lassen, der Heimweg auf dem Landweg kam aus Kostengründen nicht in Frage, außerdem hätte ich dem von den Sowjets kontrollierten Gebiet am Balkan ausweichen müssen.

Mit solchen Gedanken beschäftigt, marschierte ich weiter. Um nicht trübsinnig zu werden, lenkte ich meine Erinnerungen auf andere Themenkreise. Ich hatte während meines „Winterurlaubes" am Berghof einiges dazugelernt. Die zielführenden Methoden auf erotischem Gebiet sind jedenfalls von Volk zu Volk verschieden. So hatte ich einmal gelesen, daß es Geishas und andere liebliche Damen gibt, die eigene „Techniken" entwickelt haben, um den Mann auf perfekte Art von gewissen drückenden Lasten zu befreien. Sheila, die zwar nicht aus dem Fernen, sondern aus dem Nahen Osten stammte, war in bestimmter Hinsicht zweifellos ein Naturtalent, mit größter Befriedigung hatte ich dies am eigenen Leib registrieren können. Bei solch schmerzlichen Rückblicken hatte ich Mühe, zur rauhen Wirklichkeit zurückzukehren, dies mußte erst ein Stein besorgen, über den ich stolperte. Ich war inzwischen an der Stelle angelangt, wo ich den tiefsten Punkt meiner Gemütsverfassung erreicht hatte und wo ich zum erstenmal meiner Bergfee begegnet war, die mich dann später in wunderbarer Weise wieder zum Leben erweckte. Meine Stimmung war nun an dieser Stelle auch nicht viel besser als damals, aber ich war wenigstens mit Proviant und Wasser versorgt. Dann stand ich wieder an der Paßstraße und versuchte vergeblich, eines der wenigen, in meiner Richtung fahrenden Fahrzeuge aufzuhalten. Um nicht die Zeit des restlichen Tages zu verlieren, wanderte ich südwärts weiter bis zum Dunkelwerden. Nun mußte ich doch im Freien übernachten, es gab auf der Strecke keine Ortschaft, wie ich erhofft hatte. Etwa 50 m von der Straße legte ich mich mitten in der Felslandschaft zwischen die großen Steine, mit dem Overall war es zum Aushalten. Solche Situationen erlebte ich ja nicht zum ersten Mal. Auch die zweite Nacht erging es mir nicht besser. Am Nachmittag des dritten Tages kam ich endlich zu einem Dorf und versuchte mein Glück gleich beim ersten Haus, aber man schüttelte nur den Kopf. Beim nächstenmal hatte ich dann Erfolg. Zur Sicherheit spielte ich den Stummen. Für wen man mich hielt, konnte ich aus den Mienen der Hausleute nicht entnehmen, Hauptsache, sie waren freundlich. Am nächsten Morgen marschierte ich gleich weiter und erreichte gegen Mittag eine größere Ortschaft. Hier benützte ich Nebenstraßen, weil es möglich sein konnte, auf Milizen oder Landpolizei zu stoßen. Als ich zum Ortsausgang kam, erblickte ich ein Lastauto. Ich gab dem Lenker zu verstehen, daß ich mitfahren wolle. Der Mann deutete auf eine Anzahl Kartoffelsäcke, wenn ich beim Aufladen hülfe, würde er mich mitnehmen. Ich tat das nur zu gerne. Am Nachmittag war aber diese Fahrt schon wieder zu Ende, wir hielten zu meinem Erstaunen bei einem Bahnhof, also war die Eisenbahnlinie erreicht. Ich nahm an, daß „alle Wege nach Rom führen", in diesem Fall in die Hauptstadt Teheran. Meine Spekulation ging dahin, mit einem Lastzug als Schwarzfahrer mitzukommen. Der Bahnhof bestand nur aus einem kleinen, unansehnlichen Gebäude, ich stand abseits davon. Meine Hoffnung, daß in absehbarer Zeit ein Güterzug kommen würde, erfüllte sich am Abend, aber ich hatte die Rechnung ohne den Wirt, sprich: Bahnmeister gemacht. Dieser hatte meine Absichten längst durchschaut und sah mir auf die Finger bzw. auf die Füße. Er verlangte Geld, ich zuckte mit den Achseln, worauf er mich vom Bahngelände vertrieb. Das sind ja schöne Aussichten, dachte ich mir, in Sibirien bei der Abfahrt vom Arbeitslager hatte alles so wunderbar funktioniert, hier hatte ich Pech. Mein einziger Trost war, daß ich in einem Heuschuppen Unterschlupf fand, inzwischen setzte leichter Regen ein, der bis zum Morgen andauerte. Vor dem Einschlafen überdachte ich die Lage. Ich hatte jetzt zwei Probleme. Die Erreichung der Hauptstadt und die Furcht vor einer Kontrolle. Der Proviant reichte noch für einige Tage. Bei einer Perlustrierung würde ich angeben, daß ich von Afghanistan käme und man mir unterwegs meinen Paß gestohlen hätte, samt Reisegeld, versteht sich. Ich wäre auf dem Weg nach Teheran zu meiner diplomatischen Vertretung. Wie dies aufgenommen werden würde, war eine andere Frage. Während der Nacht wurde ich durch das Gebell von Hunden geweckt, einen Lärm dieser Art hatte ich noch vom Grenzfluß Atrek her in sehr unangenehmer Erinnerung.

Da ich nicht gleich weiterschlafen konnte, dachte ich an die geliebte Sheila, ihren bewährten Trost hätte ich dringend gebraucht. Sie hatte daran gedacht, daß ich ohne Geld nur schwer weiterkommen könnte, sie wollte mir ihr Erspartes auf die Reise mitgeben. Aber bevor ich das angenommen hätte, nahm ich lieber alle Unbilden und Strapazen auf mich, ich sagte mir, daß es viel ärger, als es bisher schon gewesen war, nicht mehr werden konnte. Glaube und Einbildung liegen nahe beisammen, wenn man in der Not die Götter oder seinen Schutzengel anrufen will. Am nächsten Tag machte ich mich wieder auf den Weg und kam am Bahnhof vorbei. Neben dem Gebäude saß ein Mann und grinste, ich dachte: Der hat ein Manko im obersten Stockwerk! Aber dann vernahm ich den Grund seiner Heiterkeit. Aus dem Innern des Bahnhofgebäudes ertönte lautes Schimpfen. Das verstand sogar ich, auch wenn es auf persisch ertönte. Dem Bahnmeister mochte da etwas gegen den Strich gegangen sein. Der Mann, an dem ich vorbeiging, sagte etwas zu mir, aber ich hörte kaum zu, da ich ihn ohnehin nicht verstand, was er aber nicht wissen konnte. Kaum war ich vorüber, da gab es mir einen Riß! Hatte ich richtig gehört, mitten in diesem Kauderwelsch ertönte ein Wort, es hörte sich an wie: Radio. Dieser Begriff ist international. Ich ging wieder zurück zu dem Perser, der unbewußt dieses Stichwort fallen ließ, ich fragte: „Radio! Was ist damit?" Ich konnte diese Frage natürlich nur andeuten, aber der Mann verstand mich, er nickte eifrig, und ich gab nun mit Gesten kund, daß ich den Apparat ansehen wolle. So kam ich dem Stationsboß neuerlich unter die Augen, der war sichtlich schlecht gelaunt, und ich sah mich schon vor der Tür. Als ich meine Absichten, so gut es ging, erläuterte, erhellten sich die Mienen des Bahnmeisters sogleich, er war deshalb so sauer, weil sein Radio streikte. Es ergab sich nur die Frage, ob ich ohne Mittel etwas ausrichten konnte, aber diesen Funken einer Chance konnte ich nicht ungenützt lassen. Der Eisenbahner war auf einmal sehr freundlich, dieser Optimismus schien mir reichlich verfrüht. Wenn meine Bemühungen erfolglos blieben, war ein saftiger Fußtritt das Mindesthonorar, mit dem ich rechnen konnte. Ich besah mir das Gerät, es war eine ältere Bauart, die Anodenbatterie und der 4-Volt-Akkumulator standen separat. Ich dachte mir, wo wird denn dieser Akku aufgeladen, wenn es hier keinen elektrischen Strom gibt? Später erfuhr ich, daß dies die Lokführer besorgten. Nach näherer Begutachtung deutete anscheinend nichts auf einen Fehler am Apparat hin. Also besah ich mir die Batterien und deren Anschlüsse, und da zeigte sich der vermutliche Grund des Schweigens. Der Bleiakku war nicht entsprechend gewartet, die Klemmen oxidiert, und die Kabel waren an den Enden brüchig. Nun wußte ich zwar nicht, ob dies die einzigen Fehler waren, aber ich machte mich an die Arbeit und zog diese recht in die Länge. In Gegenwart des Apparatbesitzers wollte ich keine Probe machen, wenn der bemerkte, daß es sich nur um geringfügige Defekte handelte, gab er mir bestenfalls einen Bakschisch oder ein Jausenbrot, sagte „Salem Aleikum", Allah soll es dir danken, und ich war der Dumme. Insgeheim spekulierte ich mit einer Fahrkarte, möglichst weit, aber man soll das Fell des Eisenbahners nicht verkaufen, ehe man diesen Kerl nicht erlegt hat! Bis Teheran reichte es in keinem Fall, da hätte ich für die fast 600 km noch einige Geräte reparieren müssen. Der „eiserne" Kerl wich aber nicht von meiner Seite, in Ermanglung einer anderen Tätigkeit sah er mir interessiert zu, und ich verwünschte den Fahrplan. Um Zeit zu gewinnen, befaßte ich mich mit dem Apparat, nahm Röhren heraus und hielt sie gegen das Licht, nur um etwas zu tun. Schon wollte ich resigniert aufgeben, da kam die Erlösung in Gestalt eines Zuges. Jetzt blieb dem Radioinhaber nichts anderes übrig, als seinen Beruf auszuüben, er mußte hinaus, um die Parade eines der seltenen Züge abzunehmen.

Nun probierte ich schnell das Gerät aus, ja, es gab deutliche Lebenszeichen von sich, gleich drehte ich wieder ab, noch wollte ich meinen Trumpf nicht ausspielen. Ich befaßte mich noch eine Weile mit dem „Patienten" und deutete dem zurückgekehrten Eisenbahn-Effendi an, daß ich dem Fehler auf der Spur sei. Das hatte zur Folge, daß ich etwas zu trinken bekam. Und jetzt ließ ich den Radioapparat aufspielen. Der Bahnmeister machte einen Freudensprung und umarmte mich, das war zu verstehen, der Rundfunk war in dieser öden Gegend die einzige Verbindung zur Außenwelt. Zunächst bekam ich einen Imbiß, dann brachte ich meinen Wunsch vor, daß ich nach Teheran wolle. Man verstand mich, aber ohne

Geld könnte keine Fahrkarte ausgestellt werden, wurde mir bedeutet. Ich erklärte auf meine Art, daß ich mit einem Lastzug zufrieden wäre und da war der Mann einverstanden. Tatsächlich wurde ich am selben Abend, als der letzte Güterzug dieses Tages einfuhr, mit Wissen des Lokführers in ein Bremserhäuschen verfrachtet, und wie seinerzeit vor einem Jahr saß ich in der engen Kabine und rumpelte drei Tage und drei Nächte lang der persischen Hauptstadt entgegen. Mit der Verpflegung und dem ergänzten Trinkwasser kam ich knapp durch. Ich wagte es nicht, die Garnitur zu verlassen, obwohl diese öfter und länger in Stationen verweilte, nur ein einziger Zweck konnte mich kurz dazu veranlassen, aber manchmal mußte ein ,,Geschäft'' während der langen Fahrt erledigt werden.

Durcheinandergerüttelt und mit wackligen Beinen, unrasiert, schläfrig und müde kam ich endlich in Teheran an. Unglücklicherweise führte mein Weg vom Güterbahnhof zum Hauptbahnhof, ich erhoffte mir dort Auskunft über meine zuständige Vertretung, sollte es ein Konsulat sein, eine Gesandtschaft oder eine Botschaft, war ich noch ein Deutscher oder wieder ein Österreicher? Für manche war da kein Unterschied, und diese Frage war nebensächlich, Hauptsache, ich war am Ziel. Frohen Mutes ging ich durch die Sperre des Ausganges und lief geradewegs einer Polizeistreife in die Hände. Es handelte sich offenbar um eine routinemäßige Kontrolle, ich konnte mich nicht ausweisen, wurde festgenommen und landete auf der Wachstube im Arrest. Da ich die persische Sprache nicht beherrschte, hatte ich zunächst keine Chance. Bei der Durchsuchung meines Gepäcks stieß man auf den Feldstecher, und der kam den Polizisten nicht nur ,,spanisch'', sondern auf Grund der Aufschrift vor allem russisch vor. Aber das hatte auch einen Vorteil, man wurde neugierig, und die Beamten holten sich einen Dolmetscher. Das dauerte allerdings bis zum nächsten Tag. Ich war deprimiert und zog eine Zwischenbilanz bezüglich meiner Flucht. An die 2600 km hatte ich seit rund einem Jahr unbehelligt und unter schwierigsten Umständen zurückgelegt, das Resultat: Ich saß mit einigen Vagabunden und Galgenvögeln in einem ,,Häfen'', einem Knast orientalischer Prägung, welche wegen ihres berüchtigt geringen Komforts in einschlägigen Kreisen nicht sehr geschätzt werden. Garniert wurde das ,,Betriebsklima'' durch eine Atmosphäre, die man am treffendsten als penetranten Gestank bezeichnen konnte, aber dafür wurde ich in kameradschaftlicher Weise in den Kreis meiner ,,Kollegen'' aufgenommen, eine Ehre, die bei mir ein unbehagliches Gefühl hinterließ. Unwillkürlich dachte ich an Sheila, wenn die wüßte, wo ich gelandet war.

Aber wo viel Schatten ist, gibt es zuweilen auch einen Funken Licht, und der kam in Form des Mittagessens. Ich konnte zwar nicht eruieren, aus welchem Material der Eintopf zusammengesetzt war, aber in diesem Milieu kam es weniger auf den ,,guten Geschmack'' an, Hauptsache, man hatte etwas im Magen. Am Abend gab es dann noch eine Suppe mit Brot. Anschließend versuchte ich zu schlafen, was aber nur teilweise gelang, denn meine Kollegen, der Ali Baba und die vierzig Räuber, schnarchten mit derartiger Lautstärke, daß ich meinte, ich befände mich in einem alpenländischen Sägewerk. Der einzige ,,Lichtblick'' in dieser bedrückenden Umgebung war ,,Aladins Wunderlampe'', welche als elektrische Glühbirne am Plafond hing. Und ich dachte an Sheila und das Märchen von tausend und einer Nacht. Meine Ziele am Berghof waren allerdings nicht so hoch gesteckt, ich hatte mich mit nur etwa 50 Liebesnächten begnügt, allein die eine Nacht hier im Polizeigewahrsam sollte mir unvergeßlich bleiben. Am frühen Morgen hatte ich dann noch einen Traum. Ich wurde samt meinen Häfenbrüdern zum Schnellgericht geführt. Der Ankläger hielt eine flammende Rede gegen mich: ,,Dieser ausländische Strolch hat sich auf einem persischen Bauernhof an die Leute herangemacht, der Tochter des Hauses den Kopf verdreht und sie dann verführt, und als dieser Kerl gemerkt hat, daß die junge Frau ein Andenken bekommen hatte, ließ er die Arme im Stich und machte sich aus dem Staub. Ich verlange die Höchststrafe für diesen Herzensräuber!'' Der Kadi ließ sich dies nicht zweimal sagen, Gott Allah hat mich erleuchtet, sagte er und vertrat die Ansicht, daß mein schöner Kopf ein überflüssiges Anhängsel meines Rumpfes sei, und so wurde ich in die lange Reihe der Delinquenten gestellt, vorne wartete schon der Scharfrichter. Der hatte drei Beile verschiedener Größe bereitliegen. Das kleinste gehörte für die ,,Glücklichen'', die nur geringe Delikte auf dem Kerbholz hatten und denen daher nur ein oder mehrere Finger abgehackt wurden, weil sie zu lang waren. Das mittelgroße Instrument gehörte für die größeren Diebe, man sagte sich in logischer Konsequenz, wenn einer keine Hand hat, kann er auch nicht stehlen. Das große Beil fand Verwendung bei den ganz schweren Burschen, zu denen ich eingestuft wurde. Die Franzosen waren in dieser Hinsicht viel moderner, dort hatte man schon seit langem eine Maschine, die mit Hilfe des Erdmagnetismus arbeitete und im Nu die Köpfe von unbeliebten Zeitgenossen in einen Waschtrog beförderte. Während die Kandidaten vor mir, die sich um einen Platz im Jenseits angestellt hatten, immer mehr dezimiert wurden, dachte ich verärgert an den launenhaften Allah. Zuerst hatte er mir bei der Flucht mehrmals geholfen, dann bescherte er mir, obwohl gar nicht zuständig, ein herrliches Weihnachtsgeschenk in Form und Formen der Bergfee Sheila. Aber dann verlor sich die Gunst des orientalischen Schirmherrn, oder war es eine schiitische Göttin, die das Treiben auf dem Bauernhof beobachtet hatte und aus Eifersucht jetzt an mir grausame Rache nahm? Dann stand ich vor dem maskierten Scharfrichter, der mit seinen Muskeln protzte, ich legte meinen Kopf auf den blutigen Hackstock und rief in meiner Todesangst nach Sheila...! Da vernahm ich ein metallisch klingendes Geräusch. Dadurch erwachte ich aus meinem Alptraum, Ursache war der Schlüsselbund des Kerkermeisters, der die schwere Eisentür aufschloß.

Man winkte mir hinauszukommen. Auf der Wachstube empfing mich ein Mann, der halbwegs gut deutsch sprach. Der Wachhabende wollte wissen, wer ich war und woher ich kam, außerdem interessierte ihn die Herkunft des russischen Jagdglases. Nun war die Reihe an mir, ein orientalisches Märchen aufzutischen, und darauf war ich längst vorbereitet. Ich gehörte zum technischen Personal einer europäischen Firma, welche in Kabul arbeitet. Nach Beendigung der Arbeiten in der Hauptstadt Afghanistans wurde unser Bautrupp, entgegen der Abmachung in den Westen nach Herat versetzt. Da ich nicht bereit war, länger im Land zu bleiben, hatte ich mich abgesetzt, um nach Teheran zu gelangen. Unterwegs in einer Herberge hatte man mir den Paß und das Reisegeld gestohlen, nun wollte ich zum zuständigen Konsulat, wo man mir weiterhelfen soll. Aufmerksam wurden meine Ausführungen zur Kenntnis genommen. Den Feldstecher, so gab ich an, hätte ich von einem russischen Ingenieur im Tausch gegen meine Armbanduhr erhalten, den Kompaß als Draufgabe. Offenbar sah man keinen Grund im Polizeirevier, meine Angaben in Zweifel zu ziehen, denn es wurde prompt ein diesbezügliches Telephongespräch geführt. Während der Wartezeit erklärte mir der Dolmetscher, ich wäre den Beamten am Bahnhof aufgefallen, sie hätten den Eindruck gehabt, daß ich unter Drogeneinfluß stehe, und es käme öfter vor, daß Mittler oder Händler von Indien hier vorbeikämen. Daraufhin sagte ich, daß ich schon Tage mit der Bahn unterwegs gewesen sei und kaum geschlafen habe, daher mein müder Zustand, jetzt gab es sogar einen Grund zum Lachen.

Nach etwa einer Stunde kam dann tatsächlich ein Angestellter vom Konsulat, und ich hörte nach langer Zeit wieder meine Muttersprache. Als erstes wurde ich gefragt, ob ich Läuse hätte, ich verneinte und verwies darauf, daß ich hier ohnedies eine Dosis Pulver bekommen hätte. Sodann wurde ich eingeladen, auf das Konsulat mitzufahren. Der wachhabende Polizist deutete an, daß man sich geirrt hätte und bedauerte es, aber ich war jetzt nicht mehr böse, außerdem hatte ich inzwischen Gelegenheit erhalten, mich zu waschen und zu rasieren, und einen Imbiß bekam ich während der Wartezeit auch. Die Geschichte im Arrest fand einen guten Abschluß.

Während der Fahrt schwieg ich, meine Geschichte wollte ich nicht zweimal erzählen. Der Herr Konsul musterte mich nur kurz, er war ein sympathischer Mann um die fünfzig. Seiner Miene konnte ich entnehmen, daß er mich unter die lästigen Bittsteller einreihte, die regelmäßig bei ihm auftauchten, weil sie kein Geld für die Heimreise hatten. Bevor man mich als Routinefall behandeln konnte, erwähnte ich sogleich, daß ich von der Sowjetunion käme und zwar aus der Gefangenschaft in Westsibirien. Da wurde der Herr Konsul aber stutzig, hatte er richtig gehört, ich wolle ihn wohl auf den Arm nehmen, ein Wiener „Schmäh" sei hier nicht angebracht, ich sollte mir das für die Heimat aufheben. Ich sagte, daß ich meine Behauptungen beweisen könnte, und jetzt hatten beide Herren ein williges Ohr für mich. Zunächst packte ich meine Sachen aus. Der russische, gefütterte Overall hatte innen Aufschriften einer Fabrik von Swerdlowsk, der Feldstecher und der Kompaß hatten ebenfalls Kennzeichen, welche die Herkunft verrieten, dann zeigte ich meine Kartenskizze und die Erkennungsmarke der deutschen Wehrmacht. Dann erzählte ich im Telegrammstil meine Flucht mit dem Grenzübertritt, sowie den Aufenthalt im Winter bei den persischen Bergbauern. Die Herren waren verblüfft. „Das klingt ja wie ein abenteuerlicher Roman", sagte der Konsul, und er sprach mir seine Anerkennung aus. Man sei selbstverständlich bereit, mir zu helfen, die Heimat zu erreichen, so wurde mir versichert. Zunächst aber wurde ich zum Mittagessen eingeladen. Bei dieser Gelegenheit brachte ich meinen Wunsch vor, nach dem Ölhafen Abadan zu reisen, dort wollte ich mich als Matrose auf einem europäischen Schiff anheuern lassen, um auf dem Seeweg nach Hause zu kommen. Der zweite mögliche Weg wäre über die Türkei und den Balkan, der wäre wohl viel kürzer, aber auch wesentlich teurer und ging teilweise durch sowjetische Einflußgebiete. Man pflichtete mir voll bei, umsomehr, als die Mittel für solche Zwecke in dieser Zeit sicher noch recht dürftig waren. Der Konsul versprach, mir die Fahrkarte zum Golfhafen besorgen zu lassen, und ein Taschengeld sowie Reiseproviant würde ich mitbekommen. Schließlich schenkte mir der Herr des Hauses einen getragenen Anzug, den ich bei meiner Ankunft in Europa anziehen sollte. In der Zwischenzeit hatte mir der andere Herr des Konsulats einen provisorischen und befristeten Paß ausgestellt, er galt nur bis zum Eintreffen in der Heimatgemeinde und vorbehaltlich meiner Angaben. Die richtigen Papiere mußte ich mir dann in Österreich beschaffen. Dann wurde ich herzlich verabschiedet, und man wünschte mir eine baldige und glückliche Heimkehr. Mit dem Dienstauto wurde ich zum Bahnhof geführt und nach längerer Wartezeit bestieg ich den Schnellzug nach Abadan.

Mit dem Paß in der Tasche hatte ich nun das Gefühl, wieder ein vollwertiger Mensch zu sein, und ich hoffte sehr, in Zukunft keine Bekanntschaft mit einem Polizeigefängnis machen zu müssen, vor allem nicht mit einem morgenländischen. Die Fahrt ging zunächst vorbei am großen Flughafen und dann in südlicher Richtung durch wüstenartige Landschaften und kahles Bergland, bis zum Ölhafen betrug die Strecke ungefähr 700 km. Aus diesem Grund hatte ich nach wie vor meine Wasservorräte, diese Reise würde zwei bis drei Tage dauern und die Nächte dazu. Ich hatte ein Abteil im Waggon und machte es mir gemütlich, der Zug war nur mäßig besetzt. Das monotone Geräusch der Räder des Zuges bewirkte, daß die Mitreisenden eingeschlafen waren, auch mir ging es nicht anders, allerdings hatte ich meinen Rucksack zwischen die Fensterwand und mir gestellt, ich wollte nicht nach dem Munterwerden mein kostbares Gepäck vermissen, auch den Paß hatte ich gut verstaut.

Während dieser langen Reise hatte ich Zeit, zwischendurch geschichtliche Betrachtungen anzustellen. Schon vorher auf russischem Gebiet kreuzte mein Fluchtweg die Route des Mongolenfürsten Dschingis Chan, welcher eigentlich Temudschin hieß und der damals, 1200 n.Chr., bis Ungarn und Schlesien vorgedrungen war. Er war zu seiner Zeit der größte unter den asiatischen Herrschern, es gab aber noch andere, die es ihm gleichtun wollten. Und hier im südlichen Persien marschierte das Heer Alexanders des Großen in Richtung Indien, nachdem es über Kleinasien und Mesopotamien gekommen war. Bei dieser Gelegenheit wurde auch der ,,Gordische Knoten'' mit dem Schwert durchgeschlagen, weil er anders nicht zu öffnen war, symbolhaft jedenfalls für den weiteren Weg Alexanders.

Aber ich kreuzte auch die Wege von friedlichen, europäischen Asienforschern. Zum Beispiel kam vor rund 700 Jahren der Venezianer Nikolo Polo in Begleitung seines Bruders Matteo hier vorbei. Die beiden unternahmen eine Geschäftsreise nach dem Fernen Osten und erreichten nach vielerlei Abenteuern, Entbehrungen und Mühen das damals noch sagenhafte Land Kathai, wie China zu dieser Zeit genannt wurde. Etwa zehn Jahre später lösten die Polos ihr Versprechen den Chinesen gegenüber ein und machten sich erneut auf diesen beschwerlichen Weg, wobei der 17-jährige Marco Polo mitgenommen wurde. Unterwegs wurde Marco von einer längeren Krankheit befallen, aber die Reisegruppe erreichte schließlich doch die Hauptstadt Peking. Dort machte der junge Marco auf Grund seiner Intelligenz beim Großchan Kubilai, Kaiser von Kathai und König der Tataren, eine unwahrscheinliche, glänzende Karriere. Er war der engste Vertraute des großen Herrschers, sein Berater und Diplomat. Das Riesenreich des Chan hatte die Größe des heutigen Rußland samt Sibirien und China.

Jetzt mußte ich meine historischen Studien unterbrechen, weil der Zug in einer Station hielt. Leute stiegen aus und ein, es war mir zu unruhig geworden. Aber bald ging die Reise weiter, und ich träumte wieder vor mich hin. Ja, wo war ich stehen geblieben, stimmt: beim mächtigsten Herrscher Asiens, dem Enkelkind von Dschingis Chan. Marco Polo kehrte erst nach 24 Jahren wieder heim nach Venedig, und was er von seiner Reise erzählte, klang so phantastisch, daß ihm zunächst niemand glaubte, die Bedeutung seiner vielen Aufzeichnungen wurde erst später erkannt. Mich persönlich hätte sehr interessiert, welche Rolle damals die Frauen spielten, einiges konnte man von Marco Polo erfahren. Er erzählte von einer geradezu märchenhaften Gastfreundschaft, die ihm auf seinen Reisen zuteil wurde. Zum Beispiel wurde ihm von seinen Gastgebern angeboten, sich nach dem guten Essen auch der Frauen, Schwestern und Töchter des Hauses nach Belieben zu bedienen. Damit sich der Gast nicht gestört fühlte, zog sich der Hausherr die meiste Zeit während des Besuches zu Verwandten zurück, vielleicht suchte er nach Abwechslung. In der einschlägigen Literatur kann man nachlesen, daß andere Reisende in diesen paradiesischen Gebieten die selben Erfahrungen gemacht hatten. Hier war also der Gast wirklich König, man könnte es fast bedauern, daß man nicht 700 Jahre früher auf die Welt und nach dem Fernen Osten gekommen war. Ich zog Parallelen zu meiner Reise und kam mir mit meiner bescheidenen „Ausbeute" ein wenig zu kurz gekommen vor, solche Privilegien hatte ich nicht genießen können. Aber mit der einen Frau in Persien war ich so zufrieden gewesen, daß ich noch lange um sie trauern würde. Nichtsdestoweniger wurde die Phantasie vieler Männer immer schon sehr beflügelt, wenn es um den Begriff ,,Harem'' geht, wer möchte so ein Experiment nicht einmal wagen?! Zumindest in den zivilisierten Ländern wäre es heute undenkbar, daß ein Gastgeber seinem Besucher, von dem er weiß, daß der kein ,,Kostverächter'' ist, etwa seine weiblichen Familienmitglieder als süßes ,,Dessert'' anbietet. Bei diesem Gedanken mußte ich unwillkürlich lachen, einige Mitreisende sahen mich groß an und dachten sich wahrscheinlich, daß mein geistiger Zustand einen Defekt haben müsse. Ich bemühte mich daraufhin, wieder ein ernstes Gesicht zu machen. Um aber das Bild der Asienforscher einigermaßen abzurunden, dachte ich auch an Sven Hedin und Wilhelm Filchner, deren Wege vor und nach 1900 weiter nördlich vorbeiführten. Sie erkundeten erfolgreich den südlichen Teil des größten Kontinentes, sowie auch dessen zentrale Gebiete. Dann wurde ich von meinen Betrachtungen über Asien abgelenkt. Mir gegenüber saß eine jüngere Frau mit ihrem Säugling, dem sie jetzt die Brust gab, sie war dabei ganz unbefangen und ließ mich dieses ,,Naturschauspiel'' miterleben. Wohlgefällig betrachtete ich in aller Ruhe diesen reizvollen Teil des weiblichen Körpers. Es war jetzt tagsüber in dieser Region schon ziemlich heiß, ich nahm an, daß die junge Mutter, so wie ihr Kind, auch Durst hatte und reichte ihr einen Becher Trinkwasser, was sie gerne annahm. Unwillkürlich dachte ich wieder an Sheila, sie hätte ebenso da sitzen können. Leider wurde die für mich in gewissem Sinn erhebende ,,Vorstellung'' meines Gegenübers bald beendet, die Perserin stieg in der nächsten Station aus, und ich konnte nur mehr in die vorbeiziehende Felsenlandschaft und in die Luft schauen. Inzwischen rollte der Zug unaufhaltsam dem Persischen Golf entgegen.

In Abadan strebte ich sogleich dem großen Ölhafen zu, hier steht die größte Ölraffinerie der Welt, bei dieser Betriebsamkeit kam ich mir klein und verloren vor, wo sollte man sich da hinwenden? In der Nähe einer Hafenkneipe sah ich einen Matrosen und versuchte, mein Anliegen vorzubringen, aber der

Mann winkte ab, die Mannschaft sei komplett, antwortete der Italiener in schlechtem Deutsch, aber er konnte mir einen guten Tip geben: ,,Dort in Ostaria sitzen die Kapitanos, dort fragen'', sagte er. Ich fand dann in der Schenke einige Herren, aber die Reiseziele paßten nicht in mein Konzept. Inzwischen war es Abend geworden, und ich mußte mir eine Unterkunft suchen, ich fand sie in einer Bauhütte, mein Taschengeld mußte ich noch sparen.

Am nächsten Tag ging ich wieder in das Hafenbeisel und fand fast auf Anhieb einen freundlich gesinnten holländischen Kapitän, sein Schiff war ein Frachter. Also sie sind ein technisch versierter Mann, so einen könne er brauchen, sagte er in gutem Deutsch. Dann sah er sich meinen Paß an, und damit erkannte er auch mein Reiseziel. Kurzerhand nahm mich der ,,Käptn'' mit auf sein Schiff. An Bord bekam ich etwas Gutes zu essen, und dann wurde ich in meine Arbeit eingewiesen. Diese Aufgabe war nicht schwer, ich hatte die technischen Anlagen zu überwachen und zu warten. Der Maschinenmaat stand mir anfänglich zur Seite, war aber froh, daß er entlastet wurde. Nachdem die Ladung gelöscht war und Exportware aufgenommen wurde, legte unser schönes Schiff vom Pier ab. Die persischen Hafenpolizisten hatten bei mir kein ,,Haar in der Suppe'' gefunden, und es ging los Richtung Europa.

Neben meiner Tätigkeit hatte ich auch genug Freizeit, man behandelte mich kollegial, und ich wurde eher als Gast oder Passagier denn als Matrose angesehen, schließlich war ich ja nur eine ,,Landratte'' in den Augen der Besatzung. Ich hatte auch gar nicht den Ehrgeiz, meinen Kameraden den Rang abzulaufen, aber soviel Respekt verschaffte ich mir bald, um nicht den ,,Klabautermann'' abgeben zu müssen. Die Reise ging zunächst im Persischen Golf durch die Straße von Hormus in Richtung Arabisches Meer, Zielhafen war Rotterdam. Meine zu erwartende Heuer konnte ich dann für die Bahnreise nach Österreich gut gebrauchen. Bald hatte man meine Dienste, ich war vielseitig und half überall mit, bei der Besatzung schätzen gelernt, und ich erfreute mich der Wertschätzung, auch der des Kapitäns. Während der Freizeit lehnte ich gerne an der Reling. Ich sah hinaus auf das wogende Meer, und angesichts der Wogen hatte ich fast automatisch eine Vision von der Bergfee Sheila, ihre wiegenden und wogenden Darbietungen hätte ich auf jeden Fall denen des Meeres da unten vorgezogen. Ich wurde wieder nachdenklich. Meine persische Liebespartnerin hatte es in sich, sie war klug und geschickt, und ihre zielführenden Methoden konnten sich nicht nur sehen, sondern vor allem fühlen lassen. Diese perfekten Liebesdienste hätte ich viel eher im Fernen Osten oder im Reich der Franken vermutet. Im Geist sah ich den schlanken Körper meiner Fee und streichelte darüber, ich dachte an unser exquisites Abschiedszeremoniell und sah mit meinem geistigen Auge ihre zarte, weiche Haut und was sonst noch an weiblichen Attributen an ihr so reichlich vorhanden war. Aber dann fand ich wieder zur Wirklichkeit zurück. Ich mußte solche Gedanken verscheuchen, sie bereiteten mir ein schmerzliches Gefühl und dies nicht nur in seelischer Hinsicht. Die Vergangenheit mußte bewältigt werden, ich mußte jetzt an meine Zukunft denken.

In der Folge ging die Fahrt weiter durch den Golf von Aden zum Roten Meer und dann durch den Suezkanal in das Mittelmeer. Mir kam es fast vor wie eine Urlaubsreise. Nachdem wir die Straße von Sizilien passiert hatten, ging es weiter durch die Meerenge von Gibraltar zum Golf von Biscaya und weiter durch den Kanal nach Rotterdam. Der Kapitän hätte mich sogar weiterhin behalten, aber er sah ein, daß ich nach langer Fahrt in meine Heimat wollte. Ich hatte unterwegs durchblicken lassen, welche abenteuerliche Flucht ich absolviert hatte. Abzüglich des Fahrgeldes für die Bahn hatte ich für die erste Zeit etwas an Zahlungsmitteln, von der Heuer blieb einiges übrig. Ich nahm dankend Abschied vom Kapitän und seiner Mannschaft und reiste am selben Tag weiter nach Linz. Durch das schöne Rheintal ging es stromaufwärts bis Frankfurt und dann weiter nach Bayern. Die Grenzen konnte ich anstandslos passieren, vom Konsulat in Teheran hatte ich ein Empfehlungsschreiben mit, aus dem hervorging, daß ich ein Spätheimkehrer aus dem Krieg wäre und man mir notfalls behilflich sein sollte, was sich dann jedoch erübrigte. Die Demarkationslinie bei Enns meidete ich aber die nächsten Jahre aus gutem Grund, vielleicht war man irgendwo auf mich wegen meiner Flucht nicht gut zu sprechen.

Zunächst suchte ich den kleinen Ort auf, in dem sich mein Vater nach seiner Pensionierung zurückgezogen hatte. Von hier aus sollte die Beschaffung meiner Papiere in die Wege geleitet werden. Die letzte Nachricht aus der Heimat erhielt ich vor etwa sechs Jahren. Im Gemeindeamt erfuhr ich, daß mein Vater nicht mehr lebte, und von meinen Brüdern wußte man nichts. Als ich mich vorstellte und angab, der jüngste Sohn zu sein, sah mich der Beamte sehr verwundert an. Dann holte er einen Akt aus dem Schrank und entnahm diesem, daß ich seit mehr als fünf Jahren vermißt sei. Dann erklärte mir der Mann, daß die Sowjetunion dem österreichischen Außenministerium amtlich mitgeteilt habe, daß mit einem bestimmten Datum alle Österreicher, die in russischer Gefangenschaft waren, in ihre Heimat entlassen worden seien. Die beigefügte Namensliste wurde im ganzen Land bekanntgegeben, mein Name wäre darin nicht enthalten gewesen. Auf Grund der diesbezüglichen Regelung wäre ich nach Ablauf einer bestimmten Frist für tot erklärt worden, der Mann, für den ich mich ausgebe, sei demnach für die Behörden nicht mehr existent; so also sah es für mich aus.

Nun erzählte ich dem Beamten meine Fluchtgeschichte, aber ich bemerkte bald, daß ich hier auf verlorenem Posten stand. Der Herr Sekretär musterte mich durch die Brille, in seinen Mienen war unverhohlene Skepsis zu erkennen, für ihn, der die Front offensichtlich nur vom Hörensagen kannte, klangen meine Schilderungen zu phantastisch, von den Schauplätzen und Gegenden, die da beschrieben wurden, hatte der Mann sicher noch nie gehört, das merkte ich ihm an. In beamtenmäßiger Ruhe wurde mir erklärt, daß ich erst einmal meine Identität nachweisen müsse, dann könne man meinen Fall überprüfen. Nun war mir aber in Erinnerung, daß die Behörden in solchen Fällen noch nie durch die Aufstellung von Weltrekorden in bezug auf Tempo angenehm aufgefallen wären, mein anfänglicher Optimismus erlitt eine Art von Prager Fenstersturz. Meine Erkennungsmarke war nicht unbedingt stichhältig, und der provisorische Paß vom Konsulat war jetzt abgelaufen, und er war mit Vorbehalt ausgestellt worden. Das war also mein Wiedersehen mit der Heimat, zunächst sah ich nur den Amtsschimmel, und der wieherte wie ein junger Hengst.

Traurig und enttäuscht ging ich von diesem Ort mit der Überzeugung fort, daß man mir hier nicht helfen konnte. Ich war gekommen, um zu erfahren, daß ich ein Mensch war, den es gar nicht gab, einfach gestrichen und aus den Akten gelöscht. Außerdem mußte ich erkennen, daß meine Flucht unnötig gewesen war — und damit auch die Strapazen, das Risiko und die Aufregungen. Immerhin betrug der Fußweg weit über 2000 km und die Gesamtstrecke mit Eisenbahn und Schiff an die 16.500 km. Ich mußte meistens, auch im Winter, im Freien nächtigen, wurde aber nie krank und erlitt auch keine nennenswerten Verletzungen. Natürlich mußte man auch Glück haben, einen göttlichen Beistand oder einen Schutzengel. Ich hatte alle drei. So zog ich Bilanz, während ich nach Linz fuhr.

In meiner Geburtsstadt konnte ich zunächst ein Taufscheinduplikat erhalten. Ich konnte am Pfarramt Angaben machen, die nur ich oder meine engsten Verwandten wissen konnten, so z.B. den Namen des Taufpfarrers und der Patin, die passenden sonstigen Daten und daß ich an einem Sonntag auf die Welt gekommen war. Dann gelang es mir, auch die anderen nötigen Dokumente zu erhalten, und somit stand ich von den Toten wieder auf.

Ich erlebte nun die Nachkriegszeit mit wechselnden beruflichen Erfolgen, langsam wurde wieder aufgebaut.

Was den überstandenen Krieg und die damit verbundenen, unerfreulichen Erfahrungen betraf, sagt man zwar, daß man das Schlechte schneller vergißt als das Schöne, aber wer über lange Jahre dabei war, die Gefangenschaft und einen weiten Heimweg hinter sich gebracht hatte, der merkte sich auch einiges sein Leben lang. Im Laufe der folgenden Jahre entstanden viele Bücher, Filme, Broschüren, Dokumentationen und Berichte u.s.w. über den Zweiten Weltkrieg, man erfuhr interessante Details über die Hintergründe, die Ursachen, den Verlauf sowie über die Aktionen der beteiligten Mächte und deren

Geheimdienste. Je mehr Berichte ich von Rußlandheimkehrern hörte, desto mehr erkannte ich, daß mein Arbeitslager im Uralgebiet eine Art von Oase in der Wüste gewesen war, zweifellos der seltene Ausnahmefall, der nur die Regel bestätigte, daß eine Gefangenschaft im allgemeinen für den Betroffenen ein Unheil war. Was meine Militärzeit betraf, so war ich von Anfang an in irgend einer Form aus der Reihe getanzt. Mit der Waffe, dem Karabiner 98, hatte ich nur ganz kurz während der Ausbildungszeit vor dem Krieg zu tun gehabt, und da wurde nur dreimal geschossen. Im Verlauf des Krieges waren dagegen meine Aufgaben rein technischer Natur. Es klingt vielleicht unwahrscheinlich, aber in den zahlreichen Feldzügen, die ich mitmachen mußte, kam ich nie in die Lage, einen Schuß auf einen anderen Menschen abzugeben, worüber ich nur froh war. Mit Artilleriefeuer und Fliegerangriffen wurde unsere Einheit allerdings vom Feind schon großzügiger „versorgt", so daß wir nicht an Bewegungsmangel litten. Mein „Bedarf" an Kriegsspielen erschien mir jedenfalls ausreichend gedeckt, und wenn ich einem mehr oder weniger arg zugerichteten Kriegsversehrten begegnete, dankte ich dem Himmel, daß mir dieses harte Schicksal erspart geblieben war und daß ich überhaupt noch lebte, denn von meinen Jahrgängen kamen nur wenige zurück. Die besten Jugendjahre waren allerdings dahin. Was unseren Sold betraf, fanden wir bei der Heimkehr davon nichts mehr vor, blieb uns Frontsoldaten nur die „Ehre", für „Führer, Volk und Vaterland" sechs Jahre umsonst gearbeitet und gedient zu haben, und außerdem mußte man ebenso lang um sein Leben zittern, eine Wiedergutmachung für uns gab es nicht!

Meine Andenkenschätze, die ich von meiner Odyssee mitgebracht hatte, erhielten einen Ehrenplatz. Da war der schöne, persische Wandteppich von Sheila und ihrer Mutter, das Rasiermesser, der Turban und die Kleidungsstücke, dann der russische Feldstecher und der Kompaß, sowie andere Utensilien. Sie wurden als Beweisstücke allen Verwandten und Freunden gezeigt und auch gebührend bewundert. (Ende des Romans)

Die Kriegsheimkehrer hatten kostbare und nicht mehr ersetzbare Jahre verloren, dazu noch, wie zum Beispiel ich, die

Wohnung samt Inhalt, diese wurde geplündert; wie ich später erfuhr, war da der Pöbel am Werk. So mußte man ohne Mittel ganz von vorne anfangen, und der Aufbau einer Existenz hatte die ersten Jahre nur den Charakter einer Improvisation. Es dauerte seine Zeit, bis man sich konsolidiert hatte.

Im schönen Salzkammergut führte ich in der Folge ein mehr oder weniger unbeschwertes Junggesellenleben. Die wirtschaftlichen Fortschritte in der Zeit vor dem Staatsvertrag hielten sich noch in sehr bescheidenen Grenzen, und eine Heirat war für mich unaktuell, daher lautete die Devise, zumindest in meinem Fall: ,,Mensch sei helle, bleib Jungeselle''. Das hinderte mich allerdings nicht daran, mir an gewissen Früchten meinen gebührenden Anteil zu sichern, um so mehr, als durch den Krieg ein erheblicher Nachholbedarf entstanden war. Der ,,Bel Ami'' war wieder erwacht.

Als sich die Verkehrsverhältnisse normalisiert hatten, bestieg ich den Schnellzug nach Graz, um meine Jugendfreunde zu suchen. Auch sie hatten mit viel Glück alles gut überstanden. Groß war die Wiedersehensfreude, und seither trafen wir uns regelmäßig, ,,wie einst im Mai''. Auch Wien und Klosterneuburg besuchte ich nun öfter. Obwohl es mir im ,,goldenen Westen'' relativ gut ging, wurde ich wieder einmal von Fernweh gepackt, anscheinend gehört das zur Familientradition. Eines Tages packte ich meine Koffer und übersiedelte nach Wien, wo ich den Hauptteil meiner Jugend verbracht und Schulen besucht hatte. Kaum hatte ich mich beruflich etabliert, gab es auch im Privatleben einschneidende Veränderungen. Aber es war nicht etwa eine resolute Wienerin, die mir den ,,Gnadenstoß'' gab, sondern es blieb einer ,,schönen Burgenländerin'' vorbehalten, meinem Ledigendasein ein abruptes Ende zu bereiten. Kurzerhand setzte man unter mein Junggesellenleben einen Schlußstrich, und ich wurde, ehe ich mirs versah, dem pannonischen Raum einverleibt. Nach kurzen ,,Geburtswehen'' vollzog sich bei mir in staunenswertem Tempo auch der nötige Umdenkprozeß vom Solodasein zum Eheleben; und was letzteres betrifft, waren gewisse Vorteile nicht von der Hand zu weisen, weil man da eben alles bei der

Hand hat. Bald hatte ich die Ehelehrzeit absolviert und den Test bestanden.

Was die beruflichen Belange betraf, wurden sie nunmehr mit „viribus unitis" schneller und leichter bewältigt, da ich eben die richtige Partnerin hatte. Inzwischen setzte die Autozeit voll ein und damit auch das Reisefieber. Mit unserem PKW fuhren wir zunächst kreuz und quer durch Österreich, aber bald überschritten wir die Grenzen nach Deutschland, der Schweiz, Ungarn und Jugoslawien, dann folgten Frankreich, Spanien und Italien, die Urlaube wurden ausreichend genossen. Heute ist das relativ nahe Dalmatien das Ziel der gemeinsamen Interessen, außerdem die Berge und Seen des Heimatlandes.

Aber warum in die Ferne schweifen, auch hier in unserem Wohnort gibt es genug natürliche und bauliche Sehenswürdigkeiten, aber auch Besonderheiten. Zum Beispiel den berühmten, steinernen Purbacher Türken. Was unseren historischen Ort betrifft, so ist dessen Entwicklung anders gelaufen als sonst üblich. Im Mittelalter unter den Ungarn hieß Purbach „Fekete Város", schwarze Stadt. Im 16. Jahrhundert wurde die „Stadt" zum Markt erhoben, dazu ist zu sagen, daß bei den Magyaren jeder größere Ort mit „Város" bezeichnet wurde, dadurch erscheint die Markterhebung im falschem Licht. Und weil ich schon bei der Geschichte bin, im 15. Jahrhundert gab es auch in deutschen Landen einen(!) Purbach, so hieß dort ein Astrologe, dessen Schüler Regiomontaus war, der Begründer der ersten deutschen Sternwarte in Nürnberg.

Nun lebt man hier im eigenen Haus mit verspäteter Zufriedenheit und kann nach all den erlebten Turbulenzen zu sich sagen, daß letztlich doch noch alles gut gegangen ist. Angesichts der jüngsten Entwicklungen muß man sich aber sorgenvoll fragen, wie es mit der Geschichte der Menschheit weitergehen wird, und ob die wenigen Verantwortlichen in der Lage sind, bedenklich erscheinende Entwicklungen unter Kontrolle zu halten. Wird die Vernunft und Weisheit die Oberhand gewinnen oder die primitive Gier, die Sucht nach Macht und Reichtum. Man macht sich lustig über Leute, die den Ast absägen, auf dem sie sitzen, daraus kann aber bald Ernst werden, denn schon ist man dabei, die Natur, sowohl Fauna wie Flora, zu zerstören und zu vergiften. Solange die materiellen Belange über die ideellen gestellt werden, besteht keine Aussicht auf Umkehr. Wenn der erforderliche Umdenkprozeß nicht bald eintritt, stehen wir vor dem Abgrund einer Selbstliquidation.

Dasselbe gilt für die allgemeine Lage in unserer ost-west-gespaltenen Welt. Die Politik ruht nicht, sie schürt Kriege, und diese sind nach wie vor ein gutes Geschäft. Man gewinnt den Eindruck, daß es Interessensgruppen gibt, die mit dem von der Menschheit in aller Welt ersehnten Dauerfrieden gar keine Freude haben. Es sind politische und religiöse Belange, deretwegen sich die mit „Weisheit" ausgestatteten Gruppen von Menschen bekämpfen und umbringen, zum Beispiel in Nordirland, im Libanon, in Afrika oder in Mittelamerika, man kann sich über solchen Unsinn nicht genug wundern. Wirklichen Frieden könnte es nur dann geben, wenn in allen Belangen des menschlichen Lebens eine totale Egalisierung stattfände, dies ist aber schon deshalb nicht möglich, weil es immer fleißige, tüchtige und auch sparsame Menschen geben wird, daher frißt die faulen und nicht leistungswilligen der Neid. Fleiß und Leistung können aber nur gedeihen, wenn eine angemessene Honorierung erfolgt.

Noch nie gab es so enorme und teure Rüstungen wie jetzt. Wofür eigentlich? Für den Frieden etwa? Als ehemaliger Frontsoldat traue ich jedenfalls diesem Frieden nicht!

ENDE

10. Kapitel
BETRACHTUNGEN ÜBER KRIEG UND FRIEDEN

Das Hauptziel Hitlers war die Errichtung eines Großdeutschen Reiches und die Schaffung von Lebensraum für seine Nation. Dafür hatten aber die Alliierten aus Ost und West kein Verständnis, obwohl gerade die russischen Zaren vorexerziert hatten, wie man fremde Gebiete okkupiert, ebenso die Engländer und Neuamerikaner. Bei diesen Eroberungen wurden die betroffenen Ureinwohner, zum Beispiel die in Nordamerika, fast ausgerottet. In dieser Hinsicht war noch keine Macht dieser Welt zimperlich. Wenn es um die Erringung von Boden, bzw. um die eigenen Interessen ging, wurde alles für in Ordnung und richtig befunden. Stiefkinder bei der Aufteilung von Gebieten blieben vor allem die Deutschen, die Italiener und die Japaner. Deutschland besaß allerdings schon vor dem ersten Weltkrieg große, schöne Kolonien. Der wohl unüberlegte Eintritt in den Krieg führte zum Verlust dieser wertvollen Gebiete, wovon vor allem die Engländer, die schon mehr als genug Kolonialbesitz hatten, profitierten. Kaiser Wilhelm II. folgte einer schlechten Eingebung und entzündete die Kriegslunte, Hitler folgte schon 25 Jahre später seinem Beispiel mit noch katastrophaleren Folgen. Die Österreicher, bzw. Kaiser Franz Josef, können für sich das ,,Verdienst'' in Anspruch nehmen, das ganze Drama ausgelöst zu haben, weil sie 1914 das Attentat von Sarajevo nicht verkraften konnten, was zur Folge hatte, daß die ganze stolze, jahrhundertealte Monarchie in Trümmer ging.

Während es bei Napoleon und nach dem Ersten Weltkrieg noch keine Kriegsverbrecherprozesse gab, wurde den Verantwortlichen des Dritten Reiches diese ,,Ehre'' zuteil, wobei allerdings gerade der (fast) Alleinverantwortliche fehlte. Die Empörung bei den westlichen Siegermächten war weniger in militärischer Hinsicht zu suchen, sondern hatte ihre Ursache bei der ,,Endlösung der Judenfrage'' in Hitler-Deutschland. Wir Frontsoldaten wurden über diese Geschehnisse nicht informiert. Zwar hörte man schon vor dem Zweiten Weltkrieg von sogenannten „Anhaltelagern" in Österreich (Wöllersdorf und Kaisersteinbruch), später K.Z., (Konzentrationslager) genannt. Was sich dann im Laufe der Hitlerherrschaft, zum Beispiel in Mauthausen abspielte, erfuhren wir erst nach der Rückkehr in die Heimat. Ich halte mich daher nicht für kompetent, dieses dunkle Kapitel der jüngeren Geschichte zu kommentieren.

Es blieb dann bei der einmaligen Statuierung eines Exempels in Nürnberg, obwohl seither lustig weiter Kriege geführt wurden, wobei etwa die U.S. Amerikaner bei ihrem „heiligen Feldzug" gegen den Vietkong in ein Wespennest geraten sind und „die Flinte ins Korn (sprich: Reis) warfen". Jedenfalls bestimmt immer der Sieger, ob ein Krieg heilig und berechtigt ist oder verbrecherisch! Wenn zwei dasselbe tun, ist das eben nicht das gleiche.

Zunächst waren die Verbündeten recht stolz über ihren gemeinsam errungenen Erfolg über Hitler-Deutschland. Aber so glorreich, wie gern dargestellt, war dieser Sieg nicht. Objektiv betrachtet, wird meist derjenige General siegen, welcher über mehr Soldaten, Waffen und Material verfügt. Viele Hunde sind des Hasen Tod, so heißt es, und der „Hase Hitler" sorgte selbst unermüdlich dafür, möglichst viele Verfolger auf sich zu hetzen, das konnte auf die Dauer nicht gut gehen. Deutschland war in diesem Krieg praktisch auf sich allein gestellt, die Verbündeten konnten militärisch nicht viel beitragen.

Schon im Jahre 1945 begann die „große Liebesromanze" zwischen Ost und West zu zerbröckeln, es war ja auch nur eine Vernunftehe. In Jalta lernten sich die Partner näher kennen, aber nicht lieben! Die „Vier im Jeep" sind jedenfalls als Wunderknaben in die Geschichte eingegangen.

Man kann aber nicht umhin, den Verantwortlichen für den Ersten und Zweiten Weltkrieg den Vorwurf zu machen, daß sie die Grundsätze der Logik, Mathematik und Strategie nicht beachteten und hauptsächlich aus Prestigegründen Kriegserklärungen unterzeichneten, wobei Hitler gerne auf Formalitäten verzichtete, ebenso die Japaner. Die Stärke der Gegner wurde einfach ignoriert, man hatte zwar Berater, aber offenbar schlechte, und Hitler empfing den gut informierten Admiral Canaris gar nicht erst, weil er die Wahrheit nicht hören wollte! Man nennt so etwas Vogel-Strauß-Politik.

Wer den Zweiten Weltkrieg aufmerksam verfolgt hat, für den war vieles unverständlich. Da sind Dinge passiert, die eben nicht hätten passieren dürfen, abgesehen vom ganzen Krieg selbst. Angefangen hatte es mit Dünkirchen, dann die Abfuhr durch General Franco, der plötzliche Feldzug gegen die Sowjetunion trotz Pakt und schließlich El Alamein, wo Generalfeldmarschall Rommel im entscheidenden Moment ohne Nachschub dastand. Hier wurde von Sabotage gesprochen, und auch im Ersten Weltkrieg war ähnliches passiert, weil „ehrenwerte Gesellschafter" in Aktion traten. Und schon vor dem Debakel von Stalingrad erwies sich das „Einmann-Hauptquartier" der Wehrmacht als erstarrt und schwerhörig, außerdem spielte Spionage die entscheidende Rolle, was Hitler nie beachtet hatte. Bezüglich der Invasion 1944 in der Normandie hätte der, gerade auf Urlaub weilende Rommel auch keine Wunder mehr erwirken können, dafür war es zu spät.

Wenn es um Krieg geht, gibt es aber einen erstaunlich perfekten Gleichschritt in Demokratien und Diktaturen, da wird über Nacht auf Volksbefragungen oder Abstimmungen vergessen. Noch nie in der bekannten Geschichte der Menschheit ist ein Soldat gefragt worden, ob er gewillt sei, seine Haut zu Markte, das heißt an die Front zu tragen. Das geduldige Volk bleibt immer auf der Strecke. Wenn man „oben" Fehler gemacht hat, dann müssen es ohnedies die „Unteren" auslöffeln. Deshalb schätzte man es höheren Orts nie, wenn beim „Fußvolk" zuviel nachgedacht oder gar überlegt wurde, je geringer die Intelligenz, desto besser, umso leichter haben es die Regenten und umso größer bleibt die Begeisterungsfähigkeit der Untertanen. Die maßlose Selbstüberschätzung von Despoten kostete bis dato ungezählten Millionen Menschen das Leben.

Hitler war ein Autodidakt, seine Reden fanden zur richtigen Zeit zunächst viele Zuhörer. Was die großen Sprüche betraf, hatte der „Führer" einen tüchtigen Assistenten. Im Gegensatz zu seinem Chef war dieser kein „Ostmärker". Dieser

Mann hatte eine Schwäche für das schwache Geschlecht, und er verweilte daher gerne und auch länger in den Studios der UFA-Filmgesellschaft. Weniger erbaut war man später über die berüchtigten Parolen des kleinen Ministers, zum Beispiel: „Führer befiel, wir folgen dir!"... In den Abgrund, hätte es weiter heißen müssen, aber das sagte der Josef Göbbels wohlweislich nicht. Na schön, das Volk folgte, und wir Soldaten marschierten in alle Richtungen. Würde dies noch einmal passieren, dann sollte man sich doch lieber vorsichtshalber erkundigen, wohin die Reise gehen soll, denn seinerzeit, Anno 42 war es im Gebiet vor dem Kaukasus bei minus 40 Grad recht ungemütlich, gar nicht zu reden von Stalingrad und die Zeit bis zur Heimkehr, sofern einer sie erlebte.

Wie bei den Menschen, gibt es auch in der Tierwelt Vorkommnisse, die man sich nicht erklären kann. Da führt auch das Leittier die Herde an, und wenn dann der Leithammel in einen Abgrund stürzt, folgt das Gefolge nach. Da scheint es sich um ein Naturgesetz zu handeln, dem sich irdische Lebewesen nicht entziehen können. Verantwortlich sind aber immer nur wenige einzelne, die eine Führungsposition innehaben.

Es ist immer leicht, nach einem verlorenen Krieg oder Spiel die Ursachen des Mißerfolges zu analysieren und aufzuzeigen, nachher hätten es auch die Akteure besser gewußt. Die Erfolge des Braunauers zunächst in politischer, dann in wirtschaftlicher und schließlich in militärischer Hinsicht waren anfänglich verblüffend. Die angerufene „Vorsehung" stand dem Führer und Reichskanzler jedenfalls so lange zur Seite, als seine Handlungen im wesentlichen noch von Vernunft geleitet wurden. Aber Gott ist unbestechlich und unberechenbar, er half fatalerweise, zumindest in diesem Fall, ausgerechnet denen, die ihn gar nicht mögen und verleugnen, wie der Kriegsverlauf später im Osten zeigte! Im entscheidenden Moment hatte der Atheist Stalin die bessere Funkverbindung in die himmlische Atmosphäre, bzw. zu seinem Spion im Fernen Osten.

Die Frage, welche heute vor allem die Europäer bewegt, ist die: Kommt ein dritter Weltkrieg und wann? Bei einem Nuklearkrieg kommt es darauf an, wer den Auslöseknopf zuerst drückt, wer räumlich im Vorteil ist und wer die besseren Superwaffen samt Elektronik besitzt. Bleibt als schwacher Trost die Überlegung, daß es bei einem ,,Dritten'', zum Unterschied von früher, auch die Verantwortlichen treffen wird und man daher den bisher praktizierten Leichtsinn ausschließen kann, weil es ausnahmsweise auch um die eigene Haut geht!

Um das leidige Kapitel Krieg zu beenden, möchte ich einen berühmten Hellseher aus dem Mittelalter zitieren, dessen Voraussagen allerdings keinen Trost, sondern das Gegenteil davon bedeuten. Michel de Nostradamus, richtiger Name: Notredame, war im 16. Jahrhundert Astrologe und Leibarzt am französischen Hof, stammte aus einer jüdischen Familie. Seine zehn Prophezeiungen waren die ,,Centuries''; darin wurden unter anderem der Erste und der Zweite Weltkrieg mit verblüffenden Einzelheiten vorausgesagt und Hitler als der ,,Braune'' bezeichnet. Und jetzt kommt es!: Dieser Mann sprach auch vom Dritten Weltkrieg, der um das Jahr 2000 stattfinden soll und wieder kommt dann ein Sturm aus dem Osten!

Was diesen Dritten betrifft, so könnte sich allerdings im Hinblick auf die jüngsten Entwicklungen auf der Erde eine kriegerische Auseinandersetzung erübrigen, weil die ,,zivilisierte'' Menschheit inzwischen schon eifrig Harakiri durch Vergiftung des eigenen Lebensraumes betreibt!

Weiter heißt es in den Centuries: Ein großer Papst, der viel reist(!), lebt in diesen Zeiten. Und schließlich wird noch erwähnt, daß sich religiöse Gemeinschaften von Rom lossagen, was inzwischen auch schon geschehen ist. Aus begreiflichen Gründen hatte der heilige Stuhl seinerzeit die Verbreitung dieser Ankündigung verboten. Man kann nur vermuten, daß Nostradamus als Astronom und Astrologe vor über 400 Jahren sein Wissen aus dem Sternenhimmel geschöpft hat und das mit den damaligen bescheidenen Hilfsmitteln. Heute, mit den Riesenteleskopen und modernsten Elektronikgeräten bringt man so etwas nicht zustande, also kommt es auf die Person an und auf geheimnisvolle Kräfte.

Nach diesem Kapitel komme ich zu den Kriegsheimkehrern. Deren ,,Bedarf'' an Heldentum war ausreichend gedeckt. Und als man die Heimat nach Jahren wieder glücklich erreicht hatte, stand man vor den Trümmern eines verlorenen Krieges. Das war sehr deprimierend und wenn man dann noch einen mehr oder weniger arg zugerichteten Versehrten sah, sagte man zu sich: Sei froh, daß du lebend und heil durchgekommen bist!

Was unsere ehemalige Abteilung betrifft, ist es erfreulich, daß wir Kriegskameraden, die jahrelang Freud', mehr aber Leid miteinander geteilt hatten, uns regelmäßig zweimal im Jahr treffen, was der Initiative einiger rühriger Herren zu verdanken ist. Die Kameraden aus dem ,,Altreich'', pardon, ich meine aus der Bundesrepublik, kommen gerne zu diesem geselligen Wiedersehen, sie sind zwar nur eine Minderheit, aber in diesem speziellen Fall spüren sie nichts davon!

Westlich der Enns war die Lage nach Kriegsende günstiger, vor allem in Bezug auf Lebensmittel. Schwere Schäden gab es in Linz wegen der ,,Göringwerke'', später VOEST genannt. Aber auch Steyr mit der Waffenfabrik, sowie Wels und Attnang-Puchheim wegen der Bahnhöfe, wurden arg in Mitleidenschaft gezogen.

So gingen diejenigen, welche alles gut überstanden hatten, wieder allmählich zum Berufsleben über, wobei das ,,allmählich'' bis zu zehn Jahre dauern konnte, denn solange währte es, bis der Wiederaufbau bewerkstelligt war.

Unsere besten Jugendjahre waren allerdings unwiederbringlich dahin, ebenso der Verdienstausfall und zum Teil auch das Hab und Gut. In meinem Fall fand ich bei meiner Rückkehr überhaupt nichts mehr vor. Meine ,,Starthilfe'' in das neue Leben bestand aus einem alten Rucksack und einer ebensolchen Wehrmachtsuniform, da mußte der Heimkehrer froh sein, wenigstens seinen Kopf auf dem Hals zu haben. Aber bald vergaß man die Schicksalsschläge und jeder richtete es sich, so gut es ging.

Neben der beruflichen Tätigkeit fand der interessierte Staatsbürger genügend Zeit, sich für die Geschehnisse im eigenen Land, aber auch für die in der übrigen Welt zu kümmern, besonders dann, wenn die Vorkommnisse den Wert oder Unwert von Kuriosität erreichten.

Wenn man die Weltpolitik aufmerksam verfolgt, dann bieten sich einem sehr interessante, aber auch tragische Entwicklungen. Beginnt man bei Napoleon, so handelt es sich da um einen eher seltenen Ausnahmefall. Der Korse wurde von Beginn seiner Karriere an von seinen Landsleuten bejubelt und noch heute wird seiner von der „Grand Nation" mit Respekt und Hochachtung gedacht, er behielt seinen Glorienschein, niemand sprach von einem Kriegstreiber. Auch gab es für ihn und seine Generäle keinen Nürnberger Prozeß, weil man am amerikanischen Kontinent alle Hände voll zu tun hatte, die Indianer samt ihren Bisonherden auszurotten!?

Nach dieser Ära erfreuten sich die Regenten, etwa die Zaren, keiner so großen Volksverehrung. Kaiser Franz Josef I. kommt da schon besser weg, und trotzdem er den Untergang seines Reiches selbst eingeleitet hat, ist dieser Mann bis heute eine Legende geblieben. Daraus ergibt sich, daß die Österreicher das toleranteste Volk der Welt sein dürften, denn nicht überall wurde eine derartige Fehlleistung auf solche Art honoriert. Und dieser, von Österreich ausgelöste Erste Weltkrieg verursachte fast zwangsläufig den zweiten. Hitler und Mussolini, noch mehr umjubelt als Napoleon, führten ihre Völker in eine Katastrophe und fanden ein sehr unrühmliches Ende. Auch der Gegenspieler Stalin (der Stählerne), sein wirklicher Name war Dschugaschwili, erfreute sich nur zu seinen Lebzeiten einer Verehrung. Nach dem Motto: Aus dem Auge, aus dem Sinn, wurden seine Monsterstatuen geschliffen und die Städte: Stalingrad, Stalino und Stalinsk umgetauft, weil die nachfolgenden Machthaber diese Art von Konkurrenzierung und Glorifizierung nicht schätzten. Undank ist der Welt Lohn, auch in der östlichen.

Da der Faschismus heute praktisch aus dem Rennen ist, laufen nur mehr zwei politische Gäule um die geduldige Erde, ihre Ziele sind allerdings diametral entgegengesetzt, aber, so paradox es zunächst klingen mag, in einem Punkt ist man sich bei der westlichen Demokratie und dem östlichen Kommunismus einig, beide wollen die Völker der Welt mit ihrer Doktrin beglücken, auch Nationen, die diese Belehrungen gar nicht wünschen. Aber der Zweck heiligt die Mittel, notfalls hilft man mit „sanfter Gewalt" etwas nach. Das ergibt zwangsläufig eine immer stärker werdende Polarisierung. Die Amerikaner zum Beispiel übersehen in ihren Übereifer, daß viele Völker der ,,Dritten Welt'' noch nicht die nötige Reife besitzen, sich selbst zu verwalten.

Was die Sowjetrussen betrifft, sind sie von ihrer ,,Sendung'' voll überzeugt. Man bemüht sich unermüdlich, die Theorien von Marx und Engels seit 1917 in die Tat umzusetzen, und so etwas erfordert eben viel Geduld, umsomehr, als von den ungezählten ,,Fünfjahresplänen'' bis dato noch keiner den erhofften Erfolg gebracht hat und es deshalb auch, fatalerweise, an Weizen mangelt. Den (Mehl-)Wurm, der da irgendwo sitzt, hat man bis jetzt noch immer nicht gefunden, trotz massivem Einsatz von ,,Parteiideologen''. Aber man verzagt nicht, gut Ding braucht Weile. Und diese Amerikaner sind ein widerlicher Widersacher, kaum glaubt man ihnen auf den Fersen zu sein, sind sie schon wieder um Längen voraus. Und die Natur in der Sowjetunion hat anscheinend etwas gegen die Kolchosen, denn es gibt so viele Mißernten. Als weitere hemmende Faktoren gibt es den Privilegienbazillus und den neu aufgetauchten Ärgererreger ,,Wojtilakus'', den der lästige Westwind aus Polen herüberweht. Aber immerhin, man hat im Lande des ,,überlegenen'' Systems bemerkenswerte Fortschritte erzielt und nebenbei gibt es auch das Gegenteil, zum Beispiel in der Landwirtschaft, wobei Platzmangel als Ursache mit Sicherheit auszuschließen ist! Da es aber in Nordamerika und anderen ,,rückschrittlichen'' Ländern und Erdteilen aus unerfindlichen Gründen laufend großen Getreideüberschuß gibt, ist solch ein Malheur weiter nicht schlimm, besonders dann nicht, wenn man in der Lage ist, via Zürich mit purem Gold zu bezahlen. Da wirft sogar der Yankee alle seine Prinzipien über den Haufen, weil Geld nicht stinkt, das Geschäft steht vor den Idealen. Bleibt demnach für die Sowjets nur zu hoffen, daß die Amerikaner nicht auf die unglückliche Idee kommen, kommunistisch zu werden, denn in einem solchen Fall würde ja (logischerweise) der Weizenstrom sofort versiegen und man müßte samt Goldbeutel am Hungertuch nagen! Es ist eben alles relativ auf dieser verrückten Welt. Ein Kilo Brot hat für einen Hungrigen mehr Wert als ein Kilo Gold, und ein Verdurstender läßt Diamanten liegen und greift nach einem Becher Wasser.

Tatsache ist, daß die Sowjetunion heute größer, stärker und scheinbar auch besser dasteht als je zuvor. Trotzdem geistert im Kreml anscheinend die Angst herum, denn die Rüstung hat eindeutig Vorrang vor dem Lebensstandard des Volkes, was von diesem mit stoischer Ruhe ertragen wird.

Was den Kremlherren weiße Haare wachsen läßt, ist der Umstand, daß die einstigen Verbündeten mit den einstigen Gegnern eine Allianz geschlossen haben, was praktisch einer kompletten Einkreisung der Sowjetunion gleichkommt. Nach wie vor beherrschen die Westmächte die Weltmeere und die Situation am Festland stellt sich so dar: Bildlich und geographisch gesehen liegt Rußland mit dem Bauch auf einem riesigen Ameisenhaufen mit einer Milliarde Insassen. Weiter daneben befindet sich das ausgedehnte Gebiet der antikommunistischen Muselmannen, die nur dem Westen ihr Öl liefern. Im Osten befindet sich Japan mit den USA im Rücken und im Westen steht die NATO. Die Warschauer-Pakt-Staaten sind im Ernstfall vermutlich kein verläßlicher Partner, besonders die Polen leiden nicht an Vergeßlichkeit! Bleibt also noch die Atmosphäre, wo der Westen bei den Superwaffen weiterhin die Nase vorne haben wird.

Wie schon die Zaren sind auch deren Nachfolger eifrig bemüht, ihr Reich mit Gebieten aufzufüllen, gemäß dem Motto: Man kann nie genug davon haben. Das ging vom Baltikum über Ostpolen, die Karpato-Ukraine und Bessarabien bis Afghanistan, sowie die Kurillen-Inseln. Das Fern- und Endziel des Bolschewismus bleibt unverändert die Weltrevolution.

Was die Demokratie westlicher Prägung betrifft, wurde sie zwar nicht von den US-Amerikanern erfunden, aber sie sind die heißesten Verfechter dieser Staatsform, vielleicht deshalb, weil es die Kaiser und Könige seinerzeit, bei der Gründung der Vereinigten Staaten, noch nicht nötig hatten, auszuwandern, und wenn, dann wurde dies in tragischer Weise verhindert, etwa bei der Revolution in Frankreich.

Während der Überfahrt zum neuen Kontinent hatten die Auswanderer viel Zeit zum Nachdenken und man ließ sich da einiges einfallen. Unter anderem die Verkündung der Menschenrechte, die Selbstbestimmung der Völker, die freie Entfaltung des einzelnen, das Streben nach Glück (sprich: Reichtum) und noch weitere, wunderbar klingende Thesen. In der Praxis, als es um Grund und Boden ging, machte sich allerdings eine fatale Vergeßlichkeit bemerkbar, man legte die Prinzipien beiseite und räumte zuerst einmal alle ,,Hindernisse'' aus dem Weg, was von den meisten Eroberern als Heldentat eingestuft wurde. Wirkliche Helden waren aber die Verteidiger, die Angreifer nannten sich Pioniere, im übrigen ist es ,,Geschmacksache'', wie dieses Kapitel gesehen wird. Jedenfalls haben die Urbewohner Amerikas von den Parolen und Segnungen der Einwanderer genau das Gegenteil erfahren müssen und die Nachkommen von Afrikanern, welche damals ziemlich unfreiwillig in die neue Welt verfrachtet wurden, können diesbezüglich auch ein Lied singen. Was die Selbstbestimmung der Völker anlangt, so gäbe es dafür allein in Europa eine wahre Fundgrube, zum Beispiel könnte man die Südtiroler einmal fragen, was sie davon halten. Seit jeher wird mit zweierlei Maß gemessen, je nach Bedarf und Konzept, und so kommt es, daß Politik mit Dirnentum verglichen wird.

Mit der äußerst realistischen Darstellung in Filmen, wie man unliebsame Zeitgenossen aus dem Weg räumt, machten die amerikanischen Filmbosse das Geschäft ihres Lebens. Der Schwerpunkt des Fortschritts in den Staaten liegt bei der Industrie und seit der Jahrhundertwende in der militärischen Stärke und im engsten Zusammenhang damit bei der Wissenschaft und Forschung. Bei so einem Arbeitstempo mußte die Kultur zwangsläufig vernachlässigt werden, es ist daher aussichtslos, wenn man mit Europa in Konkurrenz treten will, dazu ist bei uns einfach der Vorsprung zu groß.

Zurück nach Österreich, ein Land, welches wenigstens in punkto Kultur eine Großmacht bleibt. Daneben betreibt der Austrianer auch Sport mit wechselndem Erfolg. Die vielen Veranstaltungen auf diesem Gebiet wurden allerdings längst zu einem Werberummel degradiert, zum Beispiel werden die Schi in recht simpler Weise (für die Fernseher) präsentiert. Welche Brettel besser sein sollen als die anderen, weiß man nach dem Schizirkus auch nicht.

Wenn wir ,,Ostalpenländler'' uns in sportlichen Belangen in einem Tief befinden, dann zeigen wir unseren Gegnern auf anderen Gebieten, wo wir überlegen und (Gold-)medaillenverdächtig sind, das ist beim Schlemmen und Essen. Da überläßt man den Sport lieber den Leuten, die noch schlank sind oder denen, die noch in die Kirche zu Fuß gehen! Da bei uns die Bequemlichkeit über der Religion steht, ist uns die Benzinkutsche zum Heiligtum und zum Statussymbol geworden, eine Entwicklung, die der Klerus mit wachsender Sorge verfolgt, weil die Gläubigen zu ,,fortbeweglich'' geworden sind!

Was unsere Wirtschaftspolitik und die staatlichen Betriebe angeht, so bekommt man mit den Besitzern, also dem Volk, allmählich Mitleid, denn da wird seit Jahrzehnten emsig ,,Danaiden-Arbeit'' geleistet, daher läuft die Produktion von Riesendefiziten auf vollen Touren. Aber dieser ,,Artikel'' läßt sich beim geduldigen Steuerzahler immer wieder gut verkaufen! Vielleicht könnte man die hochdotierten Manager zur Umschulung nach Vorarlberg schicken, dort klappern die Fabriksmühlen, daß es eine Freude sei. Übrigens die Danaiden: Das waren bekanntlich im Altertum ägyptische Königstöchter, die auf Geheiß ihres Vaters in der Brautnacht ihre Männer ermordeten. Als göttliche Strafe mußten sie ihr ganzes Leben lang Wasser in ein Faß mit Löchern gießen, also ,,Danaiden-Arbeit'' leisten.

Ein spezielles Kapitel in unserem Land sind die Bauern, sie haben alles, was sie nicht(!) brauchen. Ein Fremder muß den Eindruck gewinnen, daß es in Österreich etliche Millionen Landwirte geben muß, weil diese soviele Präsidenten, Generäle und Manager ,,aushalten''. Ansonsten ist man bei allen Interessensvertretungen (sie nennen sich so) sehr besorgt, nämlich um das eigene Wohl, samt Einkommen, Abfertigungen und Superpensionen. Dafür gibt es für die Mitglieder keinerlei Abfertigungen, wenn die etwas wollen, werden sie sowieso abgefertigt! Das einzige, was die kleineren Bauern bis dato erworben haben, ist die Erkenntnis, daß ihnen die schwere Arbeit bleibt, um den Profit brauchen sie sich nicht zu kümmern, diese Sorge wird ihnen gerne ,,abgenommen''!

Da haben es die Arbeitnehmer viel besser, deren Arbeitszeit

wird in regelmäßigen Abständen immer kürzer, und man kann sich leicht ausrechnen, bis wann die Arbeit gänzlich überflüssig wird?!

Von den Jungpolitikern wird festgestellt, daß es im öffentlichen Leben Senioren gibt, die schon zu lange auf ihren (Leder-) Sesseln kleben, nur einer hatte bis jetzt den Mut, in Mallorca die Ruhe zu suchen. Man hat eben kein Vertrauen zum Nachwuchs und somit auch keinen Platz für die Jugend. Dieses Mißtrauen schmerzt besonders die Studenten und „Juso-Renegaten", sie kämpfen aber unverdrossen, wie einst der Ritter Don Quijote, tapfer gegen Windmühlen! Bei den künstlerischen Berufen ist die Lage ähnlich, auch hier wird der Ruhestand nicht geschätzt.

So gibt es in unserem modernen Sozialstaat nach wie vor Bürger von sehr unterschiedlichen Klassen, die einen belegen mehrere Posten und Funktionen, das ergibt auch mehrere Einkommen, dafür sind die anderen arbeitslos und leben vom Existenzminimum, oder sie haben noch gar kein Einkommen, weil sie das Pech gehabt haben, zu spät in diese Welt gekommen zu sein, wo die guten Posten schon besetzt sind. Von Umverteilung wird da nicht gesprochen! Die jungen Leute, egal wie sie politisch denken, haben jedenfalls kein Verständnis dafür, daß sich privilegierte „Supermenschen" mit einem gewissen Körperteil gleichzeitig auf mehreren Kirtagen niedergelassen haben, damit ihnen ja nichts entgeht. Aber das eigene Hemd liegt eben näher und wer „vielseitig" ist, hat mehr vom Leben und verteilt nicht gerne um!

Im Prinzip hat sich also nicht viel geändert, seit man den letzten Kaiser und König nach Funchal ins Exil reisen ließ. Es war ein Irrtum, die einen gingen zwar, aber die anderen kamen, nur die Namen änderten sich. Die große Habsburger-Monarchie hatte nur einen Kaiser, welcher relativ bescheiden lebte, Klein-Austria dagegen unterhält zahlreiche Cäsare. Um die saftigen „Apanagen", die sie beziehen, könnte sie so mancher Aristokrat beneiden. Ob die diversen Bezüge mit den erbrachten Leistungen übereinstimmen, das ist die Frage, die viele Staatsbürger bewegt!

Als unbefangener Privatier ist man in der Lage, das Geschehen im Lebensraum ringsherum mit einer gewissen Gelassenheit, neutral und nüchtern zu beobachten. Der Pensionär hat ein reines Gewissen, wenn er seinen Arbeitsplatz für einen Jugendlichen freigemacht hat.

Was unsere Umwelt betrifft, so ist nur zu hoffen, daß unsere Nachkommen uns einmal nicht verfluchen werden, weil wir ihnen durch die Ausbeutung und Vergiftung der Erde, eine Sahelzone hinterlassen haben! Solange die materiellen Interessen über die Vernunft gestellt werden, ist keine Änderung auf diesem Gebiet zu erwarten.

Blickt man über die Grenzen und auf den Globus, dann gibt es auch da Grund zur Sorge. Die steigende Spannung und Polarisierung, verbunden mit Mißtrauen zwischen Ost und West, werden nach Lage der Dinge nicht abgebaut oder gar beseitigt werden, wer das glaubt, der unterliegt dem Paradebeispiel einer Illusion. Da müßten entweder die Sowjets zum Kapitalismus oder die Amerikaner zum Kommunismus „bekehrt" werden. Die Vorstellungen auf beiden Seiten, betreffend die Beglückung der Menschheit, sind diametral entgegengesetzt. Die Verhandlungen zwischen den Supermächten tragen den Charakter einer Alibihandlung, man will wenigstens der übrigen, verängstigten Welt die Augen auswischen. Es kommt ja nur darauf an, wér über das größere Arsenal an intelligenten Köpfen verfügt und wer den längeren Atem und die besseren Nerven hat. Und was einen Nuklearkrieg und dessen Folgen anbelangt, so könnte sich einmal herausstellen, daß der größte Feind der Menschheit der Mensch ist!

Aber ich will meine Betrachtungen über die Zeiten nicht mit Horroranzeigen beenden, sondern eher humoristisch unter dem Motto: Mensch (Herr) wohin gehst du?, eine Frage die einst auch Petrus an seinen Herrn richtete. Und damit sind wir bei den Religionen. Auf diesem heiligen Gebiet wird sich nicht viel ändern, man wird weiterhin (wie Moltke) getrennt marschieren und alles belassen, wie es sich bisher bewährt hat. Eine Umfrage in Zukunft könnte etwa folgendes Resultat ergeben: Den Kindern wäre vielleicht der Buddha sympathisch, weil dessen Figur mit dem Bäuchlein sehr an die Vorfahren erinnert?! Die Männer im besten Alter und die im „zweiten

Frühling'' werden voraussichtlich mit Allah liebäugeln, weil dieser großzügigste aller Götter mehrere Ehefrauen gestattet. Die ältere Generation und das angeblich ,,schwache Geschlecht'' werden aber mit Sicherheit dem Christentum den Vorzug geben, weil sie in den Himmel kommen wollen. Aber es soll Herren geben, die (mit dem Raumschiff) schon im Himmel waren, aber bald wieder enttäuscht zurückgekommen sind, weil infolge der dort herrschenden Temperaturen die Liebe nicht gedeihen konnte und die Schönheit der Frauen zu wünschen übrig ließ, auch zeigte man sich gegenüber Zärtlichkeiten unzugänglich. Dadurch wurde den Männern der Aufenthalt verleidet und sie sahen sich, natürlich ganz unverbindlich, die Hölle an. Und siehe da: ,,Das soll die Hölle sein?'', fragten sie den ,,Lokalbesitzer'', da gibt es ja die schönsten Mädchen (sprich: Sünderinnen), und so ,,aufgeschlossen'' wie die sind und dazu noch die erforderliche Superheizung. ,,Das ist das Leben!'', sagten die Herren der Schöpfung und fuhren sogleich hinab in die Hölle, wo sie, aus der Sicht von vielen enttäuschten Frauen, auch hingehören!

Apropos: Frauen, das ist ein Thema, welches sich der Verfasser nicht entgehen lassen kann, schließlich kann man sich nicht selbst ignorieren, noch weniger seine Neigungen. Also bedenken sie, meine lieben Damen; wenn ein Mann ein bestimmtes Ziel verfolgt (zum Beispiel: Frauen oder Mädchen), dann handelt er meist nach dem Prinzip, daß der Zweck die Mittel heiligt. Da werden alle nur erdenklichen Tricks angewendet, um an das Ziel der Wünsche zu gelangen. Da gibt es die vornehme, feine Tour des Gentlemans und dann die gröbere des Lackels bis herunter zum Neandertaler, der einen Holzprügel ergriff. Also ist bei der Partnerwahl größte Vorsicht geboten, so etwas kann auch ins Auge gehen. Die Demaskierung mancher ,,Kavaliere'' erfolgt meist bald nach der Hochzeit!

Übrigens: Der markanteste Unterschied zwischen Frau und Mann auf dem Sektor der Fortpflanzung ist leicht erklärbar. Die Trägerin ist, im wahrsten Sinne des Wortes, die Frau und Mutter, zunächst einmal neun Monate lang und anschließend noch viele Jahre. Nicht so der Herr Vater, sein ganzer Beitrag beschränkt sich naturgemäß nur auf eine mikroskopisch kleine

„Spendenaktion", deren Dauer man am Sekundenzeiger ablesen kann. Aber immerhin gibt es schon vereinzelt Hausmänner und Babysitter, die der geplagten Mama unter die Arme greifen. Die wahre Liebe erweist sich in der Solidarität.

Nächstes Kapitel: Die Männer. Nun ja, das ist wirklich ein Kapitel für sich. Eigentlich müßte ich eine Stellungnahme wegen Befangenheit ablehnen, aber ich versuche es doch, indem ich mich in die Rolle einer Frau hineindenke. Also was die Herren in unserer Welt betrifft, so sind sie dann mehr oder weniger große Kavaliere, wenn sie keine Partnerin haben (!), ohne Frauen sind sie die reinsten Waserl und sie zeigen sich aus taktischen Gründen nur von der besten Seite. Es liegt in der Natur des Mannes, daß ihn vor allem das reizt, was er nicht, oder nicht gleich haben kann. Hat er sein Ziel erreicht, dann erlahmen früher oder später seine dynamischen Streberqualitäten, damit muß gerechnet werden. Manche Ehefrauen möchten ihrem Gatten ein Geschenk bieten, am besten eignet sich da ein Buch, zum Beispiel: Knigges Umgang mit Menschen, besser gesagt: mit Frauen! Wird eine Gattin zu wenig oder gar nicht ausgeführt, darf sich der Mann nicht wundern, wenn die Figur darunter leidet und Kummerspeck angesetzt wird, was zur Folge hat, daß der „Begehrenswert" der Partnerin absinkt.

Man kann in einer Ehe miteinander oder nebeneinander leben, ersteres ist schöner und besser, letzteres ist fad. Es geht also um die Freizeitgestaltung und um die gegenseitige Beschäftigungstherapie. Wie schon der Name sagt, bedeutet eine Gemeinschaft zwischen Frau und Mann, daß sie zusammenbleiben und -leben und nicht, daß jeder seine eigenen Wege geht. Nach meinen Schätzungen leben Ehepaare hierzulande zu je einem Drittel: miteinander, nebeneinander und auseinander.

Bei den Ehemännern gibt es dreierlei Typen. Erstens die Tyrannen, die Herren und Gebieter, man kann sie bald als Relikte einer früheren Epoche betrachten, weil sie, zur Freude der Frauen, im Aussterben begriffen sind, wenigstens in Europa und in den Staaten. Ehegattinnen, die sich so einen Typ irrtümlich eingehandelt haben, sollten trachten, ihn im Ausverkauf wieder loszuwerden.

Dann kommen zweitens die mehr oder weniger idealen Gat-